KAT MARTIN
Tanz um Mitternacht

Buch

Über niemanden wird derzeit in London so begeistert getratscht, wie über Randall Clayton, den siebten Duke of Beldon. Er gilt als perfekter Gentleman – und perfekter Verführer. Groß ist das Entsetzen der feinen Gesellschaft, als er sich um Caitlin Harmon, die temperamentvolle Tochter eines amerikanischen Abenteurers, bemüht. Niemand ahnt, dass Randall mit dieser Affäre ganz eigene Pläne verfolgt: Er sucht einen Mörder, dessen Spur direkt zu Caitlin führt. Ein einziger Tanz um Mitternacht und Caitlin Harmon ist rettungslos in den verruchten Duke verliebt. Als Caitlin jedoch Randalls wahre Absichten erkennt, scheint ihr Traum von Liebe zerstört. Doch es kommt der Tag, an dem sich Randall und Caitlin entscheiden müssen, ob sie gegen alle Intrigen und jeden Verrat auf den Gleichklang ihrer Herzen hören…

Autorin

Nach ihrem Studium der Geschichte und der Anthropologie hat Kat Martin ihre Liebe zur Schriftstellerei entdeckt. Mit ihrem Mann Larry, der ebenfalls Schriftsteller ist, bereist sie all die Schauplätze ihrer Romane, um absolut authentisches Hintergrundmaterial zu sammeln. Diese historische Genauigkeit und ihr wunderbar romantischer Stil machten Kat Martin zur internationalen Bestsellerautorin.

Von Kat Martin ist bereits erschienen

Was dein Herz verspricht. Roman (35224)
Was die Nacht verheißt. Roman (35523)
Stachel der Erinnerung. Roman (35034)
Wie Samt auf meiner Haut. Roman (35063)
Bei Tag und Nacht. Roman (35143)
Geliebter Teufel. Roman (43794)
Teuflischer Verführer. Roman (43546)
Sündiger Hauch. Roman (35663)

KAT MARTIN

Tanz um Mitternacht

Roman

Aus dem Amerikanischen
von Eva Malsch

BLANVALET

Die Originalausgabe erschien 2000
unter dem Titel »Perfect Sin«
bei St. Martin's Press, New York.

Umwelthinweis:
Alle bedruckten Materialien dieses Taschenbuches
sind chlorfrei und umweltschonend.

Blanvalet Taschenbücher erscheinen im
Goldmann Verlag, einem Unternehmen der
Verlagsgruppe Random House GmbH.

Deutsche Erstveröffentlichung März 2002
Copyright © der Originalausgabe 2000 by Kat Martin
Copyright © der deutschsprachigen Ausgabe 2002
by Wilhelm Goldmann Verlag, München,
in der Verlagsgruppe Random House GmbH
Umschlaggestaltung: Design Team, München
Umschlagillustration: Agt. Schlück/Spiak
Satz: Uhl + Massopust, Aalen
Druck: Elsnerdruck, Berlin
Verlagsnummer: 35662
Redaktion: Petra Zimmermann
UH · Herstellung: Heidrun Nawrot
Made in Germany
ISBN 3-442-35662-8
www.blanvalet-verlag.de

3 5 7 9 10 8 6 4 2

*Für meinen Bruder Michael
und meine Schwester Patti.
Ich vermisse euch, Leute
und sehe euch viel zu selten!*

1

LONDON, ENGLAND, APRIL 1805

Es war der Klang ihres Gelächters, der sein Leben für immer veränderte – mitreißend und melodisch, sinnlich und sehr weiblich.

Randall Elliott Clayton, der siebte Duke of Beldon, stand unter einem Kristalllüster im luxuriösen Ballsaal des Marquess of Wester und wandte sich in die Richtung, aus der das Lachen herandrang – sicher nicht das Gelächter eines zimperlichen jungen Mädchens, sondern der einladende Ausdruck unbefangener Heiterkeit, die eine reife Frau empfand.

Während sein Blick suchend über die elegant gekleideten Damen und Herren wanderte, stellte er sich eine temperamentvolle dunkelhaarige Schönheit mit schwarzen Augen und schweren Lidern vor. Andererseits konnte nur eine ältere Frau, der das Diktat der Gesellschaft nichts mehr bedeutete, so hemmungslos lachen.

Größer als die meisten Männer im Saal, entdeckte er sie schon nach wenigen Sekunden. Sie war jünger, als er vermutet hatte, um die zwanzig, nicht dunkelhaarig und exotisch, sondern das gerade Gegenteil – mit rotgoldenem Haar und klaren grünen Augen. Weder dunkel noch hell, strahlte ihre Haut in rosigem Glanz. Offenbar hielt sie sich gern im Sonnenschein auf.

»Wie ich sehe, hast du unseren Ehrengast schon entdeckt.«

Rand wandte sich zu seinem besten Freund. Lächelnd trat Nicholas Warring, Earl of Ravenworth, an seine Seite.

Schwarzhaarig und dunkelhäutig, war Nick fast so groß wie Rand, attraktiv und intelligent. Aber seine nebulöse Vergangenheit und seine harte, kühle Miene hielten seine Mitmenschen auf Abstand.

»Wer ist sie?«, fragte Rand in nonchalantem Ton, um sein Interesse zu verbergen.

»Caitlin Harmon, die Tochter eines amerikanischen Professors und Altertumsforschers namens Donovan Harmon.«

»Natürlich, eine Amerikanerin...«, bemerkte er und nahm einen Schluck Champagner. Über den Rand seines Glases hinweg musterte er die zierliche junge Frau. Mit seinen einunddreißig Jahren hatte er schon mehrere Amerikanerinnen mühelos verführt. Nicht einmal die unverheirateten schienen sich an die strengen moralischen Regeln zu halten wie die Engländerinnen. Sie gingen ohne Anstandsdamen auf Reisen und taten, was ihnen gefiel – eine Lebensweise, die er sehr hilfreich fand.

»Soviel ich weiß, haben die beiden die letzten Jahre auf einer Insel vor der afrikanischen Küste verbracht«, erklärte Nick. »Vielleicht hast du einen der zahlreichen Zeitungsartikel über den Professor gelesen.«

Rand nickte. In allen Londoner Zeitungen war über Professor Harmons Suche nach der berühmten Halskette der Kleopatra berichtet worden. Wie sich Rand jetzt entsann, hatte ein Journalist die Tochter des Wissenschaftlers erwähnt, die eng mit ihm zusammenarbeitete.

Prüfend schaute er wieder zu ihr hinüber und betrachtete die wohlgeformte kleine Gestalt mit den hoch angesetzten vollen Brüsten im gewagten Dekolletee. Bildschön, dachte er und verspürte eine unerwartete Begierde. Schon seit vielen Jahren mochte er die Frauen und genoss ihre Gesellschaft, vor allem im Bett. Und diese Frau reizte ihn ganz besonders. Nur zu gut konnte er sich vorstellen, wie es wäre, das smaragdgrüne Seidenkleid von ihrem Körper zu streifen und die Haarnadeln aus den schimmernden goldroten Locken zu ziehen.

Außerdem ist sie Amerikanerin, erinnerte er sich wohlwollend und dachte an die Möglichkeiten, die sich aus dieser Tatsache ergeben würden. Vielleicht hatte er sie richtig eingeschätzt, als ihr lebhaftes Gelächter erklungen war. Darauf hoffte er zumindest. Nie zuvor hatte ihn eine weibliche Stimme so erregt.

Caitlin Harmon hielt einen Silberbecher in der Hand. Gelegentlich nippte sie an ihrem Punsch. Aber sie schmeckte nichts davon. Den ganzen Abend hatte sie gelächelt und genickt, immer wieder dieselben Fragen beantwortet und die Gesprächspartner über die bevorstehende Expedition ihres Vaters informiert – in der Hoffnung, Spendengelder aufzutreiben. Aus diesem Grund waren sie nach England gefahren.

Seufzend überlegte sie, dass sie an diesem Abend Interesse an der langweiligsten Konversation heucheln musste, die sie seit Jahren ertragen hatte. Zum Glück wurde sie wenigstens für ein paar Minuten von ihrer neuen Freundin gerettet, in deren Haus sie zusammen mit ihrem Vater wohnte – Margaret Sutton, Lady Trent. Seit sie beisammen standen, wurden Caits Gedanken von vergrabenen Schätzen auf interessantere Themen gelenkt. Sie nahm noch einen Schluck Punsch und musterte einen hoch gewachsenen, breitschultrigen Gentleman über den Rand des Silberbechers hinweg.

»Wer ist dieser Mann?«, fragte sie Lady Trent. »Dieser große, der unter dem Lüster steht?«

Die blonde, blauäugige Maggie Sutton war fünf Jahre älter als Caitlin. Aber so sah sie nicht aus. Die neun Schuljahre in einem Kloster hatten ihr eine unschuldige Aura verliehen, die sie jünger wirken ließ. Da sich ihr Ehemann, der Marquess of Trent, für Professor Harmons Projekt interessierte, hatten sich Cait und Maggie kennen gelernt. Und nachdem sich Cait zwei Jahre lang inbrünstig nach weiblicher Gesellschaft gesehnt hatte, erschien ihr die Marchioness wie ein Himmelsgeschenk.

Neugierig folgte Maggie dem Blick der jungen Amerikanerin und entdeckte die beiden Gentlemen, die sich am anderen Ende der Tanzfläche unterhielten. »Ob du's glaubst oder nicht – der hübsche schwarzhaarige Teufel ist mein Bruder Nicky, der Earl of Ravenworth, und für mich, von meinem Mann abgesehen, der liebste Mensch auf Erden. Aber du meinst den anderen, nicht wahr? Diesen Burschen, der dich unverwandt anstarrt, als würde er dich am liebsten mit einem Dessertlöffel verspeisen.«

Caitlin lachte. So hätte sie sich nicht ausgedrückt. Doch es wäre schwierig gewesen, das Interesse des Mannes zu übersehen. »Ja, ich meine den Größeren mit den dunklen Augen und kaffeebraunen Haaren.«

»Und mit diesen fabelhaften Schultern, die kaum in die Tür unseres Ballsaals passen? Offensichtlich bist du nicht nur klug, du hast auch einen ausgezeichneten Geschmack, was Männer betrifft. Meine Liebe, das ist der Duke of Beldon. Wahrscheinlich gilt Rand Clayton als der begehrenswerteste Junggeselle von London. Er ist steinreich, zweifellos einer der attraktivsten, charmantesten Männer in der ganzen Stadt und vielleicht der gefährlichste – zumindest für die Frauen.«

Was Maggie meinte, erkannte Cait sofort. Mit seiner hoch gewachsenen, kräftig gebauten Gestalt, dem klassischen Profil und der arroganten Haltung besaß der Duke eine eindrucksvolle Persönlichkeit, die jeder Frau auffallen musste – und sicher auch jedem Mann. Er strahlte Macht und Autorität aus. Und obwohl die breite Tanzfläche zwischen ihnen lag, spürte sie die Glut seiner braunen Augen auf ihrer Haut, wann immer er sie betrachtete.

Leider ist er ein Duke, dachte sie bedauernd. Abgesehen von den wenigen Freunden, die Cait und ihr Vater seit der Ankunft in London gefunden hatten, erschienen ihr die meisten Aristokraten dünkelhaft, selbstsüchtig und verwöhnt. Nur wegen des Zufalls ihrer Geburt glaubten sie, hoch über gewöhnlichen Sterblichen zu stehen. Und ein Duke, an der Spitze der Adelspyramide, nur von königlichen Hoheiten überflügelt, musste besonders unerträglich sein.

Durch gesenkte Wimpern erwiderte sie seinen forschenden, durchdringenden Blick. Als er in ihre Richtung schlenderte, rann ein warnender Schauer über ihren Rücken. Zielstrebig, mit geschmeidigen Bewegungen, bahnte er sich einen Weg zwischen den Gästen, die das Tanzparkett umgaben. Obwohl er noch einige Schritte von Cait entfernt war, spürte sie die Hitze seiner sinnlichen Anziehungskraft. Funken schienen zwischen ihnen zu sprühen. Wenn ich auch nur halbwegs vernünftig wäre, würde ich davonlaufen, dachte sie.

Doch sie hatte sich noch nie vor dem Feuer gefürchtet, nicht einmal in ihrer Kindheit. Und sie liebte Herausforderungen.

Als der Duke vor ihr stehen blieb, blickte sie lächelnd in sein arrogantes, viel zu attraktives Gesicht.

»Mein Lieber, ich möchte dich mit meiner Freundin bekannt machen«, verkündete Maggie. »Cait – darf ich dir Sir Randall Elliott vorstellen, Seine Gnaden, den Duke of Beldon... Rand – das ist Miss Caitlin Harmon.«

Seine ausdrucksvollen Augen hielten ihren Blick fest, und

sie wusste, dass sie ihn viel zu freimütig anstarrte. Doch das tat sie schon, seit sie ihn zum ersten Mal gesehen hatte. Genauso intensiv schaute er in ihr Gesicht und erweckte beinahe den Anschein, niemand anderer würde sich im Ballsaal aufhalten.

Jetzt entdeckte sie goldene Pünktchen in seinen braunen Augen – und eine erstaunliche Wärme. Formvollendet beugte er sich über ihre Hand. »Freut mich, Sie kennen zu lernen, Miss Harmon. Diesen Moment habe ich den ganzen Abend herbeigesehnt.«

»Oh, das Vergnügen ist ganz auf meiner Seite – Euer Gnaden.« Nur zögernd kamen die beiden letzten Wörter über ihre Lippen. Bei anderen Begegnungen mit der Aristokratie fiel es ihr leichter, die Regeln der britischen Gesellschaft zu befolgen. Aber es störte sie, Beldon so anzureden, als wäre er etwas Besseres als sie.

Er lächelte belustigt. Offenbar erriet er ihre Gedanken. »Ich nehme an, Sie sind Amerikanerin.«

»Ja, ich wurde in Boston geboren. Amerikanischer geht's gar nicht«, fügte sie herausfordernd hinzu. »Vielleicht erinnern Sie sich an die Bostoner Tea Party.«

Bestürzt hob Maggie ihre blonden Brauen. Aber der Duke lachte leise. »Das geschah lange vor meiner Zeit. Außerdem ist der Krieg beendet. Vielleicht erinnern *Sie* sich daran, Miss Harmon.«

»Gewiss. Wenn ich mich recht entsinne, ging er mit der Unabhängigkeits- und der Menschenrechtserklärung zu Ende, der zufolge alle Menschen gleich sind. In *diesem* Land glaubt man nicht daran. Oder irre ich mich – Euer Gnaden?«

»Allerdings, Miss Harmon. Natürlich wissen wir Engländer, dass alle Menschen gleich sind. Aber wir finden, einige sind ein bisschen gleicher als andere.« In seinen braunen Augen funkelte es – nicht nur vor Belustigung.

Caits Herz schlug viel zu schnell, und die Luft zwischen ihnen schien sich zu erhitzen. Als sich das Lächeln des Dukes vertiefte, sah sie ein Grübchen in seiner linken Wange. Mochte er auch arrogant und verwöhnt sein – er besaß eine gefährliche Anziehungskraft.

Nun wandte er sich zu Lady Trent. »Dein Bruder möchte mit dir reden, Maggie. Bis zu deiner Rückkehr leiste ich Miss Harmon gern Gesellschaft.«

Sie warf einen kurzen Blick zu dem schwarzhaarigen Mann hinüber, der am anderen Ende der Tanzfläche stand. »Dann ist sie ja in guten Händen.« In ihrer Stimme schwang ein warnender Unterton mit.

»Zweifellos«, stimmte der Duke zu.

»Gleich bin ich wieder da, Cait.« Bevor sie zu ihrem Bruder eilte, schaute sie Beldon bedeutungsvoll an.

»Da wir das Kriegsende übereinstimmend anerkannt haben – wie wär's mit einem Waffenstillstand, Miss Harmon?«, fragte er.

Unwillkürlich lächelte sie. Es fiel ihr schwer, seinem Charme zu widerstehen. »Also gut, ein Waffenstillstand.« Diesmal sprach sie die Anrede »Euer Gnaden« nicht aus. »Zumindest vorerst.«

Seine Mundwinkel zuckten. Dann nahm er ein Champagnerglas vom Tablett eines Dieners und nippte daran. »Einem Gerücht zufolge haben Sie die letzten Jahre mit Ihrem Vater auf einer Insel vor der afrikanischen Küste verbracht – weit entfernt vom gesellschaftlichen Trubel.«

Seufzend dachte sie an die primitiven Lebensbedingungen auf Santo Amaro. »Das ist noch gelinde ausgedrückt.«

»Trotzdem tanzen Sie erstaunlich gut für eine Dame, die so lange auf den Segen der Zivilisation verzichten musste. Vorhin konnte ich Sie beobachten und mich davon überzeugen. Was halten Sie von einem Walzer?«

Abschätzend schaute sie ihn an. Sogar in Amerika fand man den Walzer ziemlich gewagt. Im Dreivierteltakt hatte sie noch nie getanzt. Aber sie kannte die erforderlichen Schritte. Dank ihrem Vater war sie auf vielen Gebieten sehr gebildet, und der Walzer erschien ihr kein bisschen skandalös.

Und doch – die Frage des Dukes war eine eindeutige Herausforderung. Vielleicht wollte er sich rächen, weil sie ihm die höfliche Anrede versagte, die ihm zustand. Aber da sie diesen Ball nur besuchte, um ihren Vater zu unterstützen, und Beldon zu den potenziellen Geldgebern zählte, beschloss sie die verhasste Floskel auszusprechen. Das wäre ein kleiner Preis für den erhofften Erfolg. »Euer Gnaden, im Augenblick wird gerade ein Kontertanz gespielt.«

Als er sich zur Tanzfläche wandte, verstummte die Musik. Wie auf ein verborgenes Zeichen hin – das sicher erfolgt war – intonierte das Orchester einen Walzer. »Ja oder nein?«, drängte der Duke.

Schon wieder musste sie gegen ihren Willen lächeln. »Falls Sie's riskieren wollen, dass ich ein paarmal auf Ihre spiegelblank polierten Schuhe steige…«

»Dieses Risiko nehme ich sehr gern auf mich.« Lachend führte er sie auf die Tanzfläche, schlang einen Arm um ihre Taille, und sie legte ihre Hand auf seine breite Schulter. Dann wirbelte er sie mühelos und geschmeidig über das Parkett. Für mehrere Sekunden schien die Konversation zu verebben, während die Gäste das attraktive Paar beobachteten.

Sofort gesellten sich andere Tänzer hinzu, auch Lord und Lady Trent, die dem verpönten Walzer offensichtlich eine respektable Aura verleihen wollten.

Während einer anmutigen Drehung bemerkte der Duke: »Ich glaube, Sie haben eine gute, treue Freundin gewonnen, Miss Harmon. Wann immer Maggie jemanden unter ihre Fittiche nimmt, erwachen ihre Beschützerinstinkte. Und nachdem Sie ihr Wohlwollen genießen, dürfen Sie sich glücklich schätzen.«

»Gewiss, ich bin ihr sehr dankbar. In all den Jahren auf der Insel habe ich weibliche Gesellschaft schmerzlich vermisst.«

»Ich nehme an, auch Ihr Vater und Lord Trent sind befreundet.«

»O ja. Lord Trent interessiert sich brennend für Geschichte. Vor ein paar Jahren begann er mit meinem Vater zu korrespondieren, als die ersten Hinweise auf die Halskette auftauchten.«

»Die Halskette der Kleopatra, wenn ich recht informiert bin – ein fabelhafter Schatz.«

»Natürlich wäre es ein wichtiger Fund. Danach sucht mein Vater seit fast vier Jahren, neben seinen anderen Forschungen.« Während sie in Beldons faszinierendes Gesicht blickte, fiel es ihr immer schwerer, sich auf das Gespräch zu konzentrieren. Die warme Hand an ihrer Taille verwirrte sie ebenso wie der muskulöse Schenkel, der bei jeder Drehung auf intime Weise zwischen ihre Beine geriet. Für einen so großen, kräftig gebauten Mann bewegte er sich unglaublich graziös. Mit spielerischer Leichtigkeit konnte sie seinen Schritten folgen. Energisch sagte sie sich, dass er ein Duke war und dass sie nichts mit ihm verband.

Aber die einschmeichelnde Musik und der Walzerrhythmus betörten sie allmählich.

»Man glaubt zu schweben.« Sekundenlang schloss sie die Augen, genoss die Melodie und die kühle Luft, die ihre Wangen streifte.

Fast unmerklich zog er sie etwas fester an sich. »Wie hinreißend Sie tanzen…« Sie hob die Lider, und ihre Blicke trafen sich. »Und ich Narr hielt Sie für eine Anfängerin.«

»Ein Tanzlehrer brachte mir die Schritte bei«, erklärte sie.

»Aber heute tanze ich zum ersten Mal in aller Öffentlichkeit einen Walzer. Zum Glück legte mein Vater großen Wert auf meine Ausbildung.«

»Das kann ich mir vorstellen.« Wie verführerisch seine sinnlichen Lippen lächeln konnten… »Immerhin ist er ein Professor.«

»Ja…« Caits atemlose Stimme klang fremd in ihren eigenen Ohren, und sie versuchte sich einzureden, dieser Mann dürfte keine so starke Anziehungskraft auf sie ausüben. Doch das hinderte ihr Herz nicht daran, schneller und schneller zu schlagen, und ihr Mund wurde staubtrocken. Großer Gott, sie hatte doch schon öfter mit Männern getanzt. Aber kein Einziger hatte sie in die Gefahr gebracht, den Verstand zu verlieren.

Dass die Musik verstummte, nahm sie kaum wahr – und er schien seltsamerweise nicht darauf zu achten. Vielleicht hätten sie einfach weitergetanzt, wären ihnen Lord und Lady Trent nicht in den Weg getreten, um eine peinliche Szene zu vermeiden.

Lächelnd wandte sich Beldon zu Lord Trent, der etwas kleiner war und ebenfalls sehr gut aussah. »Tut mir Leid, ich hätte besser aufpassen müssen.« Aber er bereute nichts, was Cait ihm ansah, und seine Hand berührte immer noch ihre Taille.

»Es ist spät geworden«, betonte Lord Trent. »Leider müssen wir gehen.« Da Caitlin und ihr Vater seine Hausgäste waren, mussten auch sie den Ballsaal des Marquess of Wester verlassen. Nur mühsam verbarg sie ihre Enttäuschung.

Mit einem unsicheren Lächeln schaute sie zu Beldon auf. »Vielleicht werden sich unsere Wege wieder einmal kreuzen, Euer Gnaden.«

»Darauf können Sie sich verlassen, Miss Harmon«, erwiderte er und zog ihre Hand an die Lippen. Sie tat ihr Bestes, um das sonderbare Prickeln zu ignorieren, das ihren Arm durchströmte.

Ein paar Stunden später lag sie unter dem rosaroten Seidenbaldachin ihres Betts im luxuriösen Stadthaus der Trents und dachte an jene Abschiedsworte. Würde sie den Duke wirklich wieder sehen? Wie inbrünstig sie sich danach sehnte, verriet ihr beschleunigter Puls.

Rand Clayton, Duke of Beldon, saß im elegant ausgestatteten, mit Eiche getäfelten Büro seines Anwalts an der Threadneedle Street und starrte die tintenblauen Zahlenkolonnen im Hauptbuch an, bis sie vor seinen Augen verschwammen.

Ein Leben ohne Probleme, Pflichten und Verantwortung konnte er sich gar nicht vorstellen. Davon hatte er sich am vergangenen Abend, beim Tanz mit der zauberhaften kleinen Amerikanerin auf Westers Ball, nur kurzfristig erholt, das spielerische Wortgefecht in vollen Zügen genossen und endlich wieder einmal gelacht, als gäbe es keine Sorgen.

Doch dieser Abend gehörte der Vergangenheit an, und der neue Tag erforderte Rands ungeteilte Aufmerksamkeit.

Viele hundert Menschen waren von ihm abhängig, und der Gedanke, er könnte auch nur einen Einzigen enttäuschen, bedrückte ihn.

Seufzend wandte er sich wieder zu den Hauptbüchern, die zuvor seinem jüngsten Vetter gehört hatten. »Wer immer es war, der Schurke hat den Jungen in den Bankrott getrieben. In knapp zwölf Monaten hat Jonathan fast jeden Penny seines Erbes investiert – und letzten Endes alles verloren.«

Ephram Barclay, sein Anwalt, runzelte die Stirn. »Nie gab sich der junge Jonathan mit seinem Besitz zufrieden, immer wollte er noch mehr. Er war fest entschlossen, ein Riesenvermögen zu machen und seine Fähigkeiten zu beweisen.«

Auf der anderen Seite von Ephrams Schreibtisch lehnte

sich Rand in den tiefen Ledersessel zurück und rieb seine Augen. Plötzlich fühlte er sich todmüde. »Der Junge war zu vertrauensselig. Wäre er zu mir gekommen...«

»Dann hätten Sie ihm erklärt, dieses Unternehmen sei zu riskant, Euer Gnaden. Jonathan glaubte, um möglichst viel Geld zu scheffeln, müsste er ein gewisses Wagnis eingehen. Unglücklicherweise war er nicht auf die Konsequenzen vorbereitet.«

Und es waren schlimme Konsequenzen. Vor den Augen seiner Freunde gedemütigt und unfähig, seine enormen Schulden zu bezahlen, hatte er seine hoch geschätzte Mitgliedschaft im Almack's eingebüßt. Statt um Hilfe zu bitten, hatte sich der 22-jährige Jonathan Randall Clayton das Leben genommen. Vor zwei Wochen hatte ein Stallknecht die Leiche des jungen Mannes gefunden, an einen Deckenbalken der Stallungen erhängt, die zu seinem verpfändeten Familiensitz gehörten.

»Welche Fehler er auch immer begangen hat, er war ein guter Junge«, erwiderte Rand. »Nach dem Tod seiner Eltern hätte ich besser auf ihn achten müssen. Zumindest teilweise trage ich die Schuld an seinem unrühmlichen Ende.«

Ephram beugte sich über den Schreibtisch, ein großer, dünner, grauhaariger Mann, der seit zwanzig Jahren die Angelegenheiten der Familie Beldon regelte. »Machen Sie sich keine Vorwürfe. Was der Junge trieb, wussten Sie nicht. Erst letztes Jahr trat er sein Erbe an. Wer konnte ahnen, wie unklug er sein Geld investieren oder dass er nach seinem Fehlschlag Selbstmord verüben würde?«

Trotzdem wurde Rand von Gewissensqualen geplagt. Blutjung und leicht zu beeindrucken, hatte sich Jonathan jahrelang gelobt, das kleine Erbe seines Vaters in ein gigantisches Vermögen zu verwandeln. Stattdessen hatte er den ganzen, ohnehin geringfügigen Besitz seiner Familie verloren. Vor lauter Verzweiflung war er freiwillig aus dem Leben gegangen.

Rand neigte sich wieder über das aufgeschlagene Hauptbuch. »Da steht nicht, wohin das Geld verschwunden ist.«

»Nein, hier nicht.« Ephram öffnete ein anderes Buch und zeigt es seinem Klienten. »Wie Sie sehen, ging fast die gesamte Summe an Merriweather Shipping. Damit sollte Kopra von den West Indies gekauft werden. Ein erfolgreiches Geschäft hätte das Investment Ihres Vetters verdoppelt, Euer Gnaden. Bedauerlicherweise ging das Schiff in einem wilden Sturm unter, die Besatzung kam ums Leben, und Jonathan büßte sein ganzes Hab und Gut ein.«

In Ephrams Stimme schwang ein seltsamer Unterton mit. Seit Rand nach dem Tod seines Vaters den Titel des Dukes geerbt hatte, genoss der Anwalt sein rückhaltloses Vertrauen. »Also gut, mein Freund. Offenbar steckt noch mehr dahinter. Erzählen Sie mir alles.«

Ephram nahm seine Brille mit dem Drahtgestell ab und legte sie auf die Tischplatte aus poliertem Eichenholz. »So, wie ich Sie kenne, dachte ich mir, dass Sie möglichst viel über Merriweather Shipping erfahren wollen. Und so zog ich Erkundigungen ein – nicht die üblichen. Gewisse Informationen muss man kaufen. Allem Anschein nach sind mehrere Schiffe dieses Unternehmens im Meer versunken – und zahlreiche Investoren verloren ihr Geld.«

Rands Augen verengten sich. »Was deuten Sie an, Ephram?«

»Wie ich herausgefunden habe, wurden sämtliche Frachten ausschließlich mit dem Geld von Investoren finanziert. Wäre das Schiff nicht gesunken, sondern irgendwo anders als in England gelandet, hätten sich die Firmeninhaber den beträchtlichen Profit angeeignet.«

»Also ein Betrug im großen Stil?«

»Möglicherweise täuschte Merriweather Shipping den Untergang des Schiffs vor, änderte seinen Namen und ließ es in irgendeinen fernen Hafen bringen. Dann wäre der Gewinn beachtlich.« Kalter Zorn krampfte Rands Magen zusammen. Durch die Schuld niederträchtiger Schwindler hatte sein junger Vetter den Tod gefunden. Statt einer glücklichen Zukunft entgegenzublicken, vermoderte er in seinem eisigen Grab.

Entschlossen blickte Rand in die Augen seines Anwalts. »Ich möchte wissen, was mit diesem Schiff geschehen ist, in allen Einzelheiten, und was genau bei Merriweather Shipping vorgeht. Wer leitet die Firma? Wer treibt das Geld für ihre Transaktionen auf?« Unwillkürlich ballte er die Hand, die auf der Armstütze seines Sessels lag. »Stellen Sie fest, was meinem Vetter widerfahren ist. Hat er sich wegen seiner leichtfertigen Investments umgebracht? Oder wurde er von einem geldgierigen Bastard, der sein Vertrauen missbraucht hat, in den Tod getrieben?«

2

Die Spiegelwände des Salons reflektierten die Gestalt Phillip Rutherfords, des Barons Talmadge, der langsam umherwanderte. Ein unscheinbarer Mann, dachte Rand. Das hatte er nicht erwartet. Dunkelblond, mit haselnussbraunen Augen, war der Baron einige Jahre älter als Rand – etwa vierzig –, um ein paar Zentimeter kleiner und nicht so kräftig gebaut.

Seit Rutherfords Ankunft stand Rand neben der Tür des Salons und beobachtete ihn. Ein umgänglicher Mann, schien der Baron mit allen Gästen ungezwungen zu plaudern, und es fiel ihm nicht schwer, die Sympathien der Londoner Gesellschaft zu gewinnen.

Aber solche Eigenschaften musste ein Gauner, der den Leuten das Geld aus der Tasche zog, um seine eigene zu füllen, natürlich besitzen.

Rand musterte ihn noch eine Weile und bemerkte das selbstsichere Auftreten des Barons. Jetzt verstand er, warum sein Vetter auf diesen Mann hereingefallen war. Erstaunlich, dass ich ihn bisher nicht kennen gelernt habe, überlegte er. Das würde sich im Lauf dieses Abends ändern. Dann erregte etwas anderes seine Aufmerksamkeit.

Gelächter. Melodisch, sinnlich, sehr feminin. Nur zu gut erinnerte er sich an die kleine Amerikanerin. So offenherzig lachte keine andere Frau in seinem Bekanntenkreis. Während er dieser verlockenden Stimme lauschte, floss das Blut schneller durch seine Adern.

Für einen Augenblick vergaß er den Mann im burgunderroten Frack, obwohl er die Party nur seinetwegen besuchte. Als er hinter einer Marmorsäule hervortrat, entdeckte er sie, sah ihr rosiges Gesicht, den verführerischen Busenansatz im Dekolletee des aquamarinblauen Seidenkleids. »Warum habe ich das Gefühl eines Déjà-vu-Erlebnisses?« Grinsend schlenderte Nick Warring zu ihm. »Oder war es nicht Miss Harmon, die du bei unserer letzten Begegnung unverwandt angestarrt hast?«

»Doch«, bestätigte Rand, ohne die rothaarige Schönheit aus den Augen zu lassen. Nicht nur ihre Reize spannten seine Nerven an. Nach dem Gespräch mit seinem Anwalt hatte er beunruhigende Informationen über Caitlin Harmons Vater erhalten.

Donovan Harmon war nämlich der Partner des Barons, des Mannes, der nach Rands Überzeugung seinen jungen Vetter in den Ruin und zum Selbstmord getrieben hatte.

Die Zähne zusammengebissen, bezwang Rand ein bitteres Bedauern und wünschte, Cait Harmon wäre jemand anderer.

»Eine faszinierende Frau, nicht wahr?« Ironisch beobachtete Nick den Freund, der seinen Blick nicht von der Amerikanerin losreißen konnte, und nippte an einem Glas Gin, seinem Lieblingsgetränk.

»In der Tat.«

»Übrigens, sie wohnt bei meiner Schwester.«

Das wusste Rand bereits. Und er wusste auch, dass ihr Vater mit Talmadges Unterstützung versuchte, Geld für die geplante Expedition aufzutreiben. Zu diesem Zweck trat der Professor an Mitglieder der Aristokratie heran, so wie der Baron vor einiger Zeit an den jungen Jonathan. Wenn Caitlin mit ihrem Vater zusammenarbeitete, musste sie über seine Aktivitäten Bescheid wissen – und über Phillip Rutherford.

Rand beobachtete, wie sie sich mit Nicks Schwester Maggie unterhielt. An diesem Abend sah sie genauso bezaubernd aus wie auf dem Ball des Marquess of Wester. Mit ihrem strahlenden Lächeln, dem makellosen Teint und der wohlgeformten Figur stellte sie alle anderen anwesenden Frauen in den Schatten. Sein Interesse wuchs.

O ja, sie reizte ihn. Und wegen ihrer Kontakte zu Talmadge würde sie ihm vielleicht nützen. Dass er sie attraktiv fand, war ein zusätzlicher Vorteil. Entschlossen ging er zu ihr hinüber.

»Da kommt Rand«, flüsterte Maggie ihrer Freundin zu. »Ich habe mich schon gefragt, wo er so lange bleibt.«

Wie sie das meinte, wusste Caitlin nicht genau. Aber sie fand keine Zeit, danach zu fragen. Mit langen, zielstrebigen Schritten ging der Duke of Beldon auf sie zu.

Nachdem er Maggie höflich begrüßt hatte, verbeugte er sich vor Cait. »Freut mich, Sie wieder zu sehen, Miss Harmon.«

Sein eindringlicher Blick beschleunigte ihren Atem. »Oh –

ich freue mich auch, Euer Gnaden«, antwortete sie lächelnd und wahrheitsgemäß. Einerseits staunte sie über ihr eigenes Glücksgefühl, andererseits war es nicht verwunderlich. Seit sie ihn kennen gelernt hatte, dachte sie Tag und Nacht an ihn.

Ringsum schwatzten die Leute über ihren Vater, dessen Suche nach Kleopatras Halskette der Anlass dieser Party war. Rand beobachtete die Versammlung ein paar Sekunden lang. Dann wandte er sich wieder zu Cait. »Ich habe in den Zeitungen gelesen, Sie würden sich um Spendengelder bemühen. Nach dem Erfolg dieses Abends zu schließen, müssten Sie Ihr Projekt bald finanzieren können.«

Als Cait einen Schluck Champagner nahm und den Duke über den Rand ihres Glases hinweg betrachtete, spürte sie die gleiche Faszination wie bei der ersten Begegnung. »Wenn man eine so kostspielige Expedition plant, ist es immer schwierig, genug Geld aufzutreiben. Aber ich glaube, die Dinge entwickeln sich sehr günstig.«

Maggie schaute zu ihrem Mann hinüber, der den Professor gerade mit einigen Gästen bekannt machte. »Demnächst wird Andrew mehrere gesellschaftliche Ereignisse organisieren, um Dr. Harmons Forschungsreise zu fördern. Hoffentlich wirst du daran teilnehmen, Rand.«

»Ganz gewiss – wenn ich Miss Harmon auf diesen Partys treffen werde«, beteuerte der Duke lächelnd. Der Klang seiner tiefen Stimme sandte einen wohligen Schauer über Caits Rücken. Dann musterte er einen der Männer, die mit dem Professor sprachen. »Ich nehme an, auch Baron Talmadge wird Dr. Harmon unterstützen.«

»Ja«, stimmte Cait zu, »wir lernten Seine Lordschaft in New York kennen, bei einer ähnlichen Spendenaktion wie dieser. Sobald Baron Talmadge von der Existenz der Halskette erfuhr, erklärte er, man müsse sie unbedingt aufstöbern. Von diesem Gedanken war er ganz begeistert. Während Vater das Projekt plante, schrieb er dem Baron, der ihm seine Hilfe zusagte, und sie gründeten eine Partnerschaft.«

Bei dieser Erklärung schienen sich Beldons Augen zu verdunkeln. Doch dann schenkte er ihr sein sinnliches Lächeln, und sie glaubte, sie müsste sich den sonderbaren Ausdruck in seinem Blick eingebildet haben.

Nun gesellte sich Maggies Ehemann hinzu. »Verzeih die Störung, meine Liebe«, bat er seine Frau. »Aber es ist spät geworden. Morgen früh hat der Professor eine Besprechung, und Cait hält einen Vortrag.«

Verblüfft hob der Duke die Brauen. »Einen Vortrag?«

Caitlins Gesicht nahm einen frostigen Ausdruck an. Natürlich musste sich ein Duke über eine unverheiratete junge Frau wundern, die in der Öffentlichkeit eine Rede halten würde. »Ich spreche vor den Mitgliedern des Vereins Museum Ladies Auxiliary. Danach wollen wir über Santo Amaro, die Arbeit meines Vaters und die geplante Expedition diskutieren.«

»Oh, ich bin beeindruckt, Miss Harmon. Dass ich mich mit einer Wissenschaftlerin unterhalte, wusste ich gar nicht.«

Erstaunlicherweise hörte sie keinen Tadel aus seiner Stimme heraus.

»Eine Wissenschaftlerin darf ich mich wohl kaum nennen. Aber ich habe auf meinen Reisen einige bedeutsame Erkenntnisse gewonnen.«

»Zu schade, dass ich dem Förderverein des Museums nicht angehöre… Ihr Vortrag würde mich sehr interessieren, Miss Harmon.«

Geflissentlich ignorierte sie die Hitze, die ihr seine Worte in die Wangen trieben. »Im Gegensatz zu den Männern, die uns aus ihren verrauchten Gentlemen's Clubs verbannen und uns ständig Anstandsdamen aufbürden, sind wir Frauen viel aufgeschlossener. Wer den Vortrag hören will, hat freien Zutritt. Vielleicht werden Sie Zeit dafür finden, Euer Gnaden.«

Mit einem rätselhaften Lächeln nickte er ihr zu. »Ja – vielleicht.« Doch sie bezweifelte, dass er das Museum besuchen würde.

Höflich verabschiedeten sie sich. Als Cait den Trents aus dem Salon folgte, glaubte sie, der Duke würde ihr nachschauen. Aber wahrscheinlich war das nur albernes Wunschdenken.

Im Kamin des lang gestreckten, holzgetäfelten Arbeitszimmers im Haus des Dukes am Grosvenor Square knisterte ein kleines Feuer. Es war früh am Morgen. An den Fensterscheiben rüttelte ein heftiger Wind.

Rand musterte die beiden Männer, die ihm am Schreibtisch gegenübersaßen – seinen würdevollen grauhaarigen Anwalt Ephram Barclay und seinen besten Freund. Die Stirn gerunzelt, studierte Nicholas Warring die Papiere in seinen schmalen Fingern – den Bericht, den Ephram von einem Polizisten aus der Bow Street, einem gewissen Michael McConnell, erhalten hatte.

Während der letzten Wochen hatte McConnell im Auftrag des Anwalts eine ganze Menge herausgefunden. Seit die *Maiden* mit der Fracht gesunken war, in die der Vetter des Dukes sein gesamtes Vermögen investiert hatte, existierte Merriweather Shipping nicht mehr. Die beiden Firmeninhaber, Dillon Sinclair und Richard Morris, hatten das Land verlassen. Auch ein dritter Mann war verschwunden, aber vor kurzem zurückgekehrt – Phillip Rutherford, Baron Talmadge, der Mann, der höchst diskret das Kapital für die Transaktionen des Unternehmens aufgetrieben hatte.

Bis jetzt war keine Spur von der *Maiden* entdeckt worden, und Rand konnte nicht beweisen, dass die Firma den Schiffsuntergang nur vorgetäuscht hatte, um sich zu bereichern. Aber Ephram zweifelte nicht an den infamen Machenschaften – ebenso wenig wie Rand angesichts der Summen, die alle drei Männer vor ihrer Abreise von der Bank of England abgehoben hatten.

»Jetzt verstehe ich, warum dich diese Sache so brennend interessiert, Rand.« Seufzend schüttelte Nick den Kopf. »Wenn Jonathan um sein Erbe betrogen wurde, so wie es diesem Bericht zu entnehmen ist, könnte man gewissermaßen behaupten, die Schurken hätten ihn ermordet.«

»Genau«, bestätigte Rand.

Nick legte die Papiere auf den Schreibtisch zurück. »Offenbar glaubst du, Talmadge würde neue unlautere Geschäfte aushecken, in die Professor Harmon verwickelt ist.«

»Zumindest liegt diese Vermutung nahe.«

»Das kann ich mir nicht vorstellen. Donovan Harmon ist eng mit meinem Schwager befreundet. Würde Trent nicht so große Stücke auf den Gentleman halten, hätte er ihn wohl kaum in sein Haus eingeladen.«

Rand wandte sich zu seinem Anwalt. »Und wie denken Sie darüber, Ephram?«

»Schwer zu sagen…«, erwiderte der Jurist und rückte seine Brille auf dem schmalen Nasenrücken zurecht. »Ich schrieb ans Harvard College und bat um Auskünfte über den Professor. Vor mehreren Jahren hielt er an dieser Universität Vorlesungen über das alte Ägypten. Außerdem engagierte ich einen amerikanischen Detektiv, der Informationen über Harmons Vergangenheit und sein Privatleben sammelt. Aber es wird Wochen dauern, bis wir Antworten erhalten. Vorerst steht nur fest, dass er in den Kreisen der Altertumsforscher hohes Ansehen genießt. Was seine finanziellen Verhältnisse angeht, sieht's allerdings etwas anders aus.«

Gespannt richtete sich Rand in seinem Ledersessel auf. »Was soll das heißen?«

»Seit dem Tod seiner Frau unternahm er einige Expeditionen, die ihn größtenteils ins Ausland führten. Er reiste nach Ägypten und erforschte die Ruinen von Pompeji. Eine Zeit lang befasste er sich mit umfangreichen Studien in Den Haag. Alle diese Aktivitäten und noch einige andere endeten mit finanziellen Katastrophen. Offensichtlich kann Harmon nicht mit Geld umgehen. Im Lauf der Jahre hat er zahlreiche wertvolle Entdeckungen gemacht. Aber wann immer er nach Amerika zurückkehrte, hatte er keinen Cent in der Tasche.«

Rand wandte sich zu Nick. »Also braucht der Professor dringend Geld – ein klassisches Tatmotiv… Ich nehme an, er weiß ganz genau, was Talmadge vorhat.«

»Das bezweifle ich… Und seine Tochter? Wenn ich Cait Harmon auch nur flüchtig kennen gelernt habe – sie macht einen sehr guten Eindruck auf mich. Nach meiner Ansicht ist sie aufrichtig und intelligent. Falls ihr Vater und der Baron tatsächlich irgendwelche Gaunereien planen, weiß sie nichts davon.«

»Hoffentlich hast du Recht. Du warst schon immer ein guter Menschenkenner. Deshalb habe ich dich heute hierher gebeten.«

»Am besten rechnen Sie mit allen Möglichkeiten, bis wir genauere Informationen bekommen«, schlug Ephram vor.

»Und wir werden Augen und Ohren offen halten«, ergänzte Rand. »Nick, ich muss dich bitten, dieses Gespräch vertraulich zu behandeln. Deine Gemahlin und deine Schwester sind mit Cait befreundet. Und keine der beiden kann Geheimnisse bewahren.«

»Dem Himmel sei Dank!«, bemerkte Nick grinsend.

Auch Rand musste lächeln. Er mochte beide Frauen wirklich sehr gern.

Nach einem kurzen Blick auf die reich geschnitzte Großvateruhr, die gegenüber dem Schreibtisch in einem Regal tickte, schob er seinen Sessel zurück und stand auf. »Ich weiß es zu würdigen, dass du dir Zeit für unsere Unterredung genommen hast. Auch Ihnen bin ich sehr verbunden, Ephram. Sie waren mir ebenso wie Nick eine große Hilfe.«

»Was willst du jetzt tun?«, fragte Nick und hielt den beiden Männern die Tür des Arbeitszimmers auf.

Lächelnd betrat Rand den Marmorboden der Eingangshalle. Er versuchte sich einzureden, sein lebhaftes Interesse an Professor Harmon würde nicht einmal teilweise mit dessen Tochter zusammenhängen. Aber dann gestand er sich ein, dass das nicht stimmt. »Soviel ich weiß, kann man heute Morgen im Britischen Museum einen sehr interessanten Vortrag hören. Wenn ich Glück habe, könnte ich etwas Nützliches erfahren.«

Nick verdrehte skeptisch die Augen. »Wenn mich nicht alles täuscht, hält Miss Harmon diesen Vortrag – unser kleiner Blaustrumpf.«

»Nun, man kann nie wissen, was für faszinierende Leute man in einem Museum trifft«, entgegnete Rand und grinste noch breiter.

3

So leise wie möglich nahm Rand in der letzten Reihe des kleinen Vortragssaals Platz, wo Caitlin Harmon ihre Arbeit auf Santo Amaro Island beschrieb. Eigentlich hatte er beabsichtigt, nur einen kurzen Blick in den Raum zu werfen. Aber während sie die Suche ihres Vaters nach Kleopatras Halskette zu schildern begann, konnte er nicht widerstehen und setzte sich.

Er hatte versucht, unbemerkt einzutreten, was ihm als

einzigem Mann unter fast drei Dutzend Frauen natürlich misslang. Letzten Endes freute er sich über das Aufsehen, das seine Anwesenheit erregte und Cait in ihrer Konzentration störte. Sekundenlang fehlten ihr die Worte, und ihre Wangen färbten sich feuerrot. Doch sie fasste sich sofort wieder. Nach einem kurzen Blick in ihre Notizen fuhr sie fort, wo sie ihren Bericht unterbrochen hatte, erzählte die Legende von der Halskette und erläuterte, was ihr Vater bisher herausgefunden hatte.

Wie viel von alldem mag stimmen, fragte sich Rand. Und welche Rolle spielt Phillip Rutherford bei den Aktivitäten des Professors?

»Bis vor kurzem gab es nur geringfügige Beweise für die Existenz des Schmucks«, erklärte Cait. »Aber seit Jahren kursieren Gerüchte über die fabelhafte Schönheit dieser Halskette. Sie besteht aus Diamanten, so groß wie Hühnereier, und phantastischen Smaragden und Rubinen. Angeblich ließ Marcus Antonius das Geschmeide als Geschenk für Kleopatra anfertigen. In einigen ägyptischen Dokumenten wird auf die ungewöhnliche kunstvolle Gestaltung der Kette hingewiesen, die kompliziert ineinander verflochtenen, mit den kostbaren Steinen verzierten feinen Bänder aus gehämmertem Gold. Bedauerlicherweise wurde sie gestohlen. Viele hundert Jahre lang blieb sie spurlos verschwunden.«

Lächelnd ließ sie ihren Blick über die aufmerksamen Gesichter des Publikums wandern.

»Bis mein Vater mit gezielten Nachforschungen begann. Vor ein paar Jahren fand er in den Archiven von Den Haag zufällig bemerkenswerte Dokumente – die eidesstattlichen schriftlichen Erklärungen eines Seemanns namens Hans Van der Hagen, die er vor fast achtzig Jahren abgegeben hatte. In diesen Papieren wird die Existenz der Halskette erwähnt. Van der Hagen gehörte zur Besatzung eines holländischen

Sklavenschiffs, der *Zilverijder*. Seiner Aussage zufolge hatte er zusammen mit seinen Kameraden Sklaven entlang der Elfenbeinküste gefangen genommen und zwischen den religiösen Schätzen eines Eingeborenenstamms ein Geschmeide von unschätzbarem Wert entdeckt. Wie es von Ägypten auf die andere Seite des afrikanischen Kontinents gelangt war, weiß niemand. Jedenfalls passt Van der Hagens Beschreibung genau auf die Halskette der Kleopatra.«

Eine Zeit lang herrschte tiefe Stille im Raum. Dann fragte eine der Zuhörerinnen: »Was geschah mit der Kette, nachdem sie die holländischen Seefahrer gefunden hatten?«

»Jetzt kommen wir zum interessantesten Teil der Geschichte«, erwiderte Cait. »Allem Anschein nach wurde sie an Bord der *Zilverijder* gebracht – der Name des Schiffs bedeutet übrigens ›Silberreiter‹. Nahe der entlegenen Insel Santo Amaro geriet das Schiff in einen Sturm. Den holländischen Berichten zufolge ist das Schiff gesunken. Aber Van der Hagen schwor, es sei an der Felsenküste zerschellt. Drei Besatzungsmitglieder blieben am Leben – Leon Metz, der Erste Offizier, der Seemann Spruitenberg und natürlich Hans Van der Hagen. Wie den Dokumenten zu entnehmen ist, die mein Vater gefunden hat, wurde die Habgier den drei Männern zum Verhängnis. Der Erste Offizier wollte sich die Halskette mit aller Macht aneignen. Und so tötete er Spruitenberg. Van der Hagen überlebte den Mordanschlag. Irgendwie erreichte er das Festland. Von dort trat er die Heimreise nach Holland an. In seiner schriftlichen Aussage behauptete er, bei jenem Kampf auf Leben und Tod sei der Erste Offizier schwer verletzt worden und wahrscheinlich auf der Insel gestorben.«

»Wenn die Kette auf Santo Amaro zurückblieb – warum ist Van der Hagen nicht hingefahren, um sie zu holen?«, fragte eine Dame, die einen eleganten Strohhut trug.

»Darum hat er sich bemüht. Vier Jahre lang versuchte er, Geld für die Reise zur Insel aufzutreiben. Aber niemand glaubte seine Geschichte.«

»Ihr Vater offenbar schon, Miss Harmon«, erklang Rands trockene Stimme in der letzten Sitzreihe, und drei Dutzend weibliche Köpfe wandten sich zu ihm.

»O ja. Er brachte genug Kapital für die erste Expedition zusammen. Aber unsere Vorräte gingen zur Neige, bevor wir die Halskette finden konnten. Leider verlor mein Vater durch diesen Misserfolg das Vertrauen seiner amerikanischen Geldgeber, und deshalb sind wir nach London gekommen.«

»Aber wenn ihn die Amerikaner nicht unterstützen...«

Unbeirrt fiel Caitlin der Frau ins Wort und hielt eine Silbermünze hoch. »Das ist ein holländischer Silbergulden, 1724 geprägt. In diesem Jahr ging, den holländischen Seefahrtsberichten zufolge, das Sklavenschiff *Zilverijder* unter. Diese Münze und ein paar andere grub mein Vater auf Santo Amaro aus, zwei Wochen vor unserer Reise nach England.«

Ein Raunen ging durch die Menge, und Rand empfand widerwillige Bewunderung für die Amerikanerin. Mochte sie die Wahrheit erzählen oder nicht, sie wusste das Publikum in ihren Bann zu ziehen.

Während der nächsten Minuten beantwortete sie die Fragen der aufgeregten Frauen.

»Was mich interessieren würde, Miss Harmon...« In der ersten Reihe beugte sich eine dünne, unscheinbare Dame vor. »Ist es nicht schwierig für eine junge Frau von – zwanzig Jahren...?«

»Einundzwanzig.«

»Nun, ich bin einige Jahre älter. Trotzdem würde ich's nicht ertragen, auf einer einsamen Insel zu leben. Mit einundzwanzig war ich bereits verheiratet und die Mutter zweier wundervoller Kinder.«

»Natürlich habe ich mir ein anderes Leben vorgestellt«, gestand Cait lächelnd. »Eine Ehe, eine Familie – das wünschen sich die meisten Frauen. Aber ich finde die Arbeit meines Vaters wichtiger. Und offen gestanden, ich genieße meine Unabhängigkeit. Die müsste ich aufgeben, wenn ich heirate, und dazu bin ich nicht bereit.«

Nachdenklich starrte Rand vor sich hin. Also legte Cait Harmon keinen Wert auf die Ehe. Das gefiel ihm. Auch er wollte sich nicht binden. Aber wenn ihn seine Instinkte nicht trogen, fühlte sie sich zu ihm hingezogen. Und er begehrte sie immer leidenschaftlicher. Außerdem musste er irgendwie an Talmadge herankommen. Dabei würde sie ihm vielleicht helfen.

»Santo Amaro ist die entlegenste Insel des Kapverdischen Archipels«, fuhr Cait fort. »Dort herrscht wegen der unmittelbaren Nähe zum Äquator ein tropisches Klima als auf den anderen Inseln. An der Küste ist es sehr schön, im Landesinneren gefährlich. Bisher haben unsere Entdeckungsreisen nur in den Wald am Ende des Strands geführt, wo wir das Lager der Schiffbrüchigen von der *Zilverijder* vermuten.«

»Und in diesem Lager hofft Ihr Vater, die Halskette der Kleopatra zu finden«, warf Rand ein.

»Ja«, bestätigte sie in jenem selbstsicheren Ton, der ihn von Anfang an fasziniert hatte. »Mit der Unterstützung wohlgesinnter Freunde werden wir die Kette ganz sicher finden.«

Über den Köpfen der Frauen begegnete er Caitlins Blick. Beinahe gewann er den Eindruck, die leuchtenden grünen Augen würden ihn berühren, und sein Herz schlug schneller. Unglaublich, dass eine Frau, die er über mehrere Zuschauerreihen hinweg beobachtete, ein so heißes Verlangen entzünden konnte ...

Nun beantwortete sie weitere Fragen. Aber er hatte genug

gehört. Caitlin Harmon war hinreißend, so feurig wie ihr Haar, genau die Frau, die er sich beim perlenden Klang ihres Gelächters vorgestellt hatte. Dass sie sich an betrügerischen Machenschaften beteiligte, wollte er nicht glauben. Andererseits – nach den Informationen, die er bis jetzt gesammelt hatte, erschien ihm alles möglich.

Während sie das Gespräch mit ihrem Publikum fortsetzte, ging er zur Tür. Melodisch lachte sie über die Bemerkung einer Dame, und er drehte sich ein letztes Mal zu ihr um. Noch nie war er einer so betörenden Frau begegnet. Sie war überaus klug und temperamentvoll. Und er wollte die Flammen ihrer Leidenschaft spüren.

Hatte er jemals ein weibliches Geschöpf mit solcher Glut begehrt? Daran erinnerte er sich nicht.

Ehe das letzte Mitglied der Ladies Auxiliary den Vortragsraum verließ, verstrich eine halbe Stunde. Schließlich blieb Caitlin allein zurück. Sie ordnete ihre Notizen und verstaute sie in einer flachen Ledertasche. Dann hob sie den Kopf und sah den Duke of Beldon eintreten. »Euer Gnaden – ich dachte, Sie wären längst gegangen.«

Mit einem entwaffnenden Lächeln schlenderte er zu ihr. »Ich wollte allein mit Ihnen reden und versichern, wie tief mich Ihr Vortrag beeindruckt hat. Nach der harten Arbeit müssten Sie hungrig sein, und ich hoffe, Sie leisten mir beim Lunch Gesellschaft...«

»Tut mir Leid, Miss Harmon ist bereits verabredet«, ertönte eine vertraute Frauenstimme an der Tür. Cait blickte auf und sah Elizabeth Warring mit Maggie Sutton durch den Mittelgang zum Podium eilen. »Es sei denn, du willst dich anschließen«, wandte sich Elizabeth an Beldon. Ihre Augen funkelten boshaft.

Seufzend schüttelte er den Kopf. »Wenn ich auch einige

seltsame Eigenschaften besitze – ich bin nicht masochistisch veranlagt. Vorhin musste ich Miss Harmon mit drei Dutzend Frauen teilen. Für einen Tag genügt mir das.« Als er sich zu Caitlin umdrehte, glaubte sie, das Feuer in seinen dunklen Augen würde sie verbrennen. »Mögen Sie Pferde, Miss Harmon?«

Verwundert überlegte sie, welche Herausforderung er sich diesmal ausgedacht hatte. »Falls Sie wissen wollen, ob ich reite – ja. Aber in den letzten Jahren fand ich keine Gelegenheit mehr dazu.«

»Möchten Sie mit mir ein Pferderennen besuchen? Übermorgen tritt einer meiner Hengste in Ascot an. Ich glaube, das wollen sich auch Lady Ravenworth und ihr Mann anschauen. Würden Sie mir die Ehre geben, Miss Harmon? Natürlich mit Ihrem Vater …«

»O ja, komm doch mit uns, Caitlin«, drängte Elizabeth. »Sicher wird's dir Spaß machen.«

Die Ledertasche unter dem Arm, stieg Cait vom Podium, geflissentlich bemüht, nicht in die Richtung des Dukes zu schauen. »Ich war noch nie bei einem Pferderennen. Dafür würde ich mich sehr interessieren.«

»Bravo!« Wie ein glückliches Kind klatschte Elizabeth in die Hände. Größer und schlanker als Cait, mit dunklerem Haar war die Countess of Ravenworth die Mutter eines sechs Monate alten Sohnes, eine Frau, die nur für ihren Ehemann und ihre Familie lebte. Obwohl sie grundverschieden waren, fühlte sich Cait eng mit Elizabeth verbunden, als würden sie einander im Grunde ihres Herzens trotz aller Gegensätze gleichen.

»Wenn dein Vater uns nicht begleiten kann, begleitest du Nicholas und mich.«

»Wohin, meine Liebe?«, fragte eine Stimme von der Tür her. Leicht gebeugt ging der grauhaarige Professor zum Podium. An seiner Halskette baumelte ein goldgerändertes Monokel.

Warmherzig lächelte Cait ihn an. »Ich dachte, wir würden uns erst heute Nachmittag sehen, Vater. Natürlich kennst du die Damen. Bist du Seiner Gnaden, dem Duke of Beldon, schon begegnet?«

Flüchtig nickte der Professor dem Duke zu. »Ja, ich glaube, wir wurden uns in Lord Chesters Haus vorgestellt.«

»Da sind Sie ja, Donovan! Seit einer halben Ewigkeit suche ich Sie überall!« Phillip Rutherford, Dr. Harmons Geschäftspartner, stand auf der Schwelle – wie immer untadelig gekleidet, das dunkelblonde Haar sorgfältig frisiert. »Verzeihung, hoffentlich störe ich nicht.«

»Natürlich nicht, Phillip«, erwiderte der Professor. »Kommen Sie nur herein!«

Lächelnd folgte Talmadge der Aufforderung. Er war stets freundlich, und Caitlin zweifelte nicht an seiner aufrichtigen Begeisterung für das Projekt ihres Vaters. Trotzdem wusste sie nicht, was sie von ihm halten sollte.

»Ich nehme an, Sie kennen die Herrschaften, Phillip?«, fragte der Professor.

Höflich nickte Talmadge allen Anwesenden zu. Dem Duke galt seine Aufmerksamkeit etwas länger als den anderen. »Ja, gewiss.«

»Lord Talmadge und ich haben uns auf Lord Crutchfields Party getroffen«, erklärte Rand. »Dort sind wir uns erstaunlicherweise zum ersten Mal begegnet.«

»O nein, wir haben schon vor langer Zeit Bekanntschaft geschlossen«, verbesserte ihn der Baron, »auf dem Ball, den Ihr Vater an Ihrem einundzwanzigsten Geburtstag gab. Ein grandioses Fest, wie ich mich entsinne. Mindestens fünfhundert Gäste… Kein Wunder, dass Sie sich nicht an mich erinnern, Beldon.«

»Fast alles, was an jenem Abend geschah, ist mir entfallen«, gestand der Duke grinsend. »Umso lebhafter ist mir der Preis im Gedächtnis geblieben, den ich am nächsten Morgen für diese feuchtfröhliche Feier zahlen musste.«

Wie Caitlin wohlgefällig feststellte, konnte er über sich selber lachen.

»Gerade wollte ich Miss Harmon und ihren Vater zu einem Pferderennen einladen, das übermorgen in Ascot stattfinden wird«, erklärte er dem Baron. »Vielleicht möchten Sie sich anschließen, Talmadge.«

»Besten Dank, aber der Professor und ich sind bereits anderweitig verabredet.«

»Dann werden Sie Ihrer Tochter sicher erlauben, meinen Mann und mich nach Ascot zu begleiten, Dr. Harmon«, bat Elizabeth.

Mit einem liebevollen Lächeln wandte sich der Wissenschaftler zu Cait. »Wenn es dir Freude bereiten würde, mein Kind…« Schon seit Jahren machte er ihr keine Vorschriften mehr. Sie war es gewöhnt, ihre eigenen Entscheidungen zu treffen, und das gefiel ihr.

»Damit wäre alles geregelt.« Beldon schenkte Cait ein letztes Lächeln, das ihr schier den Atem raubte. »Meine Damen – bis übermorgen.« Nach einer kleinen Verbeugung ging er zur Tür. Seltsam, wie leer der Raum ohne ihn wirkte…

Cait aß mit Elizabeth und Maggie zu Mittag. Dann kehrte sie ins Museum zurück und stellte eine Liste alter römischer Texte zusammen, die vielleicht Angaben über die Halskette enthielten. Obwohl sie ihr Bestes tat, um sich auf die Arbeit zu konzentrieren, schweiften ihre Gedanken alle paar Minuten zum Pferderennen in Ascot, wo sie Rand Clayton wiedersehen würde. Sie wollte sich einreden, sie würde nur hingehen, weil der schwerreiche Duke möglicherweise eine beträchtliche Summe für die Expedition spenden würde.

Doch dann gestand sie sich die Wahrheit ein. Noch nie hatte ein Mann so heftige Gefühle in ihr erregt wie Rand Clayton. Ein Blick aus seinen glutvollen dunkelbraunen Augen genügte, um ihr Blut zu erhitzen. Und wenn er ihr mit seiner tiefen, ausdrucksvollen Stimme Komplimente machte, konnte sie kaum noch einen klaren Gedanken fassen. Diese Emotionen waren ihr neu, und Cait wollte sie erforschen.

An eine Ehe hatte sie niemals gedacht, weil sie sich um den Vater kümmern musste, und diese Tatsache längst akzeptiert. Aber was würde es schaden, wenn sie herausfand, was eine Frau in den Armen eines Mannes empfand?

Entschlossen ignorierte sie die innere Stimme, die ihr zuflüsterte, es könnte schmerzlicher sein, als sie vermutete.

Ungewöhnlich warm für die Jahreszeit, schien die Aprilsonne auf die ersten Frühlingsblumen herab. Hier ist der Himmel so blau wie über Santo Amaro, dachte Caitlin, während sie neben Elizabeth Warring über den breiten Rasen zur Rennbahn wanderte. Sie rückte ihren pflaumenblauen Seidenhut zurecht und zupfte an den Glacéhandschuhen. Einfach wundervoll, elegante Kleider zu tragen... Auf der Insel begnügte sie sich mit schlichten Blusen und Röcken. Was mochten all die vornehmen Damen sagen, wenn sie beobachten könnten, wie sie unter der tropischen Sonne auf den Knien lag und im Erdreich wühlte? Und was würde Beldon davon halten?

Als sie über den Rasen hinwegblickte und ihn entdeckte, stockte wieder einmal ihr Atem. In seinem dunkelbraunen Jackett mit den goldgelben Borten, den engen Wildlederbreeches und kniehohen Stiefeln sah er imposanter aus als alle Männer, die ihr je begegnet waren.

Anscheinend erriet Elizabeth ihre Gedanken, denn sie warf ihr einen prüfenden Seitenblick zu. »Magst du ihn?«

So gleichmütig wie nur möglich zuckte Cait die Achseln. »Nun ja, er interessiert mich…«

»Natürlich magst du ihn. Gesteh's endlich ein!«

»Also gut.« Cait kapitulierte lächelnd. »Um des lieben Friedens willen… Gibt's einen Grund, warum ich ihn nicht mögen sollte?«

»Mindestens ein Dutzend Gründe!« Elizabeth lachte, dann fügte sie seufzend hinzu: »Aber die betreffen nur den Verstand, nicht das Herz. Wenn sich eine Frau mit Rand einlässt, darf sie nicht auf einen Heiratsantrag hoffen. Immer wieder betont er, für die Ehe ist er nicht geschaffen. Gewiss, eines Tages muss er eine Familie gründen, weil er einen Erben braucht. Aber ich fürchte, dazu ist er noch lange nicht bereit. Wie auch immer – du gefällst ihm. Sogar sehr.«

Bei diesen Worten empfand Caitlin eine heiße Freude, die sie hastig verdrängte. »Wahrscheinlich gefallen ihm viele Frauen.«

»So würde ich's nicht ausdrücken. Die meisten fühlen sich eher zu *ihm* hingezogen. Zum Beispiel Lady Hadleigh…« Diskret zeigte Elizabeth auf eine Dame, die sich dem Duke näherte. »Eine Zeit lang hat ganz London über die beiden getuschelt. Sie glaubte tatsächlich, er würde sie heiraten. Daran hat er vermutlich keinen einzigen Gedanken verschwendet.«

Caitlin musterte die Frau mit dem dichten schwarzen Haar, dem herzförmigen Gesicht und den Rosenlippen. »Wie schön sie ist…«

»O ja. Aber Lady Hadleigh und Rand passten überhaupt nicht zusammen. Hinter seiner kühlen, arroganten Fassade ist Rand sehr feinfühlig. Und das würde Charlotte niemals verstehen.«

Feinfühlig? Dieses Wort hätte Cait niemals gebraucht, um das Wesen des Dukes zu beschreiben.

»Normalerweise würde ich dich vor ihm warnen«, fügte Elizabeth hinzu. »Angesichts der Blicke, die er dir bei jeder Begegnung zuwirft, wäre das sicher ratsam. Aber du bist nicht so wie andere Frauen. In gewisser Weise erinnert mich dein Charakter an meinen eigenen. Was immer zwischen dir und Rand geschehen mag – ich denke, du wirst damit fertig.«

Cait fand keine Zeit mehr, um zu antworten, denn in diesem Augenblick entdeckte der Duke die beiden Frauen. Nachdem er Lady Hadleigh zugewinkt hatte, ging er ihnen entgegen, nickte Elizabeth zu und beugte sich tief über Caits Hand.

»Guten Morgen, meine Damen. Welch eine Augenweide...«

Zu ihrer eigenen Bestürzung spürte Caitlin, wie ihr das Blut brennend in die Wangen stieg. Wie lächerlich... Der Mann war einfach nur höflich. Warum genügte ein so schlichtes Kompliment, um ihren Puls zu beschleunigen?

»Eigentlich hatte ich Sie schon früher erwartet«, erklärte er, »und ich wollte die Hoffnung schon fast aufgeben.«

»Wir haben uns ein bisschen verspätet«, erwiderte Elizabeth. »Deshalb ist Nicholas vorausgefahren. Er müsste längst hier sein.« Suchend schaute sie sich um und sah dann ihren Mann, der sich mit einigen Freunden unterhielt. Sobald er sie entdeckte, eilte er zu ihr. »Ah, da kommt er!«, verkündete Elizabeth und lächelte strahlend. »Offenbar sind wir alle zur rechten Zeit eingetroffen. Das erste Rennen wird gerade vorbereitet.«

»Beeilen wir uns, sonst versäumen wir den Start«, schlug der Duke vor und bot Cait seinen Arm. Sie griff danach und ließ sich die Stufen zur Haupttribüne hinaufführen. In ihrem pflaumenblauen Kleid, das zu ihrem Hut passte, sah sie bezaubernd aus. Während er an ihrer Seite Platz nahm, setzte sich Elizabeth neben ihren Ehemann. »Zunächst finden die Vorläufe statt«, erläuterte Beldon. »Das Pferd, das in zwei von drei Rennen siegt, gewinnt die Börse.«

»Die Börse?«, fragte Cait.

»Das Geld, das von den Eigentümern der Pferde gesetzt wird. In diesem Fall zehntausend Pfund.«

Zehntausend Pfund. Ein Vermögen. Damit könnte Caits Vater mehrere Expeditionen finanzieren.

Am Ende der Rennbahn öffnete sich das Tor und fesselte nun ihre Aufmerksamkeit. Zwei Reitknechte führten tänzelnde Pferde am Zügel, einen glänzenden Rappen und einen schönen Fuchs mit langem Hals. »Schauen Sie, jetzt gehen die Pferde zum Start!« Fasziniert verfolgte sie das Schauspiel. Sie hatte noch nie ein Pferderennen beobachtet und nicht erwartet, es würde sie dermaßen begeistern. Verstohlen wischte sie ihre feuchten Hände an ihrem Rock ab und versuchte, ihre heftigen Herzschläge unter Kontrolle zu bringen.

»Der Fuchs gehört mir«, bemerkte der Duke. »Darf ich ihn vorstellen? Er heißt Sir Harry, und er tritt gegen den Vollblüter des Earls of Mountriden an, Chimera.«

»Was für prächtige Pferde…«

»Neulich sagten Sie, dass Sie die Reitkunst beherrschen.«

»Früher bin ich oft und gern ausgeritten. An meinem vierzehnten Geburtstag schenkte mir mein Großvater eine hübsche, rotbraune kleine Stute. Leider musste ich sie zurücklassen, als wir von Boston nach Ägypten fuhren.«

»Hat's Ihnen da gefallen?« Beldon zog die dunklen Brauen hoch. »Wie kann sich ein junges Mädchen in einem so fremdartigen, exotischen Land wohl fühlen?«

»In gewisser Weise fand ich Ägypten wundervoll. Man glaubt auf einem anderen Planeten zu leben. Aber die Frauen werden in ihrer Freiheit stark eingeschränkt. Darüber habe ich mich schrecklich geärgert.«

Er lachte leise. »Anscheinend legen Sie großen Wert auf Ihre Unabhängigkeit.«

»Ja, vielleicht habe ich diese Lektion in Ägypten gelernt. Oder ich bin einfach daran gewöhnt, selbst über mein Leben zu bestimmen. Als ich zehn Jahre alt war, starb meine Mutter, und Vater war völlig verzweifelt. Er brauchte jemanden, der für ihn sorgte. Außer mir hatte er niemanden. Deshalb wurde ich sehr schnell erwachsen.«

»Wie ich höre, haben Sie mit Ihrem Vater weite Reisen unternommen.«

Cait nickte und spürte seinen prüfenden Blick. Plötzlich fiel es ihr schwer zu atmen. Sie holte tief Luft und zwang sich zu einem unverbindlichen Lächeln. »Bevor wir nach Ägypten fuhren, erforschte mein Vater die Ausgrabungen von Pompeji. Etwas später arbeitete er mit einem dänischen Gelehrten namens Munter zusammen, um die Keilschriften zu übersetzen, die man im alten Persepolis gefunden hatte. Diese Tätigkeit führte uns in die Niederlande und auf Umwegen nach Den Haag, wo mein Vater Informationen über die Halskette sammelte.«

»Und schließlich auf die Insel vor der afrikanischen Küste…«

»Ja.«

»Wenn ich mich recht entsinne, haben Sie die letzten beiden Jahre auf Santo Amaro verbracht.«

»Teilweise lebten wir auch in Dakar.«

Der Duke schwieg, schien aber über Caits Erklärung nachzudenken.

»Sehen Sie, jetzt stehen die Pferde am Start!« Um seinem durchdringenden Blick endlich zu entrinnen, zeigte sie zur Rennbahn.

»Gleich geht's los«, bemerkte er so beiläufig, als würde ihn der Gewinn oder der Verlust von zehntausend Pfund nicht sonderlich interessieren. »Die Strecke ist nur anderthalb Meilen lang. Manchmal müssen die Pferde vier Meilen bewältigen. Einer solchen Belastung sind nur die Besten gewachsen.«

Im Rhythmus der Pferdehufe hämmerte Caits Herz jetzt gegen die Rippen. An ihrer Seite rutschte Elizabeth nervös auf ihrem Sitz umher. »Komm schon, Harry, du schaffst es!« Nicholas drückte ihre Hand, und sein Lächeln schien sie zu liebkosen. Da neigte er sich zu ihr und flüsterte, daheim würden sie einen anderen, noch viel schöneren Ritt genießen. Ein rosiger Hauch überzog spontan ihr Gesicht.

Auch Caitlin errötete und hörte sofort einen spöttischen Kommentar des Dukes. »Das war sicher nicht für Ihre Ohren bestimmt, Miss Harmon.«

Unverwandt starrte sie zur Rennbahn. »Nein, wohl kaum.« Seite an Seite stürmten die Pferde der ersten Kurve entgegen, von den Jockeys angespornt. Beide Tiere boten einen imposanten Anblick. In der warmen Frühlingssonne glänzte das Fell über dem kraftvollen Muskelspiel. Nun bogen sie auf die Gegengerade. Als Chimera einen kleinen Vorsprung gewann, richtete sich Cait atemlos auf. Dann raste Sir Harry an dem Rappen vorbei und blieb vor der nächsten Kurve in Führung. Mit langen starken Beinen vergrößerte er den Abstand zu seinem Gegner.

Tief über die Pferdehälse gebeugt, bewegten sich die Jockeys fast so anmutig wie die schönen Tiere. Zahlreiche Zuschauer füllten die Tribünen. In letzter Minute wurden Zusatzwetten abgeschlossen. Cait spürte, wie die Erregung ringsum wuchs, und lauschte dem Stimmengewirr, das immer lauter anschwoll. Kurz vor der Zielgeraden donnerten die Hufe ohrenbetäubend und wirbelten dichte Staubwolken auf. Jetzt war Chimera um eine Länge vorn. Aber Sir Harry gab sich nicht geschlagen. Schnell wie der Wind flog er dahin.

Cait biss in ihre Lippen. Inständig hoffte sie, Beldons Fuchs würde siegen. Während die Jockeys an den Tribünen vorbeigaloppierten, ließen sie ihre Peitschen knallen, und das Publikum sprang auf. Noch sechs Längen bis zum Ziel. Fünf. Vier. Drei.

»Jetzt überholt Sir Harry den Rappen!« Cait umfasste den Unterarm des Dukes, ihre Finger gruben sich in seinen Ärmel, spürten die harten Muskeln. »O Rand, er wird gewinnen!«

»Sieht so aus«, bestätigte er mit rauer Stimme. Aber als sie sich zu ihm wandte, verfolgte er nicht das Rennen. Stattdessen betrachtete er ihre Lippen, und sie glaubte, die Glut in seinen Augen müsste die pflaumenblaue Seide ihres Kleids versengen. Erst jetzt wurde ihr bewusst, dass sie ihn mit seinem Vornamen angesprochen hatte. Verlegen senkte sie den Kopf. Trotzdem fühlte sie immer noch seinen Blick, der in die Tiefen ihrer Seele zu dringen schien. Noch nie war ihr ein Mann begegnet, der sie so bezwingend gemustert hatte.

Endlich erreichten die Pferde das Ziel, und Sir Harry siegte mit einer Nasenlänge vor Chimera – von Cait, Elizabeth und der Hälfte aller Zuschauer mit stürmischem Jubel gefeiert.

Strahlend lächelte Cait den Duke an. »Nun haben Sie doch noch gewonnen!«

»Um ehrlich zu sein, der Ruhm gebührt Sir Harry«, betonte er. »Bevor ich die Börse nach Hause mitnehmen kann, muss er's noch einmal schaffen.«

Sie beobachteten, wie Sir Harrys Jockey im Kreis ritt, um das Pferd vor dem nächsten Vorlauf abzukühlen.

Beunruhigt runzelte Beldon die Stirn und stand auf. »Er

hinkt! Da ist irgendwas passiert.« Ohne eine weitere Erklärung abzugeben, eilte er davon.

Cait sah ihn auf die Reitknechte und Trainer zugehen, die neben den Pferden standen. Verwirrt wandte sie sich zu Elizabeth und Lord Ravenworth. »Falls Sir Harry tatsächlich hinkt, habe ich nichts davon bemerkt. Wie konnte Beldon das aus der Ferne feststellen?«

»Weil er seine Pferde kennt.« Mit schmalen Augen verfolgte Ravenworth die Szene am Ende der Rennbahn. »Und wenn er mit Problemen rechnet, täuscht er sich ganz sicher nicht.«

Nun verließ auch Lord Mountriden die Tribüne, gesellte sich zu der Gruppe und diskutierte mit dem Duke. Offensichtlich waren die Besitzer der beiden Pferde verschiedener Meinung. Nervös kaute Cait am Rand eines ihrer Glacéhandschuhe. Was immer da unten geschah, Beldon schien sich zu ärgern. Schließlich kehrte er zur Haupttribüne zurück, ging aber an den Plätzen seiner Begleitung vorbei, als wäre sie nicht vorhanden, und näherte sich einem Mann, der in einer anderen Reihe saß. Verwundert schaute Cait ihm nach.

»Jetzt redet er mit Lord Whitelaw«, teilte Ravenworth ihr mit. »Dieser Gentleman verwaltet die Wetteinsätze.«

Ein paar Minuten später brachte der Duke dem Earl of Mountriden ein Kuvert und suchte seinen Platz auf. »Fahren wir nach Hause. Heute wird kein Rennen mehr stattfinden.«

»Wie schade!«, klagte Elizabeth enttäuscht. »Gerade wollte ich meinen Einsatz erhöhen.«

»Was ist mit Sir Harry geschehen?«, fragte Cait besorgt.

»Sir Harry?« Verblüfft erwiderte Beldon ihren Blick. »Dem geht's großartig.«

»Vorhin sagten Sie, er würde hinken.«

Behutsam strich er mit einem Finger über ihr Kinn, und

ein sonderbarer Schauer durchströmte ihren Körper. »Nicht Sir Harry, meine Liebe. Chimera muss sich nach der letzten Kurve eine Sehne gezerrt haben.«

»Chimera?« Suchend schaute sie sich nach dem schönen Rappen um. »Kein Wunder, dass ich nichts bemerkt habe... Ich nehme an, Lord Mountriden musste die nächsten Rennen absagen.«

Der Duke schüttelte den Kopf. »Dazu habe *ich* mich entschlossen. Chimera gehört zu den besten Rennpferden, die ich jemals gesehen habe, und Mountriden hätte ihn zu Schanden reiten lassen, nur um den Sieg zu erringen. Das wollte ich verhindern.«

Durfte sie ihren Ohren trauen? Ihr Herz schien zu schmelzen. Verzichtete er tatsächlich auf zehntausend Pfund, um ein Pferd vor einer schlimmen Verletzung zu bewahren? Und der Rappe gehörte nicht einmal ihm. »Wenn Mountriden ihn woanders ins Rennen schickt...«

»Das darf er nicht tun. Ich habe ihm den Gewinn unter der Bedingung überlassen, dass Chimera mindestens zwei Monate lang nicht mehr an den Start geht. Dann wird der heutige Vorlauf wiederholt, und die Leute müssen neue Wetten abschließen.«

Durch gesenkte Wimpern betrachtete Cait sein markantes Profil und erinnerte sich an Elizabeth Warrings Bemerkung, Rand sei sehr feinfühlig. Das hatte er an diesem Tag bewiesen. Man musste schon einen ganz besonderen Charakter besitzen, um zehntausend Pfund, die man zweifellos gewonnen hätte, einem anderen zu überlassen.

»Nun, was meinen Sie, Cait?« Elizabeth drückte ihre Hand. »Haben Sie Ihr erstes Pferderennen genossen?«

»Wie ihr Briten euch ausdrücken würdet – es war ganz große Klasse«, antwortete Cait lächelnd.

Elizabeth lachte, und der Duke stimmte ein. Dann begleitete er Cait zur Kutsche. Wieder einmal spürte sie seinen forschenden Blick. »Bevor ich gehe, muss ich noch einiges erledigen, meine Liebe. Später fahre ich mit Nick, und wir treffen die Damen in meinem Stadthaus.« Er zog ihre Hand an die Lippen, und die sanfte Berührung ließ ihr Herz erneut höher schlagen. »Lange wird's nicht dauern, Cait.« Um ihrem Beispiel zu folgen, redete er auch sie mit ihrem Vornamen an. »Das verspreche ich Ihnen.«

Weil ihre Stimme versagte, nickte sie nur. An diesem Tag hatte sich irgendetwas zwischen ihnen geändert – etwas, das bis ins Zentrum ihrer weiblichen Gefühle drang.

In einem Teil ihres Gehirns, der immer noch klar denken konnte, ertönten Alarmglocken. Aber darauf wollte sie nicht hören.

4

Nick Warring stand neben Rand Clayton und beobachtete, wie seine Frau und Caitlin Harmon davonfuhren. Auch der Duke schaute Elizabeths eleganter Kutsche nach, bis sie aus seinem Blickfeld verschwand.

»Nimm dich in Acht, mein Freund!«, mahnte Nick. »Du zeigst deine Absichten viel zu deutlich. Und ich fürchte, sie sind nicht besonders ehrenwert.«

Rand lachte leise, kein bisschen verblüfft, weil Nick seine Gedanken erriet. Seit dem gemeinsamen Studium in Oxford waren sie eng befreundet. Auch in den schweren Zeiten, die hinter Nicholas lagen, hatte Beldon stets zu ihm gehalten. Zwischen ihnen gab es nur wenige Geheimnisse.

»Dass ich Cait Harmon sehr reizvoll finde, will ich nicht leugnen«, erwiderte Rand.

»Soviel ich weiß, sammelst du Informationen über Talmadge. Wenn du Cait nur als Mittel zum Zweck benutzt, wäre es verdammt unfair.«

»Ob sie an den üblen Machenschaften beteiligt ist, haben wir noch nicht herausgefunden. Vielleicht steckt sie bis zu ihrem hübschen Hals in den neuesten Gaunereien des Barons.«

»Du kannst ihm nach wie vor nichts nachweisen. Eventuell wird Professor Harmons Expedition völlig legal abgewickelt.«

»Wohl kaum«, entgegnete Rand, während sie über den Rasen zum Sattelplatz schlenderten. »Du hast den Bericht gelesen. Obwohl Talmadges Kunden mit ihren Investments seit Jahren Fehlschläge erleiden, scheint er ebenso wie seine Partner eine Menge Geld zu machen. Jetzt hat er sich mit Dr. Harmon zusammengetan. Dafür kann es nur einen einzigen Grund geben.«

»Und Caitlin?«

»Mag es auch undenkbar erscheinen, dass sie bei Rutherfords Betrügereien ihre Hände im Spiel hat – es wäre möglich. Jedenfalls könnte sie sich, wie du bereits angedeutet hast, als nützlich erweisen. Ganz egal, ob sie mit ihrem Vater oder Talmadge unter einer Decke steckt.«

»Glaub mir, das Mädchen ist unschuldig. Außerdem bist du auf dem Heiratsmarkt nicht verfügbar. Und wenn mich mein Gedächtnis nicht trügt, hast du mich einmal vor allzu intensiven Flirts mit unverheirateten jungen Damen gewarnt.«

»Caitlin stammt aus Amerika. Dort sind die Frauen nicht so prüde wie in England.«

»Willst du deine unlauteren Pläne damit rechtfertigen? Ist Cait Freiwild, nur wegen ihrer großzügigen Moralbegriffe?«

Ärgerlich runzelte Rand die Stirn. »So habe ich's nicht gemeint.«

»Wie denn sonst?«

»Zu deiner Beruhigung – ich möchte ihr nicht zu nahe treten, wenn es ihr widerstreben würde. Andererseits scheint sie zu tun, was ihr beliebt, und genau zu wissen, welche Wünsche ihr das Leben erfüllen soll. Falls diese Vermutung zutrifft, könnte sich die Situation ändern.«

»Was für doppelzüngige Worte, Rand! Du begehrst sie und willst sie erobern. Gewiss, nachdem ich in einer ähnlichen Lage war, darf ich dich nicht kritisieren. Ich warne dich nur. Sei vorsichtig. Cait verdient es nicht, verletzt zu werden.«

Darauf gab Rand keine Antwort. Aber er zog die Brauen zusammen. Natürlich würde er niemals einen Vorteil aus der Unschuld eines jungen Mädchens ziehen. Wenn er seine Emotionen auch sorgsam verbarg, zu seinem Wesen gehörten auch sanftmütige Züge. Und er wollte Cait keineswegs wehtun. Aber da er sich für den Selbstmord seines Vetters verantwortlich fühlte, musste er die Bekanntschaft mit der Amerikanerin nutzen, um herauszufinden, was wirklich geschehen war.

Cait saß neben ihrem Vater auf einem Sofa im kleinen Salon der Suite, die Baron Talmadge im Grillon's Hotel an der Albemarle Street gemietet hatte. Im französischen Stil eingerichtet, wurden die Räume von Olivgrün- und Goldschattierungen beherrscht, mit schweren Samtvorhängen und marmornen Tischplatten. Alles in England wirkte unglaublich elegant und reich verziert. Aber vielleicht wusste Caitlin diesen auffallenden Luxus nach dem mangelnden Komfort ihrer Reisen ganz besonders zu würdigen.

»Was meinen Sie, Phillip?« Die Frage ihres Vaters unterbrach ihre Gedanken und lenkte ihre Aufmerksamkeit wieder auf das Gespräch.

»Leider sind wir noch weit von unserem Ziel entfernt«, erwiderte Talmadge. »Ihre Ausrüstung ist ziemlich antiquiert, Donovan, und wir brauchen Geld für Vorräte, die mindestens ein Jahr lang reichen sollten. Außerdem müssen wir Gepäckträger und Arbeiter engagieren, die Kosten für unsere persönlichen Bedürfnisse bestreiten – Kleidung, Stiefel und so weiter...« Der Baron saß an einem kleinen französischen Schreibtisch, studierte eine Liste und fügte hin und wieder einen Rechnungsposten hinzu. Im Licht einer Öllampe aus Messing schimmerten die Silberfäden in seinem braunen Haar. »Für Sir Geoffrey ist das alles neu.« Damit meinte er den Spender, den er erst vor kurzem gewonnen hatte – Geoffrey St. Anthony, den zweiten Sohn des Marquess of Wester. »Aber wie Sie beide wissen, Ihre Tochter und Sie, ist ein solches Unternehmen extrem teuer.«

Talmadge ist ein attraktiver Mann, dachte Cait, mit tadellosen Manieren und sehr kultiviert. Sicher würden sich viele Frauen zu ihm hingezogen fühlen, trotz seiner eher langweiligen Konversation. Eigentlich sprach er nur über die Expedition und die Suche nach der Halskette, irgendwelche Klatschgeschichten, das neueste Ondit – wie er es nannte – in der fashionablen Elite.

»Was meinen Sie, wie lange Sie brauchen werden, um die erforderliche Summe aufzutreiben?«, fragte Lord Geoffrey und beugte sich in seinem Sessel vor. Er war etwa fünfundzwanzig, mit hellblondem Haar und einem freundlichen Lächeln. Auf jungenhaft, naive Weise, sah er sehr gut aus. Fasziniert von der Suche nach Kleopatras Halskette, hatte er sich erboten, die Harmons auf die Insel zu begleiten und seine Reisekosten selbst zu bezahlen. Außerdem wollte er einen hohen Betrag für die Forschungsarbeit zur Verfügung stellen.

»Hoffentlich haben wir in einem Monat die ganze Summe beisammen«, antwortete Talmadge. »Zum Glück finden wir immer mehr Geldgeber. Mit ihrem Vortrag hat Caitlin die Damen bewogen, ihren Ehemännern größere Spenden zu entlocken. Auch was den Duke betrifft, macht sie erfreuliche Fortschritte.«

»Was den Duke betrifft?«, wiederholte sie und richtete sich kerzengerade auf.

»Gewiss, meine Liebe. Sollte Beldon einen Beitrag leisten, wird er sich äußerst großzügig zeigen. Und das haben wir Ihnen zu verdanken.«

»Aber – ich kenne ihn kaum. Wenn Sie an ihn herantreten wollen…«

»Offensichtlich ist er sehr von Ihnen angetan, Cait. Ihr Vortrag hat ihn tief beeindruckt. Seien Sie einfach nur nett zu ihm. Wenn es an der Zeit ist, werde *ich* mich an ihn wenden – falls Sie zögern…«

Empört sprang Geoffrey St. Anthony auf. »Wie können Sie Miss Harmon zumuten, sich mit einem solchen Mann abzugeben – nur um Geld aufzutreiben? Beldon steht in äußerst üblem Ruf. Was die Frauen angeht, zählt er zu den schlimmsten Lebemännern von London. Und Miss Harmon ist eine Dame – keine – keine…«

»Schon gut, Lord Geoffrey, wir wissen, was Sie meinen«, fiel Talmadge ihm irritiert ins Wort. »Natürlich werden wir von Caitlin nichts verlangen, was ihr unangenehm wäre. Sie soll uns einfach nur unterstützen – so wie sie's für richtig hält.«

Mühsam brachte sie ein Lächeln zustande. »Ich will tun, was ich kann.« Wie in all den Jahren… Bevor Phillip Rutherford auf der Bildfläche erschienen war, hatte sie ihrem Vater oft geholfen, das nötige Kapital für seine Forschungsreisen aufzubringen. Warum es ihr widerstrebte, den Duke um Geld zu bitten, konnte sie sich nicht erklären. Jedenfalls fühlte sie sich bei diesem Gedanken unbehaglich.

Während die Besprechung fortgesetzt wurde, schmiedeten sie Pläne. Lord Geoffrey wollte eine Liste von Leuten zusammenstellen, mit denen sie Kontakt aufnehmen sollten. Dann schlug er vor, eine Party zu veranstalten, um noch mehr Mitglieder der Londoner Gesellschaft für die Halskette zu interessieren. Aber Cait hörte nicht mehr zu. Ihre Gedanken schweiften in eine andere Richtung. Warum geriet sie in Verwirrung, sobald Beldons Name genannt wurde? Einerseits ärgerte sie sich darüber, andererseits bereiteten ihr die beschleunigten Herzschläge eine sonderbare Freude.

Soeben hatte Lord Geoffrey den Duke einen Lebemann genannt. Und Elizabeth Warring sprach immer wieder von den unzähligen Frauen, die Rand nachrannten. Zweifellos war es gefährlich, sich mit einem solchen Mann einzulassen.

Plötzlich erinnerte sie sich an die Geschichten, die sie über ihre Onkel gehört hatte. Im Gegensatz zu ihrem Vater – einem liebevollen Ehemann, der seine Frau vergötterte – waren die beiden Brüder ihrer Mutter und einige Vettern berüchtigte Schürzenjäger gewesen. Zwischen Boston und New York hatten sie unzählige Herzen gebrochen.

Zweifellos war Rand Claytons Lebenswandel verwerflich. Aber irgendetwas zog sie in seinen Bann und weckte den Wunsch, ihm zu vertrauen. Und mochte es auch noch so unvernünftig erscheinen – sie wollte ihn wieder sehen.

Würde sie von ihm hören? Oder fand er seine subtilen Avancen zu mühsam und suchte nach leichterer Beute?

Viel zu schnell verstrichen die Tage in London, die Cait in vollen Zügen genoss. Maggie bestand darauf, dass sie Elizabeth Warring bei einem Einkaufsbummel begleiteten. Allzu viel Geld besaß Cait nicht. Aber sie hatte einen kleinen Treuhandfonds von ihrer Großmutter geerbt, den sie für ihre Garderobe und diverse Nebenkosten verwendete. Oder sie unterstützte ihren Vater, wenn er in finanzielle Schwierigkeiten geriet – was viel zu oft geschah. Dieses monatliche Einkommen bot ihr einen gewissen Rückhalt in ihrem unsicheren Leben.

In einem gelben Seidenkleid mit passendem Pagodenschirm spazierte sie mit ihren Freundinnen die dicht bevölkerte Bond Street entlang, mehrere Päckchen unter den Armen.

Nachdem sie im August Tea Shop, einem gemütlichen kleinen Restaurant an einer Ecke der Oxford, zu Mittag gegessen hatten, erklärte Elizabeth: »Nun müssen wir etwas erledigen. Ich habe eine Nachricht für Nick von einem Freund, und er ist gerade in der Nähe.« Lächelnd fügte sie hinzu: »Außerdem wird's Cait amüsieren.«

Sie verzichteten auf die Kutsche, die bereits mit Einkäufen beladen war, kehrten in die Bond Street zurück und gingen zu einem Ziegelgebäude. Über der Tür hing ein Schild mit der Aufschrift »Gentleman Jackson's Parlour«.

Unbehaglich blieb Maggie vor dem Eingang stehen. Aber Elizabeth lachte nur. Sobald Cait den Raum mit der hohen Decke betreten hatte, verstand sie Maggies Zögern. Verblüfft beobachtete sie die halb nackten, verschwitzten Männer, die einander mit Fäusten bearbeiteten.

»Da sind Nicky und Rand«, wisperte Maggie und deutete zu einer Plattform am anderen Ende des Raums, die mit Seilen abgegrenzt war. Darauf tänzelten zwei Männer mit nackten Oberkörpern umher, duckten sich nach rechts oder links und versuchten, einander niederzuschlagen. Zumindest gewann Cait diesen Eindruck.

»Großer Gott…« Mehr fiel ihr nicht ein, und sie staunte, weil ihr die Stimme überhaupt gehorchte.

»Die beiden bekämpfen sich«, erklärte Elizabeth überflüssigerweise. »Mindestens ein Mal pro Woche kommen sie hierher, um zu boxen und ihre körperlichen Fähigkeiten zu verbessern.«

Mit großen Augen beobachtete Caitlin die Sparringspartner und wusste, wie unschicklich sie sich benahm. Doch sie konnte nicht anders. Nick Warring war phantastisch gebaut, groß und schlank, mit dunkler Haut und gut ausgebildeten Muskeln. Aber es war der andere Mann, der ihre Aufmerksamkeit fesselte. Noch größer als Lord Ravenworth und kräftiger, mit breiten Schultern und sehnigen Armen, glich Rand Clayton einer griechischen Statue. Glänzender Schweiß bedeckte seine Haut, und das feuchte braune Brusthaar schimmerte im Licht der Laterne, die über dem Ring hing.

Als er den Kopf hob und Cait in ihrem hellgelben Kleid entdeckte, hielt er inne. Sie hätte schwören können, dass Lord Ravenworth spöttisch grinste, bevor seine Faust das Kinn des Dukes traf.

»Oh, ich glaube, du hast Rand abgelenkt, Cait«, bemerkte Elizabeth und brach in schallendes Gelächter aus.

»Darüber wird er sich maßlos ärgern.« Besorgt musterte Maggie ihren Bruder, der für den unfairen Schlag büßen und seinerseits einen Kinnhaken einstecken musste.

In diesem Augenblick erklang eine Glocke und beendete die Runde. Die Boxhandschuhe beider Männer berührten sich, und Cait sah sie grinsen. »Anscheinend sind sie unverletzt.« Wieder einmal schlug ihr Herz wie rasend – nicht, weil sie sich irgendwie überanstrengt hätte. Was ihren Puls beschleunigte, war einzig und allein die maskuline Schönheit des halb nackten Dukes, der ihr vom Ring aus zulächelte.

Seufzend verdrehte Maggie die blauen Augen. »Ein Wunder, dass sie einander nicht bewusstlos geschlagen haben!

Wenn man Fausthiebe im Gesicht genießt, kann man nicht ganz richtig im Kopf sein.«

»Ganz meine Meinung«, stimmte Elizabeth zu. »Aber der eine ist mein Mann, und der andere ist mein Freund. Also werde ich ihnen verzeihen.«

Rand duckte sich unter einem der Seile hindurch, die den Ring umgaben, nahm ein leinenes Handtuch von einem Stuhl und schlenderte zu den Damen. Fasziniert betrachtete Caitlin sein hartes Fleisch, die unglaublich kraftvollen Schultern, den flachen Bauch und die schmalen Hüften. Unter einer hautengen Strumpfhose zeichneten sich die Muskeln seiner Waden und Oberschenkel ab – und das ausgeprägte Merkmal seiner Männlichkeit. Dort verweilte ihr Blick viel länger, als es Sitte und Anstand erlaubten. Brennend färbte das Blut ihre Wangen, und sie senkte hastig die Wimpern. Dann schaute sie den Duke wieder an, las die unverhohlene Belustigung in seinen Augen – und noch etwas anderes, eine intensive Glut. Offensichtlich hatte er ihr Interesse an jenem Körperteil bemerkt, den jedes tugendhafte Mädchen ignorieren würde. Sie wandte sich ab und hoffte, ihre Verlegenheit irgendwie zu überspielen.

Falls Beldon ihre Scham spürte, gab er nichts dergleichen zu erkennen. »Guten Tag, die Damen.« Höflich verneigte er sich vor allen drei Frauen. Aber danach sah er nur noch Cait an. »Welch eine erfreuliche Überraschung!«

»Eine Überraschung – ja, sieht so aus.« Herausfordernd berührte Elizabeth die Schwellung an Rands Kinn. »So ein Pech… Dafür musst du Cait verantwortlich machen.«

»Ja, das glaube ich auch.« Behutsam strich er über sein Kinn. »Jetzt sind Sie mir was schuldig, Miss Harmon. Keine Frau hat das Recht, einen Mann so gnadenlos abzulenken. Wie soll ich Sie bestrafen?«

Krampfhaft schluckte sie. »Wenn Sie Ihre Deckung vernachlässigen, Euer Gnaden, dürfen Sie's mir nicht vorwerfen.«

»Komm mit mir, Maggie!«, bat Elizabeth amüsiert. »Sollen die beiden unter sich ausmachen, wer sich schuldig fühlen muss! Soeben ist mein Mann eingetroffen. Da drüben unterhält er sich mit Nick. Vielleicht können wir die zwei Gentlemen auch ein bisschen *ablenken*.«

Maggie nickte. »Eine gute Idee – wenn ich auch bezweifle, dass sie sich über unseren Besuch freuen werden. Nach Andrews und Nickys Ansicht dürfen sich Damen nicht in einem Boxclub aufhalten.«

Lässig zuckte Elizabeth die Achseln, und Caitlin überlegte nicht zum ersten Mal, wie glücklich sie sich schätzen musste, weil sie zwei so wundervolle, aufgeschlossene Freundinnen gefunden hatte.

»Nun?« Die verführerische Stimme des Dukes zog ihren Blick wieder auf ihn.

»Was – nun?«

»Wie wollen Sie sich für Ihre unerwartete Ankunft revanchieren?« Die schmalen dunklen Brauen zogen sich nach oben. »Vielleicht mit einer Ausfahrt in den Park? Oder noch besser – mit einem Picknick. An der Themse kenne ich ein hübsches Plätzchen, allerdings außerhalb der Stadt. Meine Köchin wird einen kalten Lunch vorbereiten, und wir verbringen ein paar angenehme Stunden. Wie gefällt Ihnen das?«

Natürlich müsste sie diese Einladung entschieden ablehnen. Eine Fahrt in den Park, vor den Augen zahlreicher Leute, würde nicht gegen die Sittlichkeit verstoßen. Aber wenn sie in einer einsamen ländlichen Gegend picknickte, ganz allein mit dem Duke – das stand auf einem anderen Blatt.

Er wischte mit seinem Handtuch den Schweiß von der Stirn. Dann drapierte er es um seine wohlgeformten Schultern. »Es sei denn, Sie fürchten sich.«

Was er mit diesen Worten bezweckte, erriet sie sofort. Von Anfang an hatte er erkannt, wie schwer es ihr fiel, interessanten Herausforderungen zu widerstehen. »Sollte ich?«

Jetzt schlang er das Handtuch um seinen Hals. »Niemals würde ich etwas tun, was Ihnen missfallen könnte, Cait.«

Falls er sie mit diesem Versprechen zu trösten versuchte, wusste sie nicht, ob es ihm gelang. In Rand Claytons Nähe war äußerste Vorsicht geboten. Aber da der Anblick seines nackten Oberkörpers ihr Blut so gefährlich erhitzte, musste sie sich eher vor ihren eigenen Gefühlen hüten.

Trotzdem wollte sie mit ihm picknicken – das ließ sich nicht leugnen. Und sie war noch niemals feige gewesen. »Also gut, ein Picknick«, stimmte sie zu, obwohl sie gewisse Probleme auf sich zukommen sah. Der Vater würde ihre Abwesenheit kaum bemerken. Aber Lord und Lady Trent würden sicher missbilligen, was sie plante. Ein Ausflug mit dem Duke ohne Anstandsdame – oder mit irgendeinem anderen Mann – war gewiss nicht akzeptabel. »Am besten erkläre ich den Trents, ich müsste morgen früh im Museum arbeiten. Wollen wir uns dort treffen?«

Was sie mit ihrem Vorschlag bezweckte, erriet er sofort, und er verstand ihren Wunsch, Diskretion zu wahren. Mit einem erwartungsvollen Lächeln nickte er. »Um zehn Uhr.« Als er sich verbeugte, wurde ihr Mund viel zu trocken.

»Darauf freue ich mich schon jetzt«, erwiderte er wahrheitsgemäß.

Rastlos wanderte Rand vor Ephram Barclays Schreibtisch umher. Kühle Luft erfüllte das Büro. Am späten Nachmittag waren dunkle Wolken aufgezogen. Aber die schlechte Laune des Dukes hatte eine andere Quelle. »Verdammt, das ist schwer zu ertragen. Eine Zeit lang dachte ich tatsächlich, der Mann wäre ein Betrüger.«

»Leider muss ich Sie enttäuschen. Phillip ist der zweite Sohn Edwin Rutherfords, des verstorbenen Lord Talmadge. Wie aus meinen Nachforschungen hervorgeht, diente er als Offizier in der Navy Seiner Majestät, bis sein älterer Bruder Victor vor vier Jahren an einer Lungenentzündung starb. Wenig später kehrte er nach London zurück, um seinen Titel und sein Erbe zu beanspruchen.«

Rand hielt die Papiere hoch, die er soeben studiert hatte, den neuesten Bericht des Polizisten aus der Bow Street. »Ein Erbe, das sich laut McConnell in beklagenswertem Zustand befand.«

Sorgfältig löste der Anwalt die Metallbügel seiner Brille von den viel zu großen Ohren. »Victor war ein leidenschaftlicher Spieler. Als Phillip sein Erbe antrat, war nicht mehr viel Geld übrig. Um die Schulden zu begleichen, musste er den Familiensitz in Kent verkaufen.«

Rand blieb stehen und wandte sich zu ihm. »Und wie sieht seine gegenwärtige finanzielle Lage aus?«

»Nicht besonders gut. Er hat ein bisschen Geld auf der Bank, dank diverser Investments im Lauf der Jahre. Und die Kontakte zu Merriweather Shipping haben ihm beträchtliche Summen eingebracht. Aber dieser Profit ist irgendwie verschwunden, was vielleicht mit seinem aufwändigen Lebensstil zusammenhängt.«

»Deshalb braucht er Geld. Gibt es eine bessere Methode, als die Mitglieder der Oberschicht zu schröpfen und ihnen Spenden für ein edles Projekt ›im Dienst der Wissenschaft‹ zu entlocken?«

»Möglicherweise trifft Ihre Vermutung zu, Euer Gnaden.«

»Und wenn Donovan Harmon und Phillip Rutherford das Geld einfach einstecken und die Flucht ergreifen? Vielleicht hat der gute Professor gar nicht die Absicht, auf die Insel Santo Amaro zurückzukehren – falls er jemals dort war.«

»O doch, zusammen mit seiner Tochter. Unser McConnell hat mit einem Forscher namens Sir Monty Walpole gesprochen. Kennen Sie den Bericht über seine Entdeckungen in Pompeji? Da hat er mit dem Professor zusammengearbeitet.«

Schwerfällig sank Rand in einen Sessel. »Ja, ich weiß, wer das ist.«

»Nach der Überzeugung dieses Gelehrten hat Harmon reelle Chancen, Kleopatras Halskette aufzuspüren. Wahrscheinlich wird Sir Monty sogar an der Expedition teilnehmen. Tut mir Leid, Euer Gnaden, allem Anschein nach sind die Aktivitäten des Professors und des Barons legitim.«

Erbost starrte Rand vor sich hin. Talmadge war ein Dieb und Betrüger – das verrieten ihm seine Instinkte, die ihn noch nie getrogen hatten. Aber zu seinem tiefsten Bedauern gab es keine Beweise. »Trotzdem haben wir's mit einem gigantischen Schwindel zu tun. Das weiß ich. Ich muss nur noch herausfinden, wie die beiden Schurken zu Werke gehen.« Bald würde er die ganze Wahrheit erfahren, daran zweifelte er nicht. Auf keinen Fall würde er tatenlos zusehen, wie sich Rutherford und Harmon mittels niederträchtiger Machenschaften bereicherten und der Tod des jungen Jonathan ungerächt blieb. Talmadge war ein gemeiner Betrüger, und das würde Rand beweisen.

Nachdem er sich von Ephram verabschiedet hatte, verließ er das Büro. Seine Gedanken schweiften von Rutherford und Harmon zu Cait. Wenn sie auch zu klug und offenherzig wirkte, um sich an einem solchen Verbrechen zu beteiligen – ihr Vater war ganz sicher darin verwickelt. Und für ihn würde sie alles tun.

Nick glaubte an ihre Unschuld. Aber Rand hegte gewisse Zweifel. Ein junges Mädchen, das über jeden Verdacht erhaben war, würde nicht ohne die Begleitung einer Anstandsdame mit einem Gentleman picknicken. Und Cait hatte seine Einladung bereitwillig angenommen – und sogar die nötigen Arrangements getroffen, um Diskretion zu üben.

Sekundenlang hatte er tatsächlich gehofft, sie würde seinen unschicklichen Vorschlag ablehnen. Er wollte sie so sehen wie in seinen Wunschträumen – intelligent und charmant, kein bisschen hinterhältig. Andererseits – warum hatte sie sich bereit erklärt, mit ihm aufs Land zu fahren? Weil sie ihm eine Spende für die Expedition abschwatzen wollte?

Hoffentlich nicht. Er stellte sich lieber vor, sie würde ihn genauso begehren wie er sie – oder zumindest einen kleinen Teil jener rastlosen Leidenschaft empfinden, die ihn seit Tagen quälte.

Morgen würde er wissen, was in ihr vorging. *Morgen*. Bei diesem Gedanken wurde seine Skepsis von heißer Vorfreude verdrängt.

5

Cait verknotete die Bänder ihres breitrandigen Huts unter dem Kinn, winkte Maggie zum Abschied zu und trat auf die Veranda des Trent-Hauses. Von Schuldgefühlen geplagt, spürte sie, wie sich ihre Herzschläge beschleunigten. Sie hasste es, ihre Freundin zu belügen. Aber es gab keine andere Möglichkeit.

Seufzend stieg sie in die Kutsche, die der Marquess ihr zur Verfügung stellte, und ließ sich zum Museum fahren. Wenigstens hatten sich die Trents inzwischen damit abgefunden, dass sie ohne Anstandsdame »durch die Straßen zog«, wie sie es nannten. Eine Anstandsdame! Auf so einen Unsinn konnte sie nun wirklich verzichten, nachdem sie seit Jahren ein unabhängiges Leben führte und, von ihrem Vater abgesehen, auf niemanden Rücksicht nehmen musste.

Sie blickte aus dem Wagenfenster auf die belebten Londoner Straßen. An diesem warmen Frühlingsmorgen leuchtete der Himmel azurblau. Doch das schöne Wetter konnte ihre Nerven nicht beruhigen. Hätte sie doch Rands Einladung abgelehnt... Das wäre korrekt gewesen, und er hätte es akzeptieren müssen. Aber er forderte sie ganz bewusst dazu heraus, das Diktat der vornehmen Gesellschaft zu missachten – weil er merkte, wie lächerlich sie solche Regeln fand. Und deshalb hatte sie sich ja auch zu diesem ungehörigen Picknick überreden lassen.

Vor dem Museum angekommen, schickte sie die Kutsche nach Hause und wartete auf den Duke. Eine frische Brise zerrte am Rock ihres minzgrünen Kleids, und sie rückte ihren Hut zurecht. Hoffentlich würde das Arrangement aus Blumen und Blättern auf der Krempe richtig sitzen. Darunter wallten ihre rotgoldenen, altmodisch langen Locken lose auf den Rücken, an den Schläfen von Elfenbeinkämmen festgehalten, die sie in Dakar einem farbigen Straßenhändler abgekauft hatte. Ihre innere Unruhe wuchs. Beklommen wanderte sie auf dem Marmorboden der Säulenhalle vor dem Museumsgebäude umher. Ich dürfte nicht hier sein, dachte sie, wie schon so oft an diesem Morgen. Hätte ich bloß nein gesagt... Nur dieses eine Mal hätte ich mich so verhalten müssen, wie es einer jungen Dame geziemt... Doch dann schaute sie zur Straße hinab und sah den Duke auf sich zukommen – hoch gewachsen und imposant und viel zu attraktiv. Da wusste sie, warum es unmöglich gewesen war, auf dieses Treffen zu verzichten.

»Eigentlich dachte ich, inzwischen hätten Sie Vernunft

angenommen«, bemerkte er und kam der Wahrheit näher, als er ahnte.

»Vor ein paar Minuten war's fast so weit«, gestand sie lächelnd. »Und jetzt ist's wohl zu spät dafür.«

»Viel zu spät, Miss Harmon«, bestätigte er amüsiert. »Aber keine Bange – am Ende dieses Tages werden Sie's nicht bereuen, dass Sie meiner Einladung gefolgt sind. Das verspreche ich Ihnen.«

Ihre Reue war schon jetzt verflogen. Glücklich erwiderte sie seinen bewundernden Blick, als er ihre behandschuhte Hand in seine Armbeuge legte und sie die Stufen hinabführte. Sein Wagen stand weiter unten an der Straße – ein schnittiger schwarzer Phaeton mit hohem Sitz und gemalten goldenen Ornamenten an den Seiten, von zwei herrlichen rotbraunen Pferden gezogen, die perfekt zueinander passten.

Was für ein schönes Gespann, dachte Cait. Und kein Fahrer, kein Lakai... *Also bin ich tatsächlich ganz allein mit ihm...* Jetzt begannen ihre Nerven wieder zu flattern, und ihre Hände zitterten. Sie überlegte, unter welchem Vorwand sie den Rückzug antreten sollte.

Aber da hob er sie bereits auf den roten Ledersitz, eilte zur anderen Seite und stieg neben ihr hinauf. Geschickt schlang er die Zügel um seine Finger, die in Lederhandschuhen steckten – so lässig, als hätte er den Zweispänner schon tausendmal gesteuert. »Sind Sie bereit?«

Sie schluckte mühsam, und es gelang ihr irgendwie zu nicken. Jetzt gab es kein Zurück mehr. Dazu hätte sie sich früher entschließen müssen.

»Gut, dann fahren wir los.« Er rüttelte an den Zügeln, und die Pferde setzten sich in Bewegung. Mit spielerischer Leichtigkeit lenkte er den Zweispänner in den dichten Straßenverkehr, wich Frachtwagen und Mietkutschen, Obstverkäufern und Kohlenhändlern aus. Bald erreichten sie den Stadtrand und folgten Landstraßen, die zwischen Wiesen und Feldern dahinführten.

In einem malerischen, von einer Steinmauer umgebenen Dorf winkten sie Schulkindern zu und wurden von einem kläffenden Hund verfolgt. Ein Heuwagen kam ihnen entgegen. Wenig später rasten sie hinter einer Postkutsche her und überholten sie. Vergnügt beugten sich die Fahrgäste aus den Fenstern, und der Duke nickte ihnen zu.

Cait genoss die Fahrt in vollen Zügen. Entzückt betrachtete sie die schöne Landschaft, atmete die frische, saubere Luft ein und bewunderte Rand, der seinen Phaeton so geschickt steuerte. Da ihm ihre Gesellschaft sichtlich Freude bereitete, verdrängte sie den letzten Rest ihrer Bedenken. Sie unterhielten sich über belanglose Dinge – das Wetter, die Umgebung, die beiden wohlerzogenen Pferde.

Schließlich drosselte er das Tempo des Gespanns und fragte interessiert: »Wie war Ihnen zumute, jahrelang auf einer einsamen Insel, weit entfernt von Ihrer Heimat?«

Vom Rhythmus der rollenden Räder und der Hufschläge angenehm entspannt, lehnte sie sich zurück. »Eine schwierige Frage… Ehrlich gesagt, nach dem Tod meiner Mutter hatte ich jahrelang kein richtiges Heim. Dann begann mein Vater zu verreisen, und ich begleitete ihn natürlich. Seit er meine Mutter verloren hat, scheinen ihn exotische Länder zu faszinieren. Vielleicht sucht er in der Ferne Trost… Und nachdem ich so oft von einem Ort zum anderen gefahren war, wurde das Fremde für mich zur Regel.«

Der Duke bog in eine weniger befahrene Straße, versetzte die Pferde in langsamen Trab, und Cait sah den Fluss zwischen den Bäumen durchschimmern, ein breites, blaues Band. »Während ich Ihren Vortrag hörte, gewann ich den Eindruck, Sie würden die Erholung von all den Reisen genießen«, bemerkte Rand. »Und ich glaubte, Sie würden lieber in die Staaten zurückkehren als nach Santo Amaro.«

Damit hatte er Recht. Zumindest wollte sie eine Zeit lang an einem Ort leben, den sie ihr Heim nennen konnte. »Was ich mir wünsche, spielt keine Rolle. Mein Vater ist sich sicher, dass er die Halskette finden wird. Wenn es ihm gelingt, hat sich seine harte Arbeit gelohnt.«

»Und Sie, Cait? Ist Ihr Glück unwichtig?«

Unbehaglich zuckte sie die Achseln. »Ich liebe ihn. Um sein Ziel zu erreichen, braucht er meine Hilfe, und die will ich ihm geben. Für seinen ersehnten Erfolg werde ich alles tun, was in meiner Macht steht.«

Beldon musterte sie nachdenklich, als wollte er weitere Fragen stellen. Doch er besann sich anders, lächelte ihr zu, und der Augenblick, der Cait ein wenig verwirrt hatte, verstrich. Eine gute Stunde nachdem sie die Stadt verlassen hatten, folgten sie einer schmalen Straße, die zum Fluss führte. Zwischen tief hängenden Weidenzweigen und saftigem grünem Gras flutete die Themse dahin. Golden glitzerte das Sonnenlicht auf den Wellen, und nahe dem anderen Ufer trieben einige kleine Boote stromabwärts.

»Was für ein schönes Fleckchen Erde!«, rief Cait bewundernd. »Wie haben Sie's entdeckt?«

»Es ist mein Eigentum.« In seiner linken Wange erschien das Grübchen, das ihr schon mehrmals aufgefallen war. »Dieses Gebiet gehört zu River Willows, einem Landgut, das ich zusammen mit meinem Herzogtum geerbt habe.« Er zügelte das Gespann und zog die Bremse des Phaetons an. Dann sprang er vom Sitz und eilte um den Wagen herum. Starke Hände umfassten Caitlins Taille. Statt sie auf die Füße zu stellen, ließ er sie ganz langsam zu Boden gleiten, und ihr Körper streifte seinen. An seinem flachen Bauch und an den Oberschenkeln spürte sie harte Muskeln. Eine sonderbare

Gänsehaut ließ sie erschauern, und in ihrem Innern entstand eine schmelzende Hitze.

Um sein Gesicht zu betrachten, legte sie den Kopf in den Nacken. Der Ausdruck seiner braunen Augen mit den goldenen Pünktchen nahm ihr den Atem. Sekundenlang glaubte sie, er würde sie küssen.

Aber er stellte sie auf die Beine und trat zurück. »Hoffentlich sind Sie hungrig.« Das beiläufige Lächeln passte nicht zum heiseren Timbre seiner Stimme. »Wie ich meine Köchin kenne, hat sie einen so reichlichen Lunch eingepackt, dass Sie mit Ihrem Vater während der ganzen Expedition davon leben könnten.«

Weil sie immer noch die Wärme seiner Hände und seiner breiten Brust spürte, klang ihr Gelächter etwas gepresst. »Dank Ihnen habe ich sogar einen Bärenhunger. Die frische Luft… Und wie Sie die Postkutsche überholten, als wäre sie an einem Baumstamm festgebunden – dieses Erlebnis hat meinen Appetit entschieden angeregt.«

Belustigt hob er die Brauen. »Die meisten Frauen hätten gellend geschrien und mich angefleht, um Himmels willen stehen zu bleiben. Und Ihnen hätte es vermutlich Spaß gemacht, wenn die Pferde noch schneller galoppiert wären.«

»Warum sollte ich mich fürchten? Sie sind ein ausgezeichneter Fahrer, Rand.«

Über dieses Kompliment schien er sich zu freuen, was er aber nicht aussprach. Er nahm eine weiche Wolldecke aus dem Zweispänner, die er Cait übergab. »Tragen Sie das, ich kümmere mich ums Essen.« Einen großen Korb in der Hand, führte er sie unter die langen Äste einer Weide. Cait breitete die Decke im Gras aus, und der Duke richtete den Lunch darauf an – kalten gebratenen Kapaun, gebeizten Lachs, Würstchen, gekochte Eier, Äpfel, ein großes Stück Cheshire-Käse, einen knusprigen Brotlaib, Plumpudding und Ingwer-Lebkuchen zum Dessert.

»Nun muss ich Ihnen zustimmen, Rand – das würde für ein mittelgroßes Regiment genügen.«

»Für ein ganzes Heer! Mal sehen, ob wir die Mühe meiner Köchin zu würdigen wissen...«

Cait setzte sich auf die Decke, zog die Beine an und nahm ihren Hut ab. Achtlos warf sie ihn beiseite. »Wie ich diese verdammten Dinger hasse! Wenn ich unter der tropischen Sonne von Santo Amaro arbeite, vergesse ich ständig, einen Hut aufzusetzen. Deshalb habe ich so viele Sommersprossen auf der Nase.«

Während er eine Weinflasche entkorkte, hielt er inne. »Die stehen Ihnen ausgezeichnet, Cait. Und was Sie auch tragen – Sie werden immer hinreißend aussehen.« Nun schaute er ihr tief in die Augen. »Am besten ohne alles.«

Ihre Wangen brannten. Hastig ergriff sie den Teller, den er für sie gefüllt hatte, und kostete den Lachs. »Einfach köstlich...«

»Ja, meine Köchin Tansy ist ein Engel. Nun arbeitet sie schon fast zwanzig Jahre für meine Familie.«

»Meine Mutter war auch eine sehr gute Köchin. Natürlich hatten wir eine Küchenhilfe, aber Mutter liebte es, selber zu backen – Kekse, Kuchen und Plundergebäck. Nach so vielen Jahren entsinne ich mich immer noch ganz genau, wie das alles schmeckte.«

»Vor ein paar Monaten ist meine Mutter an einer Fieberkrankheit gestorben. Eine wunderbare Frau – liebevoll, intelligent und energisch. Ich denke oft an sie. Und ich vermisse sie sehr.«

Schmerzlich krampfte sich ihr Herz zusammen. »Meine Mutter war bildschön – und der gütigste Mensch, den ich jemals kannte. Bei einem heftigen Gewittersturm kam unser

Wagen von der Straße ab, stürzte in einen Fluss – und sie ertrank.«

»Sind Sie mit ihr zusammen gewesen?«

Sie nickte und unterdrückte das Schluchzen, das in ihrer Kehle aufstieg. Seit jener Tragödie waren elf Jahre verstrichen. Aber die Erinnerung erschien ihr immer noch so qualvoll wie in den Tagen danach. »Ich lag unter einem Wagenrad, hilflos festgeklemmt. Zweifellos wäre ich ertrunken, hätte meine Mutter nicht alles getan, um mich zu retten. Immer wieder tauchte sie unter, bis sie mich endlich befreien konnte. Dann verließen sie die Kräfte, und sie wurde von der Strömung mitgerissen. Zwei Tage später fand man ihre Leiche. Mir zuliebe hat sie ihr Leben geopfert.«

Voller Mitleid betrachtete er ihr trauriges Gesicht. »Da Sie Ihre Mutter so innig liebten, muss es schrecklich für Sie gewesen sein.«

Sekundenlang schloss sie die Augen, und die alten Phantasiebilder tauchten auf, die sie nicht sehen wollte. Entschlossen kämpfte sie dagegen an. »Für meinen Vater war es noch viel schwerer. Schon bei der ersten Begegnung hatte sie ihn verzaubert. Er liebte sie abgöttisch. Nach dem Unfall war er untröstlich. Und was ich am allerschlimmsten fand – ich gab mir die Schuld an ihrem Tod. Hätte sie mich nicht gerettet, würde sie vielleicht noch leben.«

Das Glas, das der Duke an seine Lippen führen wollte, erstarrte mitten in der Bewegung. »Deshalb dürfen Sie sich keine Vorwürfe machen.«

Den Kopf gesenkt, stocherte sie mit der Gabel auf ihrem Teller herum. »Wie könnte ich mir jemals verzeihen?«

»Um Gottes willen, Cait!«, stieß er bestürzt hervor. »Damals waren Sie ein Kind. Ihre Mutter liebte sie und fühlte sich für Sie verantwortlich. Natürlich wollte sie ihr Bestes tun, um Sie vor dem Ertrinken zu bewahren.«

»Vielleicht...« Ihre Lippen zitterten. Wie waren sie nur auf dieses Thema gekommen? »Aber mein Vater versank in grenzenloser Verzweiflung. Außer mir hatte er niemanden, an den er sich wenden konnte. Dabei ist es geblieben – bis zum heutigen Tag.«

»Und Sie stellen seine Interessen immer noch über Ihre eigenen.«

Darauf gab sie keine Antwort. Sie schuldete ihrem Vater sehr viel. Ihretwegen hatte er die geliebte Frau verloren. Daran würde sich nichts ändern – niemals.

Der Duke ergriff ihre Hand. Behutsam drückte er ihre Finger. »Sosehr ich Ihre Hingabe und Ihr Pflichtbewusstsein auch bewundere, Cait – Sie müssen endlich an sich selbst denken.«

Mühsam rang sie nach Atem, nahm einen Schluck aus ihrem Weinglas und beobachtete die Wellen der Themse. Eine Zeit lang aßen sie schweigend. Das gefiel ihr an ihm – in seiner Gesellschaft fühlte sie sich auch wohl, wenn sie nicht miteinander sprachen.

Nach der Mahlzeit zog er sie auf die Beine. »Gehen wir spazieren?«

»Sehr gern.«

Er führte sie zum Fluss hinab, und sie wanderten am Ufer dahin, lauschten dem plätschernden Wasser, das die Schilfhalme umspülte.

»Wie kommen Sie mit den Vorbereitungen für die Expedition voran?«, fragte Rand.

»Besser als erwartet. Lord Talmadge ist uns eine große Hilfe.«

Als sich seine Brauen ein wenig zusammenzogen, überlegte sie, warum der Name des Barons immer wieder diese sonderbare Wirkung auf ihn ausübte. »Wird er mit Ihnen zur Insel fahren?«

»Das weiß ich nicht. Jedenfalls würde sich mein Vater über seine Begleitung freuen.«

»Was könnte Talmadge denn tun? Sicher ist er kein Wissenschaftler.«

»Wir brauchen jemanden, der die Arbeiter beaufsichtigt, die Finanzen und Vorräte verwaltet. In solchen Dingen ist mein Vater ziemlich ungeschickt. Er vertraut dem Baron rückhaltlos. Für ihn wäre es wirklich eine Beruhigung, wenn Lord Talmadge mit uns reisen würde.«

Gedankenverloren starrte der Duke vor sich hin, und sie fragte sich erneut, was ihn stören mochte. Sie wollte das Thema noch weiter verfolgen. Dann besann sie sich eines Besseren. Er kannte Talmadge nicht so gut wie ihr Vater. Außerdem spielte die Meinung das Dukes keine Rolle. Für sie zählten nur die Wünsche ihres Vaters.

Nun entfernten sie sich vom Fluss und folgten einem schmalen, grasbewachsenen Weg zwischen winzigen weißen und gelben Blumen und gelangten zu einer abgeschiedenen Lichtung. Mit jedem ihrer Schritte spürte Cait die Nähe des Dukes intensiver, die Wärme, die er ausstrahlte, seine Energie, die magnetische Anziehungskraft. Allmählich gewann sie den Eindruck, sie wäre ihm willenlos ausgeliefert.

In der Hoffnung, er würde ihre Gedanken nicht erraten, schaute sie sich um und entdeckte einen kleinen Vogel mit rostroten Flügeln und einem langen weißen Schwanz. Direkt über ihrem Kopf landete er auf einem Zweig und erwiderte ihren Blick.

»Mögen Sie Vögel?«, fragte Rand.

»O ja, sogar sehr. Obwohl ich nicht viel über sie weiß.«

»Das ist eine Grasmücke – ein hübsches Kerlchen, nicht wahr?«

»Wunderschön.« Am anderen Ende der Lichtung tauchte ein weiterer Vogel auf, ein gedrungenes kleines Geschöpf mit kurzem Schwanz und blaugrauer Krone. »Kennen Sie seinen Namen auch?«

»Ein Kleiber«, erwiderte der Duke lächelnd. »Er klettert an Baumstämmen hoch, und es ist sehr amüsant, das zu beobachten.«

Erstaunt wandte sie sich zu ihm. »Wieso wissen Sie so viel über Vögel? Eigentlich dachte ich, ein Mann in Ihrer Position hätte keine Zeit für solche Studien.«

Eine leichte Röte stieg in seine Wangen, und er wich Caits Blick aus. »Dafür interessiere ich mich erst seit kurzem. Nicks Frau Elizabeth hat die Vögel schon immer geliebt. Eines Tages erzählte sie mir davon, nannte die einzelnen Namen und erklärte mir ihre Eigenheiten. Und so steckte sie mich mit ihrer Begeisterung an.«

»Das finde ich großartig.«

»Tatsächlich?« Seufzend verzog er die Lippen. »Mein Vater wäre entsetzt gewesen. Sicher hätte er behauptet, es sei unmännlich, für Vögel zu schwärmen, und man dürfe sich nur mit ihnen befassen, wenn man sie erlegt. Natürlich gehe ich auch zur Jagd. Aber es gefällt mir viel besser, die Vögel einfach nur zu beobachten – so wie wir beide auf dieser Lichtung.«

Seine Worte erwärmten ihr Herz. Offenbar hatte Elizabeth Recht, und der Duke besaß wirklich ein empfindsames Wesen. Der selbstsüchtige, dünkelhafte Aristokrat, für den sie ihn gehalten hatte, war er gewiss nicht.

Als er sich wieder zu ihr wandte, veränderten sich seine Züge, und seine Augen schienen dunkel zu glühen. »So gern ich die Vögel auch betrachte – etwas anderes fasziniert mich viel mehr. Etwas, an das ich unentwegt denken muss, seit ich Sie in jenem Ballsaal zum ersten Mal sah ...«

Unbewusst fuhr sie mit der Zunge über ihre Lippen. »Und – was ist das?«

»Schon damals wollte ich Sie küssen, Cait. Ich habe nur auf den richtigen Moment gewartet. Jetzt will ich mich nicht länger gedulden.« Zärtlich beugte er sich zu ihr, und unvermittelt lag sie in seinen Armen. Warm und weich fühlte sie seine Lippen auf ihren. Ein heftiges Schwindelgefühl stieg in ihr auf. Mit bebenden Fingern umklammerte sie die Aufschläge seines Jacketts.

Wie unglaublich groß er war… Als er sie immer leidenschaftlicher küsste, stellte sie sich auf die Zehenspitzen und schlang die Arme um seinen Hals. Der Kuss schien eine Ewigkeit zu dauern. Als seine Zunge ihren Mund zu erforschen begann, wurden Caits Knie weich wie Wachs. Sie zitterte am ganzen Körper. Immer heißer, immer süßer durchströmten sie überwältigende Gefühle, die sie nie zuvor gekannt hatte, und sie seufzte leise.

Um ihren Mund noch intensiver zu kosten, legte er den Kopf zur Seite. Sie war bereits geküsst worden – von einem Studenten am College in Boston, wo ihr Vater unterrichtet hatte, von einem jungen britischen Offizier, in Dakar stationiert. Unschuldige Küsse, die nichts verlangten, zurückhaltende Küsse voller Respekt vor ihrer Jugend und der Position ihres Vaters…

Im feurigen Kuss des Dukes spürte sie keine Hemmungen. Er beanspruchte alles, und seine Wünsche brannten wie tosende Flammen in ihrem Blut. Mit gleicher Begierde erwiderte sie den Kuss, berührte seine Zunge mit ihrer und hörte ihn stöhnen. Wie schwerer roter Wein schmeckte sein Mund, so männlich, so unwiderstehlich erotisch.

»O Gott, Caitie«, flüsterte er und ließ seine Lippen über ihren Hals gleiten. »Weißt du, wie sehr ich dich begehre? Tag und Nacht denke ich daran.«

Sein Geständnis beschleunigte ihre Herzschläge, und sie glaubte zu vergehen. Voller Sehnsucht nach weiteren heißen

Küssen öffnete sie willig den Mund und schlang ihre zitternden Finger in sein Haar. Sie spürte die harten Muskeln seiner Schenkel, die kraftvollen Schultern unter ihren Händen. Tief in ihrem Innern entstand eine Glut, die bis in ihre Glieder drang.

Unentwegt spielte seine Zunge mit ihrer, und sie fürchtete, die Beine würden sie nicht länger tragen.

Aber er hielt sie fest. Während er sie weiter aufreizend küsste, hörte sie das Geräusch der Knöpfe nicht, die am Rücken ihres Kleides aufsprangen, nahm die sanfte Brise auf ihrer brennenden Haut kaum wahr. Behutsam streifte er das Kleid von ihren Schultern, und dann wies sie die Hitze seiner Hand, die ihre Brüste durch das dünne Leinenhemd hindurch liebkosten, auf die drohende Gefahr hin.

Plötzlich fühlte sie sich unsicher und erstarrte. Nun müsste sie ihm Einhalt gebieten. Mit sanften Küssen und leisen, zärtlichen Worten beruhigte er sie. Sein Zeigefinger und sein Daumen umfassten die Knospe einer Brust und sandten sengende Wellen in ihren Bauch hinab. Nach einer Weile senkte er den Kopf, nahm die harte Brustwarze in den Mund und befeuchtete den Leinenstoff. Beinahe schwanden ihr die Sinne.

»Rand...«, wisperte sie, umschlang seinen Hals und schluchzte fast, von verzehrendem Entzücken erfüllt.

Da küsste er sie wieder, so aufreizend, dass sie zu zerfließen glaubte, und liebkoste ihre Brüste – bis sie fürchtete, sie würde ihre letzte Willenskraft verlieren.

»Gleich hinter dem Hügel liegt River Willows«, flüsterte er und knabberte an ihrem Ohrläppchen. »Das Haus steht fast leer – nur wenige Dienstboten sehen nach dem Rechten. Komm mit mir, Cait, lass dich lieben – lass dir zeigen, welches Glück wir einander schenken können.« Vor drängender Lust außer Atem, verstand sie kaum, was er sagte. Aber dann erkannte sie, in welcher Situation sie sich befand. Rand hatte sie hierher gebracht, auf eines seiner Landgüter, um sie zu verführen – wie zahllose andere Frauen. Er war ein Lebemann, ein Schürzenjäger. Großer Gott, wie konnte sie sich so vergessen? Elizabeth und Maggie hatten sie gewarnt. Sogar Geoffrey St. Anthony.

Gewiss, sie begehrte ihn. Seit sie ihn im Boxring beobachtet hatte, war das Bild seines wohlgeformten Körpers immer wieder in ihrer Phantasie erschienen. Und seine Küsse entfachten eine Ekstase, die sie niemals für möglich gehalten hätte. Aber das genügte nicht.

Sie war eine Frau und wollte wissen, was das bedeutete, wollte die Freuden genießen, die er ihr versprochen hatte. Trotzdem weigerte sie sich, die Liste seiner belanglosen Eroberungen fortzusetzen. Erst einmal musste sie Vertrauen zu ihm fassen und die Überzeugung gewinnen, dass er etwas ganz Besonderes in ihr sah.

Entschlossen schüttelte sie den Kopf. »Tut mir Leid, Rand, ich kann nicht...«

»Warum nicht?« Über seine Augen fiel ein Schatten. »Du sehnst dich nach mir. Das spüre ich. Lass dich lieben. Du willst es doch – genauso wie ich.«

Sie riss sich von ihm los. Mit einer bebenden Hand zog sie das Kleid über ihre Schultern hinauf. Nun müsste sie sich schämen. Aber sie empfand nichts dergleichen. Es war ihr Wunsch gewesen, jene Leidenschaft kennen zu lernen, die Mann und Frau zueinander trieb. Und Rand Clayton hatte ihr ein bisschen was davon gezeigt.

»Bring mich nach Hause«, bat sie.

Ein paar Sekunden lang starrte er sie nur an. Dann zuckte ein Muskel in seinem Kinn. »Meinst du das ernst? Bist du sicher?«

In ihren Augen brannten unerwartete Tränen. »Nein – ich

bin mir nicht sicher. Nur eins weiß ich, es wäre am besten, wenn du mich sofort in die Stadt zurückbringen würdest. Bitte, Rand...«

Während er schweigend vor ihr stand, schien sich die Zeit dahinzuschleppen. Schließlich nahm er ihr Gesicht in beide Hände und hauchte einen Kuss auf ihre Lippen. »Also gut.«

Auf der Rückfahrt wechselten sie kein einziges Wort. Rands Hände, krampfhaft um die Zügel geklammert, verrieten seine innere Anspannung. Und in Caits Schläfen pochte ein heftiger Schmerz. Wäre sie bloß nicht mit ihm aufs Land gefahren... Niemals hätte sie ihm erlauben dürfen, sie zu küssen und so intim zu liebkosen. Nun musste sie die Gefühle vergessen, die er erregt hatte – und den Wunsch, er würde sie wieder umarmen, voller Verlangen.

6

Aufmerksam las Cait die Liste, die Geoffrey St. Anthony ihr soeben übergeben hatte. Darin standen die Namen seiner Freunde, die vielleicht bereit wären, die Forschungsreise des Professors mitzufinanzieren. Sie saß in einem gemütlichen kleinen Salon im Trent-Haus. Diesen schönen, in sanften Gelb- und Rosttönen gehaltenen Raum hatte der Gastgeber ihrem Vater als Arbeitszimmer zur Verfügung gestellt.

Hier studierten sie nun schon drei Tage lang Vorratslisten und Schiffsfahrpläne oder schrieben Briefe an Bekannte in Dakar. Rand ließ nichts mehr von sich hören, seit er sie nach dem Picknick vor dem Museum abgesetzt hatte. Wahrscheinlich erkannte er, dass sie nicht die leichte Beute war, für die er sie gehalten hatte, und suchte sein Vergnügen anderswo.

Und das ist gut so, dachte sie. Mit einem Mann wie Rand Clayton durfte sie sich nicht einlassen. Ein Mitglied des englischen Hochadels passte nicht zu einer bürgerlichen Amerikanerin. Außerdem war er an Frauen gewöhnt, die alle gesellschaftlichen Spielregeln befolgten. Und Caitlin hielt sich seit dem Tod der Mutter an ihre eigenen Gesetze. In diesen letzten Jahren hatte sie Orte besucht und Dinge gesehen, die einer englischen Aristokratin vermutlich die Sinne rauben würden.

Wie schockiert wäre Rand, wenn sie ihm die riesigen phallischen Symbole in Pompeji beschreiben würde – oder die zahlreichen Reliefs, die Männer und Frauen beim Liebesakt zeigten, in verschiedenen Positionen…

Bei ihrem Aufenthalt in der antiken Stadt war sie verwirrt gewesen und hatte nicht verstanden, was die Bilder und Skulpturen bedeuteten. Aber nach der Lektüre entsprechender Bücher wusste sie nun, was sie damals gesehen hatte, und die Erinnerung an jene Kunstwerke faszinierte sie immer noch.

Sie betrachtete ihre sommersprossigen Handrücken und dachte an die vielen hundert Stunden, die sie unter der tropischen Inselsonne auf Händen und Knien verbracht hatte. Vor ihrem geistigen Auge erschien Lady Hadleigh, und sie versuchte sich auszumalen, wie die schöne, elegante Dame oder eine andere von Rands unzähligen Liebhaberinnen in glühend heißem Erdreich wühlen würde.

Natürlich ließ sich Cait mit keiner der Frauen vergleichen, die Rand bisher gekannt hatte. Abgesehen von ein paar vergnüglichen Stunden im Bett konnte sie einem Mann wie dem Duke of Beldon nichts bieten. Ohne ihn bin ich besser dran, redete sie sich energisch ein. Trotzdem musste sie ständig an ihn denken.

»Nun, Miss Harmon, was meinen Sie?«

Verstört blickte sie auf. Geoffrey St. Anthony beugte sich über den Schreibtisch. Nur wenige Zoll trennten seinen blonden Kopf von ihrem rotgoldenen. »Tut mir Leid, Geoffrey... Was sagten Sie?«

»Habe ich Sie erschreckt?« Hastig trat er zurück, stolperte über die Kante eines Orientteppichs und stürzte beinahe. »Wie ungeschickt von mir...« Feuerrot im Gesicht, rückte er sein Jackett zurecht. »Das sind nur die Nerven... Normalerweise benehme ich mich nicht so albern.« Er schluckte krampfhaft. Dann holte er tief Luft. »Miss Harmon, ich dachte – das heißt, ich hatte gehofft, Ihr Vater und Sie würden mich morgen Abend vielleicht in die Oper begleiten. Falls Sie nichts anderes vorhaben... Im King's Theatre wird ›Semiramide‹ aufgeführt, und die Inszenierung soll sehr gut sein.«

In diesem Moment betrat Caits Vater den Salon, sein Monokel in ein Auge geklemmt. »Die Oper...« Mit einem schmerzlichen Lächeln fuhr er fort: »Als Marian noch lebte, gingen wir sehr oft in die Oper.«

Wie immer, wenn der Vater in diesem wehmütigen Ton von der Mutter sprach, meldete sich Caitlins Gewissen. »Möchtest du die Oper besuchen, Papa? Seit Jahren haben wir keine Aufführung mehr gesehen.« An das letzte Mal konnte sie sich gar nicht mehr erinnern.

Ihr Vater wandte sich zu dem jungen blonden Mann, der sichtlich gespannt auf die Antwort wartete. »Vielen Dank für die Einladung, Geoffrey, wir nehmen sie sehr gern an.«

Erleichtert atmete Geoffrey auf und strahlte über das ganze Gesicht wie ein kleiner Junge. »Die Vorstellung beginnt schon am frühen Abend. Wenn es Ihnen recht ist, hole ich Sie um sechs Uhr ab.«

Dankbar erwiderte Cait sein Lächeln und versicherte, sie würde sich auf den nächsten Abend freuen. Nachdem er das

Haus verlassen hatte, ging sie mit ihrem Vater wieder an die Arbeit. Zumindest versuchte sie sich auf ihre Pflichten zu konzentrieren. Das fiel ihr sehr schwer, denn die Erinnerungen an heiße Küsse und intime Zärtlichkeiten ließen sich dummerweise nicht verdrängen.

»Kann ich noch etwas für Sie tun, bevor ich mich zurückziehe, Euer Gnaden?« Percival Fox, Rands langjähriger Kammerdiener, blieb in der Tür der herrschaftlichen Suite stehen.
»Nein, danke, ich brauche einfach nur meinen Schlaf.«
»Vielleicht würde Sie ein Glas Cognac von Ihrem Ärger mit dem Professor ablenken.«
Rand legte das Buch beiseite, in dem er gelesen hatte. Müde erhob er sich aus seinem Sessel. »Ja, da könnten Sie Recht haben.«
Lächelnd entfernte Percy den Stöpsel aus einer Kristallkaraffe. Ehemals Sergeant in der Britischen Armee, hatte er in Indien und später auf dem Kontinent gedient. Seit ihn vor zehn Jahren eine Musketenkugel in der Brust gezwungen hatte, das Soldatenleben aufzugeben, arbeitete er für Beldon.
In früheren Jahren hatte Percy, ein selbst ernannter Leibwächter, seinen Herrn auf weiten Reisen begleitet. Das war zu Lebzeiten des alten Dukes sehr oft geschehen.
Vor Percy, der eher ein Freund als ein Dienstbote war, verbarg Rand nur wenige Geheimnisse. Jetzt nahm er den Cognacschwenker entgegen und gönnte sich einen großen Schluck. »Unglücklicherweise ist es nicht der Professor, der mir im Augenblick einige Schwierigkeiten bereitet, sondern seine Tochter.«
Percy schwieg. Aber der Ausdruck in den sanften grauen Augen verriet seine Gedanken, bevor er den Raum verließ und die Tür hinter sich schloss – *eine Frau, das hätte ich mir denken können…*

Beinahe hätte Rand gelächelt. Stattdessen stellte er das halb volle Glas auf den Nachttisch, warf seinen Morgenmantel auf die gepolsterte Bank am Fußende des Betts und kroch nackt zwischen die Laken. Sinnlich schmiegte sich das kühle glatte Leinen an seine Haut und erinnerte ihn an weiches weibliches Fleisch und weckte den Wunsch, er würde diese Nacht nicht allein verbringen.

Er rückte das dicke Federkissen zurecht und versuchte einzuschlafen. Aber er warf sich rastlos hin und her und fand keine Ruhe. Während er zum goldgelben seidenen Baldachin hinaufstarrte, lauschte er den Regentropfen, die gegen die Fensterscheiben prasselten, hörte den Wind leise rauschen und dachte an Caitlin Harmon.

Vor drei Tagen hatte er sie zum letzten Mal gesehen und seither immer wieder beschlossen, sie zu vergessen. Die Informationen über ihren Vater und Talmadge, die er ihr vielleicht entlocken könnte, waren diese unerträglichen Qualen, die brennende Sehnsucht nicht wert.

Stöhnend schloss er die Augen und dachte an ihre vollen, hoch angesetzten Brüste, die so perfekt in seine Hände passten, die großen smaragdgrünen Augen, das lange rote Haar mit den goldenen Glanzlichtern. So wie in jeder Nacht spürte er sein wachsendes Verlangen, das sich nicht verdrängen ließ. Am letzten Abend hatte ihn die Begierde so heftig gepeinigt, dass er ausgegangen war, um die Qual zu lindern.

Seine einstige Geliebte Hannah Reese, eine Drury Lane-Schauspielerin, freute sich immer, ihn zu sehen. Von Anfang an waren sie nicht nur ein Liebespaar, sondern auch gute Freunde gewesen. Was Rand betraf, besaß Hannah einen sechsten Sinn und zeigte sich stets bereit, ihn zu trösten – was immer er sich gerade wünschte. Er ging zum Theatre Royal, um sie abzuholen. Aber als er in der Catherine Street angekommen war, hatte er klar erkannt, dass er nicht Hannah, sondern Caitlin Harmon begehrte.

Seufzend schaute er ins Dunkel, hörte die Messinguhr ticken, den Wind pfeifen. Unwillkommene Gedanken an Caits sanfte Rundungen reizten seine Sinne – an den süßen Geschmack ihrer zitternden Lippen, die seine Küsse so bereitwillig erwidert hatten. Sie war genauso leidenschaftlich gewesen, wie er es erträumt hatte. Trotzdem strahlte sie eine seltsame Unschuld aus, eine Naivität, die sie unmöglich heucheln konnte. Aus diesem Grund hatte er sich gelobt, Cait nicht wieder zu sehen.

Wahrscheinlich musste er seinem Freund Nick Warring Recht geben – das Mädchen war tatsächlich noch eine Jungfrau.

Rand wollte nicht heiraten. Zumindest nicht in absehbarer Zeit. Und die viel zu unabhängige, freiheitsliebende, typisch amerikanische Tochter des Professors würde sich wohl kaum zur Duchess eignen. Gewiss, er bewunderte ihre Intelligenz, ihren lebhaften Geist – und natürlich ihre Leidenschaft. In dieser Hinsicht ließ sie nichts zu wünschen übrig.

Aber nach dem Tod der Mutter, seit ihrem zehnten Lebensjahr, war sie zu einem viel zu selbstständigen Mädchen herangewachsen, und der Vater hatte nichts dagegen unternommen. Zu jeder passenden oder unpassenden Gelegenheit ignorierte sie das Diktat der Gesellschaft und zeigte keinerlei Absicht, sich zu ändern. Wen immer sie eines Tages heiraten würde – der Mann musste sich auf einen harten Kampf gefasst machen, um sie zu zähmen.

Und dieser Gedanke missfiel dem Duke. Cait würde lernen müssen, sich dem Willen ihres Ehemanns unterzuordnen. Aber er wollte ihren wundervollen, eigenständigen Geist nicht vernichtet sehen. Es besserte seine Laune auch keineswegs, als er sich Cait Harmon im Bett eines anderen

Mannes vorstellte, den weichen, wohl geformten Körper, der in frisch erwachter Leidenschaft beben würde…

Fluchend stand er auf und eilte über den dicken Teppich, kniete vor dem Kamin nieder und legte noch mehr Kohlen ins Feuer.

Zwei Stunden später schlief er endlich ein und träumte von Cait Harmon, die in seinen Armen lag.

Maggie Sutton stand im kleinen Garten hinter ihrem Stadthaus. Am anderen Ende des gepflegten Rasens bewunderte Cait eine alte griechische Statue, der ein Arm fehlte. Voller Altersflecken, vom Londoner Ruß verdunkelt, war die Figur aber immer noch schön.

»Weißt du was darüber?«, fragte sie, als die Freundin zu ihr trat. »Woher stammt die Statue, wie alt mag sie sein?«

»Keine Ahnung. Sie stand bereits im Garten, als mein Schwiegervater das Anwesen kaufte.«

»Hier hätte sie nicht bleiben dürfen. Bald wird sie zu Staub zerfallen, von Wind und Wetter zerstört.«

»Daran habe ich gar nicht gedacht. Solche Statuen stehen in unzähligen englischen Gärten. Ich genoss einfach nur die Schönheit dieses Kunstwerks. Aber du hast sicher Recht.«

»So viele Schätze aus der Vergangenheit sind verloren gegangen. Das sah ich in Pompeji und in Ägypten. Dort fuhr mein Vater hin, um Gegenstände auszugraben, die ihm helfen sollten, die Geschichte zu enträtseln. Er glaubt, die antiken Kostbarkeiten würden allen Menschen gehören – nicht nur den Reichen und Privilegierten.« Lächelnd wandte sie sich zu Maggie. »Hoffentlich habe ich dich nicht gekränkt. Ich weiß, solche Ansichten sind nicht besonders populär.«

Maggie schüttelte den Kopf. »Deshalb bin ich nicht beleidigt. Ganz im Gegenteil, ich stimme dir sogar zu.« Nachdenklich musterte sie den Kopf der Skulptur. »Und ich glaube, ich sollte diese schöne Statue durch eine moderne ersetzen. Vielleicht wird sich das Britische Museum dafür interessieren.«

»Ganz sicher«, meinte Caitlin erfreut. »Und wenn nicht, finden wir ein anderes Institut.«

Maggie setzte sich auf eine schmiedeeiserne Bank vor einem plätschernden Brunnen, klopfte einladend neben sich, und Cait nahm an ihrer Seite Platz. »Vorhin sah ich dich in den Garten gehen. Du kommst mir seit ein paar Tagen so geistesabwesend vor, so verschlossen. Wenn dich etwas bedrückt und du darüber reden möchtest – ich bin deine Freundin, Cait, und du kannst mir rückhaltlos vertrauen.«

»Alles in Ordnung, Maggie«, erwiderte Cait etwas zu hastig. »Ich muss mich einfach nur auf meine Arbeit konzentrieren...«

»Bist du sicher? Ich dachte, vielleicht steckt Rand dahinter. Nachdem wir ihn im Boxclub getroffen hatten, gewann ich den Eindruck, du würdest auf seinen Besuch hoffen.«

Caitlin betrachtete die Falten ihres gelben Musselinrocks, kniff sie zwischen den Fingern zusammen und strich sie wieder glatt. »An jenem Tag im Boxclub unterhielten wir uns ein paar Minuten lang unter vier Augen. Dabei lud er mich zu einem Picknick ein. Wir verabredeten uns für den nächsten Morgen – vor dem Museum. Und dann fuhren wir nach River Willows.« Unbehaglich beobachtete sie das Gesicht ihrer Freundin. »Bist du jetzt schockiert, Maggie?«

»Wie könnte ich?« Maggie wusste, was eine junge Frau empfand, wenn sie sich zu einem attraktiven Mann wie Rand hingezogen fühlte. Genauso war es ihr ergangen, nachdem sie Andrew kennen gelernt hatte. »Natürlich ärgert mich das Verhalten meines Freundes, der deinen guten Ruf aufs Spiel gesetzt hat. Aber dein Verhalten schockiert mich kein bisschen.«

»Ich weiß, ich hätte ihn nicht begleiten dürfen. Und ich wünschte, ich würde es bereuen...«

»Offensichtlich gefällt er dir. Und er ist ganz vernarrt in dich.«

»Er mag Vögel.« Träumerisch blickte Cait ins Leere. »Wusstest du das, Maggie? Er kennt ihre Namen. Und wenn er sie beobachtet, leuchten seine Augen. Seltsam – diese Begeisterung schien ihn in Verlegenheit zu bringen.«

»Nach allem, was ich von meinem Bruder erfahren konnte, hatte Rand eine schwere Kindheit. Er ist ein Einzelkind. Und sein Vater muss ein Tyrann gewesen sein. Schon in seiner frühen Jugend liebte Rand die Natur und die schönen Künste. Einmal erzählte mir seine Mutter, als kleiner Junge habe er gern gemalt. Aber das verbot ihm der Vater, weil es ›weibisch‹ fand.«

»Einfach lächerlich! Kein Wunder, dass er seinen Vater nie erwähnt. Vermutlich mochte er ihn nicht besonders.«

»Soviel ich weiß, haben sich die beiden nie verstanden. Der Duke zwang seinen Sohn, zu reiten und auf die Jagd zu gehen, und außerdem musste Rand fechten und boxen lernen. Später führte der Duke seinen Sohn in die Spielsalons ein. Dank seiner außergewöhnlichen Begabung brillierte Rand auf allen Gebieten. Aber das genügte dem alten Duke nicht.«

»Neulich erklärte mir Elizabeth, Rand sei sehr feinfühlig. Dafür muss man sich nicht schämen.«

»Vielleicht würdest auch du dich deiner edleren Neigungen schämen, wärst du jedes Mal, wenn du einen Gedichtband gelesen oder einen Pinsel in die Hand genommen hast, mit einer Birkenrute gezüchtigt worden. Später gab Rand diese Interessen auf. Zumindest, bis er erwachsen wurde. Aber sosehr er sich auch bemühte, er konnte den alten Duke niemals zufrieden stellen.«

Mit einem schmerzlichen Lächeln dachte Cait an ihren Vater, der sie innig liebte. Rands trauriges Schicksal führte ihr vor Augen, wie glücklich sie sich schätzen musste.

»Hast du noch einmal von Rand gehört?«, erkundigte sich Maggie.

»Seit dem Picknick nicht mehr. Ich fürchte, ich habe ihn enttäuscht.«

»Warum glaubst du das?« Als Cait zum Brunnen hinüberschaute, folgte Maggie ihrem Blick. Das Plätschern des Wassers klang angenehm und beruhigend. In der Luft bildete die feine Gischt bunte Regenbögen. »Nachdem ich bereit war, allein mit ihm aufs Land zu fahren, nahm er wahrscheinlich an, ich würde – mich verführen lassen.«

»Großer Gott!«

»Das darf ich ihm nicht verübeln. Ich hätte seine Einladung ablehnen müssen. Wo ich doch wusste, wie unschicklich dieses Picknick war…«

»Hat er die Situation etwa ausgenutzt – und dich gezwungen…?«

»Nein, natürlich nicht!«, protestierte Cait erschrocken. »Niemals würde er irgendetwas gegen meinen Willen tun.«

Erleichtert atmete Maggie auf. »So was hätte ich ihm auch gar nicht zugetraut.«

»Das Problem ist nur – ich wollte es.«

»Aber – du sagtest doch…«, stammelte Maggie.

»Keine Bange, nichts ist passiert. Zumindest nichts Schlimmes. Und jetzt interessiere ich ihn nicht mehr, weil ich ihm widerstanden habe.«

Vor Maggies geistigem Auge erschien das Bild des Ballsaals, in dem Rand und Cait so selbstvergessen Walzer getanzt hatten. »Daran zweifle ich. Wenn Rand Clayton ein bestimmtes Ziel anstrebt, gibt er sich nicht so leicht geschlagen. Und er begehrt dich, meine Liebe, das steht fest. Bedauerlicherweise will er nicht heiraten – ich vermute, ebenso wenig wie du.«

»Solange mein Vater mich braucht, kann ich unmöglich an eine Ehe nur denken.«

Maggie bezähmte den Impuls, Ratschläge zu erteilen, die ihre Freundin nicht hören wollte. »Das verstehe ich«, beteuerte sie in sanftem Ton. »Aber die Gefühle, die dein Herz bewegen, sind gefährlich.« Beschwörend ergriff sie Caits Hand. »Bitte, sei vorsichtig. Die Leidenschaft übt eine starke Macht auf uns Menschen aus. Was das betrifft, ist Rand ein Experte – und du bist so unerfahren. Hoffentlich hat er das erkannt. Wenn ja, wissen wir wenigstens, warum er sich nicht mehr bei dir meldet.« Mitfühlend umarmte Maggie ihre Freundin. »Ich weiß, es ist schwierig – aber besser für euch beide, wenn er sich von dir fern hält. Vergiss das nicht. Und Rand sollte ebenso daran denken. Darum wollen wir beten.«

7

Für den Opernabend wählte Cait ein Kleid aus Changeant-Seide, das in den gleichen rostroten Tönen schimmerte wie ihr Haar. Es war im Empire-Stil geschnitten, mit hoher Taille und tiefem Dekolletee und unter den Brüsten und am Saum mit goldenen Borten besetzt. Dazu passten goldfarbene Slippers und Handschuhe, die bis zu den Ellbogen reichten.

Sie schaute auf die Uhr, warf einen letzten Blick in den Spiegel und schob eine zusätzliche Haarnadel in die hochgesteckten Locken, bevor sie nach unten ging. Ihr Vater wartete am Fuß der Treppe in einem burgunderroten Frack, maßgeschneiderten grauen Breeches und einer grau gemusterten Weste, die sein silbriges Haar hervorhob.

Trotz seiner perfekten Eleganz stellte sie wieder einmal bedrückt fest, wie stark er in letzter Zeit gealtert war. Mit seinen sechzig Jahren wirkte er wesentlich älter. Die anstrengende Arbeit unter der tropischen Sonne hatte seine Haut mit tiefen Furchen durchzogen. Bei der Hochzeit war die Mutter zwanzig Jahre jünger gewesen. Vielleicht hatten vor allem Marian Simmons jugendliche Schönheit und Heiterkeit sein Herz erobert.

»Bist du bereit, meine Liebe?«

»Ja, Vater.« Sie neigte sich vor und küsste seine Wange, dann trat sie zurück und musterte ihn von Kopf bis Fuß. »Wie fabelhaft du heute Abend aussiehst!«

»Danke, mein Kind«, murmelte er und lächelte fast schüchtern.

In diesem Augenblick tauchte Geoffrey St. Anthony aus dem dunklen Hintergrund der Halle auf. Bis jetzt hatte Cait seine Anwesenheit nicht bemerkt. »Und Sie sehen hinreißend aus, Miss Harmon.«

»Oh, besten Dank, Sir.« Lächelnd knickste sie und nahm den Arm, den er ihr reichte.

In seinem luxuriösen schwarzen Landauer fuhren sie zum fashionablen King's Theatre am Haymarket. Es war das größte Theater von London und – wie Cait feststellte – auch das vornehmste. Um den hufeisenförmigen Zuschauerraum zogen sich fünf Logenränge.

Sie stiegen zum dritten Rang hinauf und betraten die Privatloge des Marquess of Wester, die Geoffrey an diesem Abend benutzen durfte. Als sie auf den weich gepolsterten, mit königsblauem Samt bezogenen Stühlen saßen, genossen sie einen ungehinderten Ausblick zur Bühne, ins Parkett und zur Galerie, die erstaunlicherweise dreitausend Leuten Platz bot. Alle Gesellschaftsschichten hatten sich im Theater eingefunden – von den »Orangenmädchen«, die Obst verkauften und Nachrichten weiterleiteten, über die grell gekleidete Halbwelt bis zur Aristokratie.

Fasziniert schaute Cait sich um. Allein schon der Anblick dieser bunt gemischten Versammlung bot ihr ein wundervolles Amüsement.

»Ich bin so froh, dass Sie mitgekommen sind, Miss Harmon«, unterbrach Geoffrey, der bisher mit dem Professor gesprochen hatte, ihre Gedanken. In seinem dunkelblauen Schwalbenschwanz-Frack mit grauen Breeches und weißer Weste erregte er das Interesse mehrerer Damen, die seine attraktive blond gelockte Erscheinung wohlgefällig inspizierten. »Ich hatte gehofft, wir könnten morgen…«

In diesem Moment begann das Orchester zu spielen, und Cait wandte sich erleichtert zur Bühne. Geoffrey gehörte zu den treusten Bewunderern ihres Vaters, und sie schätzte seine Hilfe, beabsichtigte aber nicht, die Beziehung zu vertiefen. Für sie war er nur ein guter Freund.

Während der ersten Szene war sie verblüfft über die lebhaften Meinungsäußerungen des Publikums. Mit lautstarkem Jubel, der die Musik übertönte, wurde der Auftritt der Primadonna Catalani begrüßt. Schließlich beruhigten sich die Leute und würdigten die ausgezeichnete Aufführung, von der Geoffrey nicht zu viel versprochen hatte. Cait verfolgte begeistert die Ereignisse auf der Bühne – bis sie zufällig die vertrauten Umrisse eines hoch gewachsenen, breitschultrigen Mannes in einer nahen Loge entdeckte. Zunächst glaubte sie sich zu irren – der Gentleman neben der schönen Brünetten war sicher nicht Rand Clayton. Doch dann beobachtete sie seine geschmeidigen, selbstsicheren Gesten und sah die ebenmäßigen weißen Zähne blitzen, als er seine Begleiterin anlächelte. An dieses gewinnende Lächeln erinnerte sie sich nur zu gut. Verzweifelt presste sie die Lippen zusammen.

Es spielt keine Rolle, sagte sie sich. *Ohne ihn bin ich besser dran...* Aber ihr Herz hämmerte schmerzhaft gegen die Rippen, und sie bekam kaum Luft, wann immer er sich zu der bildschönen Frau neigte und ihr etwas ins Ohr flüsterte.

Als die Kerzen aufflammten und die Pause begann, erhob sich Geoffrey. Dankbar ergriff Cait seinen Arm. »Kommst du mit, Vater?«

»Geht nur, ich bleibe lieber hier.«

Sie stiegen die Stufen hinab, um ein wenig frische Luft zu schnappen. Am Fuß der Treppe stießen sie beinahe mit Beldon und der attraktiven Brünetten zusammen. Sofort kehrte Caits Atemnot zurück. Aber sie zwang sich zu einem strahlenden Lächeln und trat etwas näher zu ihrem goldblonden Begleiter.

»Euer Gnaden...«, begrüßte Geoffrey den Duke förmlich. »Vorhin dachte ich mir schon, ich hätte Sie im dritten Rang gesehen. Ich hatte ganz vergessen, dass Ihre Loge in der Nähe von unserer liegt.«

Beldon lächelte dünn. »Nun, es ist schon eine Weile her, seit ich das King's Theatre zum letzten Mal besucht habe.« Er wandte sich zu der jungen Frau an seinem Arm. »Erinnern Sie sich an Lady Anne?«

»Gewiss«, antwortete Geoffrey und beugte sich über die Hand des Mädchens.

»Meine Liebe, die Dame an Mr. St. Anthonys Seite ist Miss Harmon.«

»Guten Abend.« Lady Anne schenkte Geoffrey ein liebenswürdiges und Cait ein höfliches Lächeln. Im Kerzenschein glänzten ihre modisch kurz geschnittenen Locken, die ein ebenmäßiges Gesicht mit makellosem Teint umgaben, wie dunkle Seide. Plötzlich wünschte Cait, sie wäre irgendwo anders – nur nicht hier.

Während Beldon Konversation machte, starrte er Cait immer wieder an. Schließlich fragte er: »Amüsieren Sie sich, Miss Harmon?« Der scharfe Unterton in seiner Stimme war nicht zu überhören.

»O ja, die Aufführung gefällt mir sehr gut.« Als sie ihren Begleiter anschaute, vertiefte sich ihr Lächeln. »Und ich genieße Geoffreys nette Gesellschaft. Ich bin so froh, dass er mich eingeladen hat.«

In Rands braunen Augen schienen goldene Blitze zu funkeln. »Dass Sie für die Oper schwärmen, wusste ich gar nicht. Oder vielleicht gilt Ihre Begeisterung nur dem fabelhaften jungen Mann, der Sie heute Abend ausführt.«

Cait straffte die Schultern. »Sicher gibt es sehr viele Dinge, die Sie *nicht* über mich wissen, Euer Gnaden.«

Gemächlich wanderte sein Blick über ihren Körper und verweilte etwas zu lange auf den vollen Brüsten. »Das mag stimmen. Trotzdem bin ich über *gewisse* Dinge bestens informiert.«

Heiße Röte stieg in ihre Wangen. Wie konnte er es wagen? Zweifellos erinnerte er sich an den Tag in River Willows, an die Form ihres Busens, an die Art, wie seine fachkundigen Finger ihre Brustwarzen erhärtet und wie die empfindsamen Spitzen unter seiner betörenden Zunge gezittert hatten.

Entschlossen bekämpfte sie ihre Verlegenheit, zwang sich mit eiserner Willenskraft, ihn anzuschauen. »Und Sie, Euer Gnaden? Genügt die Vorstellung Ihren Ansprüchen? Oder soll später eine andere stattfinden, der Sie viel sehnlicher entgegenfiebern?«

Erst hob er die Brauen, dann zuckten seine Mundwinkel. Irgendetwas in Beldons Miene verriet seine Genugtuung. Hatte sie die wilde Eifersucht verraten, die ihr Herz zu verzehren drohte? O Gott, hoffentlich nicht...

»Eigentlich steht noch gar nicht fest, was wir nach der Aufführung unternehmen werden«, erwiderte Rand. »Was haben Sie und Sir Geoffrey vor? Vielleicht ein spätes Dinner in trauter Zweisamkeit?«

Cait schluckte, und Geoffrey öffnete den Mund, um zu erklären, dass sie das King's Theatre nicht allein besuchten. Aber Cait ließ ihn nicht zu Wort kommen. »Zufällig haben wir genau das geplant.«

In Beldons Körper schienen sich alle Muskeln anzuspannen. Und Geoffrey erbleichte. »Ich glaube, gleich beginnt der nächste Akt«, erklärte er und umfasste Caits Arm viel fester, als sie es erwartet hatte. »Gehen wir in die Loge zurück. Wenn Sie uns entschuldigen würden, Euer Gnaden...«

Wortlos verneigte sich Rand. Aus seinen dunklen Augen, die Cait eindringlich betrachteten, schienen Flammen zu sprühen.

»So etwas hätten Sie nicht sagen dürfen«, flüsterte Geoffrey auf dem Weg zum dritten Rang. »Womöglich erzählt er die Lüge, wir würden diesen Abend allein verbringen, in ganz London und beschwört einen Skandal herauf.«

Aus unerfindlichen Gründen bezweifelte sie, dass der Duke so tief sinken würde. Über banale Klatschgeschichten müsste ein Mann von seinem Format erhaben sein. »Es war doch nur ein Scherz, und das hat er auch sicher gemerkt«, versuchte sie Geoffrey zu beruhigen, was ihr offensichtlich gelang, denn seine Züge entspannten sich, und er ließ das Thema fallen.

Caits Vater genoss die Aufführung auch weiterhin. Aber ihr selbst war die Freude an dem Abend gründlich verdorben worden. Gegen ihren Willen schweifte ihr Blick immer wieder zu Rands Loge hinüber. Schließlich entschuldigte sie sich, floh in die Damentoilette und wünschte den Duke of Beldon zum Teufel.

Rand tat sein Bestes, um sich auf die Vorstellung zu konzentrieren. Aber seine Gedanken wanderten immer wieder zu Cait. Suchend schaute er sich um, bis er sie in der Loge des Marquess of Wester entdeckte. Und als er sie neben Geoffrey St. Anthony sitzen sah, wurde er von neuem Zorn erfasst. Solche Gefühle durfte er nicht empfinden. Er hatte keinerlei Ansprüche auf Caitlin Harmon zu erheben. Trotzdem traf ihn der Anblick wie ein Fausthieb in die Magengrube – die Frau, die er begehrte, neben St. Anthony...

Natürlich, er hatte sie gnadenlos herausgefordert. *Ein spätes Dinner in trauter Zweisamkeit...*

Dafür war er sofort bestraft worden. *Zufällig haben wir genau das geplant.*

Erbost seufzte er auf. Seinen einzigen Trost schöpfte er aus der Tatsache, dass Cait bei der unerwarteten Begegnung nicht so gleichgültig geblieben war, wie sie es vorgeben wollte. Vor kurzem hatte er das Herz der schönen jungen Anne Stanwick gewonnen, was Cait wohl kaum entgangen war.

Wie so oft während der letzten Tage verfluchte er die Frau, die ihn bis in seine Träume verfolgte, und wünschte, er hätte ihr Gelächter an jenem Abend nie gehört. Unwillkürlich schaute er wieder zu der Loge hinüber, wo sie mit St. Anthony saß. Und jetzt entdeckte er einen zweiten Mann an ihrer anderen Seite – ihren Vater, Donovan Harmon.

Rands Augen verengten sich. Also war sie nicht allein mit St. Anthony, obwohl sie diesen Eindruck erweckt hatte. Eine sonderbare Missachtung aus Ärger und Erleichterung stieg in ihm auf.

Plötzlich erhob sie sich, flüsterte ihren Begleitern etwas zu und verließ die Loge.

»Entschuldige mich, Anne, gleich bin ich wieder da.«

Mit ein paar gemurmelten Worten bat er auch ihre Eltern um Verzeihung, Lord und Lady Bainbridge, die hinter ihnen saßen. Dann schlüpfte er zwischen den Vorhängen hindurch und folgte Cait, die gerade am Ende des Korridors um die Ecke bog. Mit ihrem feurigen Haar war sie nicht zu übersehen. Er beobachtete, wie sie in der Damentoilette verschwand, und postierte sich nahe dem Eingang.

Als sie ein paar Minuten später die schweren blauen Samtvorhänge auseinander schob und heraustrat, lehnte er an der Wand, versuchte seine Ungeduld zu bezähmen und nonchalant zu wirken. Natürlich entdeckte sie ihn sofort. Zornesröte färbte ihre Wangen, und Rand unterdrückte ein Lächeln. Verdammt, wie schön sie war...

»Was machst du hier?«, fragte sie und stemmte ihre kleinen Hände in die Hüften.

Langsam richtete er sich auf, um kühle Gelassenheit bemüht, obwohl ihm nach ganz was anderem zu Mute war. »Das weißt du doch – ich warte auf dich.«

»Wozu? Glaubst du, die Gesellschaft einer einzigen Frau würde dir an diesem Abend nicht genügen?« Empört wollte sie an ihm vorbeigehen, aber er hielt ihren Arm fest.

»Anne Stanwick ist keine Frau, sondern ein Mädchen – und außerdem meine Kusine. Blutjung und leicht zu beeindrucken. Wenn du nächstes Mal in unsere Loge spähst, wirst du vielleicht ihre Eltern hinter uns entdecken.«

Also hatte er ihre forschenden Blicke bemerkt. Unsicher und verlegen blinzelte sie und suchte nach Worten. »Ihre – Eltern?«

»Allerdings.«

Sie räusperte sich. »Nun – dann – wünsche ich dir einen angenehmen Abend mit deinen Verwandten.«

Statt ihren Arm endlich loszulassen, drehte er sie zu sich herum und zwang sie, ihn anzuschauen. »Und St. Anthony?«

Sie starrte die Hand an, die ihren Arm eisern umklammerte. »Was soll mit ihm sein?«

»Offenbar bist du nicht mit ihm allein. Ich sah deinen Vater an deiner anderen Seite sitzen.«

Zu ihrer eigenen Bestürzung spürte sie, wie die dunkle Röte von ihren Wangen bis zum Busenansatz hinabkroch. »*Du* warst es, der uns ein Dinner zu zweit vorschlug, und ich habe nur zugestimmt.«

»Warum?«

»Weil du furchtbar unhöflich warst. Und jetzt lass mich bitte los.« Den Verlauf dieser Unterhaltung hatte er sich anders vorgestellt. Er erfüllte ihren Wunsch, versperrte ihr aber den Weg. »Was geht zwischen dir und St. Anthony vor?« Während er in ihre großen grünen Augen starrte, kam ihm ein entsetzlicher Gedanke, der wie Feuer in seinem Blut brannte und seine Wut schürte. »Oder bist du nur wegen seines Geldes hinter ihm her? Wie viel spendet er für die Expedition deines Vaters?«

»Das braucht dich nicht zu interessieren.«

Als er noch einen Schritt näher trat, zwang er sie, zur Wand zurückzuweichen. »Zweifellos eine beträchtliche Summe… Was würdest du für Geld tun? Wie weit würdest du gehen?« Er strich mit einem Finger über ihr Kinn und spürte ihr Zittern. »Wie du sicher erfahren hast, bin ich steinreich. Vielleicht könntest du mir ein Vermögen entlocken, wenn du bereit wärst…«

Da schlug sie ihn mit aller Kraft ins Gesicht. Unwillkürlich taumelte er nach hinten. In seinen Ohren dröhnte es, seine Wangen röteten sich. Cait stürmte an ihm vorbei und rannte den Korridor entlang. Während er ihr hastig folgte, bereute er schon seine unbedachten Worte.

Am Eingang zu ihrer Loge holte er sie ein, zog sie vom Vorhang weg und in einen winzigen Alkoven hinter der Ecke.

Beim Anblick ihrer Tränen wuchsen seine Schuldgefühle.

»Großer Gott, Caitie, tut mir Leid – so habe ich's nicht gemeint.« Er schüttelte den Kopf und holte tief Atem, um seine Nerven zu beruhigen. »Als ich dich mit St. Anthony sah… Ich weiß nicht mehr… Irgendwie verlor ich die Beherrschung.« Mit einem behutsamen Finger wischte er ihre Tränen weg und sah seine Hand zittern. »Offen gestanden, ich war eifersüchtig.« Plötzlich kam er sich wie ein Narr vor und verstand nicht, was in ihn gefahren war. »An solche Emotionen bin ich nicht gewöhnt.«

Schweigend und schwer atmend blickte sie in seine Augen. Doch nach einer Weile bewegte sich ihre Hand wie aus eigenem Antrieb und berührte den roten Abdruck ihrer Finger auf seiner Wange. Irgendetwas Sanftes, Süßes erfüllte seine Seele, schien aufzublühen und zu schimmern wie goldene Fäden. Seine Kehle wurde eng, und er schluckte mühsam.

»Tut mir Leid«, wiederholte er. »Ich habe mich wie ein Idiot benommen. Kannst du mir verzeihen?«

»Mir tut's auch Leid.« An ihren Wimpern hingen neue Tränen. »Ich hätte dich nicht schlagen dürfen. So was habe ich noch nie getan.«

Da nahm er sie in die Arme. Zunächst hielt er sie einfach nur fest, und ihre Nähe fühlte sich so gut an, irgendwie *richtig*, als würden sie trotz aller Gegensätze zusammengehören. Dann schaute sie zu ihm auf, betrachtete seinen Mund und weckte damit ein solch heißes Verlangen, das ihm gar nichts anderes übrig blieb – er musste sie küssen. Zärtlich und doch voller Leidenschaft presste er seine Lippen auf ihre, bis sie am ganzen Körper bebte. »Schick St. Anthony mit deinem Vater nach Hause«, flüsterte er in ihr Ohr. »Sag ihnen, du hättest Kopfschmerzen und würdest eine Droschke mieten. Erzähl ihnen irgendetwas – sieh nur zu, dass du sie loswirst.

Meine Kusine ist bei ihren Eltern bestens aufgehoben. Und wir beide verbringen den restlichen Abend zusammen.«

Sofort befreite sie sich aus seinen Armen. Was er ihr vorschlug, war unfair. Das wusste er. Aber es kümmerte ihn nicht.

»Nein, Rand. Geoffrey war so freundlich, mich in die Loge seiner Familie einzuladen. Und für meinen Vater ist die Aufführung ein ganz besonderes Erlebnis. So darf ich die beiden nicht behandeln.«

»Zum Teufel, Cait, du weißt, was ich für dich empfinde. Ich brauche dich – heute Abend!«

Entschlossen schüttelte sie den Kopf. »Obwohl du ein Duke bist und alle nach deiner Pfeife tanzen – diesmal wirst du deinen Willen nicht durchsetzen.«

Rand biss die Zähne zusammen. Natürlich hatte sie Recht, was ihn noch heftiger erzürnte. Trotzdem bewunderte er ihre standhafte Haltung. Die meisten Frauen würden seine Wünsche erfüllen. Zum Teufel, nur wenige *Männer* würden den Mut aufbringen, sich gegen ihn zu stellen.

Wieder einmal atmete er tief durch, um seine Nerven zu beschwichtigen. »Also gut, nicht heute Abend. Und morgen? Ich hole dich ab, und wir fahren in den Park.«

Unsicher biss sie in ihre vollen Lippen, und er erinnerte sich, wie süß sie geschmeckt hatten. Wie gern würde er jetzt an ihrer rosigen Unterlippe saugen … Mühsam unterdrückte er ein Stöhnen. Wieso übte diese Frau eine so beängstigende Wirkung auf ihn aus?

»Ich weiß nicht recht …«, erwiderte sie zögernd. »Was soeben geschehen ist, darf sich nicht wiederholen. Es wäre besser, wir würden uns nicht mehr sehen. Was immer zwischen uns entstanden ist, könnte zu ernsthaften Schwierigkeiten führen. Das wissen wir beide.«

»Aber es ist mir egal.«

»Mir nicht.«

»Wirklich nicht?«, fragte er und umfasste ihr Kinn. »Du begehrst mich genauso wie ich dich. Denk doch an deine Unabhängigkeit, die dir so wichtig ist. Das war der erste Eindruck, den ich von dir gewann. Du tust, was dir beliebt. Und was andere Leute davon halten, interessiert dich nicht.«

Immer noch unschlüssig, warf sie einen Blick über seine Schulter, und Rand hielt den Atem an. Wie inständig er hoffte, sie würde ja sagen, verblüffte ihn selbst.

»Also gut. Aber nur eine Fahrt in den Park. Danach sehen wir weiter.« Sie schob sich an ihm vorbei, und diesmal ließ er sie gehen.

»Caitie!«, rief er ihr nach, bevor sie die Wester-Loge erreichte, und rieb über seine gerötete Wange, die immer noch brannte. »Für so ein zierliches Ding kannst du verdammt hart zuschlagen.«

Sie lachte leise, dann verschwand sie hinter dem Vorhang. Eine Zeit lang blieb er im dunklen Alkoven stehen, verfluchte die Macht, die Caitlin Harmon über ihn gewonnen hatte, und wartete, bis sein Herz etwas ruhiger pochte.

Von der restlichen Opernaufführung nahm Cait nichts wahr. Unentwegt dachte sie an Rand Clayton, und es gelang ihr beim besten Willen nicht, die Ereignisse auf der Bühne zu verfolgen. Auf der Rückfahrt zum Trent-Haus sprach sie nicht viel. Höflich dankte sie Geoffrey für den angenehmen Abend, dann stieg sie die Eingangsstufen hinauf.

»Miss Harmon – Caitlin?« Hin und wieder sprach er sie mit ihrem Vornamen an. Das wagte er erst seit wenigen Tagen.

Während ihr Vater das Haus betrat, drehte sie sich um. »Ja, Geoffrey?«

»Es – es geht um Beldon.«

»Was meinen Sie?«, fragte sie unbehaglich.

»Nehmen Sie sich vor ihm in Acht, Caitlin. Der Duke ist es gewöhnt, seine Ziele zu erreichen. Nur selten würde er ein Nein akzeptieren.«

Damit erzählte er ihr nichts Neues. So ähnliche Worte hatte sie benutzt, um sich gegen Rand zu behaupten. »Ja, Geoffrey, das weiß ich.«

»Sie sind ein unerfahrenes junges Mädchen, Caitlin, und Sie kennen die Überredungskünste solcher Männer nicht.«

Oh, doch – viel besser, als er ahnte… »Sorgen Sie sich nicht um mich, Geoffrey, ich werde aufpassen.« Sie wandte sich zur Tür. Allmählich kroch die nächtliche Kälte durch ihren dünnen, mit Satin gefütterten Mantel.

»Sagen Sie ihm, Sie wollen ihn nicht mehr sehen, Caitlin. Am besten erklären Sie ihm, Sie und ich – nun, ich würde um Sie werben. Wirklich – es wäre mein sehnlichster Wunsch.«

Seufzend drehte sie sich wieder zu ihm um, und ihr Atem bildete eine kleine helle Wolke in der Luft. »Das ist sehr schmeichelhaft, Geoffrey. Aber ich möchte nicht heiraten. Weder Sie noch sonst jemanden – auf keinen Fall, solange Vater meine Hilfe braucht.« Sie neigte sich hinab und küsste seine Wange. »Trotzdem danke ich Ihnen für die freundliche Fürsorge und Ihre Warnung. Ich werde darüber nachdenken, das verspreche ich. Gute Nacht, Geoffrey.«

»Gute Nacht, Caitlin«, erwiderte er und setzte seinen hohen Kastorhut auf, so schief, dass es fast verwegen wirkte.

Sie ging ins Haus, stieg die Treppe hinauf und freute sich auf einen tiefen, tröstlichen Schlaf. Aber die innere Ruhe ließ lange auf sich warten. Immer wieder hallte Geoffreys unheilvolle Warnung in ihrem Gehirn wider. Als sie endlich einschlummerte, träumte sie von Rand.

Vielleicht war es der Gedanke an seine Zerknirschung oder an das liebenswerte Grübchen in seiner linken Wange, die er grinsend berührt hatte, um auf die Spuren ihrer Ohrfeige hinzuweisen. Was auch immer – sobald sein Bild auftauchte, lächelte sie im Schlaf, trotz der mahnenden Worte ihres treuen Freundes Geoffrey.

8

Eine Fahrt durch den Park, im schnittigen Zweispänner des Dukes, schien ihm nicht zu genügen. Stattdessen ließ er Caitlin ausrichten, sie möge ihre Reitkleidung anziehen. In einer Stunde würde er sie abholen und ihr ein passendes Pferd mitbringen.

Seit Jahren war sie nicht mehr ausgeritten. In freudiger Erregung eilte sie in ihr Zimmer hinauf und suchte ihr Reitkostüm aus dunkelrotem Samt hervor, das sie so lange nicht getragen hatte. Dann läutete sie nach einer Zofe. Als der Duke erschien, war sie fast fertig.

Er erwartete sie neben der Haustür, viel zu attraktiv in engen wildledernen Breeches, einem dunkelbraunen Reitjackett und kniehohen Stiefeln. Mit sichtlichem Wohlgefallen betrachtete er ihr rubinrotes Kostüm und den passenden kleinen Zylinder. Lächelnd führte er sie aus dem Haus.

Vor den Eingangsstufen stand ein Lakai mit den Pferden, einem großen, kräftigen Braunen und einer hübschen, zierlichen rostroten Stute – ähnlich dem Tier, das Caitlin in ihrer Kindheit besessen hatte.

Bewundernd musterte sie den exzellenten Körperbau der Stute, den schmalen kleinen Kopf, dann strich sie über den schlanken Hals. »Wie schön sie ist, Rand...«

»Sicher wirst du gut mit Dimples zurecht kommen. Sie

lässt sich leicht handhaben. Trotzdem ist sie sehr temperamentvoll.«

Cait hob die Brauen. »Dimples? Wurde sie nach dir genannt?«

»Nun ja«, gab er etwas ungehalten zu. Vor lauter Verlegenheit errötete er sogar ein wenig. »Es war Nick Warrens Idee. Das fand er wahnsinnig komisch. Ich dachte, du würdest lieber durch den Park reiten als fahren.«

»Manchmal erscheint es mir fast unheimlich, wie du meine Gedanken errätst«, gestand sie, lachte leise, und er stimmte vergnügt ein.

Als er mit starken Händen ihre Taille umfasste und sie in den Sattel hob, trafen sich ihre Blicke. Cait schaute als Erste weg. Geschmeidig schwang er sich auf den Rücken seines braunen Hengstes und lenkte ihn an Dimples' Seite. »Bist du bereit?«

»O ja«, antwortete Cait.

In gemächlichem Trab folgten sie den Straßen. Ein schnelleres Tempo ließ der Verkehr nicht zu. Cait genoss es in vollen Zügen, endlich wieder die Bewegungen eines Pferdes unter sich zu spüren. Offenbar hatte Rand sich erinnert, wie gern sie früher ausgeritten war, und beschlossen, ihr eine Freude zu bereiten.

Bald erreichten sie den Hyde Park, wo sich die üblichen Spaziergänger, Reiter und Kutschen tummelten. Wie jeden Morgen traf sich die fashionable Welt im Grünen – Damen in Samt und Seide, Herren in eleganten Jacketts und Breeches, mit hohen Kastorhüten, einige wie Pfauen herausgeputzt. Immer wieder musste Cait ihren Lachreiz bezähmen, angesichts der Mühe, die sich einige Leute gegeben hatten, um einander mit ihrer extravaganten Aufmachung zu übertrumpfen.

»Vermutlich findest du unsere Sitten und Gebräuche

amüsant«, bemerkte Rand gedehnt. Aus seinen goldbraunen Augen schienen Funken zu sprühen.

»Sagen wir mal, gewisse Aristokraten sehen etwas – farbenfroher aus, als ich's gewöhnt bin.« Cait begutachtete einen Dandy, der eine rosa Federboa um seinen Hals geschlungen, die Lippen mit Rouge gefärbt und das Gesicht mit Reispuder bestäubt hatte.

Rand spähte in dieselbe Richtung und grinste. »Sehr diplomatisch formuliert, Cait... Soll das heißen, du weißt einen Mann, der sich mit Federn schmückt, nicht zu schätzen?«

»Auf einem Damenhut gefallen sie mir besser.«

»Oder eher an einem Vogel. Wie ich mich entsinne, schwärmst du nicht für Hüte.« Er warf einen kurzen Blick auf ihren kecken kleinen Zylinder. »Aber das Modell, das du heute trägst, finde ich sehr reizvoll.«

»Oh, ich auch. Vielleicht, weil es der Herrenmode nachempfunden ist. Dadurch habe ich das Gefühl, ich wäre gleichberechtigt – zumindest kurzfristig.«

Beldon lachte, und sie ritten zwischen den Bäumen und Büschen weiter.

Von nun an besuchte er sie jeden Tag und brachte kleine Geschenke mit – einen Rosenstrauß, eine teure Bonbonniere in Silberpapier mit einer blauen Satinschleife. Einmal überreichte er ihr gefüllte Datteln, ein andermal eine herzförmige porzellane Spieldose. Entzückt lauschte sie einer Arie aus der Oper »Semiramide«, die sie gesehen hatten.

Stets benahm er sich wie ein Gentleman, freundlich und rücksichtsvoll. Nur seine Augen sprachen eine andere Sprache und glühten vor verbotenem Verlangen.

In ihren nächtlichen Träumen sah sie diese dunklen Augen, spürte seine Lippen auf ihren Brüsten und erwachte mit erhitzten Wangen. Sie wusste, sie dürften sich nicht so oft treffen, denn sie erkannte die Gefahr, in der sie schwebte.

Aber der Gedanke, den Duke nicht mehr zu sehen, erschien ihr unerträglich.

Sie war eine Frau. Und seit sie Rand begegnet war, fühlte sie sich auch wie eine Frau. In knapp drei Wochen würden sie allerdings Abschied nehmen…

Nach einer zweitägigen Geschäftsreise kam er an einem Montag wieder zu ihr. Trotz der nur kurzen Trennung hatte sie ihn schmerzlich vermisst. Dimples war an diesem Morgen erstaunlich nervös und stellte sich mehrmals auf die Hinterbeine. Aber Cait brachte sie bald unter Kontrolle. Inzwischen hatte sie sich mit der Stute angefreundet, und die täglichen Ausflüge in den Park förderten ihre Reitkunst.

»Du bist eine ausgezeichnete Reiterin.« Seltsamerweise schwang in Rands Stimme so etwas wie Stolz mit. Sie umrundeten gerade den Park durch das allmorgendliche Getümmel. »Das hast du sicher in Boston gelernt.«

»Auf der Farm meines Großvaters. Auch in Ägypten bin ich oft ausgeritten. Doch da war es schwieriger. An diese glühende Hitze konnte ich mich nie gewöhnen.«

Auf einer geraden Strecke spornten sie die Pferde wie jeden Tag zum Galopp an und sprengten an einer Kutsche vorbei, die Cait noch nie im Park gesehen hatte. Als sie die Insassen erkannte – die schöne Lady Hadleigh – , begann ihr Herz in ungleichmäßigem, qualvollem Rhythmus zu schlagen. Dann winkte die Dame auch noch den Duke zu sich. Nachdem er Cait höflich um Entschuldigung gebeten hatte, folgte er der Aufforderung.

Allzu lange sprach er nicht mit Lady Hadleigh. Schon nach wenigen Minuten kehrte er zu Cait zurück.

»Eine Freundin, nehme ich an«, bemerkte sie und versuchte ihre unwillkommene Eifersucht zu ignorieren. Natürlich vermutete sie, dass die Frau früher seine Geliebte gewesen war. »Ja, eine alte Freundin.« Seinem forschenden

Blick entging nicht, was Cait empfand. »Aber es ist längst vorbei. Lady Hadleigh bedeutet mir nichts mehr.«

Wie seine aufrichtige Miene verriet, sagte er die Wahrheit. »Warum erzählst du mir das?«

»Errätst du's nicht? Weil ich mich für *dich* interessiere. Und du sollst wissen, dass es keine andere gibt.« Er zügelte seinen Hengst unter einer Platane am Ufer eines stillen Teichs, etwas abseits von der Menschenmenge, ergriff die Zügel ihres Pferdes und zog es zu seinem heran. »In letzter Zeit waren wir oft zusammen, und jetzt muss ich dir eine Frage stellen.«

»Welche?«, fragte sie vorsichtig.

»Du bist nicht verheiratet – und ganz anders als die meisten Frauen. Während der letzten Jahre hast du viele Reisen unternommen. Du gestaltest dein Leben, so wie's dir beliebt. Bist du noch Jungfrau, Cait?«

Warum er das erfahren wollte, wusste sie. Zumindest glaubte sie es. Ihre Wangen brannten. »Macht das wirklich einen Unterschied?«

In seinen ausdrucksvollen braunen Augen flackerte ein seltsames Licht und erlosch sofort wieder. »Nein, ich möchte nur herausfinden, worauf ich mich einstellen muss… O Caitlin, ich begehre dich – wie sehr, kannst du nicht einmal ahnen.«

»Ich bin keine Närrin, Rand. Soviel ich weiß, hast du schon viele Frauen begehrt, und ich finde es nicht erstrebenswert, die Liste deiner Eroberungen fortzusetzen.«

»Also willst du heiraten? Bei deiner Diskussion mit der Museum Ladies Auxiliary hast du betont, du würdest nicht auf deine Freiheit verzichten.«

»Genau das habe ich auch gemeint. In meinem Leben ist kein Platz für einen Ehemann. Vielleicht eines Tages, in ferner Zukunft. Sicher nicht jetzt. Und sollte ich tatsächlich in deine Arme sinken, müsstest du mir glaubhaft erklären, dass ich dir wichtig bin. Nicht nur eine von vielen Geliebten.«

Entschlossen stieg er ab und hob sie aus dem Sattel. »Meine liebste Cait, wie könntest du eine von vielen sein, die ich einfach nur in mein Bett locken möchte? Noch nie ist mir eine Frau wie du begegnet. Und ich werde auch in Zukunft keine treffen. Caitie, ich bin ganz verrückt nach dir. Bald wirst du abreisen. Viel Zeit bleibt uns nicht mehr. Machen wir das Beste daraus.«

Welch ein unfassbares Gespräch ... Rand bat sie, seine Geliebte zu werden. Und sie zog diesen Vorschlag ernsthaft in Betracht!

Du bist eine Frau, argumentierte ein Teil ihres Gehirns. *Und es ist dein gutes Recht, herauszufinden, was das heißt.* Erst in vielen Jahren würde sie heiraten – falls überhaupt. Und dann würde sie wahrscheinlich mit einem Wissenschaftler oder einem Geistlichen vor den Altar treten, vielleicht mit einem Freund ihres Vaters oder mit einem Mann wie Geoffrey St. Anthony. Wenn sie diese Chance versäumte, würde sie womöglich niemals die Leidenschaft kennen lernen, die Rand in ihr entfachen könnte. »Ach, ich weiß nicht – ich brauche Zeit, um nachzudenken.«

»Leider haben wir nur wenig Zeit.«

Damit hatte er Recht. Auf das Hier und Jetzt kam es an. Hätte sie doch nur den Mut, die Gelegenheit zu nutzen, die sich ihr bot ... Sie betrachtete sein attraktives Gesicht und las in seinen Augen, was er sich wünschte – was sie genauso heiß ersehnte. »Am Donnerstag reisen mein Vater und Lord Talmadge ab. Sie wollen ein paar Tage in Bath verbringen, um mit potenziellen Geldgebern zu sprechen. Für Freitag haben Maggie und Lord Trent mich auf ihren Landsitz in Sussex eingeladen. Alles ist schon vereinbart. Wenn ich in letzter Minute absage...«

»Fahren wir an diesem Wochenende nach River Willows.« Beschwörend ergriff er ihre Hand. »Glaub mir, du wirst es nicht bereuen.«

Weil ihre Kehle wie zugeschnürt war, konnte sie nur nicken. Sie bebte am ganzen Körper. Nein, sie würde es nicht bereuen. Ihr Leben hatte sie dem Vater und seiner Arbeit geweiht. Daran würde sich nichts ändern. Aber sie verdiente ein paar Stunden, die nur ihr selbst gehörten.

Und so ignorierte sie die innere Stimme, die ihr warnend zuflüsterte, sie würde teuer für ihre Dummheit bezahlen – zweifellos einen sehr hohen Preis.

Phillip Rutherford, Baron Talmadge, saß am kleinen französischen Schreibtisch in seiner Hotelsuite im Grillon's an der Albemarle Street. Sorgsam studierte er die Liste der Männer, die er veranlasst hatte, größere Summen für Professor Harmons Suche nach Kleopatras Halskette zu spenden. Da er sein Geschäft verstand, war es eine sehr lange Liste.

Schon seit Jahren nahm er seinen reichen Bekannten Geld ab – seit er den wertlosen Adelstitel seines Bruders geerbt hatte. Davor war er Zahlmeister in der Navy Seiner Majestät gewesen. Nebenbei hatte er ein bisschen auf dem Schwarzmarkt gehandelt, Navy-Vorräte von ihrem Ziel abgeleitet und an den jeweils Meistbietenden verkauft. Doch das Risiko war zu groß gewesen, die Strafe, falls man ihn ertappt hätte, zu hoch.

Zunächst hatte er den Tod seines Bruders für ein Himmelsgeschenk gehalten. Aber bedauerlicherweise stellte er später fest, dass Victor den letzten Rest des geringen Familienvermögens verspielt und ihm einen Schuldenberg hinterlassen hatte. Zum Glück nutzten ihm seine beträchtlichen, bei der Navy erworbenen betrügerischen Fähigkeiten in seiner Rolle als Baron und Mitglied der reichen Aristokratie.

Wie leichtgläubig diese Leute sind, dachte er feixend. Darüber staunte er immer wieder. Vielleicht, weil die meisten ihr Geld geerbt hatten und nicht wussten, wie man damit umging – oder sie ahnten nicht einmal, wie viel sie besaßen. Wenn sie mit den Investments, die er ihnen »vorschlug«, Fehlschläge erlitten, zuckten sie nur die Achseln. Und natürlich glaubten sie alle, er hätte bei diesen Transaktionen genauso viel verloren.

Sein letztes Unternehmen, Merriweather Shipping, hatte ihm einen beachtlichen Profit eingebracht. Jetzt war die Partnerschaft mit Sinclair und Morris beendet, da sich die beiden auf lukrativeren Gebieten herumtrieben. Man konnte nur eine gewisse Anzahl von Schiffen untergehen lassen, ohne Verdacht zu erregen.

Doch das Schicksal blieb ihm wohlgesinnt. Während seines kurzen Forschungsurlaubs in Amerika hatten sich die Wogen um die vermeintliche Merriweather-Katastrophe geglättet, und er war dem Professor begegnet – und natürlich dessen schöner Tochter.

Anfangs hatte er geglaubt, es wäre ein zusätzlicher Bonus, mit der temperamentvollen rothaarigen Caitlin Harmon zu schlafen. Leider zeigte sie kein Interesse an ihm, abgesehen von der geschäftlichen Verbindung. Damit hatte er sich inzwischen abgefunden. Das erhoffte Vermögen erschien ihm viel wichtiger.

Triumphierend betrachtete er die eindrucksvolle Endsumme der gesammelten Spenden. Viel mehr Geld, als die Expedition tatsächlich erfordern würde – und genug, so dass Phillip einen erfreulichen Betrag für sich selbst abzweigen konnte…

Ein angenehmer Nebeneffekt – doch er hatte sich aus einem viel bedeutsameren Grund auf dieses Projekt gestürzt. Natürlich war die Halskette unschätzbar. Aber der alte Mann erwähnte nur selten die anderen Gegenstände, die sich angeblich an Bord der *Zilverijder* befanden. Silbermünzen, wertvolle Juwelen, die der holländische Kapitän des Sklavenschiffs und seine Besatzung entlang der afrikanischen Küste gestohlen hatten. Keine antiken Kostbarkeiten. Trotzdem würde man eine Menge Geld dafür bekommen.

Wenn die Halskette gefunden wurde – und Phillip zweifelte nicht daran –, müsste er auch daran einiges verdienen. Genug, um zu verschwinden und auf einer tropischen Insel in den West Indies wie ein König zu leben...

Er legte die Liste beiseite, die er studiert hatte, lehnte sich in seinem Sessel zurück und dachte an den Professor. Den ersten Teil seines Plans hatte Phillip so gut wie verwirklicht. Erstaunlich, wie rückhaltlos der alte Mann ihm vertraute... Was habe ich eigentlich an mir, überlegte er. Was ist es, das die Menschen veranlasst, sich wie Idioten zu benehmen?

Alle außer Caitlin, dachte er seufzend. Nun, vielleicht würde er auf der Insel Mittel und Wege finden, um ihr Interesse zu wecken. Oder er würde sie einfach auf seine Flucht mitnehmen, sobald er sich den Schatz angeeignet hatte.

Voller Verlangen malte er sich aus, wie sie unter ihm erbitterten Widerstand leisten würde, das feurige Haar auf dem Kissen ausgebreitet, wie er ihre Beine unbarmherzig auseinander schieben und in sie eindringen würde. Warum, fragte er sich grinsend, reizt es mich viel mehr, eine Frau zu vergewaltigen, als mit einer der zahlreichen Damen zu schlafen, die sich mir bereitwillig hingeben?

Unaufhaltsam rückte das Wochenende näher. Caits Stimmung schwankte zwischen Angst und heißer Vorfreude. Am Donnerstag schlug Lord Trent vor, den Ball zu besuchen, den Lord Mortimer anlässlich seines fünfzigsten Geburtstags gab. Ihr Vater war bereits nach Bath abgereist. Aber

Rand erklärte sich bereit, die Trents und Cait auf den Ball zu begleiten. Sicher würde sie einen angenehmen Abend genießen, wäre sie nicht so schrecklich nervös.

Ab dem Augenblick, in dem er das Trent-Haus betrat, spürte sie die Hitze, die zwischen ihnen schwelte wie schwüle tropische Luft. Obwohl er die Regeln der Schicklichkeit niemals verletzte, blieb er stets in ihrer Nähe. Und wenn er sich kurzfristig entfernte, hielt sie rastlos nach ihm Ausschau.

Bei einem extravaganten mitternächtlichen Dinner brachte sie kaum einen Bissen hinunter.

Sobald die Tafel aufgehoben wurde, nahm er Caits Hand. »Der Garten ist phantastisch. Warum gehen wir nicht ein bisschen spazieren?« Seine Worte klangen nicht wie eine Frage, sondern wie der Befehl eines Dukes. Trotzdem musste sie lächeln. Rand Clayton war nun mal ein mächtiger Mann und daran gewöhnt, seine Wünsche erfüllt zu sehen. Außerdem gefiel es ihr, wie energisch er die Initiative ergriff.

Vielleicht, weil ihr Vater sich niemals so verhielt. Die verzwickten Entscheidungen überließ er normalerweise ihr, und es gab niemanden, den sie um Hilfe bitten konnte, wenn Schwierigkeiten auftauchten. Natürlich wäre es nicht einfach, mit einem Mann wie dem Duke of Beldon zusammenzuleben. In der Oper hatte sie sein beängstigendes Temperament zu spüren bekommen. Welche Frau er eines Tages auch immer heiraten mochte, er würde sie gnadenlos unterjochen, wenn sie nicht aufpasste.

Sie wanderten die Muschelschalenwege entlang, und Rand führte Cait immer tiefer in das üppige Gebüsch hinein. Allmählich verengte sich der Weg, und die Stimmen der Gäste verhallten. Sie wusste, sie hätte ihn nicht begleiten dürfen. Wenn man sie beobachtete, würden die Klatschbasen die Neuigkeit am nächsten Morgen in ganz London verbreiten. Andererseits gab es nur wenige Leute, die den Zorn eines Dukes erregen wollten – und Beldons Unmut schon gar nicht.

In einer abgeschiedenen Ecke des Gartens blieb er stehen. Grillen zirpten in den Blumenbeeten. Aus der Ferne drang die gedämpfte Musik des Tanzorchesters herüber.

»Wie schön es hier ist…« Cait betrachtete die Narzissen und Krokusse. Dann glitt ihr Blick zum Nachthimmel hinauf. »So still und friedlich.«

Auch Randall legte den Kopf in den Nacken und schaute nach oben. »Heute funkeln die Sterne unglaublich hell. Wie Perlen aus Silber und Gold. Und der Mond leuchtet, als würden viele tausend Kerzen darin brennen.«

»Dafür hast du genau die richtigen Worte gefunden, Rand. Vielleicht bist du im Grunde deines Herzens ein Poet.«

Wie sie beinahe erwartet hatte, errötete er leicht. Das fand sie sehr charmant, bei einem Mann von seiner Größe und Statur. Er umfasste ihr Kinn und hob ihr Gesicht zu sich empor. »Seit jenen kurzen Minuten in der Oper sind wir zum ersten Mal wieder allein.«

Ihr Atem stockte. »Aber – wir sollten nicht…«

Mit einem sanften und zugleich leidenschaftlichen Kuss brachte er sie zum Schweigen. Durch ihre Adern schienen Feuerströme zu fließen. Er küsste ihre Mundwinkel, dann presste er seine Lippen wieder fordernd auf ihre. In wachsendem Entzücken seufzte sie, schlang die Arme um seinen Hals und schmiegte ihren Busen an seine muskulöse Brust.

Da hörte sie ihn stöhnen. Mit wachsender Leidenschaft küsste er sie weiter, und in ihrem Bauch breitete sich ein ihr unbekanntes prickelndes Gefühl aus. Aufreizend knabberte er an ihrer Unterlippe, und sie öffnete den Mund, ließ ihn ihre Zunge kosten und sehnte sich nach seiner. Wie rasend schlug ihr Herz. Seine Hände umfassten ihre Hüften, drückten sie an seinen Körper, und als sie das harte Zeichen seiner

Erregung spürte, wurde sie von unerträglichem Verlangen erfüllt.

»Rand...«, wisperte sie. »O Rand...« Mit einem einzigen Kuss, mit einer einzigen Berührung konnte er verzehrende Flammen in ihrem Inneren entzünden. Und das war nur ein Vorspiel der Ereignisse, die sie in der nächsten Nacht bestimmt erleben würde.

Er küsste sie erneut mit bezwingender Glut, und sie klammerte sich an seine kraftvollen Schultern. Bald konnte sie kaum noch atmen. Es war Rand, der den Kuss beendete. Eine Zeit lang hielt er sie einfach nur fest. »O Gott, Caitlin, was du mir antust! Der morgige Abend scheint in weiter Ferne zu liegen. Am liebsten würde ich einfach deine Röcke heben, um dich jetzt gleich zu verführen – in diesem romantischen Garten.«

Mit seinen kühnen Worten trieb er ihr das Blut in die Wangen. So hatte er noch nie mit ihr gesprochen. Verlegen senkte sie den Kopf. Aber er hob ihr Kinn und zwang sie, ihn wieder anzuschauen.

Nachdenklich betrachtete er die roten Flecken auf ihren Wangen, die sie eigentlich verbergen wollte. »Was immer du von Männern weißt, Cait – ich glaube, *diese* Dinge sind dir neu.«

»Allzu viele Erfahrungen konnte ich nicht sammeln.« Er hatte gefragt, ob sie noch Jungfrau sei, und eine ausweichende Antwort erhalten. Wenn er die Wahrheit wüsste, würde er womöglich keine richtige Frau in ihr sehen. Und sie fürchtete, dann würden sich seine Gefühle für sie ändern.

Aber aus irgendwelchen seltsamen Gründen lächelte er zufrieden. »Tut mir Leid, falls ich dich erschreckt habe. Das soll nie wieder geschehen«, versprach er und hauchte einen Kuss auf ihren Mund. »Jetzt sollten wir zurückgehen. Maggie und Andrew werden schon nach uns suchen.« Zärtlich strich er mit einem Finger über ihre Nasenspitze. »Und außerdem – wenn ich dich noch einmal küsse, werde ich vielleicht vergessen, dass wir noch nicht in River Willows sind.«

River Willows. Bei diesem Gedanken spannten sich all ihre Nerven an. Am nächsten Tag würde sie Rand auf seinen Landsitz an der Themse begleiten. Und am Abend würde sie ihm alles geben. Ein Teil von ihr wünschte, sie müsste keine einzige Minute länger warten.

Und ein anderer wollte jenen Augenblick voller Angst hinauszögern.

Rand stand im orientalischen Salon, einem Raum mit hoher Decke im Hintergrund seines Hauses, und warf einen Blick zu der Uhr, die auf dem Kaminsims aus schwarzem Marmor tickte. Erst zehn Uhr morgens... Schon vor Stunden war er aus dem Bett gestiegen – nach einer fast schlaflosen Nacht. Verdammt, der Tag schleppte sich viel zu langsam dahin. Er erinnerte sich an den vergangenen Abend, an den amüsanten Ballbesuch mit seinen Freunden, den Trents, und der jungen Frau, die sie offensichtlich mochten und bewunderten.

In gewisser Weise staunte er darüber. Cait hielt sich nur an ihre eigenen Regeln. Nach ihrer Ansicht war sie nur sich selbst Rechenschaft schuldig. Ohne Anstandsdame wanderte sie durch die Londoner Straßen. Nicht einmal eine Zofe nahm sie mit, wenn sie Bekannte oder Geschäftsfreunde ihres Vaters besuchte. Freimütig äußerte sie ihre Meinung – vor allem, wenn es um das Fachgebiet ihres Vaters ging, das auch ihr sehr viel bedeutete. Immer wieder betonte sie, man müsste antike Kunstschätze besser schützen und allen Menschen zugänglich machen. Deshalb dürften sie sich niemals in Privatbesitz befinden.

Er wandte sich zu der Vitrine, die seine kostbare chinesische Jadesammlung enthielt, und lachte leise. Was würde

Caitlin bei diesem Anblick sagen? Einige Stücke waren über tausend Jahre alt und hatten ein kleines Vermögen gekostet.

Und seine griechischen und römischen Kunstwerke? Die Statuen und Büsten, die er im Lauf der Jahre erworben hatte. Sie schmückten die Long Gallery, und ihre exquisite Schönheit erfreute ihn jedes Mal, wenn er daran vorbeiging. Sicher würde Cait behaupten, sie gehörten in ein muffiges Museum, während Rand glaubte, sie würden dem Durchschnittsmenschen eher langweilig erscheinen.

»Verzeihen Sie die Störung, Euer Gnaden.« Der Butler Frederick Peterson, ein schlanker, eleganter Mann mit schütterem braunem Haar, stand in der Tür, ein Silbertablett in der Hand. »Soeben ist ein Bote eingetroffen.« Rand durchquerte den Raum, ergriff den Brief und erbrach das Wachssiegel. Die Stirn gerunzelt, las er die Nachricht seines Anwalts, der ihn um ein Gespräch bat. Worum es sich handelte, glaubte Rand zu wissen.

Zwei Stunden später führte er Ephram Barclay ins Arbeitszimmer. »Ich nehme an, es gibt wichtige Neuigkeiten«, bemerkte er, als sie in den tiefen Ledersesseln vor dem Kamin Platz nahmen.

»Ja – und nein.« Ephram öffnete die schmale Ledertasche, die auf seinem Schoß lag. »Gestern Abend erhielt ich eine Information, für die Sie sich vielleicht interessieren, Euer Gnaden. Leider ist's nur ein Gerücht, ohne Bestätigung.«

»Also haben Sie etwas über Talmadge erfahren, aber Sie können nichts beweisen.«

»Genau.«

In Rands Wange zuckte ein Muskel. »Nun? Was wollen Sie mir erzählen?«

»Heute Morgen erhielt ich die Antwort auf meine Erkundigungen nach der *Maiden*. In Südkalifornien kursiert das Gerücht, das Schiff sei nicht gesunken. Angeblich erzählten mehrere Seeleute, es habe unter dem Namen *Sea Nymph* eine Ladung Kopra nach Charleston gebracht.«

Rand nahm den Bericht aus Ephrams Hand, überflog die erste Seite und stieß erbost hervor: »Wo ist die *Sea Nymph* jetzt?«

»Bedauerlicherweise hat sie den Hafen von Charleston schon wieder verlassen. Unser Informant glaubt, sie würde Post entlang der Küste transportieren. Vermutlich versuchen die Schiffseigner gerade Geld im amerikanischen Osten zu beschaffen – für eine weitere Seereise, der ein schlimmes Ende droht.« Der Duke sprang fluchend auf und trat vor den Kamin. Eine Zeit lang starrte er schweigend in die Flammen, dann wandte er sich wieder zu Ephram, einen Arm auf das Sims gestützt. »Irgendwie müssen wir diesen Schurken das Handwerk legen.«

»Ja, früher oder später wird's uns gelingen. Die Behörden halten nach ihnen Ausschau. Haben Sie noch etwas Geduld, Euer Gnaden.«

Rand schlug mit seiner Faust auf den schwarzen Marmor. »Diese Tugend besitze ich nicht. Die Bastarde müssen büßen, was sie meinem Vetter Jonathan angetan haben. Und ich möchte verhindern, dass ein anderer armer Teufel das gleiche Schicksal erleidet.«

Auch Ephram erhob sich und legte eine Hand auf die Schulter des Dukes. »Wir tun unser Bestes. In der Zwischenzeit finden wir hoffentlich heraus, was Phillip Rutherford mit Donovan Harmon vorhat.«

»Wahrscheinlich reist er bald ab«, seufzte Rand.

»Dann können Sie ihn nicht zurückhalten. Wie gesagt, es gibt keine stichhaltigen Beweise.«

»Und es könnte Monate, sogar Jahre dauern, bis wir welche finden.«

»Da die Machenschaften dieser Gauner an verschiedenen,

weit entfernten Schauplätzen stattfinden, kostet es viel Zeit, Informationen zu beschaffen.«

»Jedenfalls ist Talmadge in verbrecherische Aktivitäten verwickelt, demzufolge auch Harmon. Aber an Caitlins Schuld glaube ich nicht mehr. Sie hatte niemals ihre Hand im Spiel.«

»Vielleicht nicht«, erwiderte der Jurist. »Das müssten Sie besser wissen als ich.«

Rand warf ihm einen kurzen Blick zu. Aber Ephram sagte nichts mehr. »Wie auch immer, ich will wissen, was da vorgeht.«

Verständnisvoll nickte der Anwalt. Er kannte seinen Klienten. Wenn Beldon sich etwas in den Kopf gesetzt hatte, würde er nicht lockerlassen, bis er sein Ziel erreichte. »Seien Sie bloß vorsichtig, Euer Gnaden. Der Mann, mit dem Sie's zu tun haben, kennt keine Skrupel. Und man kann nie voraussehen, was er unternehmen wird.«

Das war ein verdammt guter Rat, und Rand beschloss, ihn zu beherzigen. Aber er würde weder ruhen noch rasten, bevor Talmadge und dessen Spießgesellen für ihre Verbrechen gebüßt hatten.

Er begleitete Ephram zur Tür und wartete, bis der Anwalt in einen Mietwagen gestiegen war. Dann kehrte er ins Arbeitszimmer zurück.

Zum hundertsten Mal an diesem Tag starrte er auf die Uhr. Die Minuten schienen sich im Schneckentempo dahinzuschleppen. Doch der große Moment rückte unaufhaltsam näher. An diesem Abend würde er mit Caitlin Harmon nach River Willows fahren. Nie zuvor hatte er eine Frau auf eines seiner Landgüter gebracht. Heiß und leidenschaftlich würde er sie lieben, eine lange Nacht voller Sinnenlust genießen und erst von ihr lassen, wenn das Verlangen restlos gestillt war.

Bei diesem Gedanken pulsierte das Blut schneller durch seine Adern. Als er die Augen schloss, erschien Caits schönes Gesicht in seiner Phantasie, die schmale Nase mit den Sommersprossen, die vollen rosigen Lippen. Er stellte sich vor, wie er die Nadeln aus dem langen rotgoldenen Haar ziehen und die üppigen Brüste liebkosen würde.

O Gott, wie er sie begehrte... Ungeduldig schaute er wieder auf die Uhr.

9

»Tut mit Leid, Maggie, ich wollte euch wirklich begleiten. Aber ich habe die Dokumente im Museum vergessen, die ich studieren muss. Darum hat mein Vater mich gebeten. Diese Informationen sind sehr wichtig für ihn. Leider wird's einige Zeit dauern, bis ich alles beisammen habe.«

Enttäuscht senkte Maggie den Blick, und Caitlin fühlte sich elend. Seit wann konnte sie so gut lügen? Und warum war sie bereit, so weit zu gehen?

»Wenn du nicht mitkommen kannst, sollten Andrew und ich vielleicht auch hier bleiben«, meinte Maggie.

»Sei nicht albern! Tagelang hast du dich aufs Land gefreut. Außerdem verdient ihr beide mal ein Wochenende zu zweit.«

Besorgt kaute Maggie an ihrer Unterlippe und zog die blonden Brauen zusammen. »Also, ich weiß nicht – ich finde es nicht richtig, dich allein zu lassen.«

»Mach dir deshalb keine Gedanken.« Cait zwang sich zu einem Lächeln und schlang die bebenden Finger ineinander. Das Lügen fiel ihr doch nicht so leicht. »Da ich alle Hände voll zu tun habe, werde ich eure Abwesenheit wohl kaum bemerken.«

Maggie schaute durch den Flur zum Arbeitszimmer, wo Andrew vor der Abreise noch ein paar Papiere ordnete. »Natürlich habe ich mich auf diese Tage gefreut. Und wenn ich meinen Mann ganz für mich habe…« Viel sagend verdrehte sie die Augen. »Ach, du ahnst nicht, was mir das bedeutet…«

Diesmal bemühte sich Cait vergeblich um ein Lächeln. Vorerst konnte sie sich's noch nicht vorstellen. Aber am nächsten Morgen… Was zwischen einem Mann und einer Frau während einer Liebesnacht geschah, hatte sie in mehreren Büchern gelesen. Außerdem würde sie die Kunstwerke in Pompeji niemals vergessen. Trotzdem fiel es ihr sehr schwer, sich auszumalen, was sie erleben würde.

Mit sanfter Gewalt schob sie Maggie zur Treppe. »Geh schon nach oben, pack den Rest deiner Sachen, und dann werdet ihr beide verschwinden.« Impulsiv fiel Maggie ihr um den Hals, dann rannte sie die Stufen hinauf. Von heftigen Schuldgefühlen geplagt, schaute Cait ihr nach. Sie verstanden sich so gut. Und Freundinnen durften einander nicht belügen.

In der Eingangshalle begann die reich geschnitzte Großvateruhr zu schlagen. Noch zwei Stunden, dann würde sie der Haushälterin Mrs. Beasley erklären, Sarah Whittaker, die Tochter von einem Freund ihres Vaters, habe ihr geschrieben und um ihren Besuch an diesem Wochenende gebeten.

»Am besten erzählen Sie Lady Trent nichts davon«, fügte Cait hinzu, als es soweit war. »Sie wissen ja, wie sie sich aufregt, wenn ich allein unterwegs bin.«

Missbilligend nickte die Haushälterin. Die Unabhängigkeit der jungen Amerikanerin gefiel ihr ganz und gar nicht. Aber inzwischen hatte sie sich daran gewöhnt, ebenso wie der übrige Haushalt. »Was immer Sie wünschen, Miss«, erwiderte sie etwas bissig.

Zwanzig Minuten später fuhr Cait zum Britischen Museum und hoffte, Rands Kutsche würde bereits vor dem Eingang warten. Als sie ihr Ziel erreichte, pochte ihr Herz viel zu schnell, ihre Handflächen fühlten sich feucht an, und sie umklammerte die Henkel ihrer Gobelin-Reisetasche so fest, dass ihre Finger verkrampften.

Die Droschke hielt. Hastig zog Cait die Kapuze ihres Umhangs über den Kopf und stieg auf das Pflaster der Great Russell Street, gab dem Fahrer einen Shilling und schaute sich nach Rand um. Aus den Augenwinkeln entdeckte sie ihn. Mit langen Schritten eilte er zu ihr. Wie immer sah er umwerfend aus, und der Atem blieb ihr schier in der Brust stecken.

»Da bist du ...« Erleichtert griff er nach ihrer Reisetasche. »Ich war mir nicht sicher, ob du kommen würdest.«

»O Rand – ich auch nicht«, gestand sie und lächelte schwach.

Er wollte ihr die Tasche abnehmen. Aber ihre Finger ließen die Henkel nicht los. Auch der zweite Versuch blieb erfolglos. Erstaunt musterte er Caits Gesicht. »Großer Gott, du fürchtest dich ja zu Tode! Du bist leichenblass und zitterst am ganzen Körper.«

Einer Ohnmacht nahe, fuhr sie mit der Zunge über ihre Lippen. »Alles in Ordnung ...«

»Keineswegs«, widersprach er bestürzt, schlang einen Arm um ihre Taille und führte sie zu einem schlichten schwarzen Wagen, den sie erst jetzt bemerkte. »Aber ich verspreche dir, mein Liebling, bald wirst du deine Angst überwinden.« Er half ihr einzusteigen und gab dem Kutscher ein Zeichen. Statt ihr gegenüber Platz zu nehmen, setzte er sich zu ihr, zog sie auf seinen Schoß und hielt sie so behutsam in den Armen, als bestünde sie aus kostbarem Porzellan. »Glaub mir, du hast keinen Grund zur Sorge«, flüsterte er.

»Wir werden ganz langsam vorgehen. Wie ich dir bereits versichert habe – niemals würde ich etwas tun, das dir widerstrebt. Das meine ich ernst. Und wir haben so viel Zeit. Vertraust du mir? Ich weiß, was gut und richtig ist, für uns beide.«

Allmählich verebbte ihr Zittern, und sie nickte an seiner Brust. »Tut mir Leid. Ich benehme mich wie eine Närrin.«

»Unsinn, es fehlt dir nur an gewissen Erfahrungen. Wenn du mir vertraust, werde ich dich glücklich machen.«

Und sie fühlte sich in seiner Obhut tatsächlich sicher und geborgen. Trotz aller Warnungen und der nicht verstummenden mahnenden inneren Stimme vertraute sie ihm wie keinem anderen Mann, außer ihrem Vater. Die Angst verflog, ihre Nerven entspannten sich. Bei der Ankunft in River Willows lachte sie fröhlich über Rands Scherze und freute sich auf das große Abenteuer, das ihr bevorstand – das Abenteuer, die Gefühle einer Frau kennen zu lernen.

Rand führte sie in ein weitläufiges Ziegelgebäude mit Giebeln, Türmen und Schornsteinen. In der großen Eingangshalle verdüsterte eine dunkle Holztäfelung den Steinboden. River Willows war weder modern noch besonders stilvoll eingerichtet. Aber er hatte das Haus, das altehrwürdige Traditionen ausstrahlte, stets geliebt, und es gefiel ihm viel besser als alle seiner anderen Landgüter.

»Genauso habe ich's mir vorgestellt.« Bewundernd schaute Cait zu den Deckenbalken hinauf. Dann betrachtete sie entzückt die massiven, reich geschnitzten Möbel im Salon. Die roten und blauen Polstersessel und Sofas wirkten etwas fadenscheinig, und die Orientteppiche zeigten die Spuren unzähliger Schritte. »Ein richtiges Heim, nicht wahr? In solchen Mauern erwartet man, Kinderstimmen und Gelächter zu hören.«

Ihre Worte erfüllten ihn mit einer sonderbaren Freude, die er eigentlich nicht empfinden wollte. Gewiss, das Haus war alt und musste dringend renoviert werden. Darum hätte er sich schon vor Jahren kümmern sollen. Aber aus unerklärlichen Gründen wollte er nichts verändern.

»Hast du jemals hier gelebt, Rand?«

Er schüttelte den Kopf. Wie oft hatte er sich gewünscht, einfach davonzulaufen, zu seiner Tante und seinem Onkel zu übersiedeln... »Auf diesem Landsitz wohnte der Bruder meines Vaters. So oft es möglich war, besuchte ich ihn. Dann spielte ich mit drei Kusinen und einem Vetter, was ich in vollen Zügen genoss. Daheim war ich immer allein. Und hier wurde ich in den Kreis einer wunderbaren Familie aufgenommen.«

»Wo sind deine Verwandten jetzt?«

Seine Miene verdüsterte sich. »Seit einiger Zeit sind mein Onkel und meine Tante tot, die Mädchen haben geheiratet...« Und sein Vetter Jonathan, der jüngste der vier Kinder, war mit zweiundzwanzig gestorben – ein Jahr älter als Cait. Gewissermaßen von Phillip Rutherford ermordet... Unwillkürlich warf er ihr einen kühlen Blick zu. »Komm, das Dinner ist im Oberstock angerichtet.« Er nahm ihre Hand und führte sie die breite Eichentreppe zur Herrschaftssuite hinauf.

Für diesen Abend hatte er das Hauspersonal entlassen. Nur ein Lakai, die Köchin und eine Zofe waren zurückgeblieben, um den Duke und seinen Gast zu bedienen.

Im Kamin loderte ein helles Feuer. So wie die anderen Räume von River Willows war das Wohnzimmer mit dunkler Eiche getäfelt. Aus dem gleichen Holz bestanden die Deckenbalken. Durch eine offene Tür sah Caitlin das breite Vierpfostenbett, in dem Rands Tante ihre vier Kinder geboren hatte.

Seine Stimmung verschlechterte sich. Als er beschlossen hatte, mit Cait hierher zu fahren, war ihm nicht bewusst gewesen, Jonathans Geist könnte ihn verfolgen.

»Rand…?«

Nur zögernd sprach sie seinen Namen aus, und er wandte sich zu ihr. Sie stand vor dem Feuer. Inzwischen hatte sie ihren Hut abgenommen, und ihr Haar, in weichen Locken am Oberkopf festgesteckt, schimmerte im selben Goldrot wie die Flammen. Ihren Umhang hatte sie über einen Stuhl gelegt. Das dunkelgrüne Seidenkleid entblößte ihren Busenansatz. Viel zu schnell hoben und senkten sich ihre Brüste. Offensichtlich war ihre Nervosität zurückgekehrt.

Rands Gewissen meldete sich. Nein, er durfte seinen Zorn nicht gegen sie richten. Deshalb war er nicht mit ihr nach River Willows gefahren. An Jonathans Tod trug sie keine Schuld. Das musste er beherzigen.

Entschlossen verdrängte er seine trübe Stimmung, eilte zu ihr und ergriff ihre Hand. »Entschuldige«, bat er und lächelte etwas gezwungen. »Ich bin ein schlechter Gastgeber. Möchtest du etwas trinken?« Ohne ihre Antwort abzuwarten, öffnete er eine Sherry-Karaffe, die neben dem Kamin auf einem Marmortischchen stand, und füllte ein Glas, das er in Caits Hand drückte. »Wenn du das trinkst, wirst du dich sicher besser fühlen.«

Während sie an der bernsteinfarbenen Flüssigkeit nippte, schenkte er sich einen Brandy ein und bewunderte sie durch gesenkte Wimpern. Wie unglaublich schön sie war… Sein Blut erhitzte sich und erinnerte ihn an den Grund dieser Wochenendreise.

Bei Caits nächstem Schluck beobachtete er, wie sich ihr schlanker Hals bewegte. Im Licht der tanzenden Flammen erschien sie ihm verführerischer und schöner denn je. Als würde ihn eine unsichtbare Macht in ihre Nähe locken, ging er wieder zu ihr – magnetisch angezogen, wie bei jener ersten Begegnung im Ballsaal. Er nahm ihr das Glas aus der Hand und stellte es auf den Tisch. Dann drehte er sie behutsam herum und entfernte die Nadeln aus ihrem Haarknoten. Mit einem leisen Klirren fielen sie zu Boden.

»Ich will sehen, wie deine Locken die wechselnden Farben des Feuers widerspiegeln.«

Zärtlich ließ er seine Finger durch die glänzenden Wellen gleiten, die jetzt über Caits Schultern fielen. Dann schlang er eine seidige Strähne um seine Hand. Fast unkontrollierbar wuchs sein Verlangen, eine süße Qual. Cait wandte sich zu ihm, und er wusste, dass sie in seinen Augen las, was er nicht verbergen konnte. Aber statt der erwarteten Angst verriet ihr Blick die gleiche Glut.

»O Gott – Caitlin...« Er hatte beabsichtigt, ihre Leidenschaft sanft und vorsichtig zu wecken. Doch jetzt riss er sie in die Arme und verschloss ihr den Mund mit einem verzehrenden Kuss, ungeduldig und begierig. Er spürte ihr Zittern und versuchte sich zu beherrschen. Zu ungestüm durfte er sie nicht bedrängen. Doch da schlang sie die Arme um seinen Hals und erwiderte den Kuss. Als ihre süße kleine Zunge zwischen seine Lippen glitt, war er verloren.

Ringsum schien eine berauschende Hitze in der Luft zu knistern, strömte unaufhaltsam durch Rands Adern. Er riss an den Knöpfen am Rücken ihres Kleids, schob es über die Schultern hinab, über die Hüften und sah die seidene Wolke am Boden landen. Zielstrebig hob er Cait hoch, trug sie ins Schlafzimmer und legte sie sanft auf die weiche Federkernmatratze. »Ja, ich weiß – ich habe dir versprochen, ganz langsam vorzugehen. Aber du bist so schön, so reizvoll... Deshalb fällt's mir schwer.«

»O Rand...«

Stöhnend sank er in ihre ausgebreiteten Arme, spürte ihre

weichen, verlockenden Brüste und küsste sie wieder. Während seine Zunge ihren Mund erforschte, hörte er sie voller Hingabe seufzen, und ihre leisen Töne schürten seine Leidenschaft. Seine Hände streichelten ihre Brüste, durch ihr dünnes Hemd hindurch. Das genügte ihm nicht. Endlich wollte er sie nackt sehen, die zarte Haut fühlen, die Rosenknospen ihres Busens kosten.

Ungeduldig riss er das Hemd entzwei. Dann richtete er sich auf, um die vollen Brüste zu betrachten. »Einfach perfekt«, flüsterte er, neigte sich hinab, und sein Mund umschloss eine rosige Knospe.

Mit einer bebenden Hand schob sie ihn von sich. »Und du? Ich möchte dich auch sehen, Rand – wenn's dir nichts ausmacht...«

Wenn es ihm nichts ausmachte... Heiliger Himmel, eine so erotische Bitte hatte er nicht zu erhoffen gewagt. Sie wollte ihn sehen und berühren, wie sie es in seinen Träumen hundertmal getan hatte. »Diesen Wunsch erfülle ich dir nur zu gern, Caitlin. Schau mich an, solange du willst.« Er setzte sich auf die Bettkante und zog seine Stiefel und die Breeches aus, das Jackett und das Hemd.

Als er sich zu Cait wandte, strich sie bewundernd über seine kraftvollen Schultern und jagte einen wohligen Schauer durch seinen Körper. »So schön – einfach vollkommen. Wie eine antike griechische Statue.«

Er lachte leise, ergriff ihr Handgelenk und küsste jede einzelne Fingerspitze. »Freut mich, dass ich dein Wohlgefallen errege.«

Nun wanderte ihre Hand nach unten, erforschte eine kupferbraune Brustwarze, die harten Muskeln oberhalb des Magens, die sich fast schmerzhaft anspannten. Dann erreichte ihr Blick seine pulsierende Erektion, und ihr Atem stockte. »Du bist – so groß... Nie hätte ich gedacht...«

Mühsam verbarg er seine Belustigung. »Was dachtest du denn, Liebes?«

Die Augen geschlossen, schüttelte sie den Kopf. Im Feuerschein erblassten ihre Wangen. »Niemals dachte ich, du würdest... Bitte, küss mich, Rand...«

Er legte sich auf ihren hellen, weichen Körper, der sich himmlisch feminin anfühlte, nahm ihr Gesicht in beide Hände und folgte der Aufforderung. Während er sie fester in die Matratze drückte, versenkte er seine Hüften zwischen ihren Schenkeln, spürte ihr Zittern, ihre neu erwachte Angst und begann seine Verführungskünste anzuwenden. Behutsam saugte er an ihrer Unterlippe und hauchte Küsse auf ihre Mundwinkel. »Vertrau mir«, flüsterte er an ihrem Hals. »Lass dir zeigen, wie wunderbar die Liebe ist.«

Flüchtig fragte er sich, welcher Mann sie schon besessen haben mochte. Ein guter Liebhaber kann er nicht gewesen sein, überlegte er, sonst wäre sie nicht so verkrampft... Heiße Freude erfasste ihn bei dem Gedanken, dass *er* ihr beweisen würde, welch wunderbare Freuden das Reich der Liebe zu bieten hatte. Als er sie wieder küsste, spielte seine Zunge aufreizend mit ihrer, und er forderte sie heraus, an diesem sinnlichen Vergnügen aktiv teilzunehmen.

Alle seine Muskeln spannten sich an, die Begierde war fast unerträglich. Zärtlich liebkoste er Caitlins Brustwarzen, die sich sofort aufrichteten. Erst nahm er die eine harte Spitze in den Mund, dann die andere und umkreiste beide mit seiner Zunge, bis Cait sich atemlos umherwand. Bald drohte sein eigener Körper zu verbrennen. Sein Mund zog eine heiße Spur zu ihrem Nabel hinab. Unbewusst bäumte sie sich auf und erbebte wieder – diesmal vor Leidenschaft, nicht vor Angst.

»Jetzt brauche ich dich«, stöhnte er und ließ seine Hand zum seidigen roten Kraushaar zwischen ihren Beinen gleiten, teilte die weichen Falten ihres weiblichen Fleisches und schob vorsichtig einen Finger in die Öffnung. Warm und feucht – und ungewöhnlich eng...

Die Vorstellung, in ihr zu versinken, brachte ihn beinahe um den letzten Rest seiner Selbstkontrolle. Sein Finger suchte und fand die winzige Perle ihrer Weiblichkeit und streichelte sie in einem betörenden Rhythmus. Schluchzend würgte Caitlin seinen Namen hervor. Ja, sie war bereit, und er konnte und wollte keine Sekunde länger warten.

Während er seinen Mund auf ihren presste, versuchte er, langsam in sie einzudringen, spürte ihre Fingernägel, die sich in seinen Rücken gruben – und die unverkennbare Barriere ihrer Unschuld. Sofort hielt er inne, richtete sich ein wenig auf, las Verwirrung und Unsicherheit in ihren großen grünen Augen. »Warum, Caitie? Warum hast du's mir verschwiegen?«

»Hätte ich's verraten – wären wir dann hier?«

»Keine Ahnung – um ehrlich zu sein...«

»O Rand, ich *will*, dass du mich liebst!«

Mit keiner der zahlreichen Frauen in seinem Leben ließ sie sich vergleichen. Das wusste er seit der ersten Begegnung. Aber – er hatte noch nie ein Mädchen entjungfert. Offenbar fühlte sie sein Zögern, denn sie umschlang seinen Hals, zog seinen Kopf zu sich hinab und küsste ihn. Als ihre flinke Zunge an seiner leckte, rang er überwältigt nach Atem und verschmolz mit ihr.

Und dann verfluchte er sich selbst, weil sie gepeinigt zusammenzuckte – unfähig, einen Schmerzensschrei zu unterdrücken.

»Tut mir Leid...« Wieder einmal kämpfte er um seine Selbstbeherrschung. »Ich wollte dir nicht wehtun. Alles in Ordnung?«

Sie holte tief Atem und lächelte ihn mit zitternden Lippen

an. »Jetzt lässt der Schmerz nach. Und du füllst mich völlig aus – ein angenehmes Gefühl.«

Wären seine Nerven nicht so angespannt gewesen, hätte er ihr Lächeln erwidert. Stattdessen küsste er sie, sanft und fordernd zugleich. An diese besondere Nacht sollte sie sich stets erinnern – dafür würde er sorgen. Vorsichtig bewegte er sich, von süßem Entzücken erfasst. Zarte seidige Haut und flüssige Wärme hüllten ihn ein. Beim Anblick ihrer üppigen, von Sehnsucht geschwollenen Brüste fiel es ihm schwer, sich zurückzuhalten. Allmählich steigerte er das Tempo und drang tiefer in sie ein. Unter seinem kraftvollen Körper begann sie sich nun rastlos umherzuwinden.

Er hörte ihre Herzschläge. Oder vielleicht waren es seine eigenen. Immer glühender, immer intensiver brannte das Feuer in seinen Lenden. Er wollte ihr Freude bereiten und ihr etwas geben, zum Dank für das Geschenk, das er von ihr erhielt. Schneller und schneller bewegte er sich in ihr, hemmungslos und ungehindert, und die bebenden Hüften, die sie ihm entgegenhob, trieben ihn fast zum Wahnsinn. Jetzt konnte er sich nicht mehr beherrschen, nicht länger warten. Zu inbrünstig begehrte er sie, zu lange war seine Geduld auf eine harte Probe gestellt worden. Stöhnend erstarrte er und versuchte sich von Cait zu trennen, um sie zu schützen. Aber da zuckte ihr enger heißer Schoß und zog sich verlockend zusammen, während sie guttural stöhnend ihre Erfüllung genoss. Als er diese Vibrationen wahrnahm, überwältigten ihn wilde, süße erotische Emotionen, und er drang erneut begierig in sie ein. Sein Höhepunkt schien ihn in einer Spirale emporzutragen, immer höher hinauf, bis er glaubte, die Ekstase würde niemals enden.

Heiliger Himmel – so etwas hatte er noch nie erlebt. Auch Cait musste es spüren. Als das gemeinsame Glück schließlich verebbte, schluchzte sie. Er streckte sich neben ihr aus und nahm sie in die Arme. »Beruhige dich, Liebes, alles ist gut.« Ihr Kinn presste sich an seine Brust, ihre Tränen rannen über seine Haut, und er hoffte inständig, er hätte sie nicht zu schmerzlich verletzt.

Nach einer Weile schaute sie ihn an und wischte ihre nass geweinten Wangen ab. »Auf den Bildern war nichts davon zu sehen. Und in den Büchern stand es auch nicht.«

»Was stand nicht in den Büchern?«, fragte er und strich ihr das zerzauste, flammend rote Haar aus dem Gesicht.

»Wie man sich dabei fühlt – wie wundervoll es ist.«

Von einer Zärtlichkeit beseelt, wie er sie nie zuvor empfunden hatte, drückte er sie noch fester an sich. So klein und zart war sie – und trotzdem eine Frau, deren Leidenschaft nichts zu wünschen übrig ließ. »Ich habe dir wehgetan, obwohl ich dich ganz sanft und behutsam lieben wollte…«

»Du warst phantastisch…«

Nun wuchs diese seltsame, fast beängstigende Zärtlichkeit. »Nur beim ersten Mal tut's weh.«

»Das weiß ich.«

Lächelnd hob er die Brauen. »Du weißt sehr viel, Miss Caitlin Harmon. Und bevor du nach London zurückkehrst, wirst du noch eine ganze Menge dazulernen.«

»Also war's richtig, dich zu erwählen. Aber daran habe ich nie gezweifelt.«

Rand lachte leise. »Eigentlich dachte ich, es wäre *meine* Entscheidung gewesen, dich zu erobern.«

»Vielleicht…« Träumerisch ließ sie ihre Finger durch das dunkle Kraushaar auf seiner Brust gleiten. »Am Anfang…«

Ein weiteres Zugeständnis gönnte sie ihm nicht. Aber es genügte, um seinen Stolz zu retten. »Wahrscheinlich spielt das gar keine Rolle. Nur eins zählt – was du alles lernen wirst.«

»Heute Nacht?«, fragte sie erstaunt.

»Allerdings, mein Liebes. Heute Nacht.« Er runzelte die Stirn. »Es sei denn, du fühlst dich zu schwach...«

»Probieren wir's doch aus«, schlug sie lächelnd vor.

Neues Verlangen stieg in ihm auf. Schon bei der ersten Begegnung hatte er das Feuer geahnt, das in ihr schwelte. Und jetzt erkannte er triumphierend, dass er sich nicht getäuscht hatte. Während er sie küsste, legte er sich wieder auf ihren Körper, schob mit einem Knie ihre Schenkel auseinander und verschmolz erneut mit ihr.

So viel wollte er ihr beibringen, so viele Freuden konnte er ihr zeigen. Und da sie ein kluges Mädchen ist, wird sie die Lektionen sehr schnell lernen, dachte er amüsiert.

10

Nein, ich möchte nicht darüber nachdenken, was ich getan habe, nahm sie sich vor. Nicht jetzt, wo alles noch so neu war, voller Wunder und Geheimnisse. Cait verdrängte auch die Sorge um ihre Lügen – um die Menschen, die sich verletzt fühlen würden, wenn sie die Wahrheit herausfanden.

Mit diesem Problem wollte sie sich nach ihrer Rückkehr in die Stadt befassen. Diese wenigen kostbaren Tage gehörten ihrem ganz privaten Glück.

Nach einer leidenschaftlichen Liebesnacht erwachte Cait schließlich am späten Morgen. An manchen Stellen schmerzte ihr Körper. Aber die Freude überwog. Zufrieden seufzte sie und tastete nach dem warmen Körper ihres Liebhabers. Aber das Bett an ihrer Seite war leer. Verwirrt schaute sie sich um, bis die Tür aufschwang und Rand mit einem Tablett eintrat, in einem Morgenmantel aus burgunderroter Seide. »Ich dachte, du brauchst vielleicht eine Stärkung«, erklärte er grienend. *Für das, was ich mit dir noch vorhabe,* fügten seine glutvollen braunen Augen hinzu.

Errötend erinnerte sie sich an die Intimitäten der letzten Nacht, an das Entzücken, das er ihr bereitet hatte. Dann betrachtete sie das Tablett – kaltes gebratenes Rebhuhn, eine dampfende Kanne Schokolade, süße Biskuits, Apfelspalten, ein Stück Wilton-Käse. In einer schönen schmalen Kristallvase steckte eine langstielige Rose.

Während er das Tablett auf den Tisch vor dem Kamin stellte, schlüpfte Cait in ihren gelbseidenen Morgenmantel und gesellte sich zu ihm. Höflich rückte er ihr einen Stuhl zurecht, neigte sich hinab und küsste sie. Dabei klaffte sein Schlafrock auseinander und entblößte seine breite, dunkel behaarte Brust.

Mühsam ignorierte sie ihren beschleunigten Puls und richtete ihre Aufmerksamkeit auf die heiße Schokolade, die er ihr einschenkte. Er hatte Recht – sie musste sich tatsächlich dringend stärken. Vor allem, weil er nach der Mahlzeit seinen Morgenmantel auszog und Cait nackt zum Bett trug.

Den ganzen Vormittag liebten sie sich. Dann wanderten sie, mit einem Picknickkorb gerüstet, zu der Stelle am Flussufer, wo sie schon einmal gesessen hatten. Eine Zeit lang beobachteten sie die Vögel, und später liebten sie sich auf einer Decke, im Schutz tief hängender Weidenzweige.

Es war der schönste Tag in Caits Leben. Und der Abend verlief noch erfreulicher. Zunächst servierte der Lakai ein opulentes Dinner, das sie diesmal tatsächlich restlos verspeisten. Darauf hatten sie nämlich am Vorabend verzichtet, von ihrer Leidenschaft überwältigt. Nach dem Essen zogen sie sich ins Schlafzimmer zurück. Sobald sie ihre Erfüllung gefunden hatten, schlummerten sie erschöpft ein.

Stunden später erwachte Cait in Rands breitem Vierpfostenbett. Lächelnd spürte sie seinen kraftvollen Körper an ihrem Rücken. Durch das offene Fenster hörte sie das Raunen des Windes, einen fernen Eulenschrei, das Rascheln des Laubs. Am nächsten Tag würde sie mit Rand nach London zurückkehren – eine völlig veränderte Caitlin Harmon.

Zumindest glaubte sie, dass sie eine andere Frau geworden war. Am vergangenen Tag hatte sie immer wieder in einen Spiegel geschaut, um festzustellen, ob ihr Gesicht erkennen ließ, was sie empfand. Natürlich war nichts zu sehen gewesen. Es sei denn, die geröteten Wangen hätten sie verraten…

Als sie spürte, wie Rand sich hinter ihr bewegte und seine harte, drängende Männlichkeit an ihre Schenkel presste, stolperte ihr Atem. Wieder einmal dachte sie an die steinernen Reliefs von Pompeji. Keiner der gemeißelten Männergestalten war so stark gebaut wie Rand. Und wahrscheinlich musste sie ihre Meinung revidieren, die Künstler der Antike hätten jene riesigen phallischen Symbole übertrieben gestaltet.

Auf einen Ellbogen gestützt, küsste er ihre Schulter und ihren Hals. »Kannst du auch nicht schlafen?« Sie spürte an ihrer empfindsamen Haut, wie ein Lächeln seinen Mund bewegte. In seiner Stimme schwang ein Unterton mit, der sinnliche Sehnsucht verriet.

Unbewusst fuhr sie mit der Zunge über ihre Lippen. Sie spürte seine verzehrende Hitze. Bald würde er sich mit ihr vereinen, und sie konnte es kaum erwarten. »Nein…«, wisperte sie. »Vielleicht müsste ich richtig müde werden. Wenn du mir dabei hilfst…«

»Mit Vergnügen…« Er lachte leise und berührte ihre Brüste. Dann schob er seine Finger zwischen ihre Schenkel, begann sie intim zu liebkosen und bedeckte ihren Nacken mit aufreizenden kleinen Küssen. Während sie seine Entschlossenheit spürte, seine zielstrebige Erektion, wuchs ihr Verlangen. Behutsam rückte er ihre Hüften zurecht, damit sie ihn mühelos aufnehmen konnte, und drang von hinten in sie ein.

Leise stöhnte sie. Diese Position hatte sie an den Wänden vom Pompeji gesehen und nicht verstanden, wie ein Mann und eine Frau auf diese Weise zusammenkommen konnten.

Rands Hand umschloss eine ihrer Brüste, streichelte die Knospe und erzeugte so köstliche Gefühle, dass sie alle klaren Gedanken verscheuchten. Im selben Rhythmus, wie seine Finger die Brustwarzen reizten, bewegte er sich in ihrem Schoß. Schon nach wenigen Sekunden glaubte Cait zu schweben, immer höher und höher empor, und fieberte selig der Erfüllung entgegen.

Gemeinsam erreichten sie den Gipfel der Lust, die beiden erhitzten Körper innig verbunden. Danach lag Cait in Rands Armen, und er flüsterte ihr wundervolle erotische Worte ins Ohr. Wie gut sie sich zwischen den Beinen anfühlte, wie exquisit und eng, dass er nicht genug von ihr bekommen würde... Zärtlich streichelte er ihr Haar, und sie schlummerte ein.

Vielleicht hätte sie so tief und friedlich geschlafen wie in der Nacht zuvor. Aber im Morgengrauen dachte sie bedrückt an die Rückkehr nach London, an das Ende der Idylle.

Nachdem sie sich dem attraktiven Duke so rückhaltlos hingegeben hatte, konnte sie sich jetzt ein Leben ohne ihn kaum mehr vorstellen.

Und doch – es blieb ihr nichts anderes übrig.

An diesem Tag würde auch ihr Vater in die Stadt zurückkommen. Und nächste Woche wartete sehr viel Arbeit auf Cait. Also würde sie wohl wenig Zeit finden, Rand zu treffen.

Selbst wenn es ihr gelingen würde – sie musste bald nach Santo Amaro zurückkehren. Inzwischen hatten sie genug Geld für die Expedition gesammelt und alle nötigen Vorräte gekauft. Ihr Vater und seine Reisebegleiter waren eifrig bestrebt, die Suche nach Kleopatras Halskette fortzusetzen. Mindestens ein Jahr würden sie auf der Insel verbringen. Falls sie die Halskette nicht fanden, gab es keinen Grund, London noch einmal aufzusuchen. Vielleicht würde sie England nie mehr wieder sehen.

Der Mann, der neben ihr schlief und sie in seinen Armen hielt, bewegte sich ein wenig. Aber er erwachte nicht, und er ließ sie nicht los. Sogar seinen Atem hörte sie, und sie fühlte, wie sich seine muskulöse Brust hob und senkte. Zum ersten Mal erkannte sie, wie viel er ihr bedeutete, wie schmerzlich sie ihn vermissen würde.

Bleischwer lag die bittere Wahrheit auf ihrer Seele – wenn sie London verließ, würde sie wahrscheinlich auch ihn damit verlassen.

Maggie Sutton blieb neben dem eisernen Trittbrett der Kutsche stehen, die soeben vor dem imposanten Haus des Dukes am Grosvenor Square gehalten hatte. Sorgsam rückte sie ihren Hut zurecht und strich den Rock ihres aprikosenfarbenen Musselinkleids glatt. Dann holte sie tief Atem und straffte entschlossen die Schultern, stieg die Eingangsstufen hinauf und klopfte an die reich geschnitzte Tür.

Wenig später erschien ein junger blonder Lakai in der rotgoldenen Beldon-Livree auf der Schwelle, und der Butler spähte ihm über die Schulter. Wie sie sich entsann, hieß er Peterson. Als er sie erkannte, hob er erstaunt die dünnen dunklen Brauen. »Lady Trent? Ich wusste nicht, dass Seine Gnaden Sie erwarten.«

»Leider erwartet mich der Duke auch nicht«, erwiderte sie etwas steif und betrat den schwarzweißen Marmorboden der Halle.

Jetzt zogen sich die Brauen des Butlers noch etwas höher hinauf. »Seine Gnaden sitzen in seinem Arbeitszimmer. Wären Sie so freundlich, mir in den goldenen Salon zu folgen, Mylady? Ich werde meinen Herrn über Ihren Besuch informieren.«

Maggie ließ sich in einen großen, weiß gestrichenen Raum mit hoher Stuckdecke und vergoldeten Möbeln führen. Auf Tischen mit Marmorplatten standen bemalte Vasen, die edlen Sofas und Polstersessel waren in Elfenbein und Gold gehalten. Zwischen vergoldeten italienischen Kerzenleuchtern hingen Familienporträts in goldenen Rahmen an den Wänden. »Sagen Sie ihm, es ist wichtig!«, rief Maggie dem Butler nach, als er sich abwandte. »Und falls er nicht sofort Zeit für mich findet, ich warte gern.«

Förmlich verneigte er sich. »Wie Sie wünschen, Mylady.« In würdevoller Haltung durchquerte er die Halle, langsam verhallten seine Schritte.

Während seiner Abwesenheit begann sie umherzuwandern, und ihre Nervosität wuchs. Dass so etwas geschehen würde, hatte sie befürchtet. Wäre sie doch früher hierher gekommen, um mit Rand zu reden, sein Verständnis zu erbitten. Hätte sie doch…

Ehe sie diesen Gedanken vollenden konnte, eilte er in den Salon. Imposant wie eh und je, glich er einem General, der ein großes Heer kommandierte. »Maggie!« Besorgt runzelte er die Stirn. »Was ist passiert?«

»Das weiß ich noch nicht«, entgegnete sie und hob herausfordernd ihr Kinn. »Vielleicht wirst du's mir erzählen.«

Ein paar Sekunden lang hielt er ihrem Blick stand, dann schaute er weg. »Also geht's um Caitlin.«

»Wie scharfsinnig!«, bemerkte sie missbilligend. »Andrew und ich haben die Stadt für einige Tage verlassen. Bei der Rückkehr musste ich feststellen, das sich einiges verändert hat.«

»Und das wäre…?«

»Hör auf mit diesem Theater, Rand! Wie die Haushälterin mir mitteilte, verließ Caitlin das Haus – wenige Stunden, nachdem wir aufs Land gefahren waren. Und sie kam erst am Sonntagabend zurück.«

Rand schlenderte zum Sideboard. »Möchtest du etwas trinken? Das würde deine Nerven beruhigen.«

»Nein, danke. Und wage es bloß nicht, mir was vorzuflunkern! Ich weiß, es juckt dich in den Fingern!«

Belustigt drehte er sich zu ihr um. »Jetzt verstehe ich, warum du so eng mit Caitlin befreundet bist. Ihr seid beide willensstarke Frauen.«

»In der Tat, sie ist meine Freundin. Deshalb besuche ich dich. Cait hat diese Tage mit dir verbracht, nicht wahr?«

Bevor er antwortete, schenkte er sich einen Brandy ein und steckte den Stöpsel in die Kristallkaraffe zurück. Langsam hob er das Glas und nahm einen Schluck, während er über Maggies Frage und die damit verbundenen Probleme nachdachte. »Hat sie dir erzählt, sie sei mit mir zusammen gewesen?«

Das wollte Maggie bestreiten, aber er ließ sie nicht zu Wort kommen.

»Falls sie glaubt, sie könnte dich benutzen, um mich herumzukriegen, wird das kleine Biest eine Überraschung erleben. Ich lasse mich nicht vor den Traualtar locken – weder von Cait Harmon noch von sonst jemandem. Und wenn sie das geplant hat…«

»Jetzt reicht's, Rand Clayton!« Nur mühsam unterdrückte Maggie ihren Zorn. »Zu deiner Information – Cait hat niemandem irgendwas erzählt. Sie weiß nicht einmal, dass ich hier bin.«

Eine Zeit lang schwieg er, und die Anspannung in seinen Schultern schien nachzulassen. »Tut mir Leid, ich hätte keine falschen Schlüsse ziehen dürfen.«

»Gewiss, das war ein Fehler. So etwas würde Cait Harmon niemals tun. An einer Ehe ist sie nicht interessiert. Mittlerweile müsstest du's wissen.«

Seufzend strich er durch sein dichtes braunes Haar. »Da hast du natürlich Recht. Aber ... Es gibt gewisse Dinge, über die du nichts weißt – die Cait und ihren Vater betreffen und die ich für mich behalten muss.«

Obwohl Maggies Neugier erwachte, stellte sie keine Fragen. Nur zu deutlich zeigte Rands düstere Miene, dass er ihr nichts verraten würde.

Er nippte wieder an seinem Brandy und musterte sie über den Rand des Schwenkers hinweg. »Wenn Cait dich nicht hierher geschickt hat – warum bist du dann zu mir gekommen?«

»Nun, das habe ich dir bereits erklärt«, erwiderte sie, von neuem Zorn erfasst. »Weil ich mit Cait befreundet bin – ebenso wie mit dir, Rand. In Andrews und meiner Abwesenheit fühlte sich Mrs. Beasley für Cait verantwortlich. Als sie zum Museum fuhr, schickte ihr die Haushälterin einen Lakaien nach, um sich zu vergewissern, ob die junge Dame ihr Ziel wohlbehalten erreichen würde. Der Mann sah euch beide in deine Kutsche steigen und davonfahren.«

Lässig schwenkte Rand den Brandy in seinem Glas umher. »Wenn du herausfinden wolltest, wo Caitlin war – warum hast du sie nicht einfach gefragt.«

»Weil ich sie nicht zu weiteren Lügen zwingen wollte. Sicher ist's ihr schwer genug gefallen, mich hinters Licht zu führen. So was passt nicht zu ihrem Charakter.«

»Nein, wohl kaum«, stimmte er zu und betrachtete die bernsteinfarbene Flüssigkeit.

»Cait trifft ihre eigenen Entscheidungen – als ihr Freund müsstest du's wissen. Welch ein erfreulicher Unterschied zu all den anderen Frauen in meinem Bekanntenkreis...«

Etwas zu vehement stellte er den schweren Kristallschwenker auf den Tisch, und das Glas klirrte in der Stille des Raums. »Das alles geht dich nichts an, Maggie. Sicher, du meinst es gut, aber...«

»Und ob's mich was angeht! Du hast nicht die Absicht, Cait Harmon zu heiraten. Was soll denn geschehen, wenn sie ein Kind von dir erwartet?«

»Ich bin kein Narr. Obwohl es manchmal so aussieht. Es gibt Mittel und Wege, um eine Empfängnis zu verhindern. Und ich war sehr vorsichtig.«

Als er die Bestürzung in Maggies Gesicht las, ging er zu ihr und umfasste ihre Schulter.

»So egoistisch, wie du glaubst, bin ich nicht. Ja, ich begehre Cait, und ich nehme an, sie mag mich. Unglücklicherweise passen wir nicht zusammen – das weiß sie ebenso gut wie ich. Außerdem lasse ich mir keine ehelichen Fesseln anlegen. Selbst wenn ich dazu bereit wäre, Cait würde mich nicht heiraten. Sie bildet sich ein, sie hätte den Tod ihrer Mutter verschuldet. Solange sie glaubt, ihr Vater würde sie brauchen, wird sie alle Heiratsanträge ablehnen.«

»O Rand...« In Maggies Augen glänzten Tränen. »Ich mache mir solche Sorgen um Cait – um euch beide.«

»Bitte versuch uns zu verstehen. In knapp zwei Wochen wird Cait abreisen. Und aus der kurzen Zeit, die uns noch bleibt, wollen wir das Beste machen.«

Maggie schluckte krampfhaft. Was Cait und Rand füreinander empfanden, verstand sie nur zu gut. Sie wusste allerdings auch, was die beiden noch nicht einmal ahnten – welches Leid sie nach der Trennung erwarten würde.

Schmerzlich berührt schaute sie in Rands Augen. Nein, keiner von beiden hatte die Erkenntnis gewonnen, die Maggie seit Lord Mortimers Geburtstagsball bedrückte – die beiden liebten sich.

Diesen Tag verbrachte Caitlin im Archiv des Britischen Museums. Was die Texte betraf, die sie auf Wunsch ihres Vaters studieren sollte, hatte sie nicht gelogen. Sie konnte Latein viel besser lesen als er, und im Museum befanden sich mehrere römische Manuskripte aus der alten Stadt Alexandria, wo Kleopatra gelebt hatte.

Stundenlang arbeitete sie in den kalten unterirdischen Räumen, wo die Texte verwahrt wurden. Die Zeilen begannen vor ihren Augen zu verschwimmen, ihre Hände und Füße fröstelten. Von ihrem steifen Nacken kroch der Schmerz allmählich in die Schultern und den Rücken hinab. Bis jetzt hatte sie mehrere Hinweise auf die legendäre Halskette gefunden, Marc Antonius' Geschenk für die ägyptische Königin. Ein Bericht enthielt sogar eine ausführliche Beschreibung des Geschmeides und erwähnte die kunstvoll geschliffenen Facetten der schweren goldenen Kette in Schlangenform, mit winzigen Schuppen verziert.

In einem anderen Bericht entdeckte sie eine Schilderung der Seereise, die Antonius von Italien nach Syrien unternommen hatte, die Halskette im Gepäck, die Kleopatra als Hochzeitsgeschenk erhalten sollte. Das war 37 vor Christi geschehen. In der Stadt Antiochia hatte er Kleopatra geheiratet, nach ägyptischem Ritus. Dieser hatte, im Gegensatz zum römischen Gesetz, die Vielehe erlaubt – eine notwendige Maßnahme, da Marc Antonius bereits verheiratet gewesen war.

Caitlin fragte sich, wie es die schöne junge Königin ertragen hatte, ihren Mann mit einer anderen zu teilen. Unwillkürlich dachte sie an Rand. Wenn sie sich trennen mussten – wie viele Frauen würde er in sein Bett holen? Sehr viele. Daran zweifelte sie nicht. In dieser Minute freute sie sich beinahe auf ihre Abreise. Wenigstens würde sie die Wahrheit nicht erfahren, niemals an wilder Eifersucht leiden.

Energisch verbannte sie Rands Bild aus ihrer Phantasie und konzentrierte sich wieder auf die Manuskripte. An diesem Tag hatte sie beachtliche Fortschritte erzielt. Trotzdem wollte sie noch andere Texte studieren, bevor sie das Museum verließ. Sie rieb ihren Nacken und hoffte, die verkrampfen Muskeln zu lockern. Aber es nützte nichts.

»Sie arbeiten zu hart, Caitlin.«

Verwirrt betrachtete sie die langen weißen Finger auf ihren Schultern und wandte sich zu Geoffrey St. Anthony, der hinter ihrem Stuhl stand. »Geoffrey – was machen Sie hier?«

»Ich wollte natürlich nach Ihnen sehen – was sonst?« Mit sanften Händen begann er, ihren verspannten Nacken und die Schultern zu massieren, viel fachkundiger, als sie es vermutet hätte.

Während der Schmerz allmählich tatsächlich nachließ, schloss sie die Augen. Was er tat, schickte sich nicht, das wusste sie. Aber sie war todmüde, seine Finger wirkten Wunder, und so ließ sie ihn gewähren.

»Besser, Caitlin?«

Sie seufzte erleichtert. »O ja, viel besser.« In letzter Zeit wurde er immer kühner, was ihr keineswegs entging. Die jungenhafte Unschuld verschwand hinter wachsender Entschlossenheit. »Wo haben Sie das gelernt?«

Nur sekundenlang hielten seine Hände inne. »Ich bin nicht der naive junge Narr, für den Sie mich halten, sondern ein Mann wie jeder andere, Caitlin.«

Ohne die Augen zu öffnen, entgegnete sie: »Also muss es eine Geliebte gewesen sein, die Ihnen diese Kunst beigebracht hat.« Das überraschte sie nicht. Nach ihren Erfahrungen, mochten sie auch begrenzt sein, glichen sich die meisten Männer. Auch Rand hatte zahlreiche Liebhaberinnen beglückt – zuletzt sie selbst. Hastig verdrängte sie den unerwünschten Gedanken.

»Eine wertvolle Kunst«, betonte Geoffrey. »Meinen Sie nicht auch?«

Darauf konnte sie nicht mehr antworten, weil eine vertraute Stimme erklang. »Eine äußerst *nützliche* Kunst…«, ergänzte Rand gedehnt, und der ärgerliche Unterton in diesen Worten war unüberhörbar.

Bestürzt hob Cait die Lider.

Geoffrey entfernte die Hände von ihren Schultern, und sie wandte sich unbehaglich zur Tür. »Ich – ich hörte Sie nicht eintreten, Euer Gnaden.«

»Offensichtlich nicht.« Unverhohlener Zorn verdunkelte Rands braune Augen, so dass sie Cait an die Begegnung in der Oper erinnerten.

Nun, damals hatte sie nichts verbrochen – und an diesem Nachmittag ebenso wenig. »Mr. St. Anthony wollte mir nur helfen«, erklärte sie und stand auf. »Seit sechs Stunden arbeite ich in diesem eisigen Keller, und mir tut alles weh…« Sie schenkte dem jungen Mann ein gequältes Lächeln. »Vielen Dank, Geoffrey, jetzt fühle ich mich besser.«

»Mr. St. Anthony ist zweifellos sehr begabt«, bemerkte Rand und ging zielstrebig auf sie zu.

»Allerdings«, stimmte sie ihm bei, ignorierte seinen Sarkasmus und ihren lächerlichen Impuls, einfach davonzulaufen.

»Trotzdem wäre es besser, er würde seine Talente woanders anwenden«, erwiderte Rand und blieb dicht vor ihr stehen. »Und da Sie schon so lange arbeiten, sollten Sie für heute Schluss machen, Miss Harmon.«

Ihr Blick streifte die Manuskripte, die sich auf ihrem Tisch stapelten. »Nein, ich habe noch zu tun…«

»Was immer Sie erledigen müssen«, unterbrach er sie, »es kann warten.« Entschlossen umfasste er ihren Arm und zog sie zur Tür. »Wenn Sie uns entschuldigen, Mr. St. Anthony…«

Immerhin brachte Geoffrey den Mut auf, ihnen den Weg zu versperren – angesichts der finsteren Miene des Dukes eine bewundernswerte Leistung. »Ich glaube, Miss Harmon möchte noch nicht gehen.«

Rands Blick drohte ihn zu durchbohren. »Finden Sie?«

Als der junge Mann erblasste, tat er Caitlin Leid, und sie zwang sich zu einem Lächeln. »Ich muss Seiner Gnaden Recht geben, Geoffrey. Für heute habe ich lange genug gearbeitet. Jetzt brauche ich frische Luft. Danke für Ihren Besuch, das war sehr freundlich.«

Ehe sie noch mehr sagen konnte, wurde sie zur Tür hinausbugsiert. Rand führte sie schweigend aus dem Museum und zu seiner Kutsche, half ihr hinein, gab dem Kutscher ein Zeichen und setzte sich zu ihr. Krachend warf er den Wagenschlag ins Schloss. Dieser Lärm schürte Caits Unmut, und sie verlor die Geduld, die er ohnehin schon auf eine harte Probe gestellt hatte.

»Was bildest du dir eigentlich ein? Ich bin nicht dein Eigentum, Rand Clayton, und keine deiner albernen Frauen, die dir zu Füßen liegen und rückhaltlos gehorchen.«

In seiner Wange zuckte ein Muskel. »Und ich bin kein vernarrter junger Spund wie Geoffrey St. Anthony. Soll ich etwa tatenlos zusehen, wie du dich einem anderen Mann an den Hals wirfst?«

»Was?«, fauchte sie entrüstet. »Ich habe mich an Geoffreys Hals geworfen? Lass mich sofort aussteigen! Diesen Unsinn höre ich mir nicht mehr an.« Obwohl der Fahrer das Gespann bereits angespornt hatte, packte sie den Türgriff.

Rand umklammerte ihr Handgelenk und zog sie an sich. »Bist du verrückt? Willst du dich umbringen?«

In diesem Moment war sie so wütend, dass sie sogar ihr Leben riskiert hätte, um dem selbstherrlichen Duke zu entrinnen. »Geoffrey St. Anthony kam einfach nur vorbei und sah, wie müde ich war. Als guter Freund wollte er mir helfen.«

Sein glühender Blick glitt über ihre Brüste hinweg, und unter dem dünnen Musselinkleid richteten sich die Knospen auf. »Vielleicht kann ich dich nach den langen Stunden im kalten Museumskeller ebenso gut erwärmen«, flüsterte er, nahm ihr Gesicht in beide Hände und verschloss ihr den Mund mit einem verzehrenden Kuss. Während der ersten Sekunden war sie zu verblüfft, um sich zu wehren. Dann leistete sie erbitterten Widerstand. Aber Rand hielt sie mühelos fest, presste sie an seine Brust. Bald erlosch ihr Kampfgeist, und sie genoss die Wärme seines kraftvollen Körpers, das aufreizende Spiel seiner Zunge.

Mit heißen, leidenschaftlichen, fordernden Küssen nahm er ihr den Atem und unterwarf sie seinem Willen. In ihrem Bauch breitete sich eine verlockende Hitze aus, und sie bebte wie eine Sehne, die ein Bogenschütze zu straff gespannt hatte.

Ohne die berauschenden Küsse zu unterbrechen, zog er sie auf seinen Schoß, so dass sie rittlings über seinen Schenkeln saß. Nur vage nahm sie wahr, dass die Fenstervorhänge geschlossen waren. Willig spreizte sie die Beine, für alle seine Wünsche empfänglich. Unter ihren Händen spürte sie die harten Muskeln seiner Schultern. Seine Finger wanderten unter ihre Röcke, suchten und fanden das heiße, feuchte Zentrum ihrer Lust, und sie stöhnte leise.

»Rand...«, flüsterte sie kraftlos und presste das Gesicht an seinen Hals.

»Was du brauchst, kann ich dir geben, Cait.«

»Ja, bitte...«, wisperte sie und fuhr mit der Zunge über ihre zitternden Lippen.

Sie spürte, wie er seine Breeches öffnete, und dann ersetzte seine harte Männlichkeit die tastenden Finger. Tief drang er in sie ein. Mit einem halb erstickten Schrei klammerte sie sich an ihn und überließ sich ihren unglaublichen Gefühlen, dem Rhythmus des Liebesakts, der sich langsam beschleunigte. Rands starke Hände hielten ihre Hüften fest, während er sich immer schneller bewegte. Nach wenigen Minuten erreichte sie den Höhepunkt, ihre Muskeln zogen sich zusammen und umschlossen ihn. Von süßen Emotionen erschüttert, warf sie den Kopf in den Nacken. Im allerletzten Moment zog sich Rand zurück. Seit jenem überwältigenden ersten Mal achtete er stets darauf, seinen Samen nicht in ihr zu vergießen. Danach nahm er sie zärtlich in die Arme und hielt sie fest, während das Entzücken allmählich verebbte.

Während er sanfte Küsse auf ihre Wange und ihren Hals hauchte, wunderte sie sich über seine Stimmung. Jetzt wirkte er nicht mehr wütend, eher ein bisschen zerknirscht.

»Was ist es nur, das mich so an dir fasziniert, Cait?«, wisperte er, ließ sie neben sich auf die gepolsterte Bank gleiten und legte einen Arm um ihre Schultern. »Bevor ich dich kannte, war ich nie so besitzergreifend.«

Eine deutlichere Entschuldigung durfte sie nicht erwarten. Seltsamerweise genügten ihr seine Worte. »Ich wollte Geoffrey nicht ermutigen. Für mich ist er nur ein Freund.«

»Mag sein.« Seine Mundwinkel zogen sich ein wenig nach oben. »Aber ich versichere dir – er wünscht sich viel mehr als deine Freundschaft.«

»Vielleicht hast du Recht.« Cait spielte mit den Falten ihres Rocks und strich sie glatt. »Leider kann ich ihm nicht helfen, was immer er auch empfindet.«

»Ich hätte nicht so unbeherrscht ins Archiv stürmen sollen«, seufzte er. »Wenn es um dich geht, verliere ich ständig meine Selbstkontrolle.«

»Ja, das hast du unmissverständlich demonstriert.«
»Was ich nicht bereue«, gestand er grinsend. »In letzter Zeit habe ich dich kaum gesehen.«
»Weil ich viel zu tun hatte. Das war vorauszusehen.«
Abrupt erlosch sein Lächeln. »Du wirst England bald verlassen. Viel Zeit bleibt uns nicht mehr, Cait.«
Wehmütig schaute sie ihn an und wünschte, sie hätte ihn nicht auf ihre Reisevorbereitungen hingewiesen. Es wäre einfacher, nicht davon zu sprechen – den Eindruck zu erwecken, sie müssten sich niemals trennen. »Heute Morgen erklärte mir mein Vater, wir würden in einer knappen Woche an Bord der *Merry Dolphin* gehen.«
Rand zog ihre Hand an die Lippen. »Würde dieser Tag doch niemals anbrechen...«
Tapfer versuchte sie zu lächeln. »Das wünsche ich mir auch. Bedauerlicherweise haben wir keine Wahl. Ich führe mein Leben, du führst deines, Rand. Mit unterschiedlichen Verpflichtungen.«
Er nickte, streckte die langen Beine aus, so gut er es im beengten Inneren der Kutsche vermochte, und lehnte sich zurück. »Nun muss ich dich wohl oder übel nach Hause bringen. Ich habe dem Kutscher befohlen, einfach durch die Straßen zu fahren, bis ich ihm bedeuten würde, wieder zum Museum zu fahren. Sehe ich dich heute Abend?«
Sie schüttelte den Kopf. »Tut mir Leid, Vater wird eine Besprechung mit Talmadge abhalten. Die beiden wollen noch einmal die Vorratslisten überprüfen, und Vater hat mich gebeten, ihnen zu helfen.«
»Und du darfst ihn natürlich nicht enttäuschen«, erwiderte er sarkastisch.
»Wie gesagt, ich habe gewisse Verpflichtungen«, entgegnete sie kühl. »Und da ich an der Expedition teilnehmen werde, kann ich mich meiner Verantwortung nicht entziehen.«

Rand schwieg, und sie spürte, wie sich sein Arm anspannte, der sie immer noch festhielt. So merkwürdig verhielt er sich jedes Mal, wenn sie ihren Vater oder den Baron erwähnte. Während die Kutsche über das Kopfsteinpflaster rollte, fragte sie sich beklommen nach dem Grund seines Unmuts.

11

Die Abenddämmerung brach herein, als Rands Wagen zum Britischen Museum an der Great Russell Street zurückkehrte. Vor dem Eingang stand ein Wächter neben einem Obstverkäufer mit einer schmutzigen Strickmütze, der seine Ware auf den Pflastersteinen ausgebreitet hatte. Rand wollte Cait in eine Droschke setzen und ihr dann folgen, bis sie Trents Haus wohlbehalten erreichte.

Aber vorher musste er noch etwas mit ihr besprechen. Die Kutsche bog in eine Seitenstraße. Sobald sie hielt, öffnete ein Lakai die Tür. »Zünden Sie die Lampen an und lassen Sie uns allein.«

Ehrerbietig verneigte sich der Mann in der rotgoldenen Livree. »Wie Sie wünschen, Euer Gnaden«, antwortete er, riss ein Schwefelholz an und steckte die Messinglampen im Innern des Wagens in Brand.

In den flackernden Schatten wandte sich Rand zu Cait und musterte ihre erstaunte Miene. Sobald der Lakai die Tür geschlossen hatte, fragte sie: »Stimmt was nicht?«

»Vielleicht ist das nicht der richtige Zeitpunkt – trotzdem muss ich dir etwas sagen. Es geht um die Expedition deines Vaters und die Rolle, die Phillip Rutherford dabei spielt.«

»Was meinst du?« Verwundert richtete sie sich auf.

»Du wirst mir wahrscheinlich nicht glauben. Aber ich fürchte, Talmadge unterstützt deinen Vater nicht aus edlen, sondern eher eigennützigen Motiven.«

»O Gott, was soll das heißen?«

»Seit Jahren beteiligt sich der Baron an unlauteren Machenschaften, um reichen Aristokraten Geld aus der Tasche zu ziehen. Zum Beispiel investierten sie beträchtliche Summen in eine Schifffahrtsgesellschaft, die er ihnen empfahl. Das Schiff, die *Maiden*, sollte zu den West Indies segeln und mit einer Ladung Kopra zurückkehren. Wie Talmadge versichert hatte, würde der Verkaufserlös die Investments verdoppeln. Stattdessen ging die *Maiden* mitsamt ihrer Besatzung und der Fracht unter, und der Profit war verloren.«

»Wie schrecklich…«

»So könnte man's nennen, wäre das Schiff tatsächlich gesunken. Einem Gerücht zufolge landete es unversehrt an der amerikanischen Ostküste, unter einem anderen Namen. Den Gewinn, den der Verkauf der Kopra einbrachte, teilten sich die beiden Eigentümer der *Maiden* mit Phillip Rutherford.«

Eine Zeit lang schwieg Cait, dann hob sie ihr Kinn. »Ein Gerücht, wie du sagst… Kannst du beweisen, dass Lord Talmadge tatsächlich in diese niederträchtigen Betrügereien verwickelt war?«

»Nur dass er kurz nach dem Bankrott der Schifffahrtsgesellschaft eine hohe Summe von seinem Konto abhob. Außerdem verließ er England etwa um die gleiche Zeit wie Dillon Sinclair und Richard Morris, die Besitzer der *Maiden*. Und er hatte schon vorher Geld für diverse Transaktionen aufgetrieben, die alle fehlschlugen. Trotzdem profitierte er irgendwie davon.«

Im schwachen Licht der Messinglampen schien sich der grüne Glanz ihrer Augen zu trüben. »Warum interessierst du dich für Talmadge? Gehörst du zu den Aristokraten, die er hintergangen hat?«

»Ich nicht. Aber mein Vetter Jonathan investierte sein Geld in die *Maiden*.« Mit gepresster Stimme fügte er hinzu: »Sobald er erfuhr, dass er das gesamte Vermögen seiner Familie verloren hatte, nahm er sich das Leben.«

»O Rand...« Entsetzt berührte sie seine Hand. »Tut mir so Leid...«

»Er war erst zweiundzwanzig – nur ein Jahr älter als du. Nach dem Tod seiner Eltern hätte ich besser auf ihn achten müssen.«

»Mach dir keine Vorwürfe. Du bist nicht für sein tragisches Schicksal verantwortlich. Wie solltest du denn ahnen, was er tun würde?«

»Jedenfalls hat Talmadge den Jungen zu diesem verhängnisvollen Investment überredet. Und deshalb trägt er die Schuld an Jonathans Selbstmord – genauso, als hätte er ihn erschossen. Dafür muss er büßen.«

In wachsendem Misstrauen starrte sie ihn an. »Du bist hinter Talmadge her. Hast du dich deshalb so eifrig um mich bemüht?«

»Wie ich zugeben muss – anfangs war's einer der Gründe für mein Interesse an dir. Da du mit ihm zusammenarbeitest, dachte ich, du könntest mir Informationen geben...«

»Das hätte ich wissen müssen«, fiel sie ihm wütend ins Wort. »Natürlich würde sich der grandiose Duke of Beldon nicht ohne Hintergedanken an ein Mädchen wie mich heranmachen! Du willst dich an Lord Talmadge rächen, du hoffst, dabei würde ich dir helfen, und so hast du beschlossen, mich zu verführen.«

»Wie ich bereits sagte – anfangs spielte deine Verbindung zu Talmadge eine gewisse Rolle. Aber ich fühlte mich von der ersten Minute an zu dir hingezogen und...«

»Lass mich aussteigen!« Cait sprang auf, schlug sich den Kopf am Wagendach an und stieß einen Fluch hervor, den eine junge Dame absolut nicht kennen sollte. »Niemals hätte ich dir trauen dürfen! Geoffrey und Maggie haben mich vor dir gewarnt. Aber ich wollte nicht auf die beiden hören.«

Entschlossen schlang er einen Arm um ihre Taille und zog sie auf den Sitz zurück. »Bitte, Cait, du verstehst das alles ganz falsch. Seit ich dir zum ersten Mal begegnet bin, begehre ich dich. Ich brauche dich nur anzuschauen, und schon erwacht mein Verlangen. Damit haben Talmadge und dein Vater nichts zu tun.«

»Mein Vater?« Ihre Augen verengten sich. »Was heißt das?«

Am liebsten hätte er sich die Zunge abgebissen. Er hatte nicht beabsichtigt, den Professor in diesem Zusammenhang zu erwähnen. Zumindest jetzt noch nicht. Nun musste er wohl oder übel eine Erklärung abgeben. Er holte tief Atem und hoffte, seine Argumente würden Cait überzeugen. »Nach allem, was mein Anwalt herausgefunden hat, liegt die Vermutung nahe, dass auch Professor Harmons Expedition zu den betrügerischen Aktivitäten des Barons gehört. Und dein Vater könnte darin verwickelt sein.«

»Bist du verrückt?«, fauchte sie.

»Mit der Hilfe deines Vaters hat Phillip Rutherford eine ganze Menge Spenden gesammelt.«

»Um das Projekt zu finanzieren. Behauptest du etwa, mein Vater sei ein Lügner – und die Forschungsreise würde nicht stattfinden?«

»Offensichtlich werdet ihr nach Santo Amaro fahren. Also muss dein Vater an die Existenz der Halskette glauben, und er rechnet sich gute Chancen aus, sie zu finden. Die Frage ist nur – was wird dann geschehen? Eine so wertvolle Antiquität kostet ein Vermögen. Und dein Vater braucht

Geld, Cait. Auch ehrenwerte Männer könnte ein solcher Schatz in Versuchung führen.«

Erbost ballte sie ihre kleinen Hände. »Wieso weißt du, dass wir Geld brauchen? Hast du jemanden beauftragt, uns nachzuspionieren – genauso wie dem Baron? Du ziehst Erkundigungen über uns ein, als wären wir kriminell!« Blitzschnell packte sie den Türgriff, und diesmal gelang es ihr, aus der Kutsche zu springen, ehe er sie zurückhalten konnte. Aber er folgte ihr: »Lass mich in Ruhe, Rand!«

»Bitte, Cait, wir haben nur noch wenige Tage. Was immer hinter alldem steckt – mit uns hat es nichts zu tun.«

»O doch, Rand. Es hat damit zu tun, welch ein Mensch du bist – und wofür du mich hältst.« In ihren Augen brannten Tränen. »Mein Vater ist gar nicht fähig, ein Verbrechen zu verüben. Sobald er die Halskette findet, wird er nach London zurückkehren, so wie er's versprochen hat.«

Suchend schaute sie sich nach einem Mietwagen um, und Rand wollte sie eigentlich in die Arme nehmen. Doch das wagte er nicht.

»Hör mir zu, Caitlin. Das alles habe ich dir nur erzählt, weil ich mich um dich sorge. Versuch mich zu verstehen.«

Jetzt entdeckte sie eine Droschke, winkte sie heran und wandte sich ein letztes Mal zu ihm. Als er die Tränen über ihre Wangen rinnen sah, krampfte sich sein Herz zusammen.

»Leb wohl, Rand.«

»Warte, Caitlin…«

Aber sie eilte bereits zu dem Wagen, nannte dem Fahrer die Adresse und stieg ein. Wenig später verschwand die Droschke aus Rands Blickfeld.

Fluchend kehrte er zu seiner Kutsche zurück und fühlte sich hundeelend. Wie er es beabsichtigt hatte, befahl er seinem Fahrer, der Droschke zu folgen, weil er sich vergewissern wollte, dass Cait unbeschadet im Trent-Haus eintraf.

Was würde sie ihrem Vater und dem Baron mitteilen? Würde es die Pläne der beiden Männer beeinflussen? Er hatte gehofft, Cait würde begreifen, dass sein Argwohn gegen Talmadge berechtigt war, und ihm versprechen, Stillschweigen zu bewahren. Stattdessen verachtete sie ihn.

Was hast du erwartet? fragte eine innere Stimme. *Du weißt, was sie für ihren Vater empfindet.* Aber er hatte ihr die Wahrheit gesagt – er sorgte sich tatsächlich um sie. Wenn Talmadge sich als der skrupellose Schurke entpuppte, für den Rand ihn hielt – was würde er Cait antun?

Schweren Herzens beobachtete Rand, wie sie vor dem Haus des Marquess aus der Droschke stieg und die Eingangsstufen hinaufrannte. Sekunden später fiel die Tür hinter ihr ins Schloss. Und er starrte ihr bedrückt nach. Bald würde sie mit ihrem Vater und dem Baron abreisen. In welche Gefahr mochte sie sich bringen? War alles noch schlimmer geworden, weil er sie über seinen Verdacht informiert hatte?

Daran zweifelte er. Caitlin war intelligent und besonnen. Wenn sie gründlich nachgedacht hatte, würde sie sich vor Talmadge in Acht nehmen.

Jedenfalls hatte Rand sein Bestes getan, um sie zu warnen, und nun musste er bitter dafür büßen, denn das Glück der letzten Tage war zerstört. *Das spielt keine Rolle,* betonte die innere Stimme. *Demnächst wird sie ohnehin aus deinem Leben verschwinden. Also solltest du sie schon jetzt vergessen…*

Aber er musste unentwegt an sie denken. In den nächsten Tagen erkannte er, wie viel es ihm bedeuten würde, vor Caits Abreise ihr Vertrauen wieder zu gewinnen. Er schickte mehrere Briefe ins Trent-Haus und bat sie um ein Gespräch.

In der Hoffnung auf Maggies Beistand besuchte er sie und erfuhr, dass sie nicht wusste, was hinter dem Zerwürfnis steckte. »Cait hat nur eine Meinungsverschiedenheit erwähnt.« Bekümmert schaute sie ihn an. »O Rand, übermorgen wird sie uns verlassen, und sie ist so unglücklich. Kannst du denn gar nichts tun?«

»Nein – solange sie sich weigert, mich zu sehen...«

Und dazu ließ sich Cait offensichtlich nicht bewegen.

Sie verstaute ihr Gepäck in der beengten Achterkabine, die man ihr auf der *Merry Dolphin* zugewiesen hatte. Am Abend vor der Abfahrt waren sie an Bord gegangen, um sich häuslich einzurichten. Mit der Flut am nächsten Morgen würde das Schiff auslaufen.

Während der letzten Tage hatte sie sich in die Arbeit gestürzt, die Vorratslisten überprüft und sich vergewissert, ob alle bestellten Sachen eingetroffen waren – Segeltuchzelte und Klappstühle, Kochgeräte, Musketen, Pistolen, die Messer mit den langen Schneiden, die sie brauchen würden, um sich einen Weg durch den Dschungel zu bahnen. Auf einer besonderen Liste waren die Gegenstände angeführt, die sie zum Tauschhandel mit den Eingeborenen benötigen würden – Perlen und Kleidung, scharfe Messer, die sie benutzten, um ihre Jagdbeute zu häuten, Kochtöpfe.

Jeden Tag hatte Cait stundenlang gearbeitet. Darüber war sie froh gewesen. Sie musste sich beschäftigen, um abends vor Erschöpfung in tiefen Schlaf zu versinken. Und sie musste ihr Gehirn mit möglichst vielen Einzelheiten über die Reisevorbereitungen füllen, um ihre Gedanken von Rand abzulenken.

Trotzdem drängte sich sein Bild immer wieder in ihre Phantasie – gebieterisch und ekelig attraktiv. Sie ignorierte seine Briefe. Wenn er ihren Vater einen Dieb und Betrüger nannte, warf er ihr vor, dafür sei sie mitverantwortlich.

Und doch – sie dachte Tag und Nacht an ihn, in jeder Minute, die sie am Schreibtisch verbrachte. Manchmal wünschte sie verzweifelt, sie wäre ihm niemals begegnet. Oder sie sehnte sich nach ihm, nach einer letzten Umarmung. Dafür war es nun zu spät. Außerdem grollte sie ihm wegen seines niederträchtigen Verdachts.

Aber sie konnte nicht vergessen, was er über Talmadge erzählt hatte. Würde sich ihr Vater unwissentlich in die Obhut eines Schurken begeben? Er vertraute dem Baron rückhaltlos, aber Donovan Harmon war noch nie ein guter Menschenkenner gewesen.

Cait verließ sich lieber auf ihre eigenen Instinkte. Und sie hatte den Mann nie gemocht. War Rands Argwohn berechtigt? Wenn ja, was sollte sie tun? Sicher wäre es sinnlos, ihren Vater über Rands Anschuldigungen zu informieren. Die würde er nicht ernst nehmen, vielleicht mit Recht, da es keine Beweise gab.

Statt grundlose Verdächtigungen auszusprechen, die den Vater nur beunruhigen und den Baron auf Rands Nachforschungen hinweisen würden, beschloss sie zu schweigen. Natürlich würde sie Augen und Ohren offen halten. Falls Talmadge böse Absichten hegte, würde sie ihm auf die Schliche kommen. Sie musste vorsichtig zu Werke gehen. Auf keinen Fall durfte er ihr Misstrauen bemerken. Sonst wäre sie ihres Lebens womöglich nicht mehr sicher.

Wieder einmal kehrten ihre Gedanken zu Rand zurück. Wie konnte er es wagen, ihrem Vater nachzuspionieren? Das hatte der Professor, ein Mann von untadeligem Ruf, wahrlich nicht verdient. Nur weil sich Rand am Selbstmord seines jungen Vetters schuldig fühlte…

Plötzlich stockte ihr Atem. Die Qualen eines schlechten Gewissens kannte sie nur zu gut. Der Tod ihrer Mutter würde für ewig auf ihrer Seele lasten.

Verurteilte sie Rand zu Unrecht? Hatte er ihren Vater nur verunglimpft, um sie vor einer drohenden Gefahr zu warnen – um sie zu schützen? Weil sie ihm etwas bedeutete? Nur zu gern würde sie daran glauben und die Erinnerung an die gemeinsamen Tage wie einen kostbaren Schatz in ihrem Herzen bewahren, statt ihre Leidenschaft zu bereuen.

Unter ihren Füßen knarrten die Schiffsplanken und unterbrachen ihre Gedanken. Plätschernd schlugen die Wellen gegen den Rumpf. In wenigen Stunden würde die *Merry Dolphin* auslaufen. Cait hängte ein Nachthemd aus weißer Baumwolle an den Wandhaken neben der Tür. Dann legte sie mehrere zusammengefaltete Hemden und weiße Seidenstrümpfe in die oberste Schublade der Kommode, die neben der Koje stand.

Es war spät geworden – höchste Zeit, schlafen zu gehen. Doch sie würde sowieso keine Ruhe finden. Stocksteif lag sie in dem schmalen Bett und starrte die Balken über ihrem Kopf an, lauschte dem Ächzen und Stöhnen der Planken und dachte an Rand.

Niemals würde sie ihn vergessen. Und sie würde bis an ihr Lebensende wünschen, der Abschied wäre anders verlaufen. Jetzt erkannte sie, dass er ihren Groll nicht verdiente. Er hatte getan, was er für richtig hielt – ebenso entschlossen, zielstrebig und willensstark wie sie selbst. Was ihren Vater betraf, irrte er sich. Doch das konnte er nicht wissen. Aber vielleicht schätzte er Phillip Rutherford richtig ein.

Endlich fielen ihr die Augen zu, und sie schlief ein. Als sie von Rand träumte, rannen bittere Tränen über ihre Wangen.

Durch ein winziges Bullauge strömte das erste Tageslicht in die Kabine. Das Schiff stöhnte und zitterte wie ein Lebewesen. An Deck erklangen die lauten Stimmen der Seemänner, die in die Takelage kletterten und die Segel hissten. Der Lärm weckte Cait. Offenbar würde die *Merry Dolphin* den Hafen bald verlassen.

Sie schwang die Beine über den Rand der Koje, setzte sich auf und rieb den Schlaf aus ihren Augen. Dann ging sie zum kleinen Waschtisch aus Teakholz, goss Wasser in die Porzellanschüssel und schlüpfte aus ihrem Nachthemd.

Nach der Morgentoilette zog sie einen schlichten braunen Rock, eine weiße Bluse und derbe Stiefel an, strich mit einer Bürste durch ihre Locken und eilte an Deck. Ihr Vater stand mit Geoffrey St. Anthony und Talmadge an der Reling. Auch der Forscher Sir Monty Walpole, mit dem der Professor schon einmal zusammengearbeitet hatte, gesellte sich hinzu. Talmadge und St. Anthony hatten ihre Kammerdiener mitgebracht. Außerdem waren noch andere Dienstboten an Bord gekommen – eine englische Köchin und ein Lakai, auf den der Baron nicht verzichten wollte. Nun würde die kleine Reisegruppe beobachten, wie sich das Schiff von der Küste Englands entfernte.

Cait ging nicht zu den Männern. Stattdessen trat sie in einiger Entfernung an die Reling und schaute zum Hafen hinüber. Weiter unten am Kai luden die Stauer Kisten und Fässer auf Schiffe mit hohen Masten. Eine frische Brise ließ die Segel flattern. Über Caitlins Kopf kreischten Möwen. Im grauen Morgenlicht betrachtete sie die Türme von London, die aus dem Nebel ragten. Ihre Finger umklammerten die Reling. Während ihres kurzen Aufenthalts in England hatte sie wundervolle Freunde gefunden. Durch einen Tränenschleier starrte sie zur Stadt, dachte an Maggie und Andrew, Nicholas und Elizabeth – und an Rand...

Natürlich war es albern, das wusste sie. Aber im schwachen Licht glaubte sie ihn am Kai zu sehen, an der Ecke eines Gebäudes. Wollte er beobachten, wie die *Merry Dolphin* auslief? Cait wischte sich die Tränen aus den Augen und nahm an, danach würde das Phantasiebild verschwinden. Aber er stand immer noch da.

Wie rasend hämmerte ihr Herz gegen die Rippen. Nein, das ist nicht Rand, sagte sie sich. Er war ein Duke. Und Dukes standen nicht bei Tagesanbruch am Kai, um eine verflossene Geliebte davonsegeln zu sehen.

Aber der Mann wartete im Schatten, und je länger sie ihn musterte, desto sicherer war sie sich. Es musste Rand sein. Schmerzhaft krampfte sich ihre Kehle zusammen, und ihre Hände begannen zu zittern. Also war er hierher gekommen, um sie ein letztes Mal zu sehen. Er ging nicht an Bord, wollte einfach nur beobachten, wie das Schiff den Hafen verließ. Weil er glaubte, sie würde sich weigern, mit ihm zu sprechen, so wie an den letzten Tagen…

Während sie zu seiner hoch gewachsenen Gestalt hinüberblickte, unterdrückte sie ein Schluchzen. Er dachte, sie wollte ihn nicht sehen. Doch da irrte er sich. Entschlossen raffte sie ihre Röcke und rannte zur Laufplanke, die auf den Kai führte.

»Jetzt dürfen Sie nicht an Land gehen, Miss!«, rief ein stämmiger Seemann und trat ihr in den Weg. »In ein paar Minuten machen wir die Taue los!«

Ungeduldig schob sie sich an ihm vorbei. »Dann müssen Sie eben warten!«

Als sie die Laufplanke hinabstürmte, eilte Rand ihr entgegen. Sekunden später nahm er sie in die Arme.

»Ich musste dich sehen«, flüsterte er in ihr Ohr. »Nur noch ein einziges Mal.«

Mühsam kämpfte sie mit ihren Tränen. »O Rand, ich habe dich vermisst, und ich bin so froh, dass du gekommen bist.«

Sie klammerte sich an ihn, und er schlang seine Finger in ihr offenes Haar. Dann umfasste er ihren Kopf mit beiden Händen und küsste sie mit verzehrender Glut. Und doch war es der zärtlichste Kuss, den sie jemals gespürt hatte.

In ihrer Kehle steckte ein schmerzhafter Kloß. Nicht einmal in ihren schlimmsten Träumen hatte sie geahnt, wie schwer ihr die Trennung fallen würde. Für immer wollte sie ihn festhalten. Stattdessen zwang sie sich, den Kuss zu beenden. »Ich muss gehen. Gleich wird das Schiff ablegen.« Aber sie rührte sich nicht, und er drückte sie immer noch an seine Brust.

»Du wirst mir fehlen, Cait. Wie sehr kannst du dir gar nicht vorstellen.«

Neue Tränen rollten über ihre Wangen. »Auch du wirst mir fehlen, Rand.«

»Pass gut auf dich auf, Caitlin.«

»Ja, natürlich. Und ich werde nicht vergessen, was du mir über Talmadge erzählt hast.«

Schweigend nickte er.

»Alles Gute, Rand.«

Nach einem letzten Kuss ließ er sie los. »Leb wohl, Caitie.« Sie brachte kein einziges Abschiedswort über die Lippen. Ein paar Sekunden lang starrte sie ihn an, prägte sich seine Züge ein, dann wandte sie sich mühsam ab. Sie eilte zur Laufplanke, fest entschlossen, keinen Blick über die Schulter zu werfen. Verzweifelt beschleunigte sie ihre Schritte, als könnte sie vor dem Schmerz in ihrer Brust fliehen. Doch der Kummer wuchs und drohte ihr das Herz zu brechen.

Mit bebenden Händen raffte sie ihre Röcke, lief an Deck und kehrte zu ihrem Platz an der Reling zurück. Während das Schiff aus dem Hafen segelte, hielt sie nach Rand Ausschau und wollte ihm zuwinken. Aber sie konnte ihn nirgends entdecken. So schnell, wie er sie in seinen Bann gezogen hatte, war er aus ihrem Leben verschwunden. Nur eine bittersüße Erinnerung blieb zurück, die sie für alle Zeiten begleiten würde.

In diesen qualvollen Minuten, in der sich die Einsamkeit

wie eine bleischwere Last ihrer Seele bemächtigte, erkannte sie die Wahrheit, die ihr Verstand so lange verdrängt hatte.

Das Unfassbare war geschehen – sie hatte sich hoffnungslos in Rand Clayton verliebt.

12

In einem burgunderroten Frack und engen schwarzen Breeches überquerte Nicholas Warring, Earl of Ravenworth, den Marmorboden der Halle und betrat das geräumige, mit Nussbaum getäfelte Arbeitszimmer des Dukes of Beldon. Der Hausherr saß in einem tiefen Ledersessel hinter dem Schreibtisch, die Ellbogen auf die blank polierte Rosenholzplatte gestützt. Als sich die Tür öffnete, schloss er ein dickes Buch mit Goldschnitt und legte es in ein Schubfach – aber nicht, bevor Nick den Titel gelesen hatte. Gedichte von William Blake.

Das ignorierte er. Wie empfindsam sein Freund in solchen Dingen war, wusste er. Und da er Rands autoritären Vater gekannt hatte, den verstorbenen Duke, verstand er auch, warum. Nick verstand diese Verlegenheit nicht, denn er kannte keinen stärkeren, maskulineren Mann als Rand. Trotzdem nahm er Rücksicht auf dessen Gefühle.

Lächelnd stand Rand auf, ging um den Schreibtisch herum und schüttelte Nicks Hand. »Freut mich, dich zu sehen. Ich hatte keine Ahnung, dass du wieder in der Stadt bist. Wolltest du nicht mit deiner Frau eine Zeit lang in Ravenworth Hall bleiben, um dich vom Londoner Gesellschaftstrubel zu erholen?«

»Da ist Elizabeth immer noch, und ich werde bald zu ihr zurückkehren. Eigentlich bin ich lediglich in die Stadt gefahren, um dich zu sprechen.«

Mit schmalen Augen musterte Rand den Earl. »Warum gewinne ich den Eindruck, dass das nicht nur ein freundschaftlicher Besuch ist?«

Nick schenkte ihm ein – wie er hoffte – beruhigendes Lächeln. »Nun ja – ich habe einen seltsamen Brief von meiner Schwester erhalten. Sie schrieb mir, du würdest seit zwei Monaten das Leben eines Einsiedlers führen. Deshalb sorgt sie sich um dich, ebenso wie unser Freund Andrew. Sie dachte, vielleicht könnte ich dich zu einem Urlaub auf Ravenworth Hall überreden.«

Seufzend wandte sich Rand zum Fenster und beobachtete die Wolken, die das Sonnenlicht trübten. In einer frischen Brise raschelte das Laub der Bäume am Ende des Gartens. »Gewiss, neuerdings lebe ich sehr zurückgezogen. Warum, weiß ich nicht. Ich habe einfach keine Lust, auszugehen, so wie vorher.«

Wovor? Diese Frage stellte Nick nicht, weil er die Antwort zu kennen glaubte. Er warf Rand einen unergründlichen Blick zu. »Keine Frauen? Keine langen Abende in Madame Tusseaus Freudenhaus?«

Rand schüttelte den Kopf. »Dafür bin ich nicht in der richtigen Stimmung.«

»Aber du hast doch wenigstens Hannah Reese besucht?« Mit der Schauspielerin, die einmal Rands Geliebte gewesen war, pflegte sich der Duke normalerweise immer noch zu amüsieren, und er wusste ihre Freundschaft ebenso zu schätzen wie ihre Liebeskünste. »Nicht einmal Hannah«, bestätigte er. »Allerdings – jetzt, wo du's erwähnst, finde ich diese Idee gar nicht so schlecht.« Er schaute zur Uhr auf dem Kaminsims hinüber. »Schon fast Mittag … Mittlerweile müsste die Köchin den Lunch vorbereitet haben. Isst du mit mir?«

»Sehr gern.« Nick folgte seinem Freund durch die Halle zur Terrasse.

In der Mitte des Tischchens stand eine Vase mit gelben Blumen zwischen silbernen Cloches. Eilends legte einer der Lakaien ein Gedeck für den Gast auf.

Als die beiden Männer in weißen Korbsesseln saßen, fragte Nick: »Also, was hältst du von meinem Vorschlag, Rand? Willst du uns auf Ravenworth Hall besuchen? Vielleicht würde sich deine Laune bessern, wenn du ein paar Tage auf dem Land verbringst.«

Ein Lakai nahm die Silberhauben von den Platten, um geräucherte Fische und verschiedene Wildpasteten zu servieren.

»Wahrscheinlich hast du Recht«, meinte Rand. »Ich bin schon viel zu lange in der Stadt. Außerdem möchte ich den kleinen Nicky sehen. Inzwischen muss er ganz schön gewachsen sein.«

»Mit jeder Minute wird er größer. Glaub mir, Rand, der Junge und Elizabeth machen mich so glücklich… Hast du noch immer nicht erwogen, endlich zu heiraten und eine Familie zu gründen?«

»Nein. Wenn ich an all die affektierten jungen Damen denke, die den Heiratsmarkt bevölkern, dreht sich mein Magen um.«

Nick lachte leise und spülte einen Bissen Räucherlachs mit einem Schluck Wein hinunter. »Offenbar fühlst du dich verpflichtet, eine sorgfältige Wahl zu treffen, weil das dein Vater erwarten würde. Aber auf eine aristokratische Herkunft kommt's doch gar nicht an. Intelligenz und Charakterstärke sind viel wichtiger.«

Prüfend schaute Rand in die Augen seines Freundes. »Sprichst du etwa von Caitlin Harmon?«

»War nur so ein Gedanke«, erwiderte Nick und zuckte nonchalant die Achseln. »Irgendwie hatte ich das Gefühl, sie würde dir gefallen. Und seit ihrer Abreise scheinst du sie zu vermissen.«

»Cait und ich passen nicht zusammen.« Langsam legte Rand seine Gabel auf den Teller. »Sie ist viel zu unabhängig. Daran dürfte sich auch nichts ändern. Niemals würde sie einem Ehemann gehorchen. Der arme Kerl, der sie mal heiratet, wird die Hölle auf Erden erleben.«

»Oder täglich neue, aufregende Herausforderungen genießen…«

»Zweifellos.« Rand lehnte sich in seinem Sessel zurück und lächelte schwach. »Dieses Temperament… Alle Erwartungen, die ich in sie setzte, hat sie erfüllt.«

»Und sie fehlt dir.«

»Mehr, als ich's vor dem Abschied ahnen konnte«, gab Rand wehmütig zu.

Dieses Geständnis überraschte den Earl. Offensichtlich bedeutete die junge Amerikanerin seinem Freund tatsächlich sehr viel, und trotzdem glaubte Rand, sie würden nicht zueinander passen. Da muss noch mehr dahinter stecken, überlegte Nick. Allem Anschein nach fürchtete sich Rand vor seinen Gefühlen für Cait. »Du magst sie. Und da du ein Duke bist, kannst du tun, was dir beliebt. Heirate sie doch!«

Entschieden schüttelte Rand den Kopf. »Selbst wenn ich's wollte, damit wäre sie nicht einverstanden. Sie kennt nur einen einzigen Lebensinhalt – für ihren Vater zu sorgen. Da hat ein anderer Mann keine Chance.«

Nick schwieg, ließ den Wein in seinem Kelch kreisen und nippte daran. Vermutlich musste er seinem Freund zustimmen. Auf ihre Unabhängigkeit legte Caitlin Harmon sehr großen Wert. Niemals würde sie sich dem Willen eines Mannes unterordnen. Und solange der Vater sie brauchte, würde sie den Duke nicht einmal heiraten, wenn sie seine Gefühle erwiderte. »Komm mit mir nach Ravenworth, Rand. Erhol dich ein paar Tage auf dem Land.«

Erstaunlicherweise nickte Rand. »Also gut«, stimmte er

zu und betupfte seine Lippen mit einer Serviette. »Die frische Luft wird meine Seele vielleicht aufmuntern – was immer mich auch belastet.«

»Ganz sicher.«

Rand wandte sich zu einem der livrierten Lakaien, die in der Nähe auf Befehle warteten. »Schicken Sie Percy zu mir, ich muss mit ihm reden.«

Ein paar Minuten später überquerte der Kammerdiener die Terrasse, in seiner üblichen militärischen Haltung, die nach wie vor den ehemaligen Sergeanten verriet. »Sie wünschen mich zu sprechen, Euer Gnaden?« Mittelgroß und gertenschlank, um die vierzig, das lange schwarze Haar im Nacken zusammengebunden, entsprach der selbstbewusste Percy Fox keineswegs der gängigen Vorstellung von einem englischen Dienstboten. So wie Nicks Kammerdiener Elias Moody war er eher ein Freund als ein Angestellter.

»Lord Ravenworth hat mich auf seinen Landsitz eingeladen«, erklärte Rand mit einem kurzen Blick in Nicks Richtung. »Am besten reisen wir noch heute ab. Sonst wird sich die Laune Seiner Lordschaft zusehends verschlechtern – wie immer, wenn die Trennung von seiner Elizabeth zu lange dauert.«

»Ja, das wäre mir am liebsten«, verkündete Nick und grinste breit. »Wenn's auch dir recht ist…«

»Können Sie die nötigen Vorbereitungen treffen, Percy?«, fragte Rand.

»Gewiss, Euer Gnaden.« Nach einer förmlichen Verbeugung zog sich der Kammerdiener zurück.

Rand legte die Serviette neben seinen leeren Teller. »Seltsam – ich fühle mich schon jetzt besser, obwohl ich noch gar nicht zu meiner Reise aufgebrochen bin.«

»Hab ich's nicht gesagt? Dieser Urlaub auf dem Land ist genau das Richtige für dich.« Zumindest hoffte Nick, er würde Recht behalten – wenn er auch daran zweifelte, weil Rands eigentliches Problem mit Caitlin Harmon zusammenhing.

Nicht einmal die frische Landluft konnte ein gebrochenes Herz heilen.

Die Insel war genauso schön wie in Caits Erinnerung. Azurblau spiegelte das Meer, das sich bis zum Horizont erstreckte, das Himmelsgewölbe wider. Heiß schien die Sonne auf den weißen Sandstrand herab, schäumende Wellen rollten heran, und eine tropische Brise versuchte, die salzige Luft zu kühlen.

In einem braunen Baumwollrock, einer weißen Bluse und derben Lederstiefeln lag Cait auf allen vieren und grub mit einer kleinen Metallschaufel den Sand um, auf der Suche nach einem weiteren der zahlreichen holländischen Silbergulden, die sie nach der Rückkehr gefunden hatte.

Seit der Abreise aus England waren über zwei Monate verstrichen. Ein paar Tage hatte sich die Reisegesellschaft in der Stadt Dakar an der afrikanischen Küste aufgehalten, dann war sie nach Santo Amaro gesegelt, um die Suche nach Kleopatras Halskette fortzusetzen. Da sie das Lager der Überlebenden von der *Zilverijder* bereits entdeckt hatten – kurz bevor die Expedition wegen Geldmangels notgedrungen abgebrochen worden war, erzielten sie jetzt Erfolge, die sogar die kühnsten Hoffnungen des Professors übertrafen.

Außer den silbernen Münzen, die den Strand zu übersäen schienen, hatten sie die rostige Lafette einer alten Messingkanone im seichten Wasser einer Lagune in Küstennähe entdeckt. Küchengeräte, Besteck, zerbrochenes Geschirr und sogar eine verrostete Pistole ergänzten die täglich wachsende Sammlung.

Eifrig stürzten sich alle in die harte Arbeit, klagten niemals über die langen, anstrengenden Stunden im grellen Sonnenlicht oder Donovan Harmons ständige Forderung, noch mehr zu leisten. Sogar Lord Talmadge – zumeist mit der Verteilung der Vorräte und der Löhne für die hoch gewachsenen, feingliedrigen dunkelhäutigen Eingeborenen befasst, die ihnen zur Hand gingen – wühlte manchmal im Sand. Zunächst war Cait ihm mit Vorsicht begegnet, um Rands Warnung zu beherzigen. Aber bis jetzt sah sie keinen Grund zur Sorge, und sie fragte sich, ob der Duke den Baron vielleicht zu Unrecht verdächtigte.

Trotz der kurzen tropischen Regenschauer, die jeden Nachmittag auf die Insel herabprasselten, herrschte ein angenehmes Wetter. Und niemand bezweifelte, dass sie die Halskette und andere Schätze, die sich vermutlich an Bord der *Zilverijder* befunden hatten, bald entdecken würden.

Cait versuchte die gleiche Begeisterung aufzubringen wie die anderen Teilnehmer der Expedition. Und das wäre ihr sicher gelungen – hätte sie nicht vor kurzem festgestellt, dass sie ein Kind von Rand erwartete.

Die Schaufel in ihrer Hand begann zu zittern, und sie umklammerte den Griff etwas fester, bevor sie sorgsam den Sand von einem Gegenstand entfernte, der wie eine große, mit Messing beschlagene Kiste aussah. Als ein Schatten auf ihren Fund fiel, schob sie ihren breitrandigen Strohhut aus der Stirn und hob den Kopf.

»Wie blass Sie sind, Caitlin...« Nur wenige Schritte entfernt stand Geoffrey St. Anthony am Strand und musterte sie beunruhigt. Nach den langen Tagen unter der Sonne war sein Haar noch heller geworden, und mit seinem gebräunten Gesicht wirkte er älter und attraktiver. »Sie sollten nicht so hart arbeiten. Seit einiger Zeit fühlen Sie sich nicht gut. Das weiß ich, denn ich habe mit Maruba gesprochen. Sie erzählte mir, in den letzten Wochen hätten Sie sich mehrmals übergeben.«

Maruba hieß die junge Farbige, die sie als Gehilfin für Hester Wilmot, die englische Köchin, eingestellt hatten.

»Unsinn, ich bin nicht krank«, protestierte Cait, obwohl sich just in diesem Moment ihr Magen umdrehte. »Wahrscheinlich habe ich irgendwas Verdorbenes gegessen. Hier draußen in der Wildnis passiert das manchmal. Sorgen Sie sich nicht, in ein paar Tagen wird's mir wieder besser gehen.«

»Hat Ihr Vater bemerkt, wie elend Sie sich fühlen? Wohl kaum. Jeden Abend fragt er nur, wie viel Sand umgegraben wurde und welche Schätze wir finden konnten.«

»Mein Vater hat alle Hände voll zu tun. Also muss er sich nicht darum kümmern, was ich esse.«

»Wie auch immer, Sie sollten nicht in der heißen Sonne arbeiten und sich lieber erholen, bis Sie genesen sind.«

Während sie mit einer Hand ihre Augen beschattete, schaute sie forschend in sein Gesicht – ein sympathisches Gesicht mit klaren Zügen, einer geraden Nase und hellen Brauen, die er in diesem Moment betrübt zusammenzog. In gewisser Weise freute sie sich über seine Fürsorge. Daran war sie nicht gewöhnt. Rand hatte sich zwar besitzergreifend verhalten, aber...

Statt diesen Gedanken weiterzuverfolgen, verdrängte sie ihn hastig, ebenso wie die schmerzlichen Erinnerungen. »Natürlich weiß ich Ihre Anteilnahme zu schätzen, Geoffrey. Sie sind ein sehr lieber Freund geworden. Aber es geht mir gut. Wirklich.«

Er widersprach nicht und starrte sie nur an, die Stirn gerunzelt. Dann murmelte er etwas Unverständliches und stapfte durch den Sand davon.

An diesem Abend aß sie herzhaft und vergewisserte sich, dass er sie dabei beobachtete. Und am nächsten Morgen wurde ihr wieder übel. Diesmal floh sie rechtzeitig in den Wald, damit Geoffrey nicht mit ansah, wie sie sich übergab.

Langsam schleppten sich die Tage dahin. Jeden Morgen rebellierte Caits Magen. Doch die Anfälle dauerten nicht mehr allzu lange, seit sie besser auf ihre Ernährung achtete.

Viel größere Sorgen als die Übelkeit bereitete ihr die Frage, was mit dem Baby geschehen sollte.

Eines Abends saß sie am Lagerfeuer, beobachtete die orangeroten und gelben Flammen, die das Dunkel über der Lichtung erhellten, und lauschte den summenden Insekten. Nachdenklich betrachtete sie ihre primitive Umgebung. Auf der Lichtung am Rand einer geschützten Bucht bildete ein halbes Dutzend Zelte einen Kreis. Ihr eigenes Quartier enthielt ein schmales Feldbett, unter dem ein Nachttopf stand, einen Klappstuhl und einen Tisch mit einer Waschschüssel und einem Wasserkrug. Daneben hatte sie ein kleines, silbern gerahmtes Porträt ihrer Mutter gestellt.

Auch Lord Talmadge hatte ein Zelt für sich allein, ebenso Geoffrey, Sir Monty und natürlich ihr Vater. Die Köchin teilte sich ein Zelt mit Maruba, während die übrigen Dienstboten auf Wolldecken im Freien schliefen. In einiger Entfernung hatten die Eingeborenen ihr eigenes Lagerfeuer entzündet. Dort kochten und aßen sie.

Caitlin saß auf einem leeren Fass und starrte in die lodernden Flammen. Unwillkürlich strich sie über ihren immer noch flachen Bauch. In einigen Monaten würde sich die Schwangerschaft zeigen. Schon jetzt hatten sich ihre Brüste vergrößert, und die Knospen waren geschwollen. Die Insel lag meilenweit von der Zivilisation entfernt. Wer würde ihr bei der Niederkunft helfen?

Großer Gott, was sollte sie tun?

Wie so oft dachte sie an Rand, den geliebten Mann, nach dem sie sich inbrünstig sehnte. Trotzdem war die Trennung unvermeidlich gewesen. Eine Heirat widerstrebte ihm.

Vermutlich würde er ihr nicht einmal dann einen Antrag

machen, wenn sie ihm von dem Baby erzählte. Und falls er doch dazu bereit wäre – sie eignete sich nicht zur Duchess. Niemals würde sie die gesellschaftlichen Zwänge ertragen, die man der Gemahlin eines Aristokraten auferlegte. Ihre Freiheit bedeutete ihr sehr viel. Und die würde sie verlieren, wenn sie einen dominierenden, anspruchsvollen Mann wie Rand heiratete.

Sie passten einfach nicht zueinander. Und das hatten sie von Anfang an gewusst.

Außerdem musste sie an ihren Vater denken, der sie dringend brauchte und den sie nicht im Stich lassen durfte.

Erbost verfluchte sie ihre Dummheit. Warum hatte sie sich in Rand verliebt? Schon bei der ersten Begegnung hatte sie seinen gefährlichen Charme erkannt. Wäre sie doch vorsichtiger gewesen…

Später lag sie auf ihrem schmalen Feldbett, erinnerte sich an seine heißen Küsse, an das beglückende Gefühl, ihn in ihrem Schoß zu spüren.

Wie würde er sich verhalten, wenn er von dem Baby erfuhr, das unter ihrem Herzen heranwuchs?

Plötzlich rann ein kalter Schauer durch ihren Körper. Wenn der Duke of Beldon wüsste, dass sie sein Kind erwartete – vielleicht seinen künftigen Erben –, würde er sie zur Heirat zwingen?

Oder würde er Mittel und Wege finden, um ihr das Baby wegzunehmen?

Als ihr diese schreckliche Gefahr bewusst wurde, erschauerte sie erneut und gelobte sich, ihn niemals über seine Vaterschaft zu informieren. Gewiss, es war falsch, ihm sein Kind vorzuenthalten. Aber nicht einmal ihre Schuldgefühle brachten sie von ihrem Entschluss ab.

Jedenfalls musste sie irgendwas unternehmen. Heiliger Himmel, sobald ihr Vater von dem namenlosen Baby erfuhr, würde er in tiefste Verzweiflung geraten. Natürlich würde der Skandal seinen makellosen Ruf ruinieren. Die Schande seiner Tochter würde alles überschatten, wofür er jahrelang gearbeitet, was er in mühsamen Studien erreicht hatte. Und das arme, unschuldige Kind? Als Bastard geboren, von der Gesellschaft verachtet...

Trotz der milden Nachtluft begann Cait zu frösteln. Könnte sie doch jemanden um Rat bitten... In ihrer Phantasie erschienen Maggie Suttons fröhliche blaue Augen, und sie wünschte inständig, die beste Freundin, die sie jemals gewonnen hatte, würde ihr beistehen. Aber Maggie lebte ahnungslos im fernen London.

Mir wird schon was einfallen, sagte sie sich energisch. Und was ich tun muss, soll geschehen... Eins stand fest – sie würde das Kind behalten. Schon immer hatte sie Kinder geliebt – und nie zu hoffen gewagt, eines Tages das Glück der Mutterschaft zu genießen. Jetzt erfüllte ihr das Schicksal diesen Herzenswunsch. Von heißer Liebe zu ihrem ungeborenen Baby erfasst, schwor sie sich, alles zu tun, um dieses kleine Wesen zu schützen.

Nach einer Weile verließ sie das Zelt, ignorierte die schmerzhaften Krämpfe in ihrem Magen und blickte zum klaren Nachthimmel auf.

Wie würde Rand eine so schöne Sternennacht verbringen? Dachte er manchmal an die Frau, mit der er so überwältigende Liebesfreuden geteilt hatte? Erinnerte er sich überhaupt noch an ihren Namen?

Maggie las zum zweiten Mal den Brief, der soeben aus Santo Amaro eingetroffen war. Dabei wanderte sie nachdenklich im hellgelb tapezierten Damenzimmer umher, das an der Rückfront des Stadthauses lag und einen Ausblick auf den Garten bot.

Einen ganzen Monat hatte die Schiffsreise des Briefs gedauert. Bei seiner Ankunft war Maggie so aufgeregt gewesen, dass sie das Siegel sofort erbrochen und mit der Lektüre begonnen hatte. Den ersten Teil des Schreibens fand sie sehr erfreulich. Auf der Insel herrschte angenehmes Wetter. Inzwischen waren einige Schätze geborgen worden, die sich im Wrack der *Zilverijder* befunden hatten. Also durften sich die Forschungsreisenden reelle Chancen ausrechnen, die Halskette der Kleopatra zu finden.

Erst der letzte Absatz, mit zitternder Hand geschrieben, erfüllte Maggie mit tiefer Sorge um ihre Freundin.

Nur dir vertraue ich mich an, liebste Maggie, denn du bist meine engste Freundin und Vertraute. Ich bitte dich, mein Geheimnis zu hüten. Versprich es mir bei deiner Ehre, bei deinem Glück an Andrews Seite. Es widerstrebt mir, eine solche Last auf deine Seele zu laden. Aber ich bin verzweifelt, und es gibt niemanden, an den ich mich sonst wenden könnte.

Als Maggie die nächste Zeile las, sank sie in einen gelb gestreiften Polstersessel.

Ich erwarte Rands Kind.

In ihren bebenden Händen zerknitterte das dünne Papier, und die feine blaue Handschrift war noch schwieriger zu lesen. Cait teilte ihr mit, sie würde den Duke nicht über ihre Schwangerschaft informieren und erklärte ihre Gründe – unter anderem, dass weder er noch sie selbst heiraten wollten. Außerdem musste sie sich um ihren alten Vater kümmern, der ihren Beistand dringend brauchte.

Meine liebe Maggie, ich flehe dich an – geh nicht zu streng mit uns ins Gericht. Ich glaube, Rand mochte mich auf seine Art, und ich empfinde sehr viel für ihn. Trotzdem sind wir nicht füreinander bestimmt.

Dann fügte Cait hinzu, wie innig sie das Baby schon jetzt liebe. Irgendwie würde sie das Problem lösen.

Danke, dass du diese Zeilen gelesen hast, liebste Maggie, lauteten die letzten Worte. *Wie viel mir deine Freundschaft bedeutet, kannst du gar nicht ermessen. In tiefer Zuneigung, Caitlin Harmon.*

Maggie merkte nicht, dass sie weinte, bis Tränen über ihre Wangen rollten. Geistesabwesend wischte sie mit einem Handrücken über ihr Gesicht und rang nach Luft. O Gott, die ganze Zeit hatte sie befürchtet, was nun geschehen war. Und Cait saß auf einer fernen Insel fest, wo ihr niemand helfen würde. Verzweifelt fragte sich Maggie, warum Rand nicht auf sie gehört hatte.

Weil er Cait liebte, weil seine Gefühle erwidert wurden. Das wusste Maggie schon längst, obwohl die beiden zu blind gewesen waren, um die Wahrheit zu erkennen. In wenigen Monaten würde das Kind dieser Liebe zur Welt kommen. Und weil es borniete Eltern hatte, würde es seinen Vater niemals kennen lernen.

Schweren Herzens las Maggie den letzten Teil des Briefs zum dritten Mal. Von heißem Mitleid erfasst, überlegte sie, wie sie Cait helfen könnte. Wenn sie zu Rand ging und das intime Geheimnis ausplauderte, würde sie das Vertrauen ihrer Freundin missbrauchen. Nicht einmal mit Andrew durfte sie darüber sprechen.

Also blieb ihr nichts anderes übrig, als Cait zu schreiben. Vielleicht gelang es ihr, die Freundin umzustimmen und ihr klarzumachen, es sei Rands gutes Recht, von seiner Vaterschaft zu erfahren. Mehr konnte Maggie nicht tun.

Wie so oft in letzter Zeit fühlte sich Rand rastlos. Seit Monaten langweilten ihn die endlosen Partys und unbedeutenden Flirts, die er früher genossen hatte.

Vor ein paar Wochen, nach der Rückkehr aus Ravenworth Hall, hatte er entschieden, allmählich wäre es an der Zeit, die

Pflichten eines Dukes zu erfüllen und einen Erben zu zeugen. Dieser Gedanke war ihm gekommen, als er Nick, Elizabeth und ihren kleinen Sohn beobachtet hatte. Vielleicht würde eine Familie seinem leeren Leben einen neuen Sinn geben.

Aber wo sollte er eine passende Ehefrau finden? Keine der jungen Damen auf dem derzeitigen Heiratsmarkt erregte sein Interesse. Zurzeit zählte Margaret Foxmoor, eine gertenschlanke Blondine mit hellem Teint, zu den besten Partien. Auch Vera Petersmith, die rehäugige brünette Tochter des Marquess of Clifton, würde eine beachtliche Mitgift erhalten und den Ansprüchen eines Dukes genügen. Beide Mädchen entstammten erstklassigen Familien und hatten eine ausgezeichnete Erziehung genossen. Fügsam und sanftmütig würden sie alle seine Befehle befolgen. Trotzdem konnte er sich weder die eine noch die andere als seine Ehefrau vorstellen.

Seufzend stand er am Rand der Tanzfläche im Ballsaal des Earl of Dryden und beobachtete Lady Margaret, die gerade einen Kontertanz mit dem Viscount Brimford absolvierte. Seit Rand beschlossen hatte, den Heiratsmarkt zu erforschen, benahm er sich untadelig. Aber jetzt sehnte er sich plötzlich nach nächtlichen Ausschweifungen in Madame Tusseaus Etablissement, wo er wenigstens zeitweise seinen Kummer und die künftigen Pflichten vergessen konnte.

Statt diesen Trost zu genießen, ließ er seinen Blick über die jungen Damen im Ballsaal schweifen und versuchte, sie nicht mit Caitlin Harmon zu vergleichen. Wenn er das tat, würde er erhebliche Mängel entdecken. Das wusste er aus Erfahrung. Wieder einmal fragte er sich, wie es ihr ergehen mochte, und er hoffte inständig, auf der einsamen Insel würde ihr keine Gefahr drohen. Oder bereitete ihr Phillip Rutherford irgendwelche Schwierigkeiten?

In dieser Hinsicht hatten die letzten Gespräche des Dukes mit seinem Anwalt Ephram Barclay zu keinem Ergebnis geführt. Die Betrügereien des Barons ließen sich noch immer nicht beweisen, ebenso wenig wie zum Zeitpunkt seiner Reise nach Santo Amaro.

Ärgerlich presste Rand die Lippen zusammen. Früher oder später mussten irgendwelche Anhaltspunkte auftauchen. Aber selbst wenn das endlich geschah – Talmadge war viele tausend Meilen weit entfernt oder vielleicht schon längst in ein unbekanntes Versteck geflohen. Dann könnte man ihn nicht zur Rechenschaft ziehen, und alle Mühe wäre umsonst gewesen.

»Guten Abend, mein Freund. Ich hatte gehofft, dich hier zu treffen.« Erfreut drehte er sich zu Maggie Sutton um, die nur wenige Schritte entfernt stand. »Ah, guten Abend, meine Liebe. Hast du mich gesucht?«

Maggies Lächeln erreichte ihre Augen nicht, und Rand spürte ihre innere Anspannung. »Vorhin fuhr ich zu deinem Haus, und der Butler erklärte deinem Kammerdiener, ich müsste dich sprechen. Da erzählte mir Mr. Fox, du würdest vermutlich die Soiree des Earls besuchen.«

»Wo ist Andrew?« Er schaute sich um, und da er den Marquess nirgends entdeckte, begann er sich zu sorgen. Offensichtlich gab es ernsthafte Probleme.

»Heute Abend spielt er in seinem Club Karten. Ich kam allein hierher. Bitte, Rand, ich muss mit dir reden. Ungestört… Seit Tagen versuche ich, genug Mut aufzubringen. Und da Andrew ausgegangen ist, dachte ich, die Gelegenheit wäre günstig.« Maggie bemühte sich wieder um ein Lächeln, mit noch geringerem Erfolg als zuvor, und Rand sah bestürzt, dass sie am ganzen Körper zitterte. Beunruhigt legte er einen Arm um ihre Taille und führte sie auf die Terrasse.

Zum Glück war die breite Veranda oberhalb des Gartens

fast menschenleer. In einer stillen Ecke, unter einer lodernden Fackel, schaute Rand prüfend in Maggies Augen. »Irgendetwas bedrückt dich. Wenn ich dir helfen kann…«

»Es – es geht um Caitlin.«

Schmerzhaft krampfte sich sein Herz zusammen. »Caitlin? Was willst du mir erzählen? Ist sie in irgendwelche Schwierigkeiten geraten?«

»In sehr schlimme Schwierigkeiten, Rand. Sie hat mich zum Stillschweigen verpflichtet. Aber mein Gewissen quält mich Tag und Nacht. Deshalb muss ich's dir sagen. Sonst würde ich das Leben zweier Menschen zerstören, die mir sehr viel bedeuten.«

Um seine Nerven zu besänftigen, holte er tief Atem. »Erzähl mir alles.«

»Sie erwartet ein Kind von dir, Rand.«

Wie vom Donner gerührt, stand er da. »Da musst du dich irren. Ich war immer vorsichtig – vom ersten Mal abgesehen… Nein, das ist unmöglich.«

»Unmöglich?«, fauchte Maggie. »Willst du etwa behaupten, das Baby sei nicht von dir?«

Mit bebenden Fingern hielt er sich an der Balustrade fest und suchte nach Worten. »So meine ich's nicht. Ich dachte nur… Also ist sie sicher?«

»Nach fast vier Monaten müsste eine Frau Bescheid wissen.«

Stöhnend strich er sich das Haar aus der Stirn. Was er empfand, wusste er nicht genau – auf keinen Fall das Entsetzen, das er eigentlich erwartet hatte. Eher gewann er den Eindruck, er würde aus einem langen Albtraum erwachen, zu neuem Leben. »Wann kommt sie nach England zurück?«

»Verstehst du's denn nicht?« Brennende Röte stieg in Maggies Wangen. »Glaubst du, sie würde zurückkehren, weil sie auf deinen Heiratsantrag hofft? Da irrst du dich. Sie will dich nicht einmal über ihre Schwangerschaft informieren. In ihrem Brief beschwor sie mich, dir nichts zu verraten. Schon jetzt liebt sie das Kind heiß und innig, und sie schrieb mir, sie würde die Situation allein meistern.«

Bis er den Sinn dieser Worte begriff, dauerte es eine Weile. »Heißt das etwa – sie will mich nicht heiraten?«

»Genau«, bestätigte Maggie und hob ihr Kinn. »Was ich ihr nicht verüble – so wie du dich benimmst...« Sie wollte sich schon abwenden und davongehen.

Aber Rand hielt ihren Arm fest. »Bitte, Maggie, du verstehst nicht... Es hat mich nur – überrumpelt...« Mühsam versuchte er, seine Gedanken zu ordnen. »Cait bedeutet mir sehr viel. Wenn sie ein Kind erwartet, stammt es zweifellos von mir.« Plötzlich grinste er. »Und nachdem ich den Schock verkraftet habe, freue ich mich ganz wahnsinnig.«

Ungläubig starrte sie ihn an. »Wirklich?«

»O ja! Cait mag zwar furchtbar starrköpfig und unfähig sein, die Rolle einer Duchess zu spielen, aber sie wird mich niemals langweilen. Weil sie wunderschön und zauberhaft und intelligent ist. Und ob's ihr passt oder nicht, sie wird mich heiraten.«

Erleichtert begann Maggie zu lachen und vergoss Freudentränen. Rand zog ihre kalte, bebende Hand an die Lippen.

»Was für eine gute Freundin du bist, Maggie. Nachdem du das Risiko auf dich genommen und mir gegen Caits Willen Bescheid gegeben hast, werde ich für immer in deiner Schuld stehen.«

»Ich hoffe nur, ich hab richtig gehandelt...«

»Ganz bestimmt. Überlass alles Weitere mir. Natürlich bin ich nicht besonders erfreut über ihren Entschluss, mir mein Kind vorzuenthalten. Aber da ich sie kenne, verstehe ich ihre Beweggründe.«

»O Rand, sie liebt dich. Und ich glaube, sie wird eine fabelhafte Duchess abgeben.«

Da war er sich nicht so sicher. Trotzdem nickte er. Eins stand jedenfalls fest – Cait Harmon erwartete sein Kind, deshalb gehörte sie ihm. Und Rand Clayton war nicht der Mann, der auf etwas verzichtete, das ihm gehörte.

In seiner Beziehung zu Cait hatte er nur einen einzigen Fehler begangen – sie gehen zu lassen. Das sollte nie wieder geschehen.

13

Die Tage verstrichen, ein neuer Monat begann. Inzwischen hatte Cait ihre morgendliche Übelkeit überwunden. Dafür tauchten andere Probleme auf. Eines Nachmittags wurde ihr zwei Mal schwindlig, auch am nächsten Morgen, und da verlor sie sogar die Besinnung. Geoffrey beobachtete diesen demütigenden Zwischenfall und eilte ihr zu Hilfe.

Glücklicherweise hatte sie gerade an einer abgeschiedenen Stelle des Strands gearbeitet, und so merkten die anderen nichts. Aber Geoffrey musterte sie besorgt und nachdenklich, und sie fürchtete, er würde ihren Vater informieren.

Stattdessen kam er an diesem Abend nach dem Essen zu ihr. Sie saß auf einem langen Stück Treibholz am Lagerfeuer, neben Sir Monty Walpole.

»Wie interessant das alles ist!«, bemerkte Sir Monty. »Manchmal erinnern mich diese Tage an Indien, wo ich die verlorene Stadt Ramaka suchte.« Er war ein kleiner, kräftig gebauter Mann um die vierzig, mit hellrotem, von der Sonne gebleichtem Haar und einem ledernen, sommersprossigen

Gesicht, das von zahllosen Abenteuern unter freiem Himmel zeugte. »Leider konnten wir die Stadt nicht finden – und nicht einmal beweisen, dass sie überhaupt existiert hat. Aber diesmal ist es anders. Das fühle ich hier drin.« Dramatisch presste er eine Hand auf seine Brust. »Geht's Ihnen nicht genauso, meine Liebe?«

Cait nippte an ihrem Blechbecher, der starken schwarzen Kaffee enthielt. »Ja, ich glaube, mein Vater hat Recht. Wenn wir weiterhin so fleißig arbeiten, werden wir die Halskette finden.«

»Und vielleicht noch mehr Silber und fabelhafte Schätze! Der Professor meint, die Besatzung der *Zilverijder* hätte die afrikanische Küste auf einer Strecke von vielen hundert Meilen geplündert, bevor das Schiff am Strand von Santo Amaro zerschellte.«

»Nun, das ist reine Spekulation – obwohl mein Vater nicht daran zweifelt. Und er ist immerhin ein Experte.«

In diesem Augenblick schlenderte Donovan Harmon zum Lagerfeuer. In seinem schütteren silbergrauen Haar spiegelte sich der Widerschein zuckender Flammen. Lächelnd hielt er einen schweren Silberbarren hoch, den letzten und bisher kostbarsten Fund. »Sir Monty, ich würde Ihnen gern was zeigen.«

Als die beiden Männer davongingen und sich lebhaft unterhielten, schaute Cait ihnen nach. Voller Sorge betrachtete sie die gebeugte Gestalt und die hängenden Schultern ihres Vaters. Früher hatte sie stets seine aufrechte Haltung bewundert. Aber in letzter Zeit schien er rapide zu altern. Die jahrelange harte Arbeit forderte ihren Tribut. Allmählich fürchtete sie, er würde sich zu viel zumuten.

Geoffreys Stimme durchbrach ihre Gedanken. Verwirrt wandte sie sich zu ihm. Sie hatte völlig vergessen, dass er schon seit einer ganzen Weile am Feuer saß. »Caitlin, ich muss mit Ihnen sprechen. Vielleicht sollten wir woanders hingehen – wo wir allein sind.«

Angesichts seiner ernsten Miene überlegte sie beunruhigt, worauf er hinaus wollte. An diesem Morgen hatte er sie in Ohnmacht fallen sehen. Was dachte er? O Gott, wenn sie das bloß wüsste... Sie fuhr mit der Zunge über ihre trockenen Lippen. »Worüber – möchten Sie mit mir reden?«

Statt zu antworten, ergriff er ihren Arm, zog sie von dem Baumstamm hoch und führte sie zum feuchten Sand am Rand der Brandung.

»Worum geht's, Geoffrey?«, fragte sie, als er neben ihr den Strand entlangwanderte und immer noch schwieg. Ihre Nerven begannen zu flattern, und er schien sich ebenso unbehaglich zu fühlen. Unter seiner Baumwolljacke sah sie die angespannten Muskeln seiner Schultern.

Schließlich blieb er stehen, in einiger Entfernung vom Lager. »Ich weiß nicht, wie ich anfangen soll. Was ich zu sagen habe, bleibt natürlich unter uns... Bitte, verstehen Sie mich richtig – ich spreche als Ihr Freund. Falls ich mich irre, will ich mich schon im Voraus entschuldigen...«

Dumpf und bleischwer hämmerte ihr Herz gegen die Rippen. Und irgendetwas in seinem Blick nahm ihr fast den Atem. »Fahren Sie doch fort, Geoffrey.«

»In den letzten Wochen sah ich mehrmals mit an, wie Ihnen übel wurde. Und neuerdings leiden Sie auch noch an Schwindelanfällen. Ich glaube, ich weiß, woran's liegt. Und wenn ich Recht habe, würde ich Ihnen gern helfen.«

Forschend schaute sie ihn an, aber sein Blick war unergründlich, und sein Gesicht wurde teilweise von nächtlichen Schatten verdunkelt. »Was versuchen Sie mir zu sagen, Geoffrey?«

»Auf meine ungeschickte, umständliche Art bitte ich Sie,

mich zu heiraten«, erklärte er und umfasste ihre Hand. »Und in Ihrer Situation...«

»Wie – meinen Sie das?«, stammelte sie.

»Erwarten Sie ein Kind, Caitlin? In solchen Dingen habe ich wenig Erfahrung. Aber ich weiß, warum einer Frau morgens schlecht wird und wieso sie scheinbar grundlos in Ohnmacht fällt.«

Wie erstarrt stand sie da. Sie hatte gehofft, niemand könnte die Wahrheit erraten und sie würde etwas mehr Zeit finden, um über ihr Problem nachzudenken. Obwohl sie heftig blinzelte, stiegen ihr Tränen in die Augen. Jetzt hatte es keinen Sinn mehr zu lügen. »Geoffrey – ich weiß, was Sie denken müssen. Niemals wollte ich...«

Behutsam zog er sie an sich, und sie schluchzte in seinen Armen. »Daran sind Sie nicht schuld«, versicherte er leise. »Das Baby stammt von Beldon, nicht wahr?«

Als sie an seiner Schulter nickte, spürte sie, wie er sich versteifte.

»Dieser Schurke!« Geoffrey ließ sie los und trat ein wenig zurück, um in ihre Augen zu schauen. »Offensichtlich hat er Ihre Unschuld ausgenutzt – was kein ehrenwerter Mann wagen würde.«

»So ist es nicht gewesen.« Cait wischte die Tränen von ihren Wangen. »Das dürfen Sie nicht glauben.«

»Zweifellos waren Sie noch unberührt und wussten nichts von den Männern. Und Beldon, dieser Wüstling...«

»Sagen Sie das nicht!«, unterbrach sie ihn. »Es stimmt nicht! Wenn Sie wirklich mein Freund sind, müssen Sie mir glauben, dass ich es ebenso wollte wie er. Ich beschloss die Leidenschaft kennen zu lernen und herauszufinden, was es bedeutet, eine Frau zu sein. Weil ich fürchtete, ich würde niemals eine Gelegenheit erhalten, das zu erkennen...«

»Und jetzt lässt er Sie im Stich. Ich nehme an, Sie haben ihn brieflich über Ihren Zustand informiert.«

Entschlossen verdrängte sie ihre Gewissensqualen. »Nein. Und er soll auch in Zukunft nichts erfahren. Ich gehöre hierher, zu meinem Vater. Solange er mich braucht, bleibe ich bei ihm.«

Geoffrey legte einen schmalen Finger unter ihr Kinn. »Dann heiraten Sie mich, und wir sorgen gemeinsam für Ihren Vater. Für alle Zeiten, wenn Sie es wünschen. Wie sehr ich den Professor bewundere, muss ich wohl nicht betonen. Seine Liebe zur Wissenschaft, mit welcher Hingabe er die Geheimnisse der Vergangenheit enthüllt – das alles beeindruckt mich. Deshalb schwor ich mir, mein Bestes zu tun, um ihm zu helfen. Und daran wird sich auch in Zukunft nichts ändern.«

»Das weiß ich zu schätzen, Geoffrey. Auch mein Vater hält sehr viel von Ihnen.«

»Dann wird er unserer Heirat sicher zustimmen, und wir drei werden eine Familie.«

Wehmütig musterte sie sein hoffnungsvolles Gesicht. Vor ihr stand die Antwort auf ihre inbrünstigen Gebete. Wochenlang hatte sie verzweifelt überlegt, was sie tun sollte. Jetzt war das Problem gelöst. Der Ruf ihres Vaters geriet nicht in Gefahr, das Kind würde einen Namen erhalten, statt das Schicksal eines Bastards zu erleiden – und doch... »Was geschieht mit dem Baby, Geoffrey?«

»Ich werde es wie mein eigen Fleisch und Blut großziehen.«

Das war es nicht, was sie wollte. Unglücklich senkte sie die Lider. Sie liebte Geoffrey St. Anthony nicht. Niemals würde sie ihn so lieben können wie Rand. Aber er war ein anständiger junger Mann, und ihr Vater mochte ihn. Sie würde auf Santo Amaro bleiben, ihren Vater weiterhin betreuen und ihr Kind aufwachsen sehen. Und Geoffrey wäre sicher ein geeigneter Ehemann. Da er ein sanftmütiges, umgängliches Wesen besaß, würde sie ihre Unabhängigkeit nicht aufs Spiel setzen.

Ungebeten tauchte Rands Bild vor ihrem geistigen Auge auf – seine hoch gewachsene, gebieterische Erscheinung, fast blendend in ihrer Intensität. Wenn sie ihm mitteilte, sie sei schwanger – würde er sie zum Traualtar führen? Und wenn er dazu bereit wäre – könnte sie mit einem Mann leben, der sie nur aus Pflichtbewusstsein geheiratet hatte?

»Danke für Ihren Antrag, Geoffrey, den ich wirklich zu würdigen weiß. Aber – ich brauche noch etwas Zeit...«

»Wie viel Zeit, Caitlin? Bedenken Sie, das Kind wurde schon vor einigen Monaten gezeugt.«

Sie wandte sich zum Meer und sah eine Welle heranrollen, den Sand überspülen. »Natürlich, Sie haben Recht. Ich muss tun, was für mein Baby am besten ist.« Mit einem gezwungenen Lächeln schaute sie wieder zu ihm auf. »Wenn Sie Ihrer Sache sicher sind, fühle ich mich geehrt, Geoffrey, und gebe Ihnen mein Jawort. Ich will Ihnen eine gute Frau sein. Das verspreche ich. Jedenfalls werde ich mich darum bemühen.«

Da grinste er wie ein Schuljunge und umarmte sie wieder. »Sie werden es niemals bereuen, Caitlin.« Und dann presste er seinen Mund auf ihren, so ungestüm, dass sich seine Zähne in ihre Lippen gruben. Begierig schob er seine Zunge vor, und der Geschmack seines warmen Speichels drehte ihr den Magen um. Gepeinigt schloss sie die Augen und wünschte, sie würde etwas anderes empfinden als Ekel. Doch die Nähe seines schlanken, fremden Körpers war einfach nur widerlich. Abrupt beendete er den Kuss, ließ sie los, und sie taumelte. Beinahe wäre sie gestürzt. Um sie festzuhalten, ergriff er ihren Ellbogen. »Morgen früh geben wir deinem Vater Bescheid, Liebste. Wir heiraten so bald wie möglich.«

Beklommen nickte sie und schluckte ihre Tränen hinunter. »Gehen wir zurück«, wisperte sie. »Sonst wird sich mein Vater Sorgen machen.«

Sie fürchtete, er würde widersprechen, und wappnete sich gegen einen weiteren unwillkommenen Kuss. Aber er warf einen Blick zum Lagerfeuer und sah den Professor mit Sir Monty zurückkehren. Besitzergreifend schlang er einen langen Arm um ihre Taille und führte sie auf die Lichtung. Dort wünschte er ihr eine gute Nacht und verschwand in seinem Zelt. Caitlin ging zu ihrem Vater, der vor den Flammen saß und eine Pfeife rauchte.

»Willst du dich schon zurückziehen?«, fragte er.

»Heute Abend bin ich ziemlich müde«, erklärte sie, beugte sich hinab und küsste seine faltige Wange. »Bis morgen, Vater.«

»Morgen wird ein großer Tag anbrechen. Unaufhaltsam nähern wir uns dem Ziel unserer Wünsche. Das spüre ich.«

Erfolglos versuchte sie zu lächeln. »Ja, ganz sicher.« Aber die Halskette der Kleopatra interessierte sie nicht mehr. Bald würde sie Geoffrey St. Anthony heiraten. Nicht einmal in ihren schlimmsten Albträumen hatte sie vorausgeahnt, wie dramatisch die Liebesstunden mit Rand Clayton ihr Leben verändern würden.

Rand stand an der Reling des kleinen Zweimasters *Moroto*. Das portugiesische Wort bedeutete »Schurke«. Regelmäßig verkehrte das Postschiff zwischen Dakar und der Cape Verde-Inselkette, zu der Santo Amaro gehörte. Diese Strecke legte es normalerweise nur ein Mal im Monat zurück. Aber für eine beträchtliche Summe in goldenen Guineen hatte sich der Kapitän zu einer Extratour bereit erklärt.

Vor knapp vier Wochen war Rand mit seinem Kammerdiener Percy Fox aus England abgereist, zunächst an Bord des Passagierschiffs *Madrigal*. Es war eine lange, nervenaufreibende Fahrt gewesen. An diesem Tag würde er Santo Amaro erreichen.

Im ersten Sonnenlicht stand er an Deck, die Beine leicht gespreizt, um auf dem schwankenden Schoner sein Gleichgewicht zu halten. Während die salzige Meeresbrise sein Haar zerzauste, betrachtete er den wolkenverhangenen Vulkan Pico de Maligno, den »bösartigen Gipfel«, der die Insel beherrschte. Der Kapitän der *Moroto*, ein Portugiese aus São Vicente am nördlichen Ende der Verdes, hatte auch den Professor und dessen Begleitungen zur Insel gebracht. In der Nähe des Lagers, das die Forschungsreisenden aufgeschlagen hatten, würde die *Moroto* ankern, und Rand sollte mit Percy in einem Ruderboot zur Küste fahren.

Rands Lippen verzogen sich zu einem grimmigen Lächeln. Noch an diesem Vormittag würde er die Frau wieder sehen, die ihn zu der weiten Reise veranlasst hatte. Welchen Empfang würde sie ihm bereiten? Und was würde er selbst empfinden? Cait Harmon wollte ihn hintergehen. Hätte Maggie Sutton das Geheimnis nicht verraten, wäre ihm sein Kind vorenthalten worden – sein eigenes Fleisch und Blut. Wenn er Caits Beweggründe auch zu verstehen suchte – wann immer er daran dachte, stieg neuer Zorn in ihm auf.

Trotz allem glaubte er, sie würde ihm die Wahrheit gestehen, sobald sie wieder vereint waren. Vielleicht nicht sofort, aber in absehbarer Zeit. In der Zwischenzeit wollte er warten, obwohl die Geduld nicht zu seinen Tugenden zählte.

Aus dieser Reise würde er einen weiteren Vorteil ziehen. Angenommen, Phillip Rutherford hielt sich immer noch an der Küste von Santo Amaro auf, konnte Rand ihn beobachten. Mit Percys Hilfe würde er vielleicht herausfinden, was mit dem Geld geschehen war, das der Baron gesammelt hatte. Möglicherweise würden sie feststellen, auf welche

Weise der Mann seinen betrügerischen Plan durchführte und ob der Professor darin verwickelt war.

Natürlich steuerte er die Insel aus einem viel wichtigeren Grund an. Darauf hatte ihn sein Freund Nick Warring hingewiesen. »Wenn du Caitlin heiratest und das Kind zur Welt kommt, musst du dich vor allem um deine Familie kümmern. Dann ist deine Rache an Talmadge nicht mehr wichtig.«

Dass der Baron vielleicht niemals für seine Sünden büßen würde, ärgerte Rand. Aber nach gründlicher Überlegung gab er seinem Freund Recht. Auf der Insel würde er gezielte Nachforschungen anstellen. Aber Cait und das Baby standen an erster Stelle.

Allmählich rückte Santo Amaro näher. Rand sah die weißen Sandstrände und dahinter die üppige grüne Vegetation, die sich an den Hängen der Berge hinaufzog, bis sie unter den Wolken am Gipfel des Pico de Maligno verschwand.

Während das Schiff ein Vorgebirge am Südende der Insel umrundete, entdeckte er das Lager des Professors an einer kleinen geschützten Bucht, und sein Herzschlag beschleunigte sich. Bald erblickte er einige Leute in europäischer Kleidung und dunkelhäutige Eingeborene in bunter Tracht, die Eimer voller Sand aus der Ausgrabungsstätte schleppten. Professor Harmons Forschungstruppe lag auf den Knien und wühlte im Sand. Als eine der Gestalten den Hut abnahm, um Schweiß von der Stirn zu wischen, erkannte er Caitlin Harmons feuerrotes Haar.

Plötzlich wurde sein Mund trocken. Wenn er ihr auch grollte – er fieberte dem Wiedersehen entgegen. Erstaunlich. Seine Handflächen fühlten sich feucht an. Einfach lächerlich. Er war doch kein unreifer Schuljunge mehr… Trotzdem wuchs seine Nervosität.

»Endlich sind wir da.« Percy trat neben seinen Herrn an

die Reling. Wie immer hatte Rand seine Schritte nicht gehört. Kein Mensch pflegte sich so lautlos zu bewegen wie sein Kammerdiener.

»Ja – endlich. Hoffen wir, dass wir nicht lange hier bleiben müssen.«

Percy musterte den Duke über die Spitze seiner langen Nase hinweg. »Nun, das hängt wohl von der jungen Dame ab.«

»Bis zu einem gewissen Grad!«, stieß Rand zwischen zusammengebissenen Zähnen hervor. »Wenn sie keine Vernunft annimmt, muss ich drastischere Maßnahmen ergreifen.« Auf dieser einsamen Insel wollte er keine Minute länger als unbedingt nötig verbringen. Nur so lange, bis Cait zur Besinnung kam, ihm mitteilte, sie würde ein Kind erwarten, und seinen Heiratsantrag annahm.

Ehe er erfuhr, was Cait ihrem Vater erzählt hatte, würde er einfach behaupten, nachdem die Teilnehmer der Expedition abgereist seien, habe ihn die Neugier gepackt. Außerdem würde er eine kleine Ablenkung brauchen, ein Abenteuer in seinem langweiligen Dasein. Das erwartete er auf Santo Amaro zu erleben. Selbstverständlich wollte er für die Gastfreundschaft bezahlen, die man ihm gewährte.

Nur zu gern würde der Baron einen größeren Betrag entgegennehmen. Daran zweifelte Rand nicht.

In einiger Entfernung vor der Küste ließ der Kapitän den Anker werfen, und ein kleines Boot wurde zu Wasser gelassen. Im Bug saß Percy, sein Herr auf dem Dollbord in der Mitte des Kahns, und ein Seemann ergriff die Ruder im Heck. Das Gepäck war bereits ins Boot verladen worden. Jetzt warf ein Besatzungsmitglied nur noch Rands großen Lederranzen und Percys Segeltuchtasche über die Reling herab. Geschickt fing Rand beides auf, winkte dem Seemann zu, und das Boot glitt elegant durch die Wellen.

Während sie sich dem weißen Strand näherten, stellte er sich lächelnd vor, was für ein Gesicht Caitlin machen würde, wenn sie einen der beiden Besucher erkannte.

Viel heißer als am Vortag schien die Sonne herab. Zumindest gewann Cait diesen Eindruck. Sie nahm den breitrandigen Strohhut ab und wischte ihre Stirn mit dem Taschentuch aus weißem Leinen ab, das sie in einem malerischen kleinen Laden in St. James's gekauft hatte. In einer Ecke waren rosa Initialen eingestickt, die ihr plötzlich Tränen in die Augen trieben. Irritiert seufzte sie und setzte den Hut wieder auf. Dann stopfte sie das Taschentuch in die Brusttasche ihrer Bluse und wünschte, das alberne kleine Ding würde sie nicht an London und die Freundinnen erinnern, die sie so schmerzlich vermisste.

Ebenso wenig wollte sie an die Tage mit Rand denken. Seufzend begann sie wieder zu arbeiten. Seit sie Geoffreys Heiratsantrag vor zwei Wochen angenommen hatte, vermisste sie Rand schmerzlicher denn je. Sie versuchte die beiden Männer nicht miteinander zu vergleichen. Aber wenn Geoffrey mit ihr im Mondschein spazieren ging, wenn er sie umarmte und küsste, konnte sie nicht anders.

Wie sie allmählich herausfand, bestand zwischen Geoffrey St. Anthony und dem Duke ein viel größerer Unterschied, als sie zunächst vermutet hatte. In Geoffreys Brust brannte kein leidenschaftliches Feuer. Trotzdem glaubte sie, ihr Entschluss wäre richtig gewesen. Jeden Monat beförderte das Postschiff Vorräte zur Insel. Wenn es nächstes Mal vor der Küste ankerte, sollte der Kapitän die Trauung vornehmen. In zwei Wochen würde es soweit sein. Nach Caits Ansicht viel zu früh. Aber ihrem Baby zuliebe durfte sie nicht länger warten.

Aus den Augenwinkeln entdeckte sie ein Segel in der

Nähe des Strands. Als sie genauer hinschaute, erkannte sie die *Moroto*. O Gott – warum kam Kapitän Baptiste schon jetzt hierher? Qualvoll krampfte sich ihr Magen zusammen.

Doch der Kapitän stand immer noch auf der Brücke und ließ sich nicht wie üblich an Land rudern. Und das kleine Boot fuhr bereits zum Schoner zurück. Warum war die *Moroto* zur Insel gesegelt? Verwundert warf Cait die Schaufel in den Sand und wischte den Staub von ihren Händen. Als sie den Kopf hob, erschienen zwei Lederstiefel in ihrem Blickfeld. Breeches aus gelbbraunem Baumwollköper steckten darin. Langsam wanderten ihre Augen weiter nach oben, an zwei langen Beinen und schmalen Hüften empor, bis zu einer breiten, seltsam vertrauten Brust.

»Hallo, Caitlin.«

Beim Klang dieser tiefen Stimme schnappte sie entsetzt nach Luft und schaute noch weiter nach oben. Vor dem Sonnenlicht zeichnete sich die Silhouette kraftvoller Schultern ab, unter der Krempe eines Segeltuchhuts blieb das Gesicht im Schatten.

»Rand…«, würgte sie hervor. Scheinbar versuchte ihr Herz, aus der Brust zu springen. Für einen kurzen, süßen, beglückenden Moment glaubte sie, er wäre ihretwegen hierher gereist, weil er in den langen Monaten nach dem Abschied erkannt hatte, dass er sie liebte. Dass sie zueinander gehörten.

Und dann wurde ihr die raue Wirklichkeit bewusst. Nein, ihretwegen war er nicht nach Santo Amaro gesegelt. So etwas würde Rand Clayton niemals tun. Er war ein Duke und sie die Tochter eines bürgerlichen Professors. Deshalb passten sie nicht zusammen. Nein, Rand hatte die Reise wegen des Barons unternommen – oder wegen ihres Vaters.

Trotz der tropischen Sonne fröstelte sie. Zweifellos war der Duke of Beldon ein formidabler Widersacher. Sie hoffte inständig, ihr Vater würde nicht in Gefahr schweben. Was hatte Rand vor? Sie versuchte aufzustehen, stolperte und stürzte beinahe. Als er ihren Arm umfasste und ihr half, das Gleichgewicht wiederzufinden, schien flüssiges Feuer durch ihre Adern zu strömen.

»Alles in Ordnung?«, fragte er, und sie nickte.

Entschlossen rang sie nach Fassung. »Ich war nur überrascht. Natürlich habe ich nicht mit deiner Ankunft gerechnet.«

»Da du so oft von dieser Insel geschwärmt hast, wollte ich sie kennen lernen.« Sie legte ihren Kopf in den Nacken, und ihr Hut fiel hinab. Lächelnd hob er ihn auf und drückte ihn in ihre Hand. »Ich weiß, du hasst Hüte. Freut mich, dass du trotzdem vernünftig genug bist, einen zu tragen – unter der glühenden Sonne…«

»Was machst du auf Santo Amaro? Andererseits – das glaube ich zu wissen.«

Erstaunt hob er die dunklen Brauen. »Tatsächlich?«

Ihr Herz pochte viel zu schnell. Zum Teufel, was hatte er hier zu suchen? Und warum jetzt? Kurz vor ihrer Hochzeit? »Du bist hinter Talmadge her«, erwiderte sie und konnte den bitteren Klang ihrer Stimme nicht verhindern.

»Wieso weißt du, dass ich nicht deinetwegen die weite Reise auf mich genommen habe?«

Sie fand keine Zeit, um zu antworten. In diesem Augenblick kamen ihr Bräutigam und ihr Vater heran. Geoffrey ging an Rand vorbei. Besitzergreifend legte er einen Arm um ihre Taille, was dem Duke nicht entging.

Aber er verlor kein Wort darüber und schüttelte die Hand, die der Professor ihm reichte. »Freut mich, Sie wieder zu sehen, Dr. Harmon.«

»Was um alle Welt führt Sie hierher, Beldon?«

Die Frage jagte einen Schauer über Caits Rücken. Zum

ersten Mal überlegte sie, ob Rand vielleicht von ihrer Schwangerschaft erfahren hatte. Nein – Maggie, ihre liebste, beste Freundin, würde sie niemals verraten.

»Offen gestanden, ich habe mich in England gelangweilt«, erklärte Rand und lächelte ausdruckslos. »Schließlich dachte ich, ein kleines Abenteuer in einer exotischen Gegend würde mich amüsieren. Wie ich mich entsinne, haben Sie einmal erwähnt, Sie würden möglichst viele Hilfskräfte brauchen, Professor. Selbstverständlich bin ich bereit, Ihre Expedition mitzufinanzieren.«

Misstrauisch runzelte Geoffrey die Stirn, aber Donovan Harmon rief erfreut: »Wenn das so ist, sollen Sie Ihr Abenteuer erleben, mein Junge! Wir sind dankbar für jede Hilfe, nicht wahr, Geoffrey?«

»Um ehrlich zu sein – ich hatte das Gefühl, wir würden sehr gut allein zurechtkommen«, erwiderte Geoffrey feindselig. »Wie kann es einen Duke interessieren, alte Münzen und Scherben auszugraben?«

Rand grinste süffisant. »Da zeigt sich, wie wenig Sie über Dukes wissen. Dieser hier genießt es, an der frischen Luft zu arbeiten und seiner banalen Existenz für eine kleine Weile zu entfliehen.«

Erbost starrte Geoffrey zum Schiff hinüber. »Ich hatte gehofft, Kapitän Baptiste würde an Land kommen.«

Aber der Schoner hatte bereits die Segel gesetzt und durchpflügte die Wellen, auf der Rückkehr zum Festland. Erleichtert atmete Cait auf.

Rand folgte Geoffreys Blick zum Meer hinaus. »Dafür hatte der Kapitän leider keine Zeit. In zwei Wochen segelt er wieder hierher.«

»Ja – in zwei Wochen«, bestätigte Geoffrey und zog Cait etwas fester an sich. Nur mühsam widerstand sie dem Impuls, ihn wegzuschieben. »Dann werden Caitlin und ich heiraten.«

Rands dunkle Augen schienen Cait zu durchbohren, und die Wärme, die sie eben noch ausgedrückt hatten, wurde von hellem Zorn verdrängt. »Stimmt das, Miss Harmon? Sie wollen St. Anthony heiraten?«

Würde es ihr jemals gelingen, dieses eine schlichte Wort auszusprechen? Sie fuhr mit der Zunge über ihre Lippen. »Ja.«

Noch nie hatte sie ihn so frostig lächeln sehen. »Herzlichen Glückwunsch.«

Abrupt wandte er sich ab und fragte ihren Vater, wo er mit seinem Kammerdiener die Zelte aufstellen und die Kisten auspacken könnte, die ihre Kleidung und die Ausrüstung enthielten. Die beiden Männer gingen zum Lager, wo Percy Fox im Schatten einer Palme wartete, und Geoffrey blieb an Caitlins Seite stehen.

»Sagtest du nicht, er hätte nichts gewusst?« In seiner Frage schwang ein anklagender Unterton mit, der Caitlins Unbehagen weckte.

»Natürlich habe ich ihn nicht über meinen Zustand informiert. Keine Ahnung, warum er hier ist…«, log sie, in der festen Überzeugung, der Verdacht gegen Talmadge hätte Rand nach Santo Amaro geführt. »Vielleicht sagt er die Wahrheit.«

»Und vielleicht ist er deinetwegen auf die Insel gekommen. Weil er glaubt, ihr könntet da weitermachen, wo ihr aufgehört habt. Falls er wieder dein Bett teilen will – was wirst du tun, Caitlin?«

»Was ich dir versprochen habe, Geoffrey!«, entgegnete sie wütend. »Meine Liaison mit dem Duke ist beendet. Wenn der Kapitän in zwei Wochen zurückkehrt, werde ich dich heiraten. Oder hast du dich anders besonnen?«

Nun entspannten sich seine Züge, und er ergriff ihre Hände. »Keineswegs, das weißt du. Verzeih mir, ich hätte nicht an dir zweifeln dürfen. Aber Beldons Anwesenheit missfällt mir – gerade jetzt.«

»Mir auch. Unglücklicherweise lässt sich's nicht ändern. Allzu lange wird er nicht hier bleiben. Wie du angedeutet hast, passt es wohl kaum zu seinem gewohnten Komfort, im Sand zu wühlen und auf einem Feldbett zu schlafen.«

Und doch – als sie den hoch gewachsenen, kräftig gebauten Mann an der Seite ihres Vaters beobachtete, gewann sie nicht den Eindruck, er wäre fehl am Platz. Im Gegenteil, er schien genau zu wissen, welches Abenteuer ihm bevorstand. Plötzlich ärgerte sie sich, weil er auf dieser unzivilisierten Insel so selbstsicher wirkte wie in den Londoner Ballsälen. Und was sie noch empfindlicher störte – sie fühlte sich genauso stark zu ihm hingezogen wie eh und je, und sie liebte ihn immer noch.

14

Rand stand mit dem Professor am Rand der Lichtung und ließ sich die Stelle zeigen, wo er gemeinsam mit seinem Kammerdiener die Zelte errichten sollte.

»Dort müssten sie sich wohl fühlen, etwas abseits von den anderen.«

»Ja, danke, Dr. Harmon.«

Der alte Mann lächelte. Auf der Insel wirkte er verändert, viel unbefangener, als hätte er endlich den Ort erreicht, wo er hingehörte. Er trug kein Monokel. Das schien er bei seiner Arbeit in der Ausgrabungsstätte nicht zu benötigen.

»Nun muss ich wieder ans Werk gehen. Nehmen Sie sich nur Zeit und gewöhnen Sie sich erst mal an die neue Umgebung. In den Küchenzelten finden sie eine Mahlzeit. Wir sehen uns beim Abendessen wieder.«

Während er davonging, schaute Rand ihm nach. Aber seine Gedanken galten nicht mehr dem Professor, sondern Caitlin. Wie heißes Öl siedete der Zorn in seinem Blut. Er sah Percy auf sich zukommen, die Kiste mit der Ausrüstung auf den Schultern, und half ihm, sie abzustellen.

»Nun, wie ist Ihr Gespräch mit der jungen Dame verlaufen, Euer Gnaden?«, fragte der Kammerdiener.

Unwillkürlich ballte Rand seine Hände. »Ich kann's einfach nicht glauben! Da bin ich einige tausend Meilen weit gesegelt – nur um herauszufinden, dass sie St. Anthony heiraten wird, diesen wichtigtuerischen Gecken! Zumindest bildet sie sich das ein.«

Percy ergriff das lange eiserne Brecheisen, das ihm Phillip Rutherfords Lakai geliehen hatte, und begann die Kiste aufzustellen. »Das habe schon gehört«, erwiderte er in seiner üblichen einsilbigen Art.

Wieso er Bescheid wusste, fragte Rand nicht. Zu den Mitgliedern der Reisegruppe zählten ein paar englische Dienstboten, und Percy besaß das besondere Talent, allen Leuten Informationen zu entlocken.

»Am liebsten würde ich sie erwürgen!«

»Nicht nur das...« Percy feixte viel sagend. »Nach der langen Trennung...«

Natürlich – nicht nur das, gestand sich Rand ein. Allein schon Caits Anblick hatte ein heißes Verlangen und den Impuls erregt, sie von St. Anthony wegzuzerren, in ein Gebüsch, und leidenschaftlich zu lieben – stundenlang. Stattdessen stand er da, enttäuscht und verbittert, und fragte sich, ob er sie küssen oder erdrosseln sollte.

Percy nahm den Deckel von der Kiste und legte ihn auf den Boden. »Wenn Kapitän Baptiste zurückkommt, wollen sie heiraten. Offensichtlich planen Sie das zu verhindern, Euer Gnaden. Was werden Sie tun?«

»Was immer nötig ist!«, fauchte Rand. »Diese Frau erwartet mein Kind. Also braucht sie einen Ehemann. Und ob's ihr passt oder nicht, sie wird *mich* heiraten.«

»Vielleicht sollten Sie ihr das mitteilen.«

»Ja, wenn's an der Zeit ist. In den nächsten Tagen möchte ich subtilere Methoden anwenden und herausfinden, was in ihrem hübschen kleinen Kopf vorgeht. Vor allem muss ich feststellen, ob sich ihre Gefühle für mich geändert haben – und was zwischen St. Anthony und diesem dummen Ding geschehen ist. Nicht, dass es irgendeinen Unterschied machen würde.«

Grinsend hob Percy ein schweres, zusammengefaltetes Segeltuchzelt aus der Kiste, und Rand packte wortlos den Werkzeugkasten aus. Mit vereinten Kräften rammten sie die Zeltpflöcke ins Erdreich. Eine solche Expedition unternahmen sie nicht zum ersten Mal. Vor dem Tod des alten Dukes hatten sie einige Abenteuer bestanden – Bergtouren in den Alpen, Hirschjagden im schottischen Moor, Tigerjagden in Indien.

Auf diese Weise hatte Rand seinem Vater zu beweisen versucht, was er leisten konnte. Die Mühe war vergeblich gewesen. Aber er hatte wertvolle Erfahrungen gesammelt, die ihm immer wieder nützten, sogar in der zivilisierten Welt der Londoner Gesellschaft.

Und jetzt würde ihm seine Erfahrung helfen, ein anderes Wild zu jagen, das ihm mehr bedeutete als alles, wonach er jemals gestrebt hatte. Ein grimmiges Lächeln umspielte seine Lippen, während er zusammen mit Percy die beiden Zelte aufstellte und das Gepäck darin verstaute.

Rastlos warf sich Caitlin umher und fand keinen Schlaf. Das Feldbett erschien ihr schmaler und härter denn je. Im Morgengrauen schlummerte sie endlich ein, träumte von Rand und erwachte atemlos. Ihr Herz schlug wie rasend. Nur an das Ende ihres wirren Albtraums erinnerte sie sich – Rand hatte ihr heftige Vorwürfe gemacht, weil sie ihm sein Kind vorenthalten wollte.

Die Augen geschlossen, glaubte sie immer noch sein wütendes Gesicht zu erblicken. Entschlossen neigte er sich zu der kleinen Wiege am Fußende ihres Feldbetts hinab und ergriff das Baby. Bevor er aus dem Zelt stürmte, drohte er ihr mit erhobener Faust und schwor ihr, sie würde das Kind nie wieder sehen. Schaudernd verschränkte sie die Arme vor der Brust. Würde Rand sich so verhalten? Er war arrogant, autoritär und daran gewöhnt, seinen Willen immer und überall durchzusetzen – aber nicht grausam.

Während sie sich wusch und ankleidete und ihr Haar bürstete, kehrten ihre Gedanken nach River Willows zurück, zu jenen Tagen, die sie stets wie einen kostbaren Schatz in ihrer Erinnerung verwahren würde. Und dann dachte sie an Rands sichtlichen Zorn in jenem Augenblick, wo Geoffrey die geplante Hochzeit erwähnt hatte.

Auch Rand war besitzergreifend gewesen. Aber seither sind einige Monate vergangen, sagte sie sich. Jetzt würde er nichts mehr für sie empfinden… Oder doch? Ja, vielleicht – sonst hätte er Geoffrey nicht so erbost angestarrt. Cait versuchte die freudige Erregung zu unterdrücken, die sie nicht verspüren durfte.

Einfach lächerlich… Sie könnten niemals zusammenleben. Selbst wenn er sie liebte, es würde keine Rolle spielen. Sie waren zu verschieden. Außerdem musste sie an ihren Vater und das Versprechen denken, das sie Geoffrey gegeben hatte. Sie hob die Zeltklappe, und nachdem sie hinausgetreten war, betrachtete sie ihre sommersprossigen Hände vor dem Hintergrund des braunen Baumwollrocks, die zerkratzten Stiefel, die ausgefransten Brusttaschen der abgetragenen weißen Bluse.

So sah keine englische Lady aus, schon gar nicht in Rands Augen. Um Himmels willen, der Mann war ein Duke, an Damen in Samt und Seide gewöhnt – nicht an Frauen in Baumwolle und abgewetzten Stiefeln. Jetzt, wo er die richtige Cait Harmon kennen gelernt hatte, würde sie ihn sicher nicht mehr interessieren. Diese Erkenntnis tat ihr in tiefster Seele weh und verdüsterte ihre ohnehin schon trübe Stimmung.

»Wie ich sehe, fängst du sehr zeitig zu arbeiten an.« Rands Stimme riss sie aus ihren Gedanken und erinnerte sie erneut an ihre grässliche äußere Erscheinung.

»Ja. Zweifellos findest du das ungewöhnlich. Da fällt mir ein – welche Aufgaben hat mein Vater dir für deinen kurzen Abenteuerurlaub zugewiesen?«

Er lächelte freudlos. »Findest du, ich dürfte meiner zarten Konstitution keine anstrengenden Aktivitäten zumuten?«

»Das habe ich nicht gesagt, aber – ja, davon bin ich überzeugt.«

»Und wieso? Sicher nicht wegen meiner mangelnden Ausdauer im Bett. Nach meiner Ansicht habe ich dir eher das Gegenteil bewiesen.«

Cait öffnete den Mund und schloss ihn wieder. Warum musterte er sie so prüfend? War ihr rotes Haar unter der Tropensonne etwas heller geworden? Unbehaglich räusperte sie sich. »Als Gentleman solltest du unsere gemeinsame Vergangenheit nicht erwähnen. Und so habe ich's auch gar nicht gemeint. Ich wollte dich nur darauf hinweisen, dass du nicht an Entbehrungen gewöhnt bist. Auf dieser Insel führen wir ein sehr einsames Leben, und wir halten nichts von modischer Kleidung.« Unwillkürlich blickte sie auf ihren schlichten braunen Rock und die staubigen Stiefel hinab.

Als sie Rands Hand an ihrer Wange spürte, schaute sie verwirrt zu ihm auf. »Ich habe dir einmal versichert, du würdest immer hinreißend aussehen – ganz egal, was du trägst. Und so denke ich auch jetzt.«

»Bitte…« Unglücklich wandte sie sich ab. »So darfst du nicht reden. Jetzt nicht mehr…«

»Warum nicht? Willst du dich nicht an unsere Liebesstunden erinnern?« Sie gab ihm keine Antwort, und seine Augen verengten sich. »Oder fürchtest du deinen teuren Verlobten zu kränken, wenn du solche Gedanken hegst? Verzeih mir, aber das ist meine geringste Sorge.«

»Da ich Geoffrey heiraten werde, solltest du nicht…«

»Weiß er Bescheid über uns, Caitlin? Kann er sich vorstellen, wie intim wir waren, wie wir einander berührten?«

In ihre Wangen stieg brennende Röte, und ihr Herz schlug viel zu schnell. »Er weiß – dass wir eine sehr enge Beziehung hatten. Sicher wäre es unfair, ihm das zu verschweigen.«

»Und du bist immer fair, nicht wahr, Caitlin?«

Auch diese Frage blieb unbeantwortet. Ihm gegenüber war sie unfair. Verbissen kämpfte sie mit den Tränen, ihre Unterlippe begann verräterisch zu zittern. »Jetzt muss ich gehen. Einige Leute auf dieser Insel haben viel zu tun.«

Schweigend schaute er ihr nach. Auf dem ganzen Weg zum Strand spürte sie seinen durchdringenden Blick im Rücken.

Geoffrey St. Anthony sah den Duke und dessen Kammerdiener neben Sir Monty Walpole stehen, der lächelnd zur Kenntnis nahm, was Beldon sagte. O Gott, wie er den Bastard hasste! Nicht nur wegen seiner Arroganz – auch wegen der Schwierigkeiten, in die er Caitlin gebracht hatte. Als Sir Monty davonging, straffte Geoffrey die Schultern und eilte zu Beldon. »Wie ich sehe, sind Sie immer noch da«, lenkte er die Aufmerksamkeit des Dukes auf sich. »Eigentlich dachte ich, eine Nacht, die Sie nicht in Ihrem weichen Federbett verbringen, würde Ihnen reichen. Aber wie auch immer – Sie müssen wohl oder übel auf der Insel ausharren, bis die *Moroto* zurückkehrt.«

Langsam zog Beldon die Brauen hoch. »Wissen Sie, St. Anthony – eines Tages werden Sie den Mund zu weit aufreißen und eine Faust zwischen die Zähne bekommen.«

Geoffrey erbleichte. Bedauerlicherweise genoss Beldon den Ruf eines ausgezeichneten Boxers. Und so sehr er den Mann auch verachtete, würde er sich keinesfalls auf einen Kampf einlassen.

»Sind Sie aus einem bestimmten Grund zu mir gekommen?«, fragte der Duke. »Oder wollten Sie mich nur charmant begrüßen?«

»Wenn Sie Ihr Hilfsangebot ernst gemeint haben – da drüben wartet ein besonders hartes Stück Arbeit. Eine heikle Aufgabe. Deshalb halten wir die Eingeborenen davon fern. Ich kann Ihnen zeigen, was …«

»Da sind Sie ja, Beldon, mein Junge! Ich habe mich schon gefragt, wo Sie stecken!« Erfreut schlenderte der Professor heran, an der Seite des Barons, der dem Duke zunickte. Phillip Rutherfords Blick wirkte aufrichtig, obwohl Geoffrey bereits festgestellt hatte, dass sich der Mann in Beldons Nähe unbehaglich zu fühlen schien. Andererseits wusste der Bastard fast alle Leute einzuschüchtern.

»Tut mir Leid«, wandte sich der Duke an den Professor. »Ich wollte mich ein bisschen umsehen und herausfinden, wo ich mich nützlich machen könnte. Nach der Mahlzeit gestern Abend und dem Frühstück heute Morgen dachte ich …«

»Wie ich bereits sagte«, fiel Geoffrey ihm ins Wort, »an einen so einfachen Speiseplan sind Sie nicht gewöhnt. Leider verfügen wir nur über begrenzte Vorräte.«

Beldons eisiger Blick schien ihn zu erdolchen, und Geoffrey verspürte den lächerlichen Impuls, davonzulaufen. Dafür verabscheute er sich selbst. Erleichtert seufzte er, als der Duke sich wieder an den Professor wandte. »Ich würde das Lager gern mit frischem Fleisch versorgen. Im Wald habe ich Spuren entdeckt, die zweifellos von Wildschweinen und anderen essbaren Tieren stammen. Außerdem gibt es zahlreiche Vögel auf dieser Insel, die sicher ausgezeichnet schmecken.«

»Gewiss, das wäre hilfreich«, erwiderte Professor Harmon unsicher. »Trotzdem möchte ich Ihnen davon abraten, Euer Gnaden. Im dichten Dschungel an den Berghängen lauern alle möglichen Gefahren.«

»Lassen Sie das meine Sorge sein. Ich habe schon so manchen Urwald durchforscht und wertvolle Erfahrungen gesammelt.«

»Also, ich weiß nicht recht…«

»Keine Bange, ich werde aufpassen.«

Der Professor nahm seinen Segeltuchhut ab und kratzte sich am grauen Kopf. »Nun, wenn Sie sicher sind…«

»Völlig sicher.«

Jetzt strahlte Donovan Harmon über das ganze Gesicht. »Einen saftigen Braten wüssten wir zu schätzen. Nicht wahr, Phillip? Mal was anderes als Fisch und Dörrfleisch.«

Die Lippen des Barons verzogen sich zu einem rätselhaften Lächeln. »Selbstverständlich wäre frisches Fleisch ein Himmelsgeschenk.«

Obwohl Beldon das Lächeln erwiderte, blieben seine Augen kalt. »Dann sollten Sie sich auf das Dinner freuen.«

»Wenn Ihnen das Jagdglück gewogen ist, sind Sie gerade zur rechten Zeit eingetroffen, mein Junge«, meinte der Professor.

»Vielleicht«, entgegnete Beldon.

In diesem Augenblick gesellte sich Cait zu den Männern

und blieb neben ihrem Vater stehen. Geoffrey ärgerte sich, weil sie nicht zu ihm kam – insbesondere vor den Augen des Dukes, der insgeheim zu triumphieren schien. Würde sie diese alberne Schwärmerei für ihren Vater auch nach der Hochzeit fortsetzen? Früher oder später würde Geoffrey ihr beibringen, dass sie ihn genauso respektieren musste. Bisher hatte er Nachsicht geübt. Aber sobald sie verheiratet waren, würde er ihre ungeteilte Aufmerksamkeit fordern.

»Du wolltest mich sprechen, Vater?«, fragte sie.

»Ja, das hätte ich fast vergessen. Demnächst werden wir einen besonders interessanten Fund ausgraben, eine Messingurne aus dem frühen Mittelalter. Woher sie stammt und wie sie an Bord des Schiffs gelangte, wissen wir noch nicht. Aber ich dachte, du würdest gern miterleben, wie sie aus der Versenkung auftaucht.«

»Natürlich, Vater«, stimmte sie zu und schaute Beldon an, als würde sie vermuten, das müsste auch ihn faszinieren.

»Seine Gnaden geht zur Jagd, meine Liebe«, erklärte der Professor. »Soeben habe ich ihn beauftragt, unseren Speisezettel mit Frischfleisch zu bereichern. Dabei wird ihm Mr. Fox helfen.«

»Oh…« Cait wurde blass und traute ihren Ohren nicht. »Aber – der Dschungel ist gefährlich. Euer Gnaden – da hinten in den Wäldern ändert sich das Terrain dramatisch – undurchdringliches Dickicht, reißende Flüsse, Sümpfe voller giftiger Schlangen. Bei der letzten Expedition sahen wir sogar einen Leoparden. Bitte, Vater, das darfst du ihm nicht erlauben.«

In den Augen des Dukes erschien eine seltsame Zärtlichkeit, die Geoffreys Zorn weckte. »Meine Liebe, ich weiß Ihre Sorge zu schätzen«, versicherte Beldon. »Aber Percy und ich sind schon oft in ähnlichen Gebieten zur Jagd gegangen.«

»Wirklich?«

Er lächelte beruhigend. »In Indien und Afrika.«

Zu Geoffreys Bestürzung starrte sie den Duke teils verblüfft, teils bewundernd an. Verdammt, es war höchste Zeit, diese Farce zu beenden. »Komm mit mir, Caitlin.« Entschlossen packte Geoffrey ihren Arm. »Ich glaube, der Professor möchte uns etwas zeigen.« Mit einem spöttischen Grinsen fügte er hinzu: »Und Seine Gnaden kann's wohl kaum erwarten, den Dschungel zu erobern.«

Höflich verneigte sich Beldon vor Caitlin. »Viel Glück bei der Schatzsuche.«

»Und Ihnen wünsche ich viel Glück bei der Jagd«, entgegnete sie. Geoffrey umklammerte ihren Arm noch fester und zerrte sie beinahe zum anderen Ende des Strands. Dabei verfluchte er den Mann, der sich so selbstbewusst gab.

Über dem Lager lag tiefe nächtliche Stille, seit die meisten Bewohner schlafen gegangen waren. Rand saß vor dem herabgebrannten Feuer. In dem Kreis aus grauen Steinen glühten immer noch ein paar Kohlen. Das leise Geschnatter eines Affen drang heran, der aus den Bergen herabgekommen war und auf einem Ast in der Nähe des Strands kauerte.

Am frühen Abend hatten sie Rands und Percys Jagdbeute gebraten und eine köstliche Mahlzeit genossen. Das Fleisch des Rotwilds würde für mehrere Tage reichen, und die allgemeine Stimmung hatte sich erheblich gebessert – was aber nicht für Rand galt. Nach dem Essen war St. Anthony mit Cait am Strand spazieren gegangen. Die beiden verschwanden im Dunkel, und es dauerte verdammt lange, bis sie zurückkehrten. Darüber ärgerte sich Rand maßlos. Als sie endlich wieder aufgetaucht waren, hatte Cait ihn keines Blickes gewürdigt und sich sofort zurückgezogen.

Wütend ballte er die Hände. Sollte er einfach in ihr Zelt

stürmen und eine Erklärung verlangen? Er musste endlich wissen, wie nahe sich die beiden standen.

Erst auf halbem Weg zu ihr merkte er, dass er seinen kühnen Plan tatsächlich durchführen würde. Hastig schaute er sich um. Niemand, der ihn beobachten konnte, war in der Nähe. Ohne zu zögern, riss er die Zeltklappe auf und trat in die Finsternis.

Wie ihr leiser Schrei verriet, schlief sie noch nicht. Sie setzte sich kerzengerade auf und presste eine leichte Wolldecke an ihre Brüste. »Was bildest du dir eigentlich ein? Du kannst nicht hereinkommen!«

»Offensichtlich doch, weil ich schon drin bin.«

Die Decke um ihren Körper geschlungen, schwang sie die Beine über den Rand des Feldbetts und sprang auf. Hinter dem Zelt loderte das Lagerfeuer der Eingeborenen und warf genug Licht durch das Segeltuch. Anscheinend war ihr zu warm, denn sie ließ die Decke fallen. Rand betrachtete ihr langes weißes Nachthemd, das glänzende rote Haar hatte sie zu einem Zopf geflochten, der über einer Schulter hing und eine ihrer Brüste berührte. Nur zu gut erinnerte er sich an diese weichen Rundungen, und er spürte, wie sein Verlangen wuchs.

»Was willst du?«, riss ihn Caits Stimme aus seinen erotischen Gedanken.

»Ich möchte wissen, was zwischen dir und St. Anthony geschehen ist. Schläfst du mit ihm?«

Seufzend musterte sie ihr schmales Feldbett. »Siehst du ihn hier liegen? Da ist kaum genug Platz für mich selber.«

»So habe ich's nicht gemeint.«

»Obwohl es dich nichts angeht – nein, ich schlafe nicht mit Geoffrey. Das habe ich noch nie getan.«

»Aber sobald ihr verheiratet seid, wird's passieren.«

Als sie schluckte, sah er, wie sich ihr Hals krampfhaft bewegte. »In zwei Wochen bin ich seine Frau, Rand.«

O nein, dachte er und presste die Lippen zusammen, um diese Worte nicht auszusprechen. *Ganz sicher nicht, solange ich hier bin, um dich daran zu hindern.* Er trat näher zu ihr, ergriff das Ende ihres Zopfs, ließ das seidige Haar zwischen seinen Fingern hindurchgleiten. O Gott, wie schön sie war, von vibrierendem Leben erfüllt... Seit er zum ersten Mal ihr Gelächter gehört hatte, war er von ihr fasziniert gewesen. Und dann hatte sie eine immer stärkere Anziehungskraft auf ihn ausgeübt. Jetzt, wo sie endlich wieder vor ihm stand, begehrte er sie heißer denn je.

»Du bist noch nicht mit ihm verheiratet«, betonte er. Prüfend schaute er in ihre Augen, sein Mund sehnte sich nach ihrem, und sein Herz schlug viel zu schnell. Er konnte sich nicht mehr beherrschen. Entschlossen nahm er ihr Gesicht in beide Hände und küsste sie.

Für ein paar Sekunden erstarrte sie, bevor sie sich zu wehren begann. Vergeblich stemmte sie ihre Fäuste gegen seine Brust. Als er seine Zunge zwischen ihre Lippen schob, spürte er ihren inneren Kampf. Sie war mit St. Anthony verlobt. Das Wort, das sie ihm gegeben hatte, nahm sie ernst. Aber auch Rand hatte sich etwas gelobt, und er würde sein Ziel erreichen. Er hauchte zarte Küsse auf ihre Mundwinkel, dann presste er seine Lippen wieder auf ihre und fühlte, wie sich ihr erstarrter Körper allmählich entspannte. Stöhnend kapitulierte sie und schmiegte sich an ihn.

»O Gott, Caitie...« Er hatte vergessen, wie köstlich ihr Mund schmeckte, welch süße Emotionen ihre weichen Brüste weckten, wenn sie sich an ihn drückten. Beim nächsten leidenschaftlichen Kuss nahm sie seine Zunge bereitwillig auf, und ihre eigene spielte damit. Nun konnte er sein Verlangen kaum noch bezähmen. Seine Hände glitten von ihrer Taille nach oben und umfassten ihre Brüste.

Ganz sanft begann er sie zu liebkosen, erforschte das weiche Fleisch. Ihre Brüste waren größer geworden und passten kaum noch in seine Hände. Während sein Daumen eine Knospe umkreiste, schwollen sie an, und Cait erstarrte in seinen Armen.

Plötzlich riss sie sich los, wich in den Schatten zurück und bebte am ganzen Körper. »Das – durfte nicht geschehen…«

»Nein? Dazu hätte es nach meiner Ansicht schon früher kommen müssen.«

»Verschwinde, Rand! Zwischen uns ist es aus. Lass dich nie wieder in meinem Zelt blicken!«

Erbost biss er die Zähne zusammen. Er wollte sie anschreien und ihr erklären, er würde sie noch sehr oft aufsuchen. Bald würde er sie heiraten und küssen, bis ihr schwindelig wurde, und sie lieben, bis sie ihn anflehte, die süße Qual zu beenden. Stattdessen sah er sie zittern, sah Tränen auf ihren Wangen schimmern und schwieg. Fluchend wandte er sich ab, floh in die kühle Tropennacht hinaus und sog die frische Luft tief in seine Lungen, um seine Nerven zu beruhigen.

Er musste sich in Geduld fassen. Noch blieb ihm genug Zeit, um seinen Willen durchzusetzen. Erst in diesem Moment erkannte er, wie schmerzlich er Cait vermisst hatte. Aber sie sollte aus eigenem Antrieb zu ihm kommen und gestehen, dass sie sein Kind unter ihrem Herzen trug. Falls sie sich nicht dazu durchrang – nun, dann würde er die nötigen Maßnahmen ergreifen.

Immerhin hatte er in dieser Nacht erfahren, was er wissen wollte – sie schlief nicht mit Anthony. Sie liebte ihn nicht. Was sie zu verheimlichen suchte, hatte ihr Körper verraten.

Sie fühlte sich immer noch zu Rand hingezogen. Und sie begehrte ihn genauso leidenschaftlich wie er sie.

Phillip Rutherford saß in seinem Zelt hinter der umgedrehten Kiste, die ihm als Schreibtisch diente, und beendete die Eintragungen in sein Rechnungsbuch. Wie viel Zeit und Mühe es kosten würde, die finanziellen Angelegenheiten der Expedition zu verwalten, hatte er nicht geahnt. Zum Glück konnte er sich mit den einheimischen Arbeitern verständigen, da er ausgezeichnet Französisch sprach. Deshalb fiel es ihm nicht schwer, ihr sonderbares Gemisch aus Portugiesisch und Französisch zu enträtseln.

Da er die alleinige Verantwortung für die Ausgaben trug, die Lohnlisten eingeschlossen, verband er das Nützliche mit dem Angenehmen. Er wusste genau, was bezahlt werden musste und wo er etwas Geld für sich selbst abzweigen durfte, welche Vorräte unverzichtbar waren und welche für jenen kleinen Luxus sorgten, der das Lagerleben etwas erträglicher gestaltete.

Nach wie vor vertraute ihm der Professor – dieser naive alte Narr – rückhaltlos, und so zweifelten auch die anderen keine Sekunde lang an Phillips Integrität. Alle außer Caitlin. Nach den langen Monaten auf der Insel begegnete sie ihm immer noch zurückhaltend, fast argwöhnisch.

In den ersten Wochen hatte er sein Bestes getan, um sie für sich zu gewinnen. Aber seine Avancen schienen sie abzustoßen. Die meisten Frauen fanden ihn attraktiv, und es ärgerte ihn, dass sein Charme keine Wirkung auf Caitlin ausübte. Schließlich entschied er, sie wäre die Mühe nicht wert – zumindest vorerst nicht.

Und so hatte er sich einer eingeborenen Frau zugewandt, die bereit war, seine Wünsche zu erfüllen und seine Befehle zu befolgen. Gewissenhaft umsorgte sie ihn und half ihm, die endlosen Tage auf dieser elenden Insel zu verkraften. In der verhältnismäßig kurzen Zeit, die er noch am Strand von Santo Amaro ausharren musste, würde sie seinen Ansprüchen genügen.

Glücklicherweise machten Professor Harmon und seine Mitarbeiter gute Fortschritte. Sie hatten zahlreiche Schätze gehoben – Silbermünzen, zehn Silberbarren, ein goldenes, mit Smaragden und Rubinen besetztes Kruzifix, einen goldenen Kelch, mehrere kostbare Silberketten und eine reich verzierte goldene Schmuckschatulle. Die meisten dieser Gegenstände hatten sie in vermoderten Holzkisten gefunden, an Land gespült, nachdem das Schiff zwischen Korallenriffen zerschellt war.

Nur Kleopatras Halskette war noch nicht aufgetaucht. Selbst wenn sie vergeblich danach suchten – was sich bisher angesammelt hatte, war ein Vermögen wert.

Zufrieden dachte Phillip an die Kiste, die in einer Ecke seines Zelts stand, mit etlichen Schätzen gefüllt.

Das einzige Haar in der Suppe war die unerwartete Ankunft des Dukes. Bisher hatte Beldon nicht viel unternommen und sich nur häuslich eingerichtet. Was sie inzwischen ausgegraben hatten, wusste er nicht. Sobald er das feststellte, würde er vielleicht, im Gegensatz zu den anderen, Verdacht schöpfen. Diesen Mann hatte Phillip nie gemocht. Er misstraute ihm, was offenbar auf Gegenseitigkeit beruhte.

Wenigstens gab es keinen Grund zu der Annahme, der Duke würde allzu lange auf der Insel bleiben. Den Profit, den die Wertsachen einbringen würden, brauchte er nicht, und das Abenteuer würde bald seinen Reiz verlieren. Solange Phillip auf der Hut war, musste er sich nicht sorgen.

Er zog seine Taschenuhr hervor und ließ den goldenen Deckel aufschnappen. Fast Mitternacht. Seufzend schloss er das Rechnungsbuch und blies die Lampe aus. Nur die Sterne warfen durch das Segeltuch ein schwaches, silbriges Licht ins Zelt. Draußen herrschte tiefe Stille. Phillip hörte die Zikaden zirpen, die Palmwedel leise rascheln.

Da öffnete sich die Zeltklappe. Eine schlanke Gestalt, nur als Silhouette zu erkennen, trat ein. »Bwana Phillip!«, rief sie leise. Geschmeidig und biegsam, besaß sie eine exquisite glatte Haut in der Farbe von Milchkaffee, kleine feste Brüste und pralle Hinterbacken, so rund wie Zwillingsmonde.

»Ich habe auf dich gewartet«, erklärte er in strengem Ton. »Wo warst du so lange?«

»Aber – Sie sagten, erst wenn die Lampe erlischt...«

»Ich warte nicht gern, Maruba. Das weißt du.« Jetzt mischte sich Vorfreude in den gebieterischen Klang seiner Stimme. »Hoffentlich wirst du mich für den Ärger entschädigen.«

Da merkte sie, dass er ein kleines Spiel mit ihr trieb, und lächelte wie eine Raubkatze. »Gewiss, Bwana, tut Maruba Leid. Sie will Ihnen nur Freude machen.« Anmutig kniete sie vor ihm nieder und öffnete mit flinken Fingern seine Hosenknöpfe. Seine erigierte Männlichkeit sprang pulsierend in ihre Hände. »So ein großer Mann«, wisperte sie und streichelte ihn. Was er hören wollte, wusste sie – wenn es auch nicht stimmte. Doch er konnte die mangelnde Größe mit seinem unerschöpflichen Einfallsreichtum ausgleichen, und er wusste die Frauen zu beglücken.

»Nimm ihn in den Mund«, befahl er, und sie gehorchte widerstandslos. Aufreizend glitt ihre Zunge über das harte Fleisch. Seine Muskeln spannten sich an, durch seinen ganzen Körper strömten berauschende Gefühle. Allzu lange dauerte es nicht, bis er seinen Höhepunkt erreichte. Ächzend pumpte er seinen Penis immer wieder zwischen Marubas Lippen.

Danach benutzte sie den Saum ihres roten Sarongs, um

ihn zu säubern, führte ihn zum Feldbett und begann ihn auszukleiden. Erst befreite sie ihn vom Jackett und der Hose, dann von den Stiefeln. Schließlich rollte sie die Strümpfe hinab. Er ließ sie gewähren, obwohl er es vorgezogen hätte, sie wäre verschwunden. Aber die Frauen machten sich gern nützlich, und es gefiel ihnen, wenn sie den Eindruck gewannen, ein Mann würde sie brauchen und ihre Aufmerksamkeit genießen.

Wäre das verdammte Feldbett nicht so schmal, hätte er ihr vielleicht erlaubt, ihn erneut zu befriedigen. Stattdessen drückte er einen Kuss auf ihre Wange und bedeutete ihr zu gehen.

»Soll ich Sie morgen Abend wieder besuchen, Bwana Phillip?«

Lächelnd nickte er. In der Finsternis schimmerten seine Zähne schneeweiß. So lautlos wie sie gekommen war, verließ sie ihn und hielt nur kurz inne, um die Silbermünze zu ergreifen, die er aufs Fußende des Betts gelegt hatte. Phillip verdrängte seinen Ärger über Caitlin Harmon. Wäre das Biest etwas freundlicher, müsste er nicht für sein Amüsement bezahlen.

15

Auf leisen Sohlen folgten Rand und Percy dem Wildpfad, der immer tiefer in den Dschungel führte. Jeder hielt eine Muskete mit langem Lauf in der Hand. Am Ufer eines rauschenden Bachs, der aus den Bergen herabstürzte, blieben sie stehen und lehnten die Waffen an einen Akazienstamm.

»Hier sind wir vor neugierigen Ohren sicher«, meinte Rand. »So weit wagen sich die anderen nicht in den Wald hinein.« Er kniete nieder, spritzte kaltes Wasser in sein erhitztes Gesicht und trank mehrmals aus der hohlen Hand, bis sein Durst gestillt war. »Haben Sie inzwischen irgendwas über Talmadge herausgefunden?«, rief er über die Schulter.

»Allerdings«, erwiderte Percy grinsend. »Die Köchin, die verwitwete Mrs. Wilmot, war sehr mitteilsam.«

»Und was hat sie erzählt?«

»Wussten Sie, dass der Baron das Geld für die Vorräte verwaltet?«

Die Stirn gerunzelt, schüttelte Rand den Kopf.

»Und den Schatz verwahrt er auch.«

»Welchen Schatz?«, fragte Rand verblüfft und drehte sich zu seinem Freund und Kammerdiener um. »Behaupten Sie etwa, die Halskette der Kleopatra sei gefunden worden?«

»Nein, bis jetzt nicht. Aber sie haben andere Wertsachen ausgegraben – zum Beispiel ein juwelenbesetztes Kruzifix, mindestens zehn Silberbarren, ein goldenes Schmuckkästchen, mit Diamanten und Smaragden verziert. In einer einzigen Grube lagen etwa zweitausend holländische Silbergulden.«

Rand holte tief Atem. Darauf war er nicht gefasst gewesen. »Hat der Professor mit diesen Ausgrabungen gerechnet? Soweit ich mich entsinne, erwähnte er immer nur die Halskette.«

»Sicher hat er erwartet, dass einiges auftauchen würde. Aber im Grunde interessiert er sich nur für die Kette. Was die anderen Schätze betrifft, wollte er wahrscheinlich nichts versprechen, was er vielleicht nicht halten könnte.«

»Aber Talmadge muss etwas geahnt haben. Und er war zweifellos von Dr. Harmons Erfolg überzeugt. Jetzt befinden sich mehrere Wertgegenstände in seinem Besitz. Ist der Professor verrückt?«

»Eher naiv. Er scheint dem Baron blindlings zu vertrauen.

Übrigens – inzwischen halte ich den Professor für unschuldig. Um sich an solchen Betrügereien zu beteiligen, fehlt es ihm an der nötigen Tücke.«

Rand nickte erleichtert. »Hoffentlich haben Sie Recht, Percy. Der alte Mann wächst mir allmählich ans Herz.«

»Laut Mrs. Wilmot, die liebend gern die Gespräche anderer Leute belauscht, hat Miss Harmon ihren Vater mehrmals gebeten, dem Baron auf die Finger zu schauen. Offensichtlich nützt es nichts.«

»Talmadge muss Dr. Harmons Vertrauen schon vor langer Zeit gewonnen haben. Und seither hat er's wohl kaum enttäuscht. Sonst würde der Professor die Warnung seiner Tochter ernst nehmen.« Rand legte eine Hand auf Percys Schulter. »Vielleicht sind Sie dem Baron bereits auf die Schliche gekommen, mein Freund. Die Sachen, die bisher gefunden wurden, sind ein Vermögen wert. Nie hätte ich gedacht, dass der Mann einen so einfachen Plan geschmiedet hat – genug Geld für die Expedition aufzutreiben, geduldig zu warten, bis die Schätze entdeckt werden, und damit zu verschwinden. Wenn alles so abläuft, wie er sich's vorstellt, muss er nie mehr arbeiten.«

Skeptisch hob Percy die Brauen. »Falls er's wirklich so geplant hat, ist er ein hohes Risiko eingegangen. Immerhin bestand die Möglichkeit, dass der Professor überhaupt nichts finden würde.«

»O ja. Und Talmadge ist nicht der Mann, der irgendwas riskiert.« Rand strich nachdenklich über sein Kinn. »Andererseits steckt nicht sein eigenes Geld in diesem Projekt. Außer seiner Zeit hat er nichts zu verlieren – und eine ganze Menge zu gewinnen, wenn seine Rechnung aufgeht.«

»Angenommen, Sie haben Recht, Euer Gnaden – wie wollen wir's beweisen? Und wie sollen wir seinen Erfolg verhindern?«

»Zwei gute Fragen, mein Freund.« Seine Muskete in der Hand, wanderte Rand weiter. Percy blieb ihm auf den Fersen, nachdem auch er seine Waffe ergriffen hatte.

»Interessieren Sie sich für Talmadges Affäre mit der Dienerin Maruba?«

Rand blieb stehen und drehte sich um. »Heute sprudeln Sie geradezu über vor Informationen. Aber momentan finde ich's gar nicht so wichtig, diesen Betrüger zu entlarven. Erst mal muss ich Cait Harmon klarmachen, dass ich ein besserer Ehemann wäre als St. Anthony.«

Lachend warf Percy seinen Kopf in den Nacken. »Ihre Miss Harmon ist eine kluge Frau, Euer Gnaden. Wenn sie die Wahl zwischen Ihnen und St. Anthony hat, dürfte ihr die Entscheidung nicht allzu schwer fallen.«

Rand murmelte einen unflätigen Fluch. »Hoffen wir's… Wäre sie nicht so verdammt starrsinnig…«

»Hätte sie nicht einen starken Charakter und ihren eigenen Willen, würde sie Ihnen nicht so viel bedeuten.«

»Möglicherweise stimmt das sogar«, erwiderte Rand grienend. »Jedenfalls muss sie bald Vernunft annehmen.« Das Wort »sonst« blieb unausgesprochen. Trotzdem wusste Percy, was der Duke meinte. In knapp zwei Wochen würde Caitlin Harmon den Titel der Duchess of Beldon tragen. Und dann würde das Ehepaar diese verflixte Insel verlassen und in die Zivilisation zurückkehren, damit Caitlin ihr Baby gefahrlos zur Welt bringen konnte.

Tief über dem Horizont hing eine bleiche Sonne, von einer dünnen Wolkenschicht getrübt. Cait sah Rand aus dem Dunkel des Waldes auf die Lichtung treten. An seiner Schulter hingen einige zusammengebundene Vögel. Seit über einer Woche ging er regelmäßig auf die Jagd, und wann immer er das Lager verließ, fühlte sie sich unbehaglich. Erleichtert seufzte sie auf, als er wieder einmal wohlbehalten zurückkehrte.

Verdammt, sie sollte sich nicht um ihn sorgen. Rand Clayton bedeutete ihr nichts mehr. In einer knappen Woche würde sie Geoffrey St. Anthony heiraten. *Er* war es, dem ihre Sorge gelten müsste. Aber im dichten, unwirtlichen Dschungel von Santo Amaro lauerten hinter allen Bäumen und Büschen tödliche Gefahren. Bei der ersten Expedition waren zwei eingeborene Gepäckträger gestorben, als sie sich auf der Suche nach Wildbret in den Wald gewagt hatten.

Cait beobachtete, wie Rand seine Jagdbeute von der Schulter nahm und vorsichtig zu Boden gleiten ließ. Dann schaute er zu ihr herüber, und ihr Atem stockte. Sie wollte die Nacht vergessen, wo er in ihr Zelt gestürmt war und sie geküsst hatte. Aber jedes Mal, wenn er lächelte, erinnerte sie sich an die Glut seiner Lippen, an die aufreizenden Liebkosungen seiner Hände.

Vergeblich suchte sie die Schuldgefühle zu verdrängen, die sie immer wieder quälten, weil sie ihm die Schwangerschaft verschwieg. Schon hundertmal hatte sie erwogen, ihm die Wahrheit zu gestehen.

Wie mochte sie sich fühlen, wenn sie seine und nicht Geoffreys Braut wäre? Unglücklicherweise stand zu viel auf dem Spiel. Sie wusste nicht einmal, ob er sie heiraten würde, wenn sie ihm die Wahrheit erzählte. Jedenfalls würde er sein Kind beanspruchen. Daran zweifelte sie nicht.

Sie wich seinem durchdringenden Blick aus und beschloss, ihn zu ignorieren. Den Korb in der Hand, den ihr die Köchin gegeben hatte, ging sie den Strand entlang. Bevor die Dunkelheit hereinbrach, wollte sie wilde Trauben pflücken, die an den Klippen wuchsen.

Bald würde ihr die Flut den Weg um das Vorgebirge herum versperren, und deshalb musste sie sich beeilen. Es dauerte nicht lange, bis sie die halbmondförmige benachbarte Bucht erreichte, an der eine Steilwand emporragte. Auf einer Kante in halber Höhe lagen die Trauben, deren lange Ranken vom Klippenrand herabwucherten. Mindestens ein Dutzend Mal war Cait schon hinaufgeklettert, über kleine Felsvorsprünge, die ihren Füßen Halt boten.

Nach einer knappen Stunde war der Korb mit saftigen violetten Trauben gefüllt, und Cait begann hinabzusteigen. Das Meer schwoll bereits an, und ehe es die Bucht füllte, würde sie es leicht geschafft haben, ins Lager zurückkehren.

Sie hatte schon fast das untere Drittel erreicht, als plötzlich ein Teil des Felsens unter ihrer Sohle nachgab. Schreiend rutschte sie in die Tiefe und landete auf einem schmalen Vorsprung. Der harte Aufprall presste die Luft aus ihren Lungen. Ein paar Sekunden lang lag sie einfach nur da und rang nach Atem. Sie war nicht verletzt. Als sich ihre Herzschläge verlangsamten, entdeckte sie den Korb, der auf einer anderen Felskante unversehrt in ihrer Nähe stand, und lächelte erleichtert. Also war die harte Arbeit nicht umsonst gewesen. Sie griff nach dem Henkel, und da löste sich ein weiterer Brocken aus der Steilwand. Cait stolperte wieder hinab. Im Wind bauschte sich ihr Rock, versperrte ihr die Sicht, und das raue Gestein schürfte ihre nackten Waden auf. Beängstigend schnell raste der Boden auf sie zu, und sie streckte eine Hand aus, um sich irgendwo festzuklammern. Und dann stieß ihr Kopf schmerzhaft gegen eine Felsnase.

In ihren Ohren dröhnte es, ihr Blick verschleierte sich, und sie versuchte zu blinzeln. Das gelang ihr nicht. Von einem heftigen Schwindelgefühl erfasst, bekämpfte sie verzweifelt ihre Panik, das drohende Dunkel hinter ihren Lidern. Wenn sie die Besinnung verlor, würde sie der Flut nicht entrinnen …

Das war ihr letzter klarer Gedanke, bevor sie von ihrem

Schmerz überwältigt wurde. Die Augen geschlossen, sank sie in einen schwarzen Abgrund.

Rand starrte zum Strand hinab. Bald würde die Nacht hereinbrechen, und Cait war noch immer nicht zurückgekehrt. Wo zum Teufel mochte sie stecken? Er schaute sich im Lager um. Und wo war dieser jämmerliche Narr St. Anthony?

Plötzlich beschleunigte sich Rands Puls. Bei Gott, wenn sich die beiden irgendwo verkrochen hatten... Diesen Verdacht vergaß er sofort wieder, denn in dieser Sekunde kam der blonde Mann aus dem Dschungel. Wenig später eilte die hübsche kleine Dienerin weiter unten am Strand zwischen den Bäumen hervor.

Interessant, dachte Rand. Beglückte sie Geoffrey ebenso wie den Baron? Dann konzentrierte er seine Gedanken wieder auf Cait, hin und her gerissen zwischen Sorge und der Erleichterung, die er nun empfand, weil sich seine Eifersucht als unbegründet erwies. Zumindest vorerst...

Schließlich siegte die Sorge. Wenn sie nicht mit St. Anthony zusammen war – wo trieb sie sich herum?

Er befragte die anderen Lagerbewohner. Aber sie hatten Cait schon eine ganze Weile nicht mehr gesehen.

»Am frühen Abend hat sie sich einen Korb ausgeliehen«, erklärte Hester Wilmot, eine temperamentvolle Frau mit Hängebäckchen und breiten Hüften. »Sie wollte Trauben pflücken. Das macht sie fast jeden Tag. Kein Grund zur Sorge, Euer Gnaden. Bevor es dunkel wird, ist sie sicher wieder da.«

Trotzdem wuchs seine Angst. Sein sechster Sinn ließ ihm keine Ruhe. Und dieses Gefühl ignorierte er nur selten. »Wo erntet sie diese Trauben?«

»Etwas weiter unten am Strand, in der benachbarten Bucht. Da hängt der wilde Wein über eine Klippe herab.«

Jetzt verstärkte sich seine innere Anspannung. Irgendetwas an dem Wort »Klippe« missfiel ihm. »Danke, Mrs. Wilmot, ich werde sie suchen.«

Hester Wilmots Blick besagte, dass er nur seine Zeit verschwendete. Seufzend wischte sie sich die Hände an ihrer Schürze ab und begann wieder in ihrem großen Suppenkessel zu rühren.

Während er den Strand entlangrannte, verfluchte er seine übertriebene Besorgnis und sagte sich, Cait sei durchaus fähig, auf sich selber aufzupassen. Sicher regte er sich grundlos auf. Aber er musste an das Baby denken. Außerdem wollte er die Chance nutzen, Caitlin allein anzutreffen.

Wäre er nicht so beunruhigt gewesen, hätte er eventuell gelächelt. Vielleicht konnte er da weitermachen, wo er aufgehört hatte, bevor er aus ihrem Zelt geflohen war. Und wenn ihn das Glück begünstigte, würde sich endlich die Gelegenheit bieten, die er schon so lange herbeisehne.

Am Vorgebirge angelangt, das die beiden Buchten trennte, sah er die Wellen der Flut heranrollen. Um die andere Seite des Felsens zu erreichen, musste er durchs knietiefe Wasser waten. Auch Cait würde nichts anderes übrig bleiben, wenn sie den Rückweg antrat.

Dieser Gedanke bedrückte ihn. Immer höher stiegen die Wogen empor, und Cait war nicht besonders groß. Ein falscher Schritt, und sie konnte im Meer versinken. Zum Teufel mit der kleinen Hexe… Wenn sie leichtsinnig genug war, um sich selbst in diese Gefahr zu bringen, müsste sie wenigstens an das Baby denken.

Wütend verfluchte er Cait und alle eigensinnigen Frauen, schlüpfte aus seinen Stiefeln und stellte sie auf einen kleinen Felsblock, krempelte die Hosenbeine hoch und watete ins Wasser. Als eine Welle heranrauschte, umspülte sie beinahe seine Oberschenkel.

Nun machte er sich ernsthafte Sorgen. Cait mochte dickköpfig und ein bisschen leichtfertig sein, aber sie war nicht dumm. Niemals würde sie absichtlich ein solches Risiko eingehen. Also musste ihr etwas zugestoßen sein.

»Cait!«, überschrie er die donnernde Brandung. »Hörst du mich?« So schnell wie möglich watete er um das Vorgebirge herum und eilte den Strand hinauf. »Caitie! Wo bist du?«

Angespannt lauschte er. Nichts.

»Antworte doch, Cait!« Sein Blick suchte die Klippen ab, und er sah die üppigen Weinranken, die vom oberen Rand herabhingen. Allmählich verdichtete sich das Dunkel, und die Felsen zeichneten sich nur mehr als verschwommene schwarze Umrisse vor dem Abendhimmel ab. Verdammt, wie sollte er Cait finden? Angstvoll kniff er die Augen zusammen. Da – eine Silhouette auf einer schmalen Kante – das musste sie sein. Er glaubte, ihren braunen Rock zu erkennen, der im Wind flatterte, auf halber Höhe des Steilhangs.

Beinahe geriet er in Panik. Sie rührte sich nicht. *Allmächtiger, lass nicht zu, dass sie verletzt ist – oder…* Rand zwang sich zur Ruhe. Vorsichtig stieg er die Felswand hinauf, hielt sich an Vorsprüngen fest und achtete darauf, wohin er seine nackten Füße stellte. Er wünschte, er würde seine Stiefel tragen. Endlich erreichte er die Kante, auf der Caitlins regloser Körper lag. Leichenblass hob sich ihr Gesicht vom schwarzgrauen Vulkangestein ab.

Eisige Kälte schien Rands Herz zu umklammern. Ein paar Sekunden lang fiel ihm das Atmen schwer. Mühsam sog er die frische, belebende Meeresluft in seine Lungen. Jetzt durfte ihn die Angst nicht überwältigen, er musste einen klaren Kopf behalten. »Caitlin?« Er kniete neben ihr nieder und drückte ihre Hand. »Hörst du mich?«

Nach einer Weile flatterten ihre Lider, und sie öffnete die Augen. »Rand…?«

»Bist du verletzt?« Entschlossen verbarg er seine Sorge. »Sag mir, wo's wehtut.«

»Mein Kopf...«, würgte sie hervor. »Ich – ich muss mir den Kopf angeschlagen haben.«

»Bist du die Klippe herabgestürzt?«, fragte er voller Angst um Cait und sein ungeborenes Kind.

»Plötzlich gab ein Felsbrocken unter mir nach, und ich rutschte aus... Allzu tief bin ich nicht gefallen. Nur mein Kopf...«

»Beweg dich nicht, ich will feststellen, ob du dir was gebrochen hast.« Hastig tastete er ihre Glieder ab. Alles in Ordnung. Erleichtert seufzte er.

»Rand, die Flut!« Erschrocken fuhr sie hoch, viel zu schnell, und schnitt eine Grimasse, als ein heftiger Schmerz durch ihre Schläfen fuhr. Behutsam legte er sie auf den Felsboden zurück. »Wir müssen weg von hier, Rand, bevor die Flut noch weitersteigt.«

»Natürlich, Liebes. Versuch dich aufzusetzen. Ganz langsam. Wirst du's schaffen?«

»Ja, ich glaube schon...« Unter merklichen Qualen richtete sie sich auf. Und dann lächelte sie. Da konnte Rand nicht anders – er neigte sich vor und küsste sie.

»Komm, klettern wir hinab.«

Er zog sie auf die Beine. Schon beim ersten Schritt taumelte sie und er hielt sie fest.

»So ein Pech!«, klagte sie. »Ich fürchte, ich habe mir einen Knöchel verstaucht.«

Leise fluchte er und hoffte, sie würde es nicht hören. »Kein Grund zur Aufregung. Es wird nur ein bisschen länger dauern. Stütz dich auf mich.«

Vorsichtig half er ihr, den steilen Hang hinabzusteigen. Als sie den Boden am Fuß der Klippe erreichten, lehnte sie sich zitternd an Rand, und er hob sie hoch.

»Halt dich an meinem Hals fest. Lass mich nicht los, dann werde ich dich wohlbehalten ins Lager bringen.«

Sie klammerte sich gehorsam an ihn, und er spürte die Wärme ihres Körpers, roch die salzige Gischt in ihrem Haar. Fürsorglich drückte er sie an sich und dankte dem Himmel für seinen Instinkt, der ihn bewogen hatte, nach ihr zu suchen.

Aber die Zeit lief ihm davon. Am Vorgebirge, das die beiden Buchten trennte, stellte er fest, wie hoch die Flut inzwischen gestiegen war. »Ich fürchte, wir werden ziemlich nass.«

Krampfhaft umschlang sie seinen Hals. »O Rand, ich fürchte mich – ich kann nicht gut schwimmen.«

»Vertrau mir.« Irgendwie brachte er ein zuversichtliches Lächeln zustande. »In meiner Obhut droht dir keine Gefahr.«

»Aber das Wasser...« Entsetzt beobachtete sie die rauschende Brandung, die weißen Schaumkronen. »So hoch war's noch nie...«

»Keine Bange, Caitie, wir werden's schaffen. Das verspreche ich dir. Halt dich einfach nur fest und genieß unser Abenteuer.«

Immer tiefer watete er ins Meer, bis es seine Brust erreichte und die Wellen in sein Gesicht schlugen. Er spürte, wie Cait zitterte, wie sich ihr Körper anspannte. Bedächtig setzte er einen Fuß vor den anderen, stemmte sich gegen die Wogen, bekämpfte ihren Sog und rang mit aller Kraft um sein Gleichgewicht. Als er das Vorgebirge umrundet hatte und über den trockenen Sand auf der anderen Seite stapfte, fühlten sich seine Muskeln wie Pudding an, und er war völlig erschöpft.

Dankbar rang er nach Atem, setzte Caitlin auf den Boden, in sicherer Entfernung vom Ufer, und sank neben ihr in den weichen Sand.

»Wir haben's geschafft«, seufzte sie erleichtert.

»Wie geht's deinem Kopf?«

»Er tut höllisch weh. Aber ich glaube, die Schmerzen werden bald nachlassen.«

»Und der Knöchel?«

Vorsichtig tastete sie ihren Fuß ab und stöhnte leise. »Nur eine leichte Verstauchung. Ich bin zwar kein Doktor, aber ich glaube, in ein paar Tagen kann ich wieder laufen.«

»Hast du dich bei deinem Sturz noch irgendwo anders verletzt?«

Verwundert starrte sie ihn an. »Nein…«

»Verdammt, Cait«, stieß er hervor und strich sich die nassen braunen Locken aus der Stirn, »du hättest nicht da hinaufklettern dürfen. Wenn ich nicht gekommen wäre…«

Sie schaute zum Horizont, wo die letzten Sonnenstrahlen das Meer violett färbten. »Wieso wusstest du, wo ich war?«

»Das hat mir Mrs. Wilmot erzählt.«

»Und warum bist du mir gefolgt?«

»Weil ich mir Sorgen gemacht habe. Nicht einmal du bist unverwundbar. Obwohl du's vielleicht glaubst…«

»Danke, Rand.« Cait ergriff seine Hand. In ihren nassen Kleidern zitterte sie vor Kälte, und seine Finger schienen sie zu wärmen. »Wahrscheinlich hast du mir das Leben gerettet.«

Er wollte sie umarmen und ihr versichern, er würde sie immer und überall beschützen. Aber es war nicht der richtige Zeitpunkt – und der falsche Ort, in der Nähe des Lagers, wo sich ihr Vater und St. Anthony aufhielten. »Wenn ich dir wirklich das Leben gerettet habe, gehörst du jetzt mir. Das würden die Chinesen behaupten.«

Im abendlichen Dunkel konnte er ihr Gesicht kaum sehen. »Willst du mich haben?«

Sekundenlang blieb sein Herz stehen. »O ja, Cait.«

Sie schüttelte den Kopf. »Jetzt bin ich nicht mehr deine Geliebte, sondern Geoffreys Braut.«

»Heirate *mich*, Caitie«, flüsterte er und presste seine Lippen auf ihre Hand.

Ungläubig starrte sie ihn an, und es dauerte eine Weile, bis sie antwortete. »Das meinst du nicht ernst. Wie könnten wir jemals eine gute Ehe führen – wo wir doch aus verschiedenen Welten stammen?«

»Trotzdem würden wir es schaffen. Sag St. Anthony, du hättest dich anders besonnen und würdest *mich* heiraten.«

Schweigend erwiderte sie seinen Blick, und er sah Tränen in ihren Augen glänzen. Dann erklang eine laute Stimme am anderen Ende der Bucht. Beide erhoben sich, und Caitlin stützte sich auf Rands Arm, um ihren verletzten Knöchel zu schonen.

»Caitlin!« Geoffrey St. Anthony rannte über den Strand zu ihnen. »Heiliger Himmel, wo warst du? Du solltest doch vor Einbruch der Dunkelheit zurückkommen.« Vorwurfsvoll wandte er sich zu Rand, der ihn mit schmalen Augen musterte. »Dein Vater ... Irgendwas ist passiert. Komm mit mir ins Lager!«

»O Gott ...« Ehe sie einen Schritt tun konnte, nahm Rand sie auf die Arme.

»Sie hat sich den Knöchel verstaucht«, erklärte er St. Anthony und trug Cait zum orangegelben Schein des Lagerfeuers. »Holen Sie meine Stiefel!«, rief er über die Schulter und hörte Geoffrey fluchen.

16

»Was ist geschehen, Vater?« Rand stellte Cait auf die Beine, und sie kniete sofort erschrocken an der Seite des Professors nieder, der am Lagerfeuer auf einer Decke lag. Besorgt standen Sir Monty und der Baron neben ihm.

»Nichts Ernstes, meine Liebe...«, erwiderte er, als sie seine schweißnasse, wachsbleiche Stirn berührte, und lächelte gezwungen. »Ich glaube, ich war zu lange in der Sonne.«

Beunruhigt wandte sie sich zu Sir Monty. »Was ist passiert?«

»Er hat drüben in der Ausgrabungsstätte gearbeitet. Plötzlich brach er zusammen.«

Verzweifelt hoffte Cait, ihr Vater hätte keinen Herzanfall erlitten, so wie viele Menschen in seinem Alter. Sie ergriff seine Hand und spürte, wie er den Druck ihrer Finger kraftlos erwiderte. »Wie fühlst du dich jetzt?«

»Nur ein bisschen geschwächt. Reg dich nicht auf...«

Aber sie hatte Angst um ihn. Mit jedem Jahr erschien er ihr gebrechlicher. Sie dachte an Rands unerwarteten Heiratsantrag, dann betrachtete sie wehmütig das blasse Gesicht ihres Vaters. Nein, unmöglich... Ihr eigenes Schicksal spielte keine Rolle – jetzt brauchte er sie so dringend wie nie zuvor. »In den nächsten Tagen musst du dich ausruhen. Keine Sonne, keine körperliche Arbeit, bis du wieder zu Kräften gekommen bist.« Statt zu widersprechen, was er normalerweise getan hätte, nickte er schweigend, und ihre Furcht wuchs.

»Sicher wird er sich bald erholen«, meinte Geoffrey und warf ihr einen bedeutungsvollen Blick zu. »Wenn wir beide ihn pflegen...«

»Ja«, stimmte sie zu und wagte Rand nicht anzuschauen. Er hatte sich ihretwegen gesorgt, ihr Leben gerettet, um ihre Hand gebeten. Und einen glückseligen Moment lang hatte sie erwogen, seinen Heiratsantrag anzunehmen.

Mrs. Wilmot brachte ihr eine Schüssel mit Wasser und einen Lappen.

»Vielen Dank.«

Während Cait das Tuch befeuchtete und auf die Stirn ihres Vaters legte, spürte sie, dass Rand hinter ihr stand und sie beobachtete. Er kannte sie so gut. Beim Anblick des Professors, der schwach und bleich am Boden lag, hatte er sofort gewusst, dass sie seinen Antrag ablehnen würde.

Sie drehte sich um, und als sie durch einen Tränenschleier zu ihm aufsah, wurde seine Vermutung bestätigt. Wortlos ging er davon. Bis seine hoch gewachsene Gestalt im Schatten verschwand, schaute sie ihm nach. Nur mühsam unterdrückte sie ein Schluchzen. Ihr Vater bewegte sich unruhig, und sie richtete ihre Aufmerksamkeit wieder auf ihn, tauchte den Lappen noch einmal ins Wasser und legte ihn auf die viel zu heiße Stirn.

»In den nächsten Tagen müssen wir ihn im Auge behalten«, betonte Lord Talmadge. »Allem Anschein nach leidet er an einer Art Dschungelfieber. Wir sollten ihm nicht zu nahe kommen – falls die Krankheit ansteckend ist.«

Obwohl sie ihm Recht geben musste, ärgerte sie sich. Warum suchte er bei all seinen Anweisungen den eigenen Vorteil? »Lassen Sie sein Zelt von den anderen entfernen. Ich bleibe bei ihm.«

Tag und Nacht betreute sie den Patienten. Die Mahlzeiten wurden vor dem Zelt abgestellt, und Cait, die immer noch ein wenig humpelte, trug die Tabletts hinein. Fürsorglich half sie ihrem Vater, regelmäßig ein paar Bissen zu essen. Ihr Feldbett war in sein Zelt gebracht worden. Wenn er schlief, saß sie bei ihm, und wenn er aufwachte, las sie ihm etwas vor. Er fieberte immer noch, aber seine Temperatur erschien ihr nicht lebensbedrohlich.

Drei Tage nach seinem Zusammenbruch stand er auf. Seine Kräfte kehrten allmählich zurück. Da sonst niemand erkrankt war, wurde sein Zelt wieder im Lager aufgestellt, und er nahm die Mahlzeiten so wie früher mit den anderen ein. Trotzdem machte sich seine Tochter Sorgen. Was seinen Schwächeanfall bewirkt hatte, wusste sie nicht, und sie fürchtete, die unbekannte Ursache würde ihn erneut niederstrecken.

Ein paarmal hatte sich der Duke nach dem Befinden des Patienten erkundigt. Aber seit sich der Professor auf dem Weg der Besserung befand und Cait alles unter Kontrolle hatte, sah sie Rand nicht mehr.

Gut so, dachte sie. Am übernächsten Tag sollte die *Moroto* wieder zur Insel segeln, und der Kapitän würde Cait mit Geoffrey vermählen. So hatte sie sich ihr Schicksal nicht vorgestellt… Aber ihr Vater schien sich auf die Heirat zu freuen, und er mochte seinen künftigen Schwiegersohn.

»Als ich krank wurde, hatte ich Angst, ich könnte nicht an deiner Hochzeit teilnehmen.« Donovan Harmon saß auf einem Baumstamm vor dem Lagerfeuer und griff lächelnd nach Caits Hand. »Wie glücklich ich über deinen Entschluss bin, habe ich dir noch gar nicht gesagt. Mit jedem Tag werde ich älter. Der Gedanke an deine Zukunft hat mir großen Kummer bereitet. Aber nun weiß ich, dass Geoffrey für dich sorgen wird. Und wenn du Kinder bekommst, wirst du eine ebenso gute Mutter sein, wie es deine war.« Weil ihre Stimme versagte, nickte sie nur. Aus den Augenwinkeln sah sie Rand im nächtlichen Schatten stehen. Wie seine starre Haltung verriet, hatte er die Worte ihres Vaters gehört. Hastig wischte sie eine Träne von ihren Wimpern und lächelte den alten

Mann an. Als sie in Rands Richtung schaute, war er verschwunden.

Gnadenlos schien die Nachmittagssonne zwischen den Blättern der Bäume hindurch, drohte den Sand und die Arbeiter am Strand zu versengen. Meistens hatten angenehme Temperaturen geherrscht. Aber seit einiger Zeit war es ungewöhnlich heiß. Kein einziger Lufthauch linderte die flimmernde Glut.

Rand stand hinter einer Baumgruppe und beobachtete, wie Cait die Ausgrabungsstätte verließ. Sie holte ein leinenes Handtuch aus ihrem Zelt und ging in den Wald. Das tat sie seit seiner Ankunft fast jeden Tag. Wohin ihr Weg führte, wusste er.

Diesmal folgte er ihr zu dem kleinen Teich zwischen etlichen Felsblöcken, der von einem sanft plätschernden Wasserfall gespeist wurde. Hier pflegte sie zu baden, und das abgeschiedene, idyllische Fleckchen Erde eignete sich perfekt für Rands Plan.

Er lächelte grimmig. Wie er sich nun verhalten würde, widersprach seinen ursprünglichen Absichten. Er hatte gehofft, Cait würde Vernunft annehmen und ihn über seine künftige Vaterschaft informieren. Trotz ihres beharrlichen Schweigens hatte er ihr sogar einen Heiratsantrag gemacht, weil er nach ihrem Unfall in der angrenzenden Bucht so besorgt um ihre Sicherheit gewesen war. Sekundenlang hatte er geglaubt, sie würde den Antrag annehmen und ihm von seinem Baby erzählen. Aber dann hatten sie vom Zusammenbruch des Professors erfahren, und jener magische Augenblick wiederholte sich nicht.

Am kommenden Tag wollte sie Geoffrey St. Anthony heiraten. Bis vor kurzem hatte Rand geglaubt, sie wäre ihrer Sache nicht ganz sicher. Aber die Angst um den Vater schien sie in ihrem Entschluss zu bestärken. Nun, Donovan Harmon hatte den Großteil seines Lebens hinter sich, und seine Tochter stand erst am Anfang. Bald würde sie Rands Kind gebären. Das Baby verdiente es, in der Obhut *beider* Eltern aufzuwachsen. Und dafür würde er sorgen.

Im Schutz der Bäume schlich er Cait nach. Als er den Teich erreichte, hatte sie ihre Kleider bereits abgelegt und stieg gerade nackt ins Wasser. Rands Atem stockte. Wenn sein Gewissen den Plan auch missbilligte, sein Körper war zweifellos damit einverstanden.

Zufrieden tauchte Cait unter, schwamm zur Mitte des Teichs und drehte sich auf den Rücken. Hinter ihrem Kopf breiteten sich die langen Haare im Wasser aus. Rand sah die Knospen ihrer Brüste, das rötlich schimmernde Kraushaar zwischen ihren Schenkeln, den sanft gewölbten Bauch, der sein ungeborenes Kind barg.

In sein Verlangen mischten sich andere Gefühle. O ja, er begehrte sie. Aber nicht nur das – er wollte sie für sich gewinnen, diese faszinierende, leidenschaftliche, charakterstarke Frau. Mit solchen Wünschen hatte er nicht gerechnet, und sie lösten ein plötzliches Unbehagen aus.

Wie auch immer, er war aus einem ganz bestimmen Grund hierher gekommen, und er würde seine Absicht verwirklichen. Entschlossen stieg er zum Ufer hinab und setzte sich auf einen Felsen, zog seine Stiefel aus und begann seine Hose aufzuknöpfen.

Die Augen geschlossen, ließ Cait das kühle, klare Wasser durch ihr Haar strömen. Es glitt über ihre Haut, umspülte ihre Finger, milderte die Nachmittagshitze und linderte ihren Kummer – zumindest für eine kleine Weile. Am nächsten Tag würde sie Geoffrey St. Anthony heiraten, einen Mann, den sie nur als Freund schätzte. Nie wieder würde ihr Leben so verlaufen wie früher …

In ihrer Phantasie erschienen Bilder von Rand, Erinnerungen an sein angstvolles Gesicht, das sich zu ihr geneigt hatte, während sie auf der Felskante langsam aus ihrer Ohnmacht erwacht war, an die Sehnsucht in seinen Augen bei jenen leidenschaftlichen Küssen in ihrem Zelt. Sinnlose Gedanken, das wusste sie – gefährliche Gedanken, die sie verscheuchen musste... Der Vater brauchte sie. Jetzt sogar noch dringender als nach dem Tod der Mutter. Er war alt und schwach. Mit seiner Gesundheit stand es nicht zum Besten. Natürlich durfte sie ihn nicht verlassen.

Ein Rascheln am Ufer weckte ihre Aufmerksamkeit. Verwirrt hob sie die Lider und sah Rand auf einem Felsen stehen – splitternackt, die Augen voll sinnlicher Glut. Ihr Blick wanderte über seine kraftvolle Brust und den flachen Bauch zum unverkennbaren Zeichen seiner Erregung.

Von einer warnenden inneren Stimme getrieben, schwamm sie in die Richtung des anderen Ufers, bis ihre Füße den sandigen Grund berührten, und drehte sich um. »Was – was hast du vor? Du kannst nicht hereinkommen. Nicht – so...«

»Oh, ich denke schon«, erwiderte er und stieg ins Wasser, das seine Schienbeine umspülte, dann die Oberschenkel und schmalen Hüften. Mit wenigen Schwimmzügen durchmaß er den Teich und tauchte an Caits Seite auf.

Ihr Herz schlug wie rasend. Obwohl ihr die sanften Wellen bis zu den Schultern reichten, fühlte sich ihr Mund staubtrocken an. Sie wollte davonlaufen. Aber die Beine versagten ihr den Dienst. Gepeinigt schluckte sie und versuchte, die glänzenden Tropfen, die an Rands gekräuseltem braunem Brusthaar hingen, nicht anzustarren. »Bitte... Wenn jemand kommt... Womöglich würde man glauben... Ich bitte dich als meinen Freund – geh!«

Mit einem verführerischen Lächeln entgegnete er: »Das willst du doch gar nicht, Caitie, oder?«

Mochte es auch verwerflich sein – sie wollte es tatsächlich nicht. Stattdessen wünschte sie, er würde hier bleiben und sie küssen und lieben, so wie sie es immer wieder in ihren Träumen erlebte. Sie warf eine lange nasse Haarsträhne über ihre Schulter nach hinten. »Morgen heirate ich Geoffrey. Der Kapitän von der *Moroto* wird uns trauen.«

Langsam ließ er seinen Blick über ihr Gesicht und den schlanken Hals gleiten, zu ihren Brüsten. »Morgen ist morgen. Und heute ist heute.« Seine starken, warmen Hände umfassten ihre Taille. »Heute wirst du nicht heiraten. Und du heißt immer noch Cait Harmon. Nutzen wir die Gunst der Stunde.«

Sie schüttelte den Kopf. »Lass mich in Ruhe, Rand! Es wäre nicht richtig…«

Betörend streichelten seine Fingerspitzen ihre Brüste. »Willst du bestreiten, dass du mich begehrst, Cait?«, fragte er und reizte unbarmherzig die Knospen ihrer Brüste, bis sie sich erhärteten.

In ihrem Körper breitete sich glühende Hitze aus. Sollte sie leugnen, wie inbrünstig sie sich nach Rand sehnte? Sie könnte es wenigstens versuchen… Aber Rand würde die Lüge sofort durchschauen.

»Dieses Glück verdienen wir, Cait. Ein letztes Mal… Gib's zu – du begehrst mich, und du willst mich in dir spüren.«

Entschlossen biss sie die Zähne zusammen, um nicht auszusprechen, wonach sie so ungeduldig verlangte.

Seine Hände wanderten zu ihren Hüften hinab und pressten sie an seine pulsierende Erektion. Behutsam hob er sie hoch, spreizte ihre Beine und schlang sie um seine Taille. Dann suchten seine Finger von hinten das Zentrum ihrer Weiblichkeit und teilten das weiche, empfindsame Fleisch. »Wie heiß du bist, Caitie – unglaublich heiß. Und ich erinnere mich gut an deinen zauberhaften engen Schoß – und wie himmlisch ich mich darin fühlte.«

Während er sie intim liebkoste, stöhnte sie leise. Nun müsste sie ihm Einhalt gebieten. Aber ihr schwindelte vor Leidenschaft. Hilflos überließ sie sich ihrer süßen Schwäche.

»Sag es, Caitie – sag, dass du mich begehrst.« Immer wieder drangen die magischen Finger in sie ein. In wachsender Lust bebten ihre Muskeln. So lange war es her. Und sie liebte ihn so sehr.

Auf der Schwelle ihrer Erfüllung beendete er den Angriff auf ihre Sinne. Enttäuscht schmiegte sie sich an seine Brust und unterdrückte ein Schluchzen.

»Sag mir, was du möchtest«, flüsterte er, »und ich will's dir geben.«

»O Gott, Rand – ich begehre dich, ich brauche dich ...«

Da küsste er sie voller Glut und verschmolz leidenschaftlich mit ihr. Während er sich kraftvoll bewegte, hielt er ihre Hüften fest. Ein wildes Entzücken jagte Feuerströme durch ihre Adern und einen wohligen Schauer über ihre Haut. Zitternd grub sie ihre Fingerspitzen in seine Schultern, warf den Kopf in den Nacken, feucht und schwer hingen ihre Locken am Rücken hinab. Jetzt bestand ihre Welt nur noch aus überwältigender Ekstase – und ihrer Liebe zu dem Mann, der ihr diese Freuden schenkte.

»Komm mit mir ins Paradies, Caitie ...« Drängend beschleunigte er seinen Rhythmus, und sie glaubte, immer höher emporzuschweben. Sie konnte nicht mehr denken, kaum noch atmen – und das war ihr völlig gleichgültig. In diesem Moment zählte nur dieser Schwindel erregende Höhepunkt, den sie gemeinsam mit Rand erreichte. Halb benommen klammerte sie sich an ihn, und er hielt sie fest, nach wie vor mit ihr vereint.

Als die wilden Gefühle verebbten, trug er Cait zum Ufer,

stieg aber nicht aus dem Teich. Unter Wasser bildete ein Felsen eine bequeme Bank, und sie setzten sich darauf. Zärtlich legte er einen Arm um ihre Taille. Ihr Kopf lehnte an seiner Schulter.

Wie lange sie so dasaßen, wusste sie nicht – nur Sekunden, vielleicht Minuten.

Jedenfalls viel zu lange.

Und nicht lange genug...

Plötzlich hörte sie Stimmen und stand bestürzt von der steinernen Bank auf. Aber Rand umfing ihre Taille und zog sie wieder ins Wasser.

»Da kommt jemand! Um Himmels willen, Rand, wir müssen uns anziehen!«

Lässig zuckte er die Achseln, und seine selbstgefällige Miene jagte ihr eine sonderbare Angst ein. »Zu spät, Cait, sie sind schon da.« Sein Kammerdiener, Percival Fox, trat zwischen den Bäumen hervor – dicht gefolgt von ihrem Vater.

»Großer Gott, Caitlin! Was um alles in der Welt...« Donovan Harmons Blick wanderte von Rands muskulöser Brust zu den Schultern seiner Tochter, die feucht im Sonnenlicht schimmerten. Dass beide splitternackt waren, ließ sich unschwer erkennen. »Was zum Teufel geht hier vor?«

Cait rutschte noch tiefer ins Wasser hinab und wünschte, sie könnte für ewig darin verschwinden. Von Tränen geblendet, verfluchte sie ihren Leichtsinn. Sie räusperte sich und versuchte zu sprechen. Doch sie brachte kein Wort hervor.

»Geben Sie uns ein paar Minuten Zeit, Professor«, bat Rand höflich. »Sobald wir angezogen sind, werden wir Ihnen die Situation erklären.«

»Allerdings, Sir! Darauf bestehe ich!«

Gequält rang Cait nach Atem. Noch nie hatte die Stimme ihres Vaters so streng geklungen. Sie sah, wie er sich abwandte und davonging, von Mr. Fox begleitet.

»Beruhige dich, Cait«, seufzte Rand. »So schlimm kann's doch nicht sein, mich zu heiraten.«

Statt zu antworten, saß sie wie betäubt da. Jetzt musste sie aus dem Teich steigen und sich anziehen. Aber sie war unfähig, ihre bleischweren Beine zu bewegen. Schließlich ergriff Rand ihre Hand, führte sie aus dem Wasser und gab ihr das Handtuch, das sie mitgebracht hatte. Er selbst trocknete sich mit einem Zipfel seines Hemds ab, dann schlüpfte er hinein und zog seine Breeches an. Während sie die Häkchen ihres Rockbunds schloss, verschnürte er seine Stiefel.

Auf dem Weg zum Lager schwiegen sie. Der Vater wartete vor seinem Zelt. Mit müden, traurigen Augen schaute er Cait an, und ihr Herz flog ihm entgegen. In diesem Moment hasste sie den Duke of Beldon.

»Also, junge Dame«, begann ihr Vater, »was hast du mir zu sagen?«

Über ihre Wangen rollten heiße Tränen. Verzweifelt suchte sie nach Worten.

Aber Rand kam ihr zuvor. »Seien Sie versichert, Professor – es ist nicht so, wie es scheint. Schon seit einiger Zeit verbinden mich tiefe Gefühle mit Ihrer Tochter. Ich weiß, sie ist mit Lord Geoffrey verlobt. Aber ich glaube, sie würde lieber mich heiraten.«

Empört wandte sie sich zu ihm. »Was bildest du dir eigentlich ein? Dass du der einzige Mann bist, der mein Herz erobern könnte?«

Mit einem vernichtenden Blick bedeutete er ihr, soeben habe sie die Chance verspielt, würdevoll zu kapitulieren. »Ihre Tochter erwartet ein Kind von mir, Professor«, erklärte er tonlos. »Für mich war das ein ausreichender Grund, ihr einen Heiratsantrag zu machen.«

Hätte er in ihr Gesicht geschlagen, wäre sie nicht schmerzlicher verletzt worden. Schon bei seiner Ankunft auf der

Insel hätte sie sich's denken können – er wusste Bescheid über das Baby. Aber da sie ihr Geheimnis nur mit ihrer besten, liebsten Freundin Maggie geteilt hatte, war sie ihrer Sache sicher gewesen.

Unglücklich starrte sie Rand an. Von Anfang an hatte er's gewusst. Und auf sie legte er keinen Wert. Für ihn zählte nur das Kind.

»Stimmt das, Caitlin?«, fragte ihr Vater, die blauen Augen voller Sorge und Verwirrung. »Erwartest du ein Baby?«

Vor Zorn und Enttäuschung verlor sie den letzten Rest ihrer Fassung. »Das spielt keine Rolle!«, fauchte sie. »Natürlich ist Geoffrey über meinen Zustand informiert. Er will mich trotzdem heiraten, und ich bin einverstanden.«

Aus Rands dunklen Augen schienen goldene Funken zu sprühen. »Dieses Kind ist *mein* Fleisch und Blut. Glaubst du, ich lasse es von einem unreifen Jungen großziehen?«

Herausfordernd hob sie ihr Kinn. »Niemals werde ich dich heiraten. Ich mag dich nicht einmal.«

Mit scharfer Stimme mischte sich der Professor ein. »Als ich euch beide heute Nachmittag im Teich ertappte, warst du dem Duke sichtlich gewogen.« Ein paar Sekunden lang schien er zu zögern, dann vertrat er energisch seinen Standpunkt. »Nach dem Tod deiner Mutter war ich kein guter Vater. Ich ließ dir zu viele Freiheiten. Nun, diesmal wirst du deinen Willen nicht durchsetzen. Wenn Kapitän Baptiste morgen auf Santo Amaro eintrifft, wirst du den Mann heiraten, von dem dein ungeborenes Kind stammt – den Duke of Beldon.«

»Aber – Vater…«

»Kein Wort mehr, Caitlin! Jetzt solltest du mit dem jungen Geoffrey reden und ihm mitteilen, du hättest dich anders besonnen.«

Mühsam bezwang sie das Zittern, das ihren ganzen Körper erfasst hatte. »Das verstehst du nicht, Vater. Wenn ich den Duke heirate, muss ich Santo Amaro verlassen. Und du brauchst mich...«

»Hör mir zu, Caitlin«, unterbrach er sie und legte seine Hände auf ihre Schultern. »Ich bin ein alter Mann, der auf ein langes, ausgefülltes Leben zurückblickt. Wahrscheinlich wirst du mir nicht glauben, und vielleicht hat es mir eine gewisse Freude bereitet, dich in Illusionen zu wiegen – aber ich bin durchaus im Stande, für mich selbst zu sorgen.«

»Vor einigen Tagen ging es dir sehr schlecht. Und du könntest wieder erkranken...«

»Sicher. Genauso wie du oder der Duke. Darauf kommt es nicht an.« Zärtlich strich er über ihre Wange. »Wie innig ich dich liebe, weißt du. Wenn ich nicht glaubte, dass es für dich am besten ist, den Duke zu heiraten, würde ich dich niemals dazu auffordern. Angesichts der Umstände – und der Ereignisse dieses Nachmittags – musst du seinen Antrag annehmen.«

Schweren Herzens senkte sie den Kopf und schwieg. Durch ihre Adern schien Eis zu klirren. Sie schaute Rand an und erwartete, er würde triumphieren. Stattdessen las sie eine eindringliche Bitte in seinen Augen.

»Vertrau mir, Caitlin. Schon einmal hast du mir vertraut – und es nicht bereut.«

Sie würdigte ihn keiner Antwort. Erst hatte er sie verführt, und jetzt zwang er sie zur Ehe. Unbarmherzig würde er sie von ihrem Vater trennen, der auf ihre Hilfe angewiesen war. Wie sollte sie ihm trauen?

Und doch – eine innere Stimme drängte sie, diesem Mann ihr ganzes Vertrauen zu schenken.

17

»Sie sind nervös.« Grinsend beobachtete Percy, wie der Duke – seit zehn Jahren sein Freund und Arbeitgeber – an seiner breiten Krawatte und den Manschetten unter den Ärmeln des maßgeschneiderten braunen Jacketts zerrte. »Dass Sie dieses Mädchen früher oder später heiraten würden, wussten Sie doch. Warum regen Sie sich plötzlich so furchtbar auf? Das verstehe ich nicht.«

»Was haben Sie denn erwartet? Bevor ich von Caits Schwangerschaft erfuhr, hatte ich keinen Gedanken an eine Ehe verschwendet. Und jetzt werde ich nicht nur Ehemann, sondern auch Vater. Würden *Sie* in dieser Situation die Nerven behalten?«

Percy lachte. »Also gut, ich geb's zu. Wenn man mir eheliche Fesseln anlegen sollte, wäre ich auch etwas durcheinander... Übrigens, falls es Sie beruhigt – ich glaube, der jungen Dame geht es nicht viel besser als Ihnen.«

Seufzend kämpfte Rand wieder mit seiner Krawatte.

»Lassen Sie mich das machen, sonst werden Sie nie fertig.« Percy trat zu ihm und verknotete die Krawatte mit flinken, geschickten Fingern. Dann machte er einen Schritt zurück, um sein Werk zu bewundern. In dem dunkelbraunen Jackett und der beigen, mit feinen Goldfäden durchzogenen Weste sah der Duke sehr elegant aus. Dazu trug er ein blütenweißes Hemd, beige Breeches und Schuhe mit glänzenden goldenen Schnallen. »Ich fürchte nur, Sie sind etwas zu vornehm gekleidet, Euer Gnaden. Einem Gerücht zufolge will Miss Harmon in schlichtem braunem Köper heiraten.«

»Was mich nicht überrascht. Glücklicherweise ist es mir verdammt egal, was sie anhat, solange sie bei der Trauung ja sagt.«

»Kapitän Baptiste trifft schon seine Vorbereitungen. Lange wird's nicht mehr dauern.«

»Je früher ich's hinter mich bringe, desto besser«, murmelte Rand und schnippte ein imaginäres Staubkörnchen von seinem Ärmel.

Percy verbarg seine Belustigung. Natürlich wusste er, dass der Duke hinter der mürrischen Fassade und den flatternden Nerven vor allem Erleichterung empfand. Die junge Dame würde endlich ihm gehören. Und wenn er es auch nicht wahrhaben wollte – das war es, was er die ganze Zeit angestrebt hatte.

Bald würde die Hochzeitszeremonie beginnen. Nicht einmal in ihren wildesten Träumen hatte sich Cait ausgemalt, was ihr an diesem Tag widerfahren würde. Nicht als reine Braut, sondern als »gefallenes Mädchen« würde sie heiraten – von dem Mann, dessen Kind sie bereits unter dem Herzen trug, mit List und Tücke überrumpelt.

Schicksalsergeben, aber keineswegs glücklich, stand sie vor ihrem Zelt und wartete auf den Vater. Sie trug ihren schlichten braunen Rock, eine weiße Bluse und die abgewetzten Stiefel. Wenn der Duke of Beldon sie unbedingt heiraten wollte, musste er sie eben so nehmen, wie sie war!

»Missie Harmon?« Lächelnd trat Maruba auf die Lichtung, die hübsche, anmutige eingeborene Dienerin. »Die Köchin sagt, Sie haben kein Brautkleid. Deshalb bringt Ihnen Maruba das da.«

Verwirrt starrte Cait die rot geblümten üppigen Falten an, die über Marubas kaffeebraunem Arm hingen. »Es ist nicht so, dass ich kein Kleid hätte. Aber ich will in *diesen* Sachen heiraten.«

»Nein, nein, Missie. Heute ist Ihr Hochzeitstag. Da müssen Sie sich für Ihren Mann schön machen.« Maruba hielt einen roten Sarong hoch. »Darin werden Sie hübsch aussehen. Ein Geschenk für Sie von uns Frauen.«

Während Cait den Kopf schüttelte und überlegte, wie sie den Sarong höflich zurückweisen sollte, kam der Vater auf sie zu. »Warum bist du noch nicht angezogen?« Missbilligend musterte er ihre Arbeitskleidung. »Hast du nichts anderes?«

Trotzig reckte sie das Kinn vor. »Wenn er mich mit aller Macht haben will, muss er mich so nehmen, wie ich bin.«

Donovan Harmon streichelte mitleidig die Wange seiner Tochter. »Ich weiß, du heiratest den Duke nur notgedrungen. Aber ich kann unmöglich glauben, dass du nichts für ihn empfindest. Du würdest dich wohl kaum einem Mann hingeben, der dir nichts bedeutet. So etwas passt nicht zu dir.«

Bedrückt senkte sie ihre Lider. O ja, sie liebte Rand. Aber er erwiderte ihre Gefühle nicht, und er hatte kein Recht, ihre Wünsche zu ignorieren.

»Heute ist euer Hochzeitstag, Caitlin – ein besonderer Tag, an den ihr beide bis an euer Lebensende zurückdenken werdet. Soll sich dein Mann in zwanzig Jahren an die schäbige Kleidung seiner Braut erinnern? Willst du selber solche Erinnerungen bewahren?«

Cait presste die Lippen zusammen. In zwanzig Jahren… Würde Rand wirklich an diesen Tag denken? Was immer zwischen ihnen geschehen mochte – *sie* würde ihre Hochzeit nie vergessen. Sie betrachtete den fadenscheinigen Rock, die zerkratzten Stiefelspitzen, dann wandte sie sich resignierend zu der Eingeborenen. »Also gut, Maruba, ich nehme das Geschenk an, und es ist mir eine Ehre, das Kleid zu tragen.«

Strahlend entblößte Maruba ihre Zähne, die sich leuchtend weiß von der braunen Haut abhoben. »Kommen Sie, Missie, ich helfe Ihnen beim Umziehen. Und danach pflücken wir Blumen für Ihr Haar.«

Allzu lange dauerte es nicht, bis Cait ihre triste Arbeitskleidung mit dem farbenfrohen Sarong vertauscht hatte. Was würde Rand von dieser Aufmachung halten? Würde ihm die nackte Schulter gefallen? Und der Schlitz, der bei jedem Schritt ihren Oberschenkel zeigte? Letzten Endes beschloss sie, sich dem Stil der Inselbewohnerinnen vollends anzupassen, und verzichtete sogar auf ihre Glacélederschuhe. Geduldig stand sie da, während ihr Maruba und eine der anderen Frauen violette und weiße Orchideen ins Haar steckten.

Der Professor wartete vor dem Zelt, und als er seine Tochter diesmal in Augenschein nahm, lächelte er. »Sehr hübsch, meine Liebe. Jetzt siehst du wie eine richtige Braut aus. Und du wirst deinen Standpunkt trotzdem unmissverständlich darlegen, denn Beldon muss dich so nehmen, wie du bist. Die Frau, die er heiratet, ist einzigartig und lässt sich mit keiner anderen vergleichen. Daran sollte er stets denken.«

Gerührt stellte sie sich auf die Zehenspitzen und küsste seine zerfurchte Wange. »Wenn ich dich bloß nicht verlassen müsste ...«

»Für dich ist's höchste Zeit, flügge zu werden, kleiner Vogel«, meinte er und tätschelte beruhigend ihre Hand.

Cait wischte eine Träne von ihren Wimpern. »O Vater, ich liebe dich.«

»Und ich bin stolz auf dich, mein Mädchen. Du bist die beste Tochter, die sich ein Mann nur wünschen kann.«

Lächelnd ergriff er ihre Hand und führte sie zu einer Laube aus grünen Blättern und Orchideen, die einige Frauen zur Feier des Tages am Strand errichtet hatten. Darunter stand Rand und schaute ihr entgegen. Während sie seinen Blick erwiderte, entging ihr der besitzergreifende Ausdruck in seinen Augen nicht. Dann trat sie neben ihn und spürte, wie er den Sarong begutachtete, die nackte Schulter, den entblößten Schenkel. »So hatte ich mir das Kleid meiner Braut nicht vorgestellt«, bemerkte er amüsiert. »Aber ich glaube, ich ziehe es deinem braunen Rock und den abgetragenen Stiefeln vor.«

»Freut mich, dass ich dein Wohlgefallen errege«, zischte Cait. Niemals würde sie vergessen, wie er sie mit der Hilfe seines Kammerdieners übertölpelt hatte – ebenso wenig den Grund, warum er sie heiraten wollte.

»In der Tat, ich finde, du siehst sehr reizvoll aus. Aber nächstes Mal wirst du dieses Kleid nicht in der Öffentlichkeit tragen, sondern in unserem Schlafzimmer.«

Erbost starrte sie ihn an. Wie konnte er es wagen, ihr schon vor der Trauung Befehle zu geben? Sie öffnete den Mund, um ihm zu erklären, sie würde sich so kleiden, wie es ihr beliebte, und sie sei ihm keinen Gehorsam schuldig.

Aber da postierte sich schon der Kapitän vor dem Brautpaar. »Offenbar haben sich alle versammelt. Sind Sie bereit?«

Was für eine Frage... Nein, Cait war nicht bereit, diese erzwungene Ehe einzugehen. Unglücklich wandte sie sich zur kleinen Gruppe der Hochzeitsgäste, die einen Halbkreis um die Laube bildeten – ihr Vater und Sir Monty, Lord Talmadge, die Arbeiter und Dienstboten.

Wie erstarrt stand Geoffrey St. Anthony da. Von Gewissensqualen gepeinigt, beobachtete Cait ihn etwas länger, als es die Schicklichkeit erlaubte. Niemals hatte sie ihn verletzen wollen.

»Fangen Sie bitte an, Kapitän Baptiste.« Rands Blick wanderte von Cait zu Geoffrey. Dann ergriff er den Arm seiner Braut.

»Liebes Brautpaar, liebe Hochzeitsgäste«, begann der Kapitän mit seinem ausgeprägten portugiesischen Akzent den traditionellen Text vorzulesen. »Heute haben wir uns hier eingefunden...«

Wie aus weiter Ferne drangen die Worte zu Cait, und alle

ihre Nerven spannten sich an. Großer Gott, sie heiratete einen Mann, der sie nicht liebte – einen autoritären Duke, der es gewöhnt war, alles zu erreichen, was er wollte. Sobald er von seiner künftigen Vaterschaft erfahren hatte, war er viele tausend Meilen weit gereist, um die Mutter seines ungeborenen Kindes zu heiraten. Wie würde er sie behandeln? Und die zahllosen anderen Frauen, mit denen er sich zu vergnügen pflegte? Welch ein Leben würden sie in England führen?

Lauter ungeklärte Fragen. Unwillkürlich erschauerte sie.

»...bist du, Caitlin Harmon bereit, Randall Clayton, Duke of Beldon, zu deinem rechtmäßig angetrauten Ehemann zu nehmen?« Sie schluckte, und als Rand sie unsanft anstieß, würgte sie ein Ja hervor.

Dann wurde die Frage an ihn gestellt, und er antwortete laut und deutlich, wobei er einen strafenden Blick in Caits Richtung warf. Offensichtlich missfiel ihm ihre mangelnde Begeisterung oder ihr Mitleid mit Geoffrey.

Zu schade, dachte sie. Das hätte er sich überlegen sollen, bevor er mich vor meinem Vater und den Expeditionsteilnehmern in Verlegenheit brachte und diese grässliche Heirat erzwang. Wenige Minuten später war die Zeremonie beendet. Als der Kapitän dem Bräutigam erlaubte, die Braut zu küssen, presste Rand seinen Mund fast schmerzhaft auf Caits verkniffene Lippen. Sein Zorn war offenkundig. Vielleicht erwartete er, nachdem sie sich zur Heirat bereit erklärt hatte, würde sie klein beigeben. Nun, da irrte er sich ganz gewaltig.

»In einer Stunde wird der Kapitän den Anker lichten«, erklärte er, während die Hochzeitsgäste zu der improvisierten Tafel schlenderten, auf der eine eher kärgliche Mahlzeit angerichtet war. »Ich nehme an, du hast deine Sachen gepackt und bist zur Abreise bereit.«

»Meine Koffer sind gepackt, aber ich bin keineswegs *bereit*, die Insel zu verlassen. Wie du weißt, würde ich lieber bei meinem Vater bleiben.«

»Und wie du, meine teure Duchess, nur zu gut weißt, werde ich das nicht gestatten.«

Warum musste er sie so unverblümt daran erinnern, dass sie jetzt zu *ihm* gehörte. »Und Talmadge?«

Rand runzelte die Stirn. »Was ist mit ihm?«

»Wenn du ihn zu Recht verdächtigst – was wird er unternehmen, um sich die Schätze anzueignen? Obwohl du mir nicht glaubst, mein Vater ist unschuldig, und deshalb könnte er in Gefahr schweben.«

Darüber schien er eine Zeit lang nachzudenken, ehe er entgegnete: »Inzwischen habe ich erkannt, dass er nicht in Talmadges Betrügereien verwickelt ist. Bevor ich abreise, will ich den Professor über meinen Verdacht informieren. Dann wird er sich sicher in Acht nehmen.«

»Sollten wir nicht hier bleiben und …«

»Wir fahren nach England, Cait. Dort kannst du mein Kind in einer zivilisierten Umgebung zur Welt bringen. Das ist vorerst am wichtigsten.«

Da sie ihm Recht geben musste, widersprach sie nicht.

Monatelang hatte sie sich vor ihrer Niederkunft auf dieser primitiven Insel gefürchtet, wo ihr niemand beistehen würde. Und was Talmadge betraf … Soviel sie wusste, gab es noch immer keine Beweise für seine Schuld. Und auf Santo Amaro hatte er bis jetzt nichts verbrochen. Warum sollte ihr Vater ihm misstrauen?

Andererseits waren zahlreiche Schätze ausgegraben worden – genug, um den habgierigen, selbstsüchtigen Mann zu interessieren, für den Rand den Baron hielt. Eine weitere Sorge, die auf Caits Seele lastete …

Nach einem tränenreichen Abschied, zumindest auf Caits Seite, folgte sie ihrem Mann an Bord der *Moroto*. Angesichts ihres Kummers fühlte er sich fast schuldig. Nur fast. Caitlin Harmon – Caitlin Harmon Clayton, verbesserte er sich, soeben zur Duchess of Beldon avanciert – liebte Geoffrey St. Anthony nicht. Und sie war keineswegs verpflichtet, ihr Leben dem Vater zu weihen.

Also hatte er sie vor einem traurigen Schicksal bewahrt. Die Ehe mit St. Anthony würde einer intelligenten, willensstarken Frau wie Cait wohl kaum genügen. Und jahrelang mit ihrem Vater von einer Ausgrabungsstätte zur anderen zu ziehen – das war sicher keine Zukunft, die ihr gefallen würde, was immer sie auch behauptete.

Rand hatte sie gerettet, geheiratet und ihrem Kind einen Namen gegeben. Verdammt, dafür müsste sie ihm danken. Stattdessen sprach sie kaum ein Wort mit ihm, seit sie Santo Amaro verlassen hatten. In den letzten zehn Tagen war sie still und verschlossen gewesen.

Und er hatte die Ehe noch immer nicht vollzogen, was ihn am allermeisten ärgerte.

»Jetzt grübeln Sie schon wieder«, bemerkte Percy, als er neben Rand an die Reling der *Swift Venture* trat, die sie von Dakar nach London brachte. Bei der Ankunft an der afrikanischen Küste hatten sie glücklicherweise sofort ein Schiff gefunden, das Kurs auf England nehmen würde. Schon einen Tag später hatte die Besatzung die Segel gesetzt. »Eheprobleme? Nach so kurzer Zeit?«

»Was mich stört, wissen Sie nur zu gut, Percy. Seit zehn Tagen schlafe ich in Ihrer Kabine. So hatte ich mir die Flitterwochen nicht vorgestellt.«

»Und warum weigern Sie sich, das Bett Ihrer schönen Gemahlin zu teilen. Der Grund, den Sie mir nannten, klang so armselig, dass ich ihn offenbar vergessen habe.«

»Zum Teufel, ich will ihr Zeit geben. Sie soll ihre Ehe freiwillig akzeptieren.«

»Glauben Sie, die Duchess würde zu dieser Einsicht gelangen, wenn Sie sich von ihr fern halten?«

»Zweifeln Sie daran?«

»Soviel ich mich entsinne, erlag die Lady damals im Teich nur zu gern Ihrem eher fragwürdigen Charme, Euer Gnaden. Und da Sie Ihre Verführungskünste an jenem Tag so erfolgreich nutzen konnten, müssten sie auch jetzt zum gewünschten Ergebnis führen.«

Rand starrte seinen Freund an. Nur zu deutlich erinnerte er sich an die Ereignisse im idyllischen Teich. Sollt er diese Taktik noch einmal anwenden? Plötzlich verflog seine schlechte Laune. »Bei Gott, vielleicht haben Sie Recht, Percy«, meinte er grinsend. »Die kleine Hexe verkriecht sich schon lange genug in ihrem Schneckenhaus. Jetzt soll sie endlich an ihren Mann denken. Höchste Zeit, dass sie sich dran gewöhnt!«

»Genau«, stimmte Percy zu.

Rand wandte sich wieder zur Reling und betrachtete den Horizont. Bis zum Einbruch der Dunkelheit würden noch einige Stunden verstreichen. Zehn grauenhafte Tage lang hatte er sich die Freuden in Caits süßen Armen versagt. Und jetzt, wo er seinen Entschluss gefasst hatte, wäre er am liebsten in ihre Kabine gestürmt, um sie aufs Bett zu werfen und leidenschaftlich zu lieben.

Dazu ließ er sich natürlich nicht hinreißen. Er würde warten, bis sie sich nach dem Dinner zurückzog und dann zu ihr unter die Decke kriechen. Das hätte er schon in der Hochzeitsnacht an Bord der *Moroto* tun sollen. Voller Sehnsucht streifte sein Blick die Leiter, die zu ihrer Kabine hinabführte. Nein, er würde sich nicht bis nach dem Abendessen gedulden.

Sobald die Sonne hinter dem Horizont verschwunden war und nächtliches Dunkel über dem Schiff lag, schlenderte er in Richtung von Caitlins Tür.

Zehn Tage, dachte Cait erbost. Zehn Tage, und Rand hatte ihr Bett noch immer nicht geteilt. Sie war sicher gewesen, er würde schon in der ersten Nacht seine ehelichen Rechte fordern – die sie ihm verweigert hätte. Stattdessen warf sie sich rastlos in ihrer Koje umher, fand keinen Schlaf, und Rand kam nicht zu ihr. Vor der Trauung hatte sie sich gefragt, wie er sie wohl behandeln würde. Dass er sie so beharrlich ignorierte, hatte sie nicht erwartet.

Sie spähte durchs Bullauge. Nur ein endloses Meer und weiß gekrönte Wellen. Soeben war die Sonne untergegangen. Bald musste sie sich aufs Dinner vorbereiten und eines der wenigen ansehnlichen Kleider anziehen, die sie aus England mitgebracht hatte. So wie jeden Abend würde Rand sie aus der Kabine abholen und in den Speiseraum führen, wo sie zusammen mit dem Kapitän und anderen Passagieren dinieren würden. Dann würde er höfliche Konversation machen – über alle möglichen Themen, nur nicht über jene, die Cait interessierten.

Niemals erwähnte er ihren Vater oder Talmadge, nicht einmal die Tage, die er auf Santo Amaro verbracht hatte – ebenso wenig das Baby, ihre Ehe oder die Zukunft.

Allem Anschein nach wollte er über nichts reden, das Cait aufregen könnte.

Nun, sie regte sich nicht auf – sie langweilte sich. Und dass sie sich in der Ehe mit Rand Clayton langweilen würde, hätte sie wahrhaftig nie gedacht.

Seufzend ergriff sie ihren Stickrahmen, sank aufs Bett und begann zu sticheln. Diese Tätigkeit gefiel ihr nicht besonders. Aber es war noch zu früh, um sich fürs Dinner anzuziehen, und sie hatte keine Lust, eins ihrer Bücher zu lesen.

Sie schaute wieder zum Bullauge. Inzwischen waren die letzten Sonnenstrahlen erloschen, und der Himmel hatte sich verdunkelt, bis auf einen schwachen Schimmer am Horizont. Im Korridor vor der Kabine erklangen Schritte. Ohne anzuklopfen, riss Rand die Tür auf und stürmte in die Kabine. Caits Finger krampften sich um den Stickrahmen. Etwas zu heftig stach sie die Nadel in den Stoff. »Fürs Dinner ist es noch zu früh. Was willst du?«

»Was ich will?«, stieß er zwischen zusammengebissenen Zähnen hervor. »*Du* fragst *mich*, was ich will?«

In aggressiver Haltung stand er da, die Hände geballt, die Beine leicht gespreizt – nicht mehr jenes kühle Desinteresse in den Augen, das Cait seit Tagen irritierte, sondern die gleiche Glut wie auf Santo Amaro. Ihr Puls beschleunigte sich.

»Zehn Tage lang ließ ich dich in Ruhe«, erklärte er, »weil ich dir Zeit geben wollte. Du solltest dich an die Ehe gewöhnen und die Situation akzeptieren. Offensichtlich ist das nicht geschehen.« Als er zielstrebig zum Bett ging, rutschte sie nach hinten. Aber er riss ihr den Stickrahmen aus der Hand, zog sie auf die Beine und umarmte sie. »Du bist meine Frau! Höchste Zeit, dass dir das klar wird!« Ehe sie antworten konnte, verschloss ihr ein heißer Kuss den Mund. Ein paar Sekunden lang erwog sie, ihn abzuwehren. Gewiss, er war ihr Ehemann, aber das gab ihm noch lange nicht das Recht, so ungestüm hereinzuplatzen und Forderungen zu stellen.

Doch dann erkannte sie die Wahrheit. Sie *wollte* geküsst, berührt und geliebt werden. Mit beiden Händen umfasste er ihr Gesicht und küsste sie immer leidenschaftlicher. Aus ihrer Kehle rang sich ein leiser, halb erstickter Laut. Bereitwillig öffnete sie die Lippen, ihre Zunge spielte mit seiner. Da hörte sie ihn stöhnen.

Ihre zitternden Hände glitten unter sein Jackett und streiften es von seinen Schultern. Während sie die Knöpfe seiner Weste öffnete, spürte sie, wie sich seine Muskeln anspannten. Ungeduldig drängte sie ihn, das weiße Hemd über seinen Kopf zu ziehen, und presste ihre Lippen auf seine nackte Brust.

»O Gott, Caitie – ohne dich stand ich Höllenqualen aus. So schmerzlich habe ich dich vermisst...« Er schlang seine Finger in ihr Haar und riss ihre Bluse auf, zerrte an der Bandage, die ihre schweren Brüste stützte, fand endlich den Verschluss, und sie lagen in seinen Händen.

Genauso begierig knöpfte Cait seine Hose auf, berührte die vibrierende Erektion, die sich gegen den Stoff presste, und sein Atem stockte. Da ihm ihre Bemühungen zu lange dauerten, öffnete er selbst die letzten Knöpfe, und der harte Beweis seiner Lust glitt in ihre Hand. Voller Verlangen schloss sie ihre Finger darum, erforschte den Umfang, die Länge.

Bis zur Taille waren sie beide nackt. Vor Begierde konnten sie kaum noch Luft holen. Rand sank mit Cait aufs Bett, schob ihre Röcke hoch und legte sich zwischen ihre Beine. Aufreizend begann er, ihre Brüste zu küssen. Sie spürte seinen warmen Atem auf ihrer Haut, die feuchten Lippen, die eine Spur über den gewölbten Bauch zogen, bis zum Zentrum ihrer Lust, das sie behutsam liebkosten.

In ihrem Innern entstand ein süßes Feuer, durchströmte ihr Blut und weckte eine unerträgliche Sehnsucht, während er sie intim liebkoste, mit seiner heißen Zunge und kunstfertigen Händen. Ekstatisch bäumte sie sich auf und schlang ihre Finger in sein welliges braunes Haar. Ihr ganzer Körper spannte sich an, von wildem Entzücken erfasst, genoss sie ihre Erfüllung.

Schluchzend flüsterte sie seinen Namen, als er sich aufrichtete und in sie hineinstieß. Seine samtene Härte füllte sie bis zur äußersten Grenze aus. Dann zog er sich langsam zurück, drang wieder vor. Immer schneller bewegte er sich, begierig und ausdauernd. Niemals würde er genug von ihr bekommen.

Nach ihrem zweiten Höhepunkt ließ er nicht von ihr ab, weckte ihre Lust von neuem und jagte sie zu einem dritten Gipfel empor.

»Caitie…«, stöhnte er, während er sein Verlangen gemeinsam mit ihr stillte und ein überwältigendes Glücksgefühl seinen ganzen Körper erschütterte. Ein letztes Mal küsste er sie. Seine Herzschläge beruhigten sich, dann lag er neben ihr und hielt sie in den Armen.

Eine Zeit lang schwiegen sie, lauschten den knarrenden Planken, spürten das Schwanken des Schiffs, das die Wellen durchpflügte.

Cait lächelte an Rands Schulter. »Das hättest du schon früher tun sollen.«

»Ja, das habe ich inzwischen auch erkannt.« Zärtlich berührte er ihre Wange. »Ich wollte dich nicht zur Ehe zwingen, Cait. Die ganze Zeit hoffte ich, du würdest zu mir kommen und von deinem Baby erzählen.«

»Ein paarmal hätte ich mich fast dazu durchgerungen.«

»Jetzt spielt es keine Rolle mehr. Wir sind verheiratet. Unserem Kind zuliebe. Nur das zählt.«

Unserem Kind zuliebe. Im Grunde ihres Herzens hatte sie es gewusst. Trotzdem war es schmerzlich, diese Worte zu hören.

»Nach allem, was soeben geschah…«, fuhr er in selbstgefälligem Ton fort. »Sollen wir einen Waffenstillstand vereinbaren? Wie ich mich entsinne, haben wir das schon einmal getan, mit beachtlichem Erfolg.«

Ein Waffenstillstand. Ja, diesen Vorschlag konnte sie akzeptieren. Immerhin waren sie jetzt verheiratet. Und sie hatte ohnehin keine Wahl. Aber es schmerzte zutiefst – das Wissen, dass er sie nicht liebte. Würde sie kein Kind von ihm erwarten, hätte er sie niemals geheiratet.

So viele Probleme belasteten ihre Ehe. Was würde geschehen, wenn sie in London ankamen? Welches Leben würden sie führen?

Cait wünschte, sie könnte in die Zukunft blicken. Und sie war froh, weil sie diese Fähigkeit *nicht* besaß.

Über einen Monat verbrachten sie auf dem Meer. Nach den ersten Liebesstunden an Bord der *Swift Venture* übersiedelte Rand in Caits Kabine. Jetzt war die Seereise nicht mehr langweilig.

Allmählich sprach Rand etwas freimütiger mit seiner Frau, und bald gab es keine Themen mehr, die er vermied. Sie überlegten, welchen Namen sie dem Kind geben sollten, wie sie das Kinderzimmer auf Beldon Hall einrichten würden, dem Landsitz des Dukes in Buckinghamshire. Dort würden sie in Zukunft ihre Zeit verbringen.

»Ein schönes, weitläufiges Gebäude inmitten grüner Hügel«, erklärte er. »Weit weg vom Lärm und Schmutz der Stadt, genau die richtige Umgebung für ein Kind.«

Hin und wieder diskutierten sie über Geoffrey St. Anthony. Caitlin verteidigte ihn, und Rand betonte, der Bursche hätte einen miserablen Ehemann abgegeben.

»Diesen armen Kerl hättest du gründlich durchgekaut und in winzigen Stücken ausgespuckt.« Rand grinste teuflisch. »Mit dir wird nur ein richtiger Mann fertig. Kein grüner Junge.«

Cait unterdrückte ein Lächeln. Natürlich war Rand ein richtiger Mann. Und sie musste ihm Recht geben. Sie hatte

Geoffrey niemals attraktiv gefunden und seine Konversation ziemlich geistlos. Trotzdem empfand sie eine gewisse Genugtuung angesichts der Eifersucht in Rands Blick, wenn sie von einem anderen Mann sprach.

Oft waren sie geteilter Meinung. Doch das gefiel ihr – sie stritten temperamentvoll, schrien sich an, und die Anziehungskraft ließ trotzdem nicht nach. Wobei die Versöhnung das Beste an jeder Debatte war. Letztes Mal hatte Rand entschieden, nun hätte das Wortgefecht lange genug gedauert, seine Frau in die Kabine getragen, aufs Bett geworfen und mit hemmungsloser Leidenschaft beglückt.

Manchmal sprachen sie auch über den Baron. Rand erwähnte die letzten Informationen, die ihm der Polizist aus der Londoner Bow Street gegeben hatte. Dann berichtete er von dem Gespräch, das er mit Caits Vater geführt hatte, kurz bevor sie an Bord der *Moroto* gegangen waren.

»Was Talmadge betrifft, ist dein Vater keiner Vernunft zugänglich«, seufzte er. »Nach seiner Ansicht ist der Mann ein Heiliger. Davon lässt er sich nicht abbringen. Vielleicht kehren wir nach der Geburt des Babys auf die Insel zurück, um den Professor zu beschützen.«

Dafür liebte sie ihn. Weil er ihre Sorge verstand und sie davon befreien wollte. Mit jedem Tag liebte sie ihn ein bisschen mehr. Und was immer er für sie empfinden mochte – auch seine Gefühle schienen zu wachsen. Bei dieser Erkenntnis schöpfte sie zum ersten Mal, seit sie die Insel verlassen hatten, eine zaghafte Hoffnung. Vielleicht würde er sie eines Tages lieben lernen.

Schließlich erreichten sie London. Wenige Tage später zogen sie nach Beldon Hall, wo Caits Zuversicht bald verflog.

18

Rand betrat die Eingangshalle von Beldon Hall. Erst seit einer Woche wohnten sie hier, und das Haus erschien ihm schon jetzt verändert – viel gemütlicher.

Als Caits Gelächter aus dem Oberstock herabdrang, blieb er kurz stehen. Dann stieg er die Treppe hinauf. Sie sprach gerade mit dem Innendekorateur und suchte die Farbe für das Kinderzimmer aus. »Ein helles, sonniges Gelb«, entschied sie, obwohl ihr Mann auf Königsblau bestanden hatte. »Du könntest dich irren«, hatte sie argumentiert. »Vielleicht wird's ein Mädchen.«

»Nein, ein Junge«, widersprach er so energisch, dass sie lachen musste. Schließlich hatte er sich ihren Wünschen gefügt. »Wenn's unbedingt sein muss, richte das Zimmer eben in Gelb ein.«

Jetzt schliefen sie nicht mehr miteinander. Seine Frau war im siebten Monat, und er fürchtete, die leidenschaftlichen Intimitäten würden dem Baby schaden – obwohl der Arzt betont hatte, diese Sorge sei unbegründet.

Angesichts einer fortgeschrittenen Schwangerschaft würden die meisten Männer sehr gern auf ihre ehelichen Rechte verzichten, dachte Rand. Aber Caits Körper faszinierte ihn genauso wie eh und je. Er wollte sie berühren, festhalten, die Bewegungen seines Kindes in ihrem runden Bauch spüren. Und er wollte in ihr versinken, so wie früher.

Diese fast unerträgliche Sehnsucht erschreckte ihn ebenso wie seine anderen neuartigen Gefühle. Was immer Cait verlangte, würde er ihr geben – vielleicht, weil sie ihn nur selten um etwas bat. Und was sie auch plante, es drängte ihn, ihr zuzustimmen. Was er natürlich nicht tat.

Als Duchess of Beldon musste sie gewisse Regeln beachten. Dafür sorgte er. Jetzt durfte sie nicht mehr allein ausgehen. Schwangere Frauen pflegten ohnehin daheim zu bleiben. Keine Vorträge im Britischen Museum. Und schon gar keine extravaganten Schmähreden gegen angebliche Vergehen, die er selbst verübte. Dazu gehörte zum Beispiel seine wertvolle Jadesammlung. Oder seine Privatsammlung alter römischer und griechischer Büsten.

»Unglaublich!«, hatte Cait beim Anblick der schönen chinesischen Jadestücke im orientalischen Salon seines Londoner Hauses gerufen. »Diese großartigen Kunstwerke versteckst du in diesen Vitrinen? Obwohl du weißt, wie ich über solche Dinge denke, hast du nie ein Wort gesagt!«

»Gerade *deshalb*«, entgegnete er grinsend.

»Oooh, du bist ein einziges Ärgernis!«

»Du etwa nicht? Wenn unser Sohn geboren ist, werde ich dich für all die schlaflosen Nächte bestrafen, die du verschuldest. Wozu ich übrigens auch die jetzigen Nächte rechne, die wir nicht im selben Bett verbringen.«

Da war sie zauberhaft errötet, und Rand hatte zum hundertsten Mal überlegt, welch großen Teil seines Herzens sie besaß. Um sich die Wahrheit einzugestehen – er betete sie an. Auch das gehörte zu den Gefühlen, die ihm Angst einjagten. In seinem Bekanntenkreis gab es – von Nick Warring abgesehen – keine Männer, die so viel für ihre Ehefrauen empfanden.

Sicher würde ihn sein Vater auslachen und für verrückt erklären. »Die Frauen sind dazu da, einen Mann gelegentlich zu amüsieren, ihm Söhne zu schenken – das ist alles, wozu sie gut sind. Wer das vergisst, ist kein Mann.«

Und wie viel ihm das Kind bedeutete... Schon jetzt betrachtete er den kleinen Jonathan Randall – so sollte das Baby heißen, wenn es ein Junge war, woran Rand nicht zweifelte – als vollwertiges Familienmitglied. Manchmal gewann er beinahe den Eindruck, sein Erbe würde bereits in der Wiege oben im Kinderzimmer liegen, eine winzige dunkelhaarige Version von ihm selbst. Oder vielleicht mit den Sommersprossen und feuerroten Locken seiner Mutter… Jedenfalls würde der Bursche so klug sein wie Cait und so stark wie sein Vater.

Bei diesem Phantasiebild musste Rand lächeln. Am liebsten hätte er ein ganzes Haus voller Kinder… Abrupt erlosch sein Lächeln.

Was zum Teufel dachte er da? Es war Frauensache, von Babys zu schwärmen und sich wie liebeskranke Schwachköpfe aufzuführen. Als er sich vorstellte, was sein Vater zu alldem sagen würde, erschauerte er.

»Rand? Bist du das?« Cait kam aus dem Kinderzimmer und beugte sich über das Geländer am Treppenabsatz. Atemlos schaute er in ihre strahlenden Augen. Verdammt, wie schön sie war! Während sie sein Kind erwartete, sogar noch schöner denn je. Mit ihrem klaren Teint und den rosigen Wangen sah sie so attraktiv aus wie nie zuvor. Zumindest nach seiner Ansicht. »Hilf mir doch, die Farbe für die Vorhänge auszusuchen. Der Dekorateur findet die Seide, die mir gefällt, zu hell. Sag mir, was du davon hältst.«

Diesen Gefallen hätte er ihr gern erwiesen. Er besaß einen ausgeprägten Farbensinn. Deshalb hatte er in seiner Kindheit so oft gemalt und Farben verwendet, um die Welt so darzustellen, wie er sie sah – leuchtend und wunderschön. Seiner Kunst wäre er auch später treu geblieben, hätte es der Vater nicht verboten.

Nun schüttelte er den Kopf. »Leider musst du ohne mich auskommen. Ich habe in meinem Arbeitszimmer zu tun.«

Natürlich stimmte das. Irgendetwas gab es immer zu erledigen. Aber in Wirklichkeit fürchtete er Caits Nähe. Mit jedem Tag, den er in ihrer Gesellschaft verbrachte, mit jeder

Stunde und Minute wuchs ihre Anziehungskraft. Würde er ihretwegen noch den Verstand verlieren und sich in einen lächerlichen Weichling verwandeln? Würde er sie tatsächlich *lieben*?

Nein, das durfte nicht geschehen.

Durch das Fenster des Roten Zimmers sah Cait ihren Mann mit dem Gärtner sprechen, dem er gerade erklärte, wie der Garten überwintern sollte.

»Darum hätte ich mich schon längst kümmern müssen«, hatte er ihr letzten Abend beim Dinner erklärt, zur einzigen Tageszeit, wo sie mit seiner Anwesenheit rechnen durfte. »Aber ich lasse den winterlichen Garten jedes Jahr etwas anders herrichten. Und da ich diesmal verreist war und keine Anweisungen hinterließ, hat mein Gärtner nichts unternommen.«

Auch der Gartenbau gehörte zu seinen zahlreichen Interessen, wie die Poesie und die Vogelwelt. Cait lächelte nur, als er die Hecke erwähnte, die er bestellt hatte – in der Form eines Leoparden zurechtgestutzt. Letztes Jahr war es ein riesiger Bär gewesen. An diesem Morgen hatte sie ihn gebeten, seine Arbeit für eine Weile zu unterbrechen und den Lunch mit ihr einzunehmen. Das hatte er abgelehnt.

Wehmütig sagte sie sich, darüber dürfte sie sich nicht ärgern. Nach der Ankunft in Beldon Hall hatte sie festgestellt, wie beschäftigt ein Duke war. Er musste seine Ländereien verwalten, für die Menschen sorgen, deren Lebensunterhalt von ihm abhing. Und Rand nahm seine Pflichten sehr ernst.

Aber neuerdings fürchtete Cait, nicht nur sein Verantwortungsgefühl würde ihn von ihr fern halten.

Allmählich glaubte sie, er würde ihr absichtlich aus dem Weg gehen. Er kam nicht mehr in ihr Bett, obwohl der Arzt versichert hatte, das Eheleben würde dem Baby nicht schaden. Und abends saß er meistens in seinem Arbeitszimmer, statt mit ihr Karten oder Schach zu spielen, so wie früher.

Warum er sich so seltsam verhielt, wusste sie nicht. Schließlich fürchtete sie, ihr unförmiger Körper würde ihn abstoßen. Das sprach er natürlich nicht aus. Im Gegenteil, immer wieder versicherte er, sie würde bezaubernd aussehen – was sie ihm nicht glaubte.

Jetzt beobachtete sie ihn durch das Fenster und sah ihn zum Stall gehen. Der Herbsttag war klar und mild. Am Himmel zogen nur wenige Wolken dahin. Eine sanfte Brise bewegte die Zweige. Wahrscheinlich würde Rand ausreiten und einige Pächter besuchen. Wie gern würde sie ihn begleiten… Leider durfte sie in den letzten Monaten ihrer Schwangerschaft nicht mehr auf ein Pferd steigen.

Aber sie harrte schon viel zu lange in diesen vier Wänden aus. Ein Spaziergang würde ihr sicher gut tun. Kurz entschlossen holte sie einen Kaschmirschal aus ihrem Schlafzimmer, verließ das Haus und folgte dem schmalen, gewundenen Bach, der hügelige Felder trennte.

Der Wind wehte etwas stärker, als sie erwartet hatte, und zerzauste ihr Haar. Zwischen kahlen Ästen schimmerte das Sonnenlicht hindurch. Eventuell hätte sie einen Hut mitnehmen sollen. Aber diesen Gedanken verwarf sie sofort wieder. Wenn eine sommersprossige Duchess nicht der Mode entsprach – wirklich zu schade… Viel zu oft hatte sie sich den Wünschen ihres Mannes gefügt. Sie würde stets so bleiben, wie sie war. Das hatte Rand vor der Hochzeit gewusst.

Sie stieg auf einen kleinen Hügel. Zu ihrer Überraschung stand Rand auf dem anderen Hang, vom Haus nicht zu sehen. Eine Palette voller bunter Herbstfarben in der Hand, neigte er sich zu einer dreibeinigen Staffelei und malte eine hübsche Landschaftsszene – ein unbelaubtes Ahornwäldchen am Ufer des klaren Bachs.

Neugierig auf sein Werk, trat Cait näher und versuchte, über seine Schulter zu spähen, ohne ihn zu stören. Doch er spürte ihre Anwesenheit, drehte sich um, und als er sie erkannte, wurde er blass vor Zorn. »Was zum Teufel machst du hier draußen? Kannst du mich nicht einmal ein paar Minuten in Ruhe lassen? Musst du mir dauernd nachlaufen wie ein junges Hündchen?«

Zunächst fehlten ihr die Worte, dann bemerkte sie überflüssigerweise: »Du malst.« Verlegen, gekränkt und erbost zugleich erwiderte sie seinen vernichtenden Blick.

Das Blut stieg in seine eben noch bleichen Wangen. »Oh, ich vertreibe mir nur die Zeit«, erklärte er und nahm das Bild von der Staffelei. Erschrocken schnappte sie nach Luft, als er es mitten entzweiriss. »Wie du siehst, habe ich meine Tätigkeit schon beendet«, fügte er hinzu, ließ die beiden Hälften des Aquarells zu Boden flattern und stürmte in die Richtung des Hauses.

Cait hob die zwei Teile des Papiers auf und studierte die klaren Linien. Wie wundervoll er das Licht zwischen den Bäumen eingefangen hatte... Warum musste er dieses schöne Kunstwerk vernichten, fragte sie sich traurig.

Großer Gott, was war nur los mit ihm?

Im Grunde ihres Herzens wusste sie es. Sie entsann sich, dass Maggie ihr erzählt hatte, Rands künstlerische Neigungen seien von seinem Vater verspottet und »weibisch« genannt worden. Bestürzt kehrte sie zum Gipfel des kleinen Hügels zurück und starrte ihrem Mann nach. Wenige Sekunden später raffte sie ihre Röcke und folgte ihm, so schnell sie konnte. Im Garten holte sie ihn ein.

»Warte, Rand!« Obwohl er den Ruf hörte, ging er entschlossen weiter. »Rand, ich möchte mit dir reden – bitte...«

Da verlangsamte er seine Schritte. Neben einer Hecke blieb er stehen und holt tief Atem. »Was willst du? Ich habe zu tun.«

»Hör mir zu, Rand«, flehte sie und hielt die beiden Hälften des Aquarells hoch. »Dieses Bild finde ich großartig. Und deshalb brauchst du dich wahrlich nicht zu schämen. Du bist ein hoch begabter Künstler. Darauf solltest du stolz sein.«

Forschend betrachtete er ihr Gesicht und entdeckte weder Spott noch die offensichtlich erwartete Missbilligung. »Es ist nur ein Hobby«, verteidigte er sich.

»Warum du malst, spielt keine Rolle, solange es dir Freude bereitet. Und dieses Aquarell ist wirklich wundervoll. Deine anderen Werke würde ich auch gern sehen.«

Jetzt entspannte er sich allmählich. »Ich habe erst dieses Jahr wieder zu malen angefangen.«

»In deiner Kindheit hast du dich sehr oft damit beschäftigt«, erinnerte sie ihn in der Hoffnung, er würde ihr davon erzählen.

»Ja, früher malte ich sehr gern, und die Bilder gefielen meiner Mutter. Natürlich protestierte mein Vater gegen meine künstlerischen Bemühungen.«

»Weil er sie für unmännlich hielt.«

Unbehaglich zuckte Rand die Achseln. »Deshalb verprügelte er mich sogar. Unzählige Male. Meine Mutter versuchte ihn daran zu hindern, ohne Erfolg. Damals war sie noch nicht die starke Frau, zu der sie sich nach seinem Tod entwickelte. Meine Malsachen hatte ich längst weggeräumt. Wie gesagt, erst in diesem Jahr holte ich sie wieder hervor.«

»O Rand – du bist der stärkste Mann, den ich jemals kannte. Aber ich liebe auch die empfindsame Seite deines Wesens.«

Er räusperte sich und wich ihrem Blick aus. »Tut mir Leid, dass ich dich vorhin angeschrien habe. War nicht so gemeint...«

Beglückt nahm sie seine Entschuldigung an. »Glaub mir,

ich bin dir nicht nachgerannt. Ich wusste nicht einmal, wo du warst.«

Lächelnd ergriff er ihre Hand und zog sie an die Lippen. In seinen Augen lag so viel Wärme, so viel Zärtlichkeit. Eine Zeit lang starrte er sie an, und sie beobachtete einen inneren Konflikt, der das Lächeln verscheuchte. »Komm mit mir ins Haus«, murmelte er. »Ich muss endlich arbeiten.«

»Geh nur – ich bleibe noch ein bisschen an der frischen Luft.«

Wortlos nickte er. Welche sanften Gefühle er auch empfunden haben mochte – er hatte sie verdrängt. Seine Miene verschloss sich, verwandelte sich in jene unergründliche Maske, die er ihr in letzter Zeit so oft zeigte. Ohne sie noch ein einziges Mal anzuschauen, kehrte er ins Haus zurück. Seit der Abreise von Santo Amaro hatte sich Cait noch nie so einsam gefühlt wie in diesem Moment. Bedrückt wanderte sie zum Ufer des schmalen Bachs.

Zwei Wochen nachdem der Duke und seine Ehefrau nach England zurückgekehrt waren, traf Maggie Sutton, Countess of Trent, mir ihrem Gemahl in Beldon Hall ein. Zu diesem Besuch hatte Rand die beiden ermutigt. Da er Cait nicht darüber informiert und ihr keine Zeit gegeben hatte, sich auf das heikle Wiedersehen vorzubereiten, empfing sie Maggie ziemlich kühl, sogar frostig.

Unbehaglich verließ Maggie das hübsche blaue Schlafzimmer, das sie mit Andrew teilte. Nachdem sie Caits Vertrauen missbraucht hatte, durfte sie ihr das unfreundliche Verhalten nicht übel nehmen. Nun strebte sie eine Versöhnung an.

Während Rand und Andrew zur Jagd gingen, fand sie Cait im Kinderzimmer, einem sonnigen kleinen Raum gegenüber den Privatgemächern der Duchess. Die Wände waren in hellem Zitronengelb gestrichen, weißer Stuck schmückte die

Decke und umgab den Türrahmen. Auch die Wiege war weiß, ebenso wie die Möbel. Über den Kissen auf der Fensterbank lag eine Steppdecke in verschiedenen Gelbtönen.

Cait wandte sich zu Maggie und hob das Kinn. »Wolltest du nicht in deinem Zimmer lesen?«

»Hör mal, Cait, ich bin nicht hierher gefahren, um herumzusitzen und zu lesen. Ich wollte mit dir reden – und feststellen, wie's dir geht.« *Wie Rand dich behandelt. Ob ich dein Leben zerstört habe...*

»Wie du siehst, fühle ich mich sehr gut. In zwei Monaten kommt das Baby zur Welt. Rand sorgt für alle meine Bedürfnisse.«

In ihrer Stimme schwang ein feindseliger Unterton mit, der Maggie fast das Herz brach. »Ich weiß, wie du über mich denkst, Cait. Aber ich wollte dich niemals hintergehen. Du ahnst nicht, wie schwer mir die Entscheidung fiel, ob ich Rand aufsuchen sollte oder nicht. Dazu entschloss ich mich nur, weil ich von eurer Liebe überzeugt war.«

»Dachtest du wirklich, Rand würde mich lieben?«, fragte Cait ausdruckslos.

»Das sah ich, wann immer ihr zusammen wart. So wie du ihn angeschaut hast – und er dich. Deshalb wollte ich dir zu dem Glück verhelfen, das ich bei Andrew gefunden habe.«

»O Maggie – tut mir so Leid...« In Caits Augen glänzten Tränen. »Das habe ich nicht verstanden.« Schluchzend sanken sie sich in die Arme. »Du warst meine beste Freundin. Und als ich erfuhr, dass du Rand verraten hattest, was ich nur dir anvertrauen wollte, glaubte ich, meine ganze Welt würde einstürzen.« Maggie setzte sich auf ein kleines gelbes Sofa an der Wand, und Cait nahm neben ihr Platz.

»Bevor ich zu Rand ging, focht ich einen harten Kampf mit meinem Gewissen aus. Schließlich tat ich, was mir am besten erschien – für dich, für ihn, für das Kind. Erzähl mir, was bei seiner Ankunft auf Santo Amaro geschah. Wie konnte er dich zur Heirat überreden?«

Seufzend wischte Cait die Tränen von ihren Wangen und schilderte die überraschenden Ereignisse. Zum Schluss berichtete sie, wie Rand sie im Teich verführt und wie ihr Vater sie mit Hilfe des Kammerdieners Percy Fox ertappt hatte. Entgeistert schüttelte Maggie den Kopf.

»Er liebt dich, Cait. Das weiß ich.«

»Leider irrst du dich. Inzwischen bereut er die Heirat. Wäre er nicht so brennend an seinem Kind interessiert, würde er nach London zurückkehren.«

»Lass ihm Zeit, Cait«, bat Maggie und ergriff die Hand ihrer Freundin. »Was immer er auch empfindet – für ihn ist es neu und rätselhaft. In seiner Seele verbergen sich tiefe Gefühle. Davor hat er Angst, weil er fürchtet, eines Tages könnten sie *ihn* beherrschen – nicht umgekehrt.«

»Ach, Maggie…«

»Liebst du ihn?«

»O ja«, gestand Cait verzweifelt. »Deshalb finde ich das alles so schwierig.«

»Natürlich ist's nicht einfach, mit ihm zu leben.«

»Welch ein eigensinniger, dominanter Mann! Dauernd erteilt er Befehle, als würde er keine Ehefrau, sondern ein Heer herumkommandieren.«

»Aber du liebst ihn.«

»Ja, ich liebe ihn«, bestätigte Cait und lächelte traurig.

»Dann bereue ich nicht, was ich tat. Hoffentlich wird sich alles zum Guten wenden, und du kannst mir vergeben.«

Gerührt umarmte Caitlin ihre Freundin. »Jetzt, wo ich deine Beweggründe kenne, gibt's nichts zu verzeihen.«

»Also wirst du bald Vater.« Andrew Sutton saß vor dem Kamin in Rands großem, mit Nussbaum getäfeltem Arbeitszimmer und nahm die Zigarre entgegen, die sein Freund ihm anbot. »Wie fühlst du dich?«

Er war ein charakterstarker Mann. Genau der Richtige für Maggie, dachte Rand. Wer er war und was er vom Leben wollte, wusste der Marquess genau – innerlich gefestigt, von einem Selbstbewusstsein erfüllt, um das Rand ihn beneidete.

»Um die Wahrheit zu gestehen – auf das alles war ich gar nicht vorbereitet. Du bist schon eine ganze Weile mit Maggie verheiratet. Bevor Cait in mein Leben trat, dachte ich, es würde noch einige Jahre dauern, bis ich eine Familie gründe. Und jetzt kann ich's kaum erwarten, meinen Sohn zu begrüßen.«

»Und wenn's eine Tochter wird?«

»Dann erschieße ich den ersten Mann, der ihre Hand zu halten versucht«, erwiderte Rand, und beide lachten laut auf.

In diesem Augenblick kam Cait mit Maggie ins Arbeitszimmer, und das Gelächter erstarb.

»Was findet ihr denn so komisch?« Cait hob die Brauen und wandte sich zu Rand.

»Nur ein typischer Männerwitz. Angesichts der Umstände, die zu unserer Ehe geführt haben, würde dich diese Konversation wohl kaum amüsieren.«

Caitlin ließ das Thema fallen. Dafür war er ihr dankbar. »Wir wollten euch nur sagen, dass wir ausgehen. Lady Harriman hat uns zum Tee eingeladen. Am späten Nachmittag sind wir wieder da.«

»Das halte ich für keine gute Idee«, entgegnete Rand, die Stirn gerunzelt. »Draußen ist es eiskalt, und die Straßen sind holprig. Es wäre mir lieber, ihr würdet hier bleiben.«

»Nach Harriman Park haben wir's nicht weit.« Caits Lächeln wirkte etwas verkniffen. »Nur ein paar Meilen. Lady Harriman und ich sind im gleichen Alter. Als sie mir letzte Woche ihre Aufwartung machte, fand ich sie sehr nett, und ich würde mich gern mit ihr anfreunden.«

Rand beugte sich zum Kaminfeuer vor, entzündete seine Zigarre und blies langsam eine Rauchwolke in die Luft. »Wenn unsere Gäste abgereist sind, finde ich vielleicht genug Zeit, um dich nach Harriman Park zu begleiten. Bis dahin…«

»Nein, danke, ich werde *heute* mit Maggie hinfahren. Ich weiß, du bist ein Duke. Aber dank unserer Ehe bin ich jetzt eine Duchess und kann tun, was mir beliebt. Wenn's dir unschicklich erscheint, dass sich deine schwangere Frau in der Öffentlichkeit zeigt, tut's mir Leid. Bis heute Nachmittag.«

Als sie sich zur Tür wandte, sprang er auf. »Verdammt, Caitlin, du bist im achten Monat! Stell dir vor, was alles passieren könnte! Die Straße ist holprig. Womöglich würde ein Wagenrad brechen. Und wenn du dir in dieser Kälte eine Lungenentzündung holst… Soll ich untätig mit ansehen, wie du meinen Sohn und dich selbst in Gefahr bringst?«

Ehe Caitlin zu Wort kam, mischte sich Maggie ein. »Vielleicht hat Rand Recht«, meinte sie sanft. »Verschieben wir den Besuch bei Lady Harriman auf ein andermal. Am besten warten wir, bis sich das Wetter bessert.«

Caits Wangen färbten sich rosig. »Dürfte ich dich um ein Gespräch unter vier Augen bitten, Rand?«

Schweigend nickte er und folgte ihr in einen angrenzenden Salon.

Sobald er die Tür hinter sich geschlossen hatte, fauchte sie: »Was du denkst, weiß ich nicht. Aber ich bin eine normale, gesunde Frau – woran die Tatsache, dass ich dein Kind erwarte, nichts ändert. Wie lange willst du dich noch wie ein Feldherr aufspielen und mir Befehle erteilen? Falls du mich weiterhin so grauenhaft behandelst, packe ich nämlich meine Sachen und fahre nach London.«

Verblüfft starrte er sie an. »Das kannst du nicht...«

»Doch, Rand, ich schwör's dir! Gewiss, wir sind verheiratet. Doch das gibt dir noch lange nicht das Recht, mich ständig unter Kontrolle zu halten und mir Vorschriften zu machen. Wenn du geglaubt hast, ich würde eine solche Ehe akzeptieren, muss ich dir eine Enttäuschung bereiten.«

Eine Zeit lang stand er einfach nur da – halb zornig, halb zerknirscht. Natürlich verstand er ihren Unmut. Um sie zu beschützen, hatte er sie auf Beldon Hall gefangen gehalten. Weil er sich um sie sorgte und fürchtete, dem Baby könnte etwas zustoßen. Aber eine Frau wie Cait ließ sich nicht unterjochen. Das hätte er wissen müssen. Er seufzte tief auf. »Also gut, verdammt noch mal, fahr zu Lady Harriman. Aber du wirst zwei Lakaien mitnehmen, falls Schwierigkeiten auftauchen. Und ich werde dem Kutscher sagen, er soll vorsichtig fahren.«

Ein schwaches Lächeln erhellte ihr Gesicht. Dann ging sie zu ihm und hauchte einen Kuss auf seinen Mund. Mit dieser Liebkosung weckte sie abrupt ein heißes Verlangen, und er beherrschte sich nur mühsam. »Keine Bange, Rand, ich werde gut auf dein Kind aufpassen. Das verspreche ich dir.«

Statt zu antworten, nickte er nur. Wieder einmal gab er klein bei. Aber er brachte es nicht übers Herz, seiner Frau einen Wunsch abzuschlagen. Vielleicht, weil sie ohnehin nur verlangte, was ihr zustand...

Trotzdem irritierte ihn die Macht, die sie auf ihn ausübte. Wenn er bloß wüsste, was er tun sollte...

19

Maggies und Andrews Reisetaschen standen in der Halle. Bald sollte das Gepäck in die Kutsche verladen werden. Die Gäste verabschiedeten sich gerade von Rand im Roten Zimmer, als eine bleiche Cait mit einiger Verspätung in der Tür erschien.

»Was ist geschehen?« Besorgt wandte sich Rand zu ihr. »Ich dachte, du hättest nur verschlafen. Aber du bist so blass wie ein Geist.«

»Irgendwas stimmt nicht. Vielleicht – vielleicht sollten wir Dr. Denis verständigen.« Ängstlich und verlegen fuhr sie fort: »Heute morgen war Blut auf meinem Bettlaken...«

Mit einiger Mühe unterdrückte er den Fluch, der ihm auf der Zunge lag. Er führte sie zu einem Sofa und drückte sie behutsam in die Polsterung. Dann stürmte er in die Halle und beauftragte den Butler, sofort einen Lakaien zum Doktor zu schicken.

Als er zu Cait zurückkehrte, beteuerte sie: »An der Fahrt nach Harriman Park lag's nicht. Da ist nichts passiert. Kein einziger Ruck ging durch den Wagen.«

»Schon gut, Liebes«, erwiderte er und küsste ihre Stirn. »Sicher gibt's keinen Grund zur Sorge. Ich bringe dich nach oben, der Arzt wird dich untersuchen, und danach ist alles wieder in Ordnung.«

Einige Stunden später traf Dr. Denis ein, eilte geradewegs ins Zimmer der Duchess und scheuchte alle Anwesenden hinaus. Cait fühlte sich inzwischen etwas besser. Trotzdem bestand der Doktor auf strenger Bettruhe während der nächsten Tage, und sie stimmte widerstrebend zu.

Andrew fuhr nach London zurück. Aber Maggie erfüllte Rands Wunsch und blieb vorerst auf Beldon Hall, um ihrer

Freundin beizustehen. In ein paar Tagen hatte sich Cait so gut erholt, dass sie gegen Dr. Denis' Anweisungen rebellierte und klagte, sie verstehe nicht, warum sie immer noch ans Bett gefesselt sei. Schließlich erlaubte Rand ihr widerwillig, täglich ein paar Stunden im Garten zu verbringen.

»Wie fürsorglich er ist, Cait...«, bemerkte Maggie lächelnd, während sie in bequemen Sesseln saßen, die ein Lakai aus dem Haus getragen hatte. »So hat er sich noch nie aufgeführt.«

»Er hat Angst um sein Kind«, entgegnete Cait und berührte ihren runden Bauch. »Sicher wird er einen wundervollen Vater abgeben. Ich glaube, er liebt das Baby schon jetzt.«

»Vermutlich denkt er an seine eigene Kindheit und erinnert sich, wie grausam der alte Duke ihn behandelt hat. Umso eifriger wird er sich um sein Kind bemühen.«

»Ja«, bestätigte Cait, »wir beide werden ihm ein schönes Leben bieten.« In diesem Moment bewegte sich das Baby. Sie lächelte glücklich und wollte ihrer Freundin davon erzählen, als plötzlich ein stechender Schmerz durch ihren Bauch schoss. Stöhnend richtete sie sich in ihrem Sessel auf.

»Was ist los?«

Noch eine Schmerzwelle erschütterte Caits Körper. Gepeinigt rang sie nach Luft. »Das Baby bewegt sich so seltsam, Maggie... Da ist irgendwas nicht in Ordnung...« Kalter Schweiß brach ihr aus der Stirn. »O Gott, was ist geschehen?«

»Rühr dich nicht!« Maggie sprang auf. »Bleib hier sitzen... Rand! Rand!«, rief sie und lief ins Haus. Sobald sie verschwunden war, krümmte sich Cait zusammen. Schweißtropfen rannen in ihr Haar, ihre Hände zitterten heftig.

Lieber Gott, beschütze mein Baby, betete sie stumm. *Es ist zu früh – viel zu früh...* Glühende Messer schienen ihren Bauch zu durchbohren, zwängten bittere Galle in ihre

Kehle, und eine heftige Übelkeit drehte ihr den Magen um. Kraftlos sank sie aus dem Sessel. Während sie im Gras kniete, erbrach sie. Gleichzeitig floss Wasser zwischen ihren Beinen hinab, von grellrotem Blut gefolgt.

Aus den Augenwinkeln sah sie Rand heranstürmen. Sie wusste, er würde ihren Schreckensschrei hören, ihren verzweifelten Protest. Am Rand ihres Blickfelds entstanden schwarze Schatten, neue Qualen jagten durch ihren Körper. Schließlich verlor sie die Besinnung und fiel vornüber ins Gras.

Als sie zu sich kam, lag sie in ihrem Bett, nach wie vor von Schmerzen gemartert, und glaubte, in einem Meer voller Qualen zu versinken, die kein Ende nahmen.

»Alles wird gut«, versicherte Rand und strich ihr behutsam das feuchte Haar aus der Stirn. Er sah so blass aus wie seine Frau, und Maggie, die neben ihm stand, kämpfte mit den Tränen. »Der Doktor ist unterwegs. Ein bisschen musst du noch durchhalten, Liebes.«

Aber das konnte sie nicht, konnte ihr Schluchzen nicht unterdrücken, die Angst um das Baby nicht bezwingen. Stundenlang dauerten die Wehen, die zu früh begonnen hatten. Wenn sie das Kind gebar, würde es wohl kaum am Leben bleiben, und diese Erkenntnis war noch schlimmer als die Höllenpein.

Nach der Ankunft des Doktors ging Rand für eine Weile aus dem Zimmer. Sobald Cait bei der nächste Schmerzwelle stöhnte, riss er die Tür auf, rannte herein und herrschte den Arzt an. »Merken Sie denn nicht, wie sie leidet? Geben Sie ihr ein Medikament…«

Entschieden schüttelte Dr. Denis den Kopf. »Sie darf nicht einschlafen. Bald ist's vorbei.«

»Vorbei?«, wiederholte Rand tonlos und sank in den Sessel neben dem Bett.

Der Doktor bestätigte, was der Duke befürchtete. Wenn das Kind zur Welt kam, fast zwei Monate zu früh, würde es vermutlich wenig später sterben. Verzweifelt schloss Rand die Augen. Cait schrie wieder, und ihr Körper verkrampfte sich, um das Baby herauszupressen. Als sie sich zu Rand wandte, sah sie Tränen auf seinen Wangen glänzen.

Stunden später wurde ein kleiner Junge geboren. Er lebte nur wenige Minuten – lange genug, so dass Rand die perfekt geformte winzige Gestalt betrachte konnte, den Sohn, nach dem er sich so inbrünstig gesehnt hatte.

Weinend vergrub Cait ihr Gesicht im Kissen. Die Qual war noch stärker geworden – kein physischer Schmerz, sondern ein seelischer, der ihr Herz zu brechen drohte.

Rand stand neben Cait im gefrorenen Gras auf dem Gipfel eines Hügels. An dünnen kahlen Zweigen riss ein eisiger Wind. Immer wieder wehte er raschelnde welke Blätter gegen den niedrigen schmiedeeisernen Zaun, der Grabsteine und Mausoleen umgab. Seit sieben Generationen lag der Familienfriedhof der Claytons auf diesem Hügel. Hier hatten Rands Onkel und seine Tante ihre letzte Ruhe gefunden, die Eltern und erst vor kurzem sein junger Vetter.

Und sein neugeborener Sohn, Jonathan Randall Clayton.

Schweren Herzens las er die Inschrift auf dem Granitstein. *Der geliebte Sohn des Dukes und der Duchess of Beldon...* Seine Augen brannten, und er fürchtete in aller Öffentlichkeit zu weinen. Als er ein paarmal blinzelte, entging er dieser Gefahr.

Wie gelähmt stand Cait an seiner Seite und starrte mit trockenen Augen auf das feuchte Erdreich des frisch ausgehobenen Grabes. Tagelang hatte sie geweint. Jetzt waren die Tränen versiegt. Der Wind zerrte an ihrem schwarzen Hut und presste den Rock des Trauerkleids mit der hohen Taille an ihre Beine. Nichts davon schien sie wahrzunehmen, weder den Wind noch die Kälte.

Rand spürte die Last ihres Kummers, der ihre Seele zu betäuben schien, der seinen eigenen noch schürte, bis er das Leid kaum noch ertrug. Nicht nur seinen Sohn beklagte er, sondern auch Caits Qual. Für jede ihrer Tränen hatte er in Gedanken hundert vergossen, und er versank in einer Verzweiflung, die einem unentrinnbaren Abgrund glich.

Dass sie sich für den Tod des Babys verantwortlich fühlte, wusste er. »Sicher lag es an meinem Sturz auf der Insel«, hatte sie erklärt. »Hätte ich bloß keine Trauben gepflückt...«

»Nein, du bist nicht schuld daran«, widersprach er sanft, obwohl er manchmal wünschte, er könnte sie anklagen und müsste seinen unvernünftigen Zorn nicht nur gegen den Himmel richten. »So etwas geschieht ganz einfach – es gehört zum Leben.«

»Vielleicht bestraft uns der Allmächtige für unsere Sünde. Wie Adam und Eva.«

Das versuchte er ihr auszureden. Aber sie hatte nicht auf ihn gehört.

Der Vikar beendete die Zeremonie, und die kleine Schar der Trauergäste stieg den Hang hinab – Nicholas und Elizabeth, Maggie und Andrew, ein paar befreundete Nachbarn. Während Cait neben Rand zum Haus ging, berührte sie seine Hand kein einziges Mal.

Von diesem Tag an beobachtete er enttäuscht und wütend, wie sie sich von ihm zurückzog. Weil er nichts dagegen tun konnte, fühlte er sich elend und hilflos. Ihre Trauer, die er nicht zu lindern vermochte, drohte ihn allmählich umzubringen.

Das Weihnachtsfest kam und ging. Auf Beldon Hall wurde nicht gefeiert. Im Kamin brannte kein Weihnachtsscheit, und es wurden auch keine Geschenke verteilt. Diese

Rituale hätte Cait nicht zugelassen, und Rand brachte es nicht übers Herz, ihre Wünsche zu missachten – schon gar nicht, wenn er die Tränen in ihren großen grünen Augen schimmern sah.

Langsam schleppte sich die Zeit dahin. Die Entfremdung zwischen ihnen wuchs. Schließlich ertrug er das Grauen nicht mehr. Es vernichtete seine Seele, erschien ihm schlimmer als alle Feinde, die ihm jemals gegenübergestanden hatten, schwächte und verwirrte ihn. Niemals hätte er gedacht, dass ihn eines Tages all seine Kräfte verlassen würden. Ich bin nicht mehr der Mann, der ich einmal war, dachte er. Dafür hasste er sich selbst.

Wann immer er Caits leidvolles, verhärmtes Gesicht betrachtete, spürte er diese überwältigende Ohnmacht und versank noch tiefer in seinem Kummer. Würde er sich zu dem Weichling entwickeln, für den ihn sein Vater gehalten hatte? Dieser Gedanke erfüllte ihn mit kaltem Entsetzen.

Irgendetwas musste er unternehmen, um sich zu retten. Sonst würde er sein Ich vollends verlieren, nie mehr der starke, tüchtige Mann von früher sein – der Mann, der er wieder werden wollte.

Es gab nur einen einzigen Weg, dieses Ziel zu erreichen – er musste Caitlin und Beldon Hall verlassen. Deshalb würde er nach London fahren, seine Gefühle unter Kontrolle bringen, und er wusste auch, auf welche Weise. Er musste einfach in jene Zeit zurückkehren, wo er außer einer heftigen Begierde nur Freundschaft für Cait empfunden hatte. In Zukunft würde ihm das genügen. Und ihr auch. Immerhin war es mehr, als die meisten Eheleute einander schenkten.

Einen Monat nach Rands Abreise stieg Cait aus der schwarzen Hölle ihrer Trauer empor. An diesem Tag gegen Ende Februar war die Luft noch eiskalt. Aber der Himmel leuchtete in kristallklarem Blau, von keiner einzigen Wolke getrübt. Vielleicht durchbrach das Licht der Sonne oder die Wärme ihrer ersten Strahlen den Panzer, der Caits Herz umschloss. Wie auch immer, das Eis in ihrem Innern begann zu schmelzen.

Der Verlust ihres Sohnes blieb eine schmerzhafte Wunde. Doch der schöne Vorfrühlingstag verhalf ihr zu der Erkenntnis, dass sie noch etwas anderes, ebenso Kostbares verloren hatte. Jetzt lebte Rand in London. Ohne ihn war ihre Welt öde und leer.

Wahrscheinlich ist es meine Schuld, dachte sie, während sie durch den Garten wanderte und die Hecke in Leopardenform bewunderte, die nach Rands Entwurf zurechtgestutzt worden war. Unter dem Tod des Babys musste er ebenso gelitten haben wie sie. Trotzdem war er ein Fels in der Brandung gewesen. Das wurde ihr erst jetzt bewusst.

Aber er hätte sie nicht verlassen dürfen, in dieser schweren Zeit, wo sie ihn so dringend brauchte. Gelegentlich schrieb er ihr, höflich und unpersönlich. Aus den wenigen Zeilen sprach nichts von jener Herzenswärme, an die sie sich so gut erinnerte. Und doch, er war ihr Mann, und sie vermisste ihn. Wenn er sie auch nicht liebte, sie liebte ihn. Wie sehr, erkannte sie erst in diesen Tagen ihrer Einsamkeit. Nun musste sie ihre Verzweiflung endlich abschütteln und ihr Leben wieder in Ordnung bringen.

Dieses Ziel vor Augen schickte sie einen Brief nach Woodland Hills, Maggies und Andrews Landgut in Sussex, und fragte, ob sie auf ihrer Fahrt in die Stadt bei ihnen Station machen dürfe. Wie sie der Antwort entnahm, würden Elizabeth und Lord Ravenworth um die gleiche Zeit zu Besuch kommen.

Endlich werden wir wieder alle beisammen sein, und wir freuen uns ganz besonders, dich und Rand wieder zu sehen.

Also glaubten sie, Rand wäre immer noch auf Beldon Hall, obwohl er schon seit Wochen in London lebte. Das überraschte Cait. Besorgt überlegte sie, warum er sich seinen Freunden nicht anvertraut hatte. Sie liebte ihn, er fehlte ihr, und sie wollte mit ihm zusammen sein. Als sie den Brief beantwortete, erwähnte sie nicht, dass sie allein nach Woodland Hills fahren würde. Sie brauchte dringend Maggies freundschaftlichen Rat. Irgendwie musste sie die Kluft überbrücken, die zwischen Rand und ihr bestand.

Auf Woodland würde sie auch Nick Warring treffen, der ihren Mann am besten kannte. Vielleicht konnte er ihr helfen.

Es war höchste Zeit, Zukunftspläne zu schmieden. Nachdem sie ihre tiefe Trauer um den kleinen Jonathan überwunden hatte, dachte sie nur noch an Rand. An jedes Lächeln erinnerte sie sich, jede zärtliche Berührung, die Leidenschaft, nach der sie sich so brennend sehnte.

Wenn er sie auch nicht liebte – er war ihr Ehemann. Viele gemeinsame Jahre lagen noch vor ihnen. Wie der Doktor ihr erklärt hatte, konnte sie trotz der Frühgeburt ein gesundes Kind zur Welt bringen. Ihr Söhnchen habe einfach nicht richtig »Wurzeln geschlagen«. Sobald Rand zu ihr zurückkam, würden sie ihr Glück versuchen. Diesmal mit Erfolg, gelobte sie sich – fest entschlossen, zusammen mit Rand eine lebenswerte Zukunft aufzubauen.

Nun musste sie ihren Mann nur noch zur Rückkehr bewegen.

Rand stand in der Halle seines Londoner Hauses, zog seine Glacéhandschuhe an und wartete, bis ihm der Butler ein weit geschnittenes, mit Satin gefüttertes Cape um die Schultern legte. Dann strebte er zur Tür hinaus, in eine klare Nacht. Wie Juwelen funkelten die Sterne und erhellten die Straßen.

Tagsüber war Schnee gefallen, der den Schmutz in den Rinnsteinen verbarg und den Anschein erweckte, die Stadt würde vor Sauberkeit und Frische strahlen.

So fühlte sich auch Rand – frisch und munter. Endlich war er ins Leben zurückgekehrt, in seine Welt voller Bälle und Partys, in die fröhliche Londoner Aristokratie. Seit seiner Ankunft in der Stadt stürzte er sich ins Vergnügen, um seine katastrophale Ehe zu vergessen, den Verlust des geliebten Sohnes und die Frau, die ihm – wenn auch unabsichtlich – alle inneren Kräfte geraubt hatte.

Um dieses Ziel zu erreichen, kam er nur selten vor dem Morgengrauen nach Hause. Meistens war er beschwipst, und die Ereignisse des Abends verschwammen hinter einem wohltuenden Schleier. Freunde aus seiner Vergangenheit tauchten wieder auf; Lord Anthony Miles, der zweite Sohn des Marquess of Wilburn; Raymond de Young, ein einstiger Schulkamerad; der Viscount St. Ives, ein attraktiver, eingefleischter Wüstling und der Gefährte mehrerer wilder Jahre. Dazu gesellten sich andere Gentlemen, die Rand kaum kannte, die aber seine Gesellschaft suchten. Nur wenige waren verheiratet.

Jeden Abend besuchten sie Partys oder Bälle, tranken und spielten. Bald erfüllten die Amüsements ihren Zweck. Rand überwand seinen Kummer und fühlte sich wieder glücklich. Jetzt lagen die dunklen Tage hinter ihm.

Die schmerzlichen Erinnerungen vergrub er in den Tiefen seiner Seele und befasste sich nicht mehr damit. Ein gelegentlicher Brief an Cait genügte vorerst, um sein Pflicht zu erfüllen. Vielleicht würde er sie irgendwann besuchen und feststellen, wie es ihr ging. Aber jetzt noch nicht. Zurzeit wollte er das Londoner Gesellschaftsleben genießen, vor allem dessen lasterhafte Seiten und die neuerliche Liaison mit Hannah Reese.

Am späteren Abend würde er sie wie üblich besuchen. Nach seiner Rückkehr hatte er Hannah in einem luxuriösen Haus einquartiert, das ihnen jeden erdenklichen Komfort bot. Ein paar Stunden würde er im Whites Club verbringen, Whist oder Lu spielen und zweifellos gewinnen. Dann wollte er vielleicht einige Partys besuchen, die seine Freunde vorschlugen.

Und danach würde Hannah auf ihn warten, blond und hübsch, zart gebaut, mit spitzen kleinen Brüsten – ganz anders als die rothaarige Frau, an die er dachte, wenn er nicht aufpasste, und die seine gewohnte angenehme Welt zu zerstören drohte.

Hannah unterschied sich von Caitlin wie der Mond von der Sonne. Dass er die Wärme und strahlende Heiterkeit vermisste, gestand er sich nicht ein. Aber trotz der Rückkehr in sein altes Leben, das er beinahe für immer aufgegeben hätte, blieb eine beharrliche Sehnsucht in seinem Herzen haften.

Nachdem er Lord Mountriden, seinem alten Rivalen von der Rennbahn, mehrere hundert Pfund abgewonnen und das Geld voller Schadenfreude eingesteckt hatte, schlenderte er gegen Mitternacht zu Hannahs komfortablem Haus in einer ruhigen Straße von Mayfair. Natürlich erwartete sie ihn schon in ihrem französischen Seidennachthemd, das er ihr vor Jahren gekauft hatte. Zur Begrüßung reichte sie ihm ein Glas Brandy, dann führte sie ihn geradewegs ins Schlafzimmer.

»Ich dachte, du wolltest etwas früher kommen«, schmollte sie, obwohl sie sich nur selten beklagte. »Sagtest du nicht, wir würden essen gehen?«

Das hatte er niemals ernsthaft erwogen. Wenn er Hannah traf, interessierte er sich nicht für ihre Konversation, nur für ihren Körper, der ihn von unerwünschten Gedanken ablenken sollte. »Die Zeit ist viel zu schnell vergangen… Übrigens, im Surrey wird eine neue Oper aufgeführt. Wenn du willst, lade ich dich im Lauf der Woche dazu ein.« Eigentlich war es eher eine Farce als eine Oper. Aber dieser Stil passte zu Hannah. Außerdem konnte er sich in einem kleinen, weniger frequentierten Theater mit seiner Geliebten zeigen. Unwillkürlich dachte er an jenen Abend im King's Theatre, wo er Caitlin geküsst hatte. So schön und reizvoll war sie gewesen, so energisch und geistreich hatte sie sich gegen ihn behauptet – und ein Verlangen geweckt wie keine andere Frau in seinem Leben… Erbost verdrängte er die Erinnerung. »Komm her, Hannah.«

Von der fast durchsichtigen lavendelblauen Seide umweht, ging sie anmutig zu ihm. Immer wieder war sie bereit, ihn zu trösten – wenn er sie brauchte, wenn er an der Welt zu verzweifeln drohte, wenn ihn seine zahlreichen Pflichten zu sehr belasteten, wenn es sonst niemanden gab, an den er sich wenden konnte.

Sie schob ihre Hände unter die Aufschläge seines Jacketts, zog ihn zu sich herab und presste ihren Mund auf seinen.

Noch bevor sie es wünschte, beendete er den Kuss. Ein Kuss war zu intim. Zumindest glaubte er das seit einiger Zeit. Ein Kuss hing mit Sehnsucht und Zärtlichkeit zusammen. Solche Gefühle hatte er mit Hannah nie geteilt. Er fand es angenehmer, ihre Brüste zu streicheln. Geistesabwesend liebkoste er ihren Körper, und sein eigener begann auf ihre Nähe zu reagieren. Das dauerte viel länger als sonst, und es störte ihn, dass ihm die erotischen Freuden mit Hannah nichts mehr bedeuteten.

In dieser Nacht wollte er den Liebesakt einfach nur hinter sich bringen. Er legte sie aufs Bett, öffnete seine Breeches und schob ihre Beine auseinander. Abrupt drang er in sie ein, und sie rang bestürzt keuchend nach Atem. Ohne auf ihre Bedürfnisse Rücksicht zu nehmen, worum er sich normalerweise bemühte, strebte er seinem Höhepunkt entgegen. Natürlich müsste er warten, bis auch sie den Gipfel der Lust erreichen würde. Dazu konnte er sich jedoch nicht durchringen.

Danach stand er auf und schloss die Knöpfe seiner Hose.

Auf dem Bett zusammengerollt, beobachtete sie ihn durch goldene Wimpern. »Es liegt an ihr, nicht wahr? Denkst du an deine Frau?«

Mit kalten Augen musterte er sie. »Ich denke nie an meine Frau.«

»Wirklich nicht?«, fragte sie und hob die Brauen. »Gib's doch zu! Tag und Nacht beherrscht sie deine Gedanken. Und du begehrst nicht mich, sondern sie. Obwohl du's nicht wahrhaben willst, du vermisst deine Duchess. Warum gehst du nicht einfach zu ihr zurück?«

In seinem Herzen regten sich unwillkommene, beklemmende Emotionen. Um sie zu verscheuchen, biss er die Zähne zusammen. »Darüber möchte ich nicht reden. Solange ich die Miete für dieses Haus bezahle, erwarte ich, dass du meine Wünsche respektierst.«

Voller Unbehagen spürte er ihren prüfenden Blick. Als Schauspielerin musste sie verstehen, warum sich die Menschen in gewissen Situationen so oder so verhielten. Für Rands Geschmack war sie viel zu einfühlsam. Während er zur Tür ging, wischte er mit einem bestickten weißen Taschentuch einen Rougefleck von seiner Wange.

»Bleibst du nicht?«, rief sie erstaunt. »Du bist doch eben erst angekommen.«

Damit hatte sie Recht. Doch es spielte keine Rolle, weil er ihren wissenden blauen Augen entrinnen musste. »In ein paar Tagen komme ich wieder. Dann gehen wir in die Oper, wie ich's dir versprochen habe.«

Hannah schaute ihm schweigend nach. Leise schloss er die Tür hinter sich und versuchte, seine Erleichterung zu ignorieren.

Lord Trent gab einen Ball. Darauf war Caitlin nicht gefasst gewesen, als sie Maggie geschrieben hatte. Aber Woodland Hills lag in der Nähe von London, und obwohl die Saison eben erst anfing, feierte man die Feste, wie sie fielen. Nur zu bereitwillig folgte die Gesellschaft der Einladung zu Lady Trents Geburtstagsball.

Gegen Mittag erreichte Cait das stattliche Ziegelgebäude in der Kutsche, die Rand in Beldon Hall zurückgelassen hatte. Maggie war sichtlich verblüfft, als ihre Freundin allein eintraf, und die Information, Rand würde sich schon seit längerer Zeit in London aufhalten, überraschte sie noch mehr. »Davon wussten wir nichts. Unglaublich! Nicht einmal bei Nick hat er sich gemeldet.« Sie saßen in einem komfortablen Salon und tranken Tee aus goldgeränderten Porzellantassen. Durch die hohen Fenster betrachteten sie den Wald, der hinter dem Haus lag. »Seltsam – das sieht ihm gar nicht ähnlich.«

»Was soll ich bloß tun, Maggie? Oh, ich wünschte, ich könnte seine Gedanken lesen. Ich fürchte, er vergräbt sich immer noch in seinem Kummer... Deshalb muss ich mit ihm reden und herausfinden, warum er sich quält. Aber er wird's mir nicht verraten.«

»Ja, der Verlust des Babys hat ihn hart getroffen. Beim Begräbnis war er völlig verzweifelt. So habe ich ihn nie zuvor erlebt.«

Mit unsicheren Fingern stellte Cait ihre Teetasse ab. »Seit der ersten Begegnung hielt ich ihn für stark und unerschütterlich. Großer Gott, er stand Höllenqualen aus, und ich nahm es nicht wahr, weil ich in meinem eigenen Leid versank.«

»Am besten fährst du sofort zum Grosvenor Square. Du

musst ihn zwingen, dich anzuhören, und musst seine Gefühle ergründen.

Bedrückt starrte Cait auf ihr Trauerkleid aus schwarzer Rippsseide hinab. »Das trage ich heute zum letzten Mal. So viel Leid hat Rand in die Flucht geschlagen. Jetzt darf es uns nicht mehr trennen.«

»Braves Mädchen!«, lobte Maggie ihre Freundin lächelnd. »An diesem Abend soll deine Verwandlung beginnen. Hoffentlich hast du was Hübsches zum Anziehen mitgebracht.«

»Sogar mehrere Koffer. Ich wusste nicht, wie lange ich in London bleiben werde.« Entschlossen hob sie den Kopf. »So lange es eben dauert.«

Maggie drückte ihre Hand. »In deinem Zimmer ist alles hergerichtet. Geh doch nach oben und ruh dich aus. Am späteren Nachmittag schicke ich dir eine Zofe, die wird dir beim Baden und Ankleiden helfen.«

»Vielen Dank, Maggie«, erwiderte Cait und stand auf. Obwohl sie sich keineswegs auf den Ball freute – sie musste in die Welt der Lebenden zurückkehren.

Elizabeth Warring stand auf dem schwarzweißen Marmorboden des Ballsaals im zweiten Stock von Woodland Hills und unterhielt sich mit ihrer Schwägerin Maggie Sutton. Am anderen Ende des Raums plauderte Rands Ehefrau, die Duchess of Beldon, mit William St. Anthony, dem Marquess of Wester, dessen zweiter Sohn Geoffrey immer noch in der Ausgrabungsstätte auf Santo Amaro arbeitete.

»Meinst du nicht, dass Rand sie unterschätzt?« Maggie folgte Elizabeths Blick zu ihrer Freundin, die ein modisches smaragdgrünes Kleid mit hoher Taille trug. »Nach meiner Ansicht ist es gerade ihre offenherzige Art, die den Leuten gefällt. Jedenfalls kenne ich niemanden, der Anstoß daran nimmt.«

»Dieses freimütige Wesen findet auch ihr Ehemann sehr charmant.«

»Keine Ahnung, was er treibt... Einfach zu verschwinden – so würde er sich normalerweise nicht benehmen. Wie Cait mir erzählt hat, lebt er seit über einem Monat in der Stadt.«

»An ihrer Stelle wäre ich längst nach London gefahren, um herauszufinden, was mit ihm los ist.«

»Genau das hat sie jetzt vor. Sie wird schon morgen früh abreisen. Obwohl sie eigentlich länger hier bleiben wollte.«

Zufrieden nickte Elizabeth, öffnete ihren pflaumenblauen Seidenfächer, der zu ihrem Kleid passte, und wedelte ihn langsam durch die Luft. Sie mochte die Duchess, und Rand, der einmal das Leben ihres Mannes gerettet hatte, würde stets einen Platz in ihrem Herzen behalten.

Aber Rand war anders als Nick, von starken Gefühlen erfüllt, die er nicht kontrollieren konnte. Hoffentlich würden ihn diese Emotionen nicht in eheliche Schwierigkeiten bringen. Auf ihre Art war Caitlin ebenso stark wie er. Und vielleicht auch genauso unversöhnlich, dachte Elizabeth, wenn er sie unfair behandelt.

Hinter ihrem Fächer verborgen, beobachtete sie, wie Lady Hadleigh in einer verführerischen Wolke aus weißer changierender Seide, die schwarzen Locken stilvoll hochgetürmt, zu Caitlin eilte. Verwirrt runzelte Elizabeth die Stirn. Warum wollte Rands ehemalige Geliebte mit seiner Frau sprechen? Das konnte sich Elizabeth beim besten Willen nicht vorstellen. Aber ein Instinkt warnte sie vor den Absichten dieser Intrigantin.

Nach ihrer Ansicht dauerte die Konversation etwas zu lange. Schließlich wandte sich Caitlin ab. Die Wangen leicht gerötet, eilte sie zur hohen Doppeltür und verließ den Ballsaal. Elizabeth folgte ihr besorgt und hoffte, ihr Gefühl würde sie trügen und Lady Hadleigh hätte sich in ihrer Eifersucht auf die schöne Gemahlin des Dukes nicht zu einer Beleidigung hinreißen lassen.

Vergeblich schaute sich Elizabeth im Flur um. Sie rannte die Treppen zum Erdgeschoss hinab, spähte in die verschiedenen Empfangsräume und den Spielsalon. Überall wimmelte es von Gästen. Nur Caitlin ließ sich nicht blicken.

Nachdem Elizabeth die Terrasse und den Garten abgesucht hatte, stieg sie die Stufen zum Ostflügel hinauf, wo die Gästezimmer lagen. Dort lief ihr Caitlin über den Weg, ein pelzbesetztes Cape um die Schultern.

»Um Himmels willen, Caitlin, wohin gehst du?«

Caitlins Unterlippe bebte, und Elizabeths Sorge wuchs. »Sei so nett und sag Maggie, ich danke ihr für die Gastfreundschaft. Leider ist etwas dazwischengekommen. Ich fahre sofort nach London.«

»Jetzt? So spät am Abend? Du wirst erst gegen Mitternacht in der Stadt eintreffen.«

»Das muss ich in Kauf nehmen. Ich habe meinem Kutscher Bescheid gegeben. Wahrscheinlich ist der Wagen schon vorgefahren. Kannst du Maggie ausrichten, ich würde meine Sachen im Lauf der nächsten Tage holen lassen?«

»Bitte, Cait, erzähl mir, was geschehen ist.«

»Ich weiß es nicht genau«, entgegnete Cait mit tränenerstickter Stimme. »Noch nicht. Aber ich werde es herausfinden.« Ohne ein weiteres Wort rannte sie die Treppe hinab.

Aufgeregt kehrte Elizabeth in den Ballsaal zurück, um ihre Schwägerin zu informieren. Was immer auch passiert war – sie hoffte inständig, Rands Frau würde ihr Ziel wohlbehalten erreichen. »Und dass er nicht getan hat, was ich befürchte«, flüsterte sie vor sich hin.

20

Kurz vor Mitternacht, immer noch in ihrem smaragdgrünen Ballkleid, betrat Cait das imposante Haus des Dukes am Grosvenor Square.

Zu ihrer Enttäuschung war Rand nicht daheim.

Das dürfte sie eigentlich nicht überraschen. Aber in ihrer Naivität hatte sie sich vorgestellt, er würde seine vier Wände nicht verlassen und einsam um sein Kind trauern, so wie auf seinem Landsitz. Offenbar hatte er seinen Kummer längst verwunden.

Stimmte es, was Lavinia Wentworth, Lady Hadleigh, behauptet hatte? Besuchte er wieder seine ehemalige Geliebte, Hannah Reese? Natürlich war die Dame nicht direkt mit dieser Neuigkeit herausgerückt. Stattdessen begnügte sie sich mit Anspielungen und erwähnte gewisse Gerüchte, die sie gehört hatte.

»Tut mir Leid, Sie irren sich«, entgegnete Caitlin kühl. »Mein Mann ist aus geschäftlichen Gründen nach London gefahren.« Dann ging sie davon und ließ die Frau einfach stehen. Aber die Erinnerung an das triumphierende, selbstgefällige Lächeln hatte sie während der ganzen Fahrt in die Stadt verfolgt.

Das glaube ich nicht, redete sie sich ein. Immerhin war Rand ihr nach Santo Amaro gefolgt, wo er sie mit List und Tücke zur Heirat gezwungen hatte. Wenn er so großen Wert auf seine Ehe legte, würde er sie wohl kaum aufs Spiel setzen.

Andererseits hatte Cait von Anfang an gewusst, dass er nur an dem Kind interessiert gewesen war. Jetzt lebte es nicht mehr. Bei diesem Gedanken wurde ihr das Herz noch schwerer.

Vom schläfrigen Blick des Butlers Frederick verfolgt, stieg sie die Treppe zur Herrschaftssuite im ersten Stock hinauf.

Energisch hatte sie Rand gegen die Anschuldigungen der Viscountess verteidigt, fest überzeugt, die Frau müsste sich irren. Um ihn möglichst schnell zu sehen und alles klar zu stellen, war sie noch am selben Abend nach London gereist. Bald würde sie die Wahrheit erfahren.

Sie ging an ihrer eigenen Suite vorbei und betrat Rands Schlafgemach, wo eine seltsame Unordnung herrschte. Überall lagen seine Kleider verstreut, die normalerweise gewissenhaft weggeräumt wurden. Cait runzelte erstaunt die Stirn. Dann fiel ihr ein, dass Donnerstag war. An diesem Tag hatte Percival Fox seinen freien Abend, den er offenbar außerhalb des Hauses verbrachte.

Aber wo steckte Rand? Wohl oder übel müsste sie wohl auf ihn warten. Als sie sich umschaute, entdeckte sie die Nachricht, die er für seinen Kammerdiener auf die Rosenholzkommode gelegt hatte.

Gehe in die Oper und danach ins Chatelaine's. Komme spät nach Hause. Brauche Sie erst morgen.

Da sich Percy stets um seinen Herrn sorgte, hatte Rand ihn vermutlich beruhigen wollen. Eins stand jedenfalls fest. Obwohl Cait nicht daran glauben mochte – ihr Mann amüsierte sich. War er mit Freunden ausgegangen, worauf sie verzweifelt hoffte? Oder traf er sich mit seiner Geliebten?

Entschlossen schluckte sie ihre aufsteigenden Tränen hinunter und straffte die Schultern. Das würde sie herausfinden.

Sie lief die Treppe hinab, ließ sich von Rands Butler ihren Umhang geben und eilte hinter das Haus zu den Stallungen. Soeben hatte der Kutscher zwar begonnen, die Pferde abzuschirren, doch sie erklärte ihm, sie würde den Wagen noch einmal brauchen.

»Aye, Euer Gnaden«, antwortete er müde, »einen Moment…« Sie stieg ein und lehnte sich in die Polsterung zurück. Wenige Minuten später steckte er seinen Kopf zur Tür herein. »Wohin, Euer Gnaden?«

»Zu einem Etablissement namens Chatelaine's. Haben Sie schon einmal davon gehört?« Im Laternenlicht glaubte sie ihn erröten zu sehen.

»Ja, Euer Gnaden.«

»Kennen Sie die Adresse?«

Er nickte etwas steif. Offenbar hatte er Rand des Öfteren zu diesem Haus gefahren.

»Gut, dann bringen Sie mich hin.«

Nach kurzem Zögern kletterte er auf den Kutschbock und schüttelte den Kopf. Diese Aristokraten würde er nie verstehen.

Hannah Reese saß dem Duke im Chatelaine's gegenüber, einem intimen Restaurant in Covent Gardens, das für seinen französischen Koch Pierre Dumont berühmt war. Seine kulinarischen Meisterleistungen schätzte Rand schon lange. Er bestellte eine zweite Flasche Wein, einen teuren, zwanzig Jahre alten Bordeaux.

Fachkundig entkorkte der Kellner die Flasche und füllte die Gläser. Rand nahm einen großen Schluck. Den ganzen Abend hatte er dem Alkohol in reichlichen Mengen zugesprochen. Hannah hatte ihn noch nie so viel trinken sehen wie seit seiner Rückkehr in die Stadt. Nach ihrer Ansicht versuchte er, seine seelischen Qualen zu ertränken.

Da sie nicht nur liiert, sondern auch befreundet waren, wusste sie Bescheid über den Tod seines kleinen Sohnes. Nur ein einziges Thema erwähnte er niemals – seine Ehe mit der Amerikanerin. Warum, erriet sie mühelos.

Zehn Jahre lang hatte sie Rand Clayton geliebt. Weil sie

die Symptome kannte, war ihr bewusst, wie schmerzlich es sein konnte, jemanden zu lieben. Und dass der Duke seine Frau liebte, bezweifelte sie nicht.

»Ich dachte, du wärst hungrig«, bemerkte er und fixierte ihren fast vollen Teller. »Bisher hast du kaum einen Bissen gegessen.«

Widerstrebend kostete sie ein winziges Stück von ihrem köstlichen Steinbutt in Hummersauce. »Es schmeckt wundervoll. Nach der langen Aufführung bin ich nur etwas müde.« Wie versprochen, hatte er sie in die Oper geführt und geistesabwesend neben ihr gesessen – anscheinend unfähig, die künstlerischen Darbietungen zu genießen.

Nun gab er ihr eine belanglose Antwort und wich ihrem Blick aus. Offensichtlich war er an einer Konversation ebenso wenig interessiert wie zuvor an den Ereignissen auf der Bühne. Der Aufenthalt in Beldon Hall hatte ihn völlig verändert, wenn er sich auch einzureden suchte, er sei immer noch der alte Rand Clayton.

Als der Kellner an den Tisch trat, bestellten sie das Dessert, obwohl Hannah nicht den geringsten Appetit verspürte. Für Rand schien es keine Rolle zu spielen, ob er etwas aß oder nicht. Sie wollte einfach nur möglichst lange mit ihm zusammen sein, und sie fürchtete, er würde nicht bei ihr bleiben, wenn er sie nach Hause begleitet hatte. Selbst wenn er sich dazu durchringen sollte, würde der Liebesakt genauso unbefriedigend verlaufen wie in den letzten Wochen. Weil sein Herz einer anderen gehörte...

So inbrünstig sie auch wünschte, er würde die Nacht mit ihr verbringen und sie leidenschaftlich lieben – die Stimme der Vernunft flüsterte ihr zu, er würde seine Probleme nur lösen, wenn er sich von ihr fern hielt.

Was mochte seine Frau getan haben, um ihn so tief zu verletzen? Womit hatte sie ihn aus Beldon Hall vertrieben?

Vielleicht würde er Hannah irgendwann erzählen, was ihn bedrückte.

Diesen Augenblick sehnte sie herbei, denn sie hoffte, er würde sich von seiner Frau abwenden und *ihr* vertrauen. Gleichgültig, welch großen Kummer er ihr bereitete – er war es wert, und sie würde alles tun, um ihn für sich zu gewinnen.

In Gedanken ganz woanders, leicht benommen vom Alkohol, spielte Rand mit seinem Dessertlöffel. Hannah saß ihm gegenüber in dem aprikosenrosa Seidenkleid, das er ihr kurz nach seiner Rückkehr in die Stadt gekauft hatte. Zu dieser Farbe passten die hochgesteckten blonden Locken, die tiefblauen Augen und der helle Teint ausgezeichnet. Das Dekolletee entblößte den leicht gewölbten Ansatz ihres kleinen Busens. Aber der Anblick erinnerte ihn an andere Brüste – hoch angesetzt und üppig, wie reife Früchte in seinen Händen.

Gewiss, Hannah war schön, sie bewegte sich graziös und verführerisch. Die Hälfte aller Londoner Gentlemen träumte von ihr. Und doch – wenn er sie berührte und mit ihr schlief, empfand er nichts. Schon seit Tagen wusste er, dass die Liaison beendet war, und er bereute, dass er die Schauspielerin überhaupt wieder aufgesucht hatte. In dieser Nacht wollte er einen endgültigen Schlussstrich ziehen.

Er dachte an Caitlin, an seine schrecklichen Schuldgefühle, die er nicht länger verdrängen konnte. Niemals hätte er sie verlassen dürfen, in einer Zeit, wo sie ihn dringend brauchte. Das sah ihm nicht ähnlich. Noch nie war er feige gewesen. Und das grenzenlose Leid…

Sosehr er sich auch bemüht hatte, es nahm kein Ende. Hier in London hatte er den Schmerz für eine Weile begraben, den Verlust seines Sohnes überwunden. Und jetzt erfüllte ihn eine neue Verzweiflung.

Eine brennende Sehnsucht nach Caitlin verfolgte ihn, das Verlangen, sie wieder zu sehen, zu berühren und zu umarmen, einfach nur mit ihr beisammen zu sein. Er liebte sie. Das akzeptierte er endlich, nachdem er es so lange heftig bestritten hatte. Ja, er liebte sie. Und allmählich hielt er dieses Gefühl nicht mehr für eine verachtenswerte Schwäche. Was ihn zu Cait hinzog, war ein Himmelsgeschenk.

Solche Emotionen hätte sein Vater verhöhnt. »Welch ein Narr du bist!«, hätte er gespottet. »Ein unwürdiger Erbe meines Titels!« Aber wenn Rand an das Glück in Caits Nähe dachte, an die Freude, die sie ihm bereitete, konnte er seinem Vater nicht zustimmen.

Warum verstand er das erst jetzt? Warum hatte es so lange gedauert? Warum war es ihm so schwer gefallen, die Wahrheit zu erkennen?

Neue Gewissensqualen mischten sich mit tiefem Bedauern. Niemals hätte er seine Frau verlassen, niemals mit Hannah betrügen dürfen. O Gott, was war nur in ihn gefahren?

Als Hannah eine Bemerkung machte, die nicht in sein Bewusstsein drang, wandte er sich zu ihr und versuchte zu lächeln. »Tut mir Leid... Was hast du gesagt?«

Seufzend schüttelte sie den Kopf und legte ihre Serviette neben den Dessertteller. »Nicht so wichtig...« Ihre Stimme klang etwas zu fröhlich. »Da wir beide keinen Appetit haben... Vielleicht sollten wir gehen.«

Damit sprach sie seine Gedanken aus. Hätte er sie bloß nicht in dieses Lokal geführt... Aber er wollte reinen Tisch machen. Wenigstens das war er ihr schuldig.

Hannah wartete, bis er ihr aus dem Sessel half. Dann nahm sie seinen Arm. Ehe sie die Tür erreichten, wurde sie von einem Lakaien geöffnet, und eine Frau trat in den Kerzenschein. Sie trug ein smaragdgrünes Kleid, das etwas dunkler schimmerte als ihre Augen, und in ihrem roten Haar funkelten ungewöhnliche goldene Lichter. Rands Mund wurde trocken. Alles strahlte sie aus, woran er sich erinnerte, und noch viel mehr – alles, was er lieben gelernt und so vehement bekämpft hatte.

Neben der Tür blieb sie stehen. Er sah die Knitterfalten in ihrem Kleid, die zerzausten Locken, die aus dem Haarknoten am Oberkopf hingen. Wie erstarrt hielt sie inne und schaute ihn an, von sichtlichem Entsetzen erfasst, und er glaubte in einem schwarzen Abgrund zu versinken.

Eine Zeit lang schwiegen sie. Cait erweckte den Eindruck, sie würde am liebsten die Flucht ergreifen. Aber sie rührte sich nicht von der Stelle. Und dann straffte sie die Schultern.

Rand erwiderte ihren Blick und holte tief Atem. Vor ihm stand alles, was er jemals erträumt hatte – alles, was er jetzt verlieren würde. »Caitlin…«

»Guten Abend, Rand.«

Seine Stimme versagte. Keinen einzigen Laut brachte er hervor. Als er endlich sprechen konnte, klangen die Worte heiser und gepresst. »Ich dachte, du wärst auf dem Land. Was machst du in London?«

In ihren schönen grünen Augen glänzten Tränen. »Ich wollte dich überraschen. Offensichtlich ist es mir gelungen.«

Ihre unglückliche Miene tat ihm in tiefster Seele weh, und jeder Herzschlag drohte seine Brust zu sprengen. »Bitte, Caitie, du verstehst nicht…«

»Doch, Rand.« Obwohl sie würdevoll das Kinn hob, rollte eine Träne über ihre Wange. »Ich verstehe das alles sehr gut.«

Verzweifelt suchte er nach Worten. Seine Kehle war wie zugeschnürt. Für sein Verhalten gab es keine Entschuldigung. Und er wollte Caitlin nicht demütigen, indem er irgendwelche fadenscheinigen Ausreden erfand. »Was immer du denkst, ich wollte dich niemals kränken«, beteuerte er leise. *Ich liebe dich. Und ich war ein verdammter Narr.*

Ihr Blick streifte Hannah und kehrte zu seinem Gesicht zurück. »Jetzt spielt es keine Rolle mehr, was du wolltest oder nicht.« An ihren Wimpern hingen neue Tränen und rannen über ihre Wangen. »Leb wohl, Rand.« Als sie seinen Namen aussprach, brach ihre Stimme. Sie wandte sich ab, den Kopf hoch erhoben, öffnete sie die Tür und stieg die Eingangstreppe hinab. Auf der Straße begann sie zu laufen.

Fassungslos drehte sich Rand zu Hannah um und las liebevolles Verständnis in ihren Augen. Vielleicht hatte sie ihn schon immer verstanden. »Tut mir Leid, ich muss gehen. Ich überlasse dir meinen Wagen.«

Statt zu antworten, nickte sie nur und bemühte sich um ein Lächeln. In diesem Moment merkte er, welchen Kummer er auch ihr bereitete, und diese Erkenntnis erschwerte die Last seines eigenen Leids. Er rannte aus dem Restaurant, rief nach Cait und versuchte, ihre Kutsche einzuholen. Aber der Landauer verschwand bereits im dichten nächtlichen Verkehr. Hektisch schaute sich Rand nach einem freien Mietwagen um – zunächst ohne Erfolg.

Endlich kam eine Droschke angerumpelt, und er ließ sich eilends zum Grosvenor Square bringen. Was er sagen würde, wenn er zu Hause eintraf, würde nichts an der beklemmenden Situation ändern. Das malte er sich während dieser grässlichen Fahrt, die viel zu lange dauerte, in den düstersten Farben aus.

Und die Wahrheit, die er sich noch nicht allzu lange eingestand, erschien ihm kristallklar, seit sie das Chatelaine's betreten hatte. Er liebte sie von ganzem Herzen.

Nach einer solchen Liebe hatte er gesucht. Dieses Glück wünschte er sich vom Leben. Und jetzt, wo er es gefunden hatte, war es zu spät.

Er stürmte in die Halle seines Hauses, rannte die Treppe hinauf, schrie Caits Namen. Aber er traf sie nicht an. Gegen Mitternacht sei sie hier gewesen, berichtete Percy. Das erklärte, wieso sie gewusst hatte, wo sie Rand finden würde – im Chatelaine's. Die Nachricht, die er für seinen Kammerdiener hinterlassen hatte, lag an einer etwas anderen Stelle auf der Rosenholzkommode und war leicht zerknittert. In einer Zeile hatte eine Träne die Tinte verwischt.

Was Rand in diesem Moment empfand, übertraf alle bisherigen Qualen. Er hatte geglaubt, nichts könne schlimmer sein als der Tod seines Sohnes. Jetzt wurde er eines anderen belehrt – der Verlust seiner Frau war tausend Mal schmerzlicher.

In seinen Kummer mischte sich kalte Angst. Wohin war sie gefahren? Was tat sie? Würde sie zurückkommen?

In den nächsten Tagen fahndete er überall nach ihr und schickte Lakaien in sämtliche Londoner Hotels. Schließlich glaubte er, sie wäre aufs Land geflohen, und kehrte nach Beldon Hall zurück.

Auch diese Hoffnung musste er jedoch begraben. Wie ihm der Butler mitteilte, war Ihre Gnaden seit dem Morgen ihrer Abreise nach Woodland Hills nicht mehr im Haus gewesen.

Maggie! Das hätte Rand erraten müssen. Natürlich würde Cait bei ihrer besten Freundin Zuflucht suchen.

So schnell wie möglich fuhr er zum Landsitz der Trents. Als der Kutscher das Gespann vor dem Eingang zügelte, wirbelten die Hufe den Kies empor. Noch bevor der Wagen hielt, riss Rand die Tür auf und sprang hinaus. In derselben Kleidung, die er am Vortag getragen hatte, rannte er die Eingangsstufen hinauf – ungekämmt, das Kinn und die Wangen von Bartstoppeln verdunkelt.

Die Stirn missbilligend gerunzelt, begrüßte Andrew ihn in der Halle.

»Wo ist sie?« Hektisch schaute sich Rand um und hoffte, Caitlin wäre hier – in Sicherheit und wohlbehalten.

»Tut mir Leid, Rand, sie ist schon weggefahren.«

Von Müdigkeit überwältigt, schloss Rand sekundenlang die Augen. Drei Tage lang hatte er nicht geschlafen, nichts gegessen und nur mehrere Tassen starken schwarzen Kaffee getrunken. »Aber sie *war* hier? Geht es ihr gut?«

»O nein, Rand.« Aus dem Hintergrund der Halle drang Maggies Stimme heran. Dann ging sie zu ihm. »Nun ist das Herz deiner schönen Frau endgültig gebrochen. Immer wieder hat sie dir ihr Vertrauen geschenkt – und wurde schmerzlich enttäuscht.«

Das bestritt er mit keinem Wort. Natürlich verdiente er Maggies Verachtung. »Wo ist sie?«

»Sie kam nur nach Woodland, um ihr Gepäck zu holen. Ursprünglich wollte sie einige Tage hier bleiben, dann in die Stadt fahren und mit dir über eure Probleme sprechen. Sie sorgte sich um dich.« Um Maggies weiche Lippen spielte ein bitteres Lächeln. »Aber du verdienst ihre Sorge gar nicht, Rand. Außerdem gibt es jemand anderen, der dich betreut.«

In seinen Augen brannten Tränen, und er blinzelte heftig. O Gott, die Trents durften ihn nicht weinen sehen... »Nein«, bestätigte er leise, »ich verdiene Caitlins Sorge nicht.«

»Du brauchst sie nicht. Wozu auch? Hannah genügt dir vollauf. Wann immer du Probleme hattest, war sie für dich da. Dein Sohn ist gestorben. Und statt bei Cait zu bleiben und sie zu trösten, ranntest du davon – geradewegs in die Arme deiner Geliebten.«

Jedem einzelnen dieser harten, gnadenlosen Worte musste er zustimmen. Aber statt sich abzuwenden, bestrafte er sich, indem er zuhörte.

»Offensichtlich hatte dein Vater Recht. Du bist kein richtiger Mann. So wie du würde sich kein richtiger Mann verhalten. Ein *richtiger* Mann würde niemals die geliebte Frau verlassen.«

Genau das tat ich, gestand er sich unglücklich ein. »Ich war – ein Feigling.«

Verwundert starrte sie ihn an. Und plötzlich verflog ihr Zorn. »Oh, mein Gott!« In ihren sanften blauen Augen begann es feucht zu schimmern. »Die ganze Zeit hast du's gewusst, nicht wahr? Ich glaubte, Gefühle würden dir nichts bedeuten – du wärst deinem Vater ähnlicher, als du dachtest. So ist es nicht, Rand.« Mit zitternden Fingern strich sie über seine unrasierte Wange. »Heiliger Himmel, in all den Monaten hast du dich selbst belogen, deine Gefühle gefürchtet – und sie deshalb verdrängt, nicht wahr? Weil du nicht verstehen konntest, was mit dir geschah, hast du Caitlin auf Beldon Hall zurückgelassen. Wie sehr du sie liebst, wolltest du dir nicht eingestehen.«

Unfähig zu sprechen, senkte er den Kopf.

»Du bist völlig erschöpft«, meinte Andrew, nahm seinen Arm und führte ihn zur Treppe. »Ruh dich aus. Und dann solltest du was essen.«

»Nein, ich muss sie finden – und mich wenigstens vergewissern, dass sie nicht in irgendwelchen Schwierigkeiten steckt.«

Über Maggies Wangen rollten Tränen. »Wo sie jetzt ist, weiß ich nicht genau, Rand. Jedenfalls wird sie England verlassen und zu ihrem Vater zurückkehren. So bald wie möglich. Falls du ihr folgen willst – es wäre sinnlos. Sie möchte dich nicht sehen. Wahrscheinlich wird sie dir niemals verzeihen.«

Resignierend nickte er. Das wusste er seit der Minute, in der sie ihn im Chatelaine's an Hannah Reeses Seite gesehen hatte. Caitlin war charakterstark und treu. Niemals würde sie ihren Ehemann betrügen. Von ihm hatte sie die gleiche Loyalität erwartet. Was immer er zu seiner Verteidigung vorbringen mochte, sie würde es nicht verstehen – und ihm niemals vergeben. »Sicher wird sie dir schreiben, Maggie. Wenn du mir mitteilen würdest, wie es ihr geht, wäre ich dir dankbar. Am liebsten würde ich ihr Geld schicken – doch das würde sie wohl kaum annehmen.«

»Gewiss nicht. Sie bezieht ein kleines Einkommen – genug, um ihren Lebensunterhalt zu bestreiten.«

»Aber der Baron ist auf der Insel. Der Mann könnte gefährlich sein. Wer weiß, wozu er im Stande wäre…«

»Bis jetzt hast du keine Beweise gegen ihn«, wandte Andrew ein. »Und wenn du ihn zu Recht verdächtigen würdest – er ist ein Betrüger, kein Mörder.«

»Ja, das stimmt«, bekräftigte Maggie. »Was das betrifft, musst du dir keine Sorgen machen.«

»Hoffentlich irrt ihr euch nicht…« Mit einem wehmütigen Lächeln fügte Rand hinzu: »Cait ist etwas ganz Besonderes, nicht wahr, Maggie? Einer solchen Frau werde ich nie mehr begegnen…«

Maggie legte den Kopf an die Schulter ihres Mannes und begann lautlos zu weinen. Ohne ein weiteres Wort ging Rand zur Haustür.

»Rand?« Als er Andrews Ruf hörte, drehte er sich um. »Vielleicht – später…«

Nur seinem Freund zuliebe nickte Rand. »Vielleicht…« Doch er wusste, dass Caitlin Harmon für immer aus seinem Leben verschwunden war. Die Schuld daran trug er allein. Er hatte sie verloren. Nun blickte er einer leeren, trostlosen Zukunft entgegen.

Unter einer sengenden Sonne grub Cait das Erdreich um, energisch und zielstrebig. Als sie mit der Arbeit nicht schnell genug vorankam, warf sie die Schaufel beiseite und tauchte ihre Hände in den glühenden Sand. Über der Insel lag schwüle Hitze. Schweiß rann über ihr Gesicht und lockte winzige Mücken an, die ihre Ohren umschwirrten.

Vor einer Woche war sie nach Santo Amaro zurückgekehrt. Aber es kam ihr wie ein Monat vor. Sie hatte vergessen, wie beengt sie sich auf der Insel fühlte, wie jeder Tag gleichförmig in den nächsten überging, wie schmerzlich sie ihre Freunde vermisste. Auf der Insel hatte sich in den sechs Monaten ihrer Abwesenheit nicht viel verändert. Inzwischen waren keine neuen Schätze aufgetaucht, Kleopatras Halskette blieb spurlos verschwunden. Aber die Forscher hatten weiter hinten im Wald eine Kiste ausgegraben, die nach Professor Harmons Ansicht persönliche Habseligkeiten der drei schiffbrüchigen Seefahrer enthielt – einen Spiegel in einem Messingrahmen, eine vermoderte, fast unleserliche Bibel in holländischer Sprache.

Und dieser Fund weckte neue Hoffnungen.

Natürlich waren sie alle verblüfft gewesen, als sie Cait an Bord der *Moroto* entdeckt hatten. Geoffrey und Phillip Rutherford begrüßten sie überschwänglich, Sir Monty begegnete ihr höflich, aber eher formell, und ihr Vater zeigte sich teils erfreut, teils bestürzt. Den Verlust ihres kleinen Sohnes beklagte er ebenso wie ihre gescheiterte Ehe und die Spuren des Leids, die ihre müde, traurige Miene nur allzu deutlich erkennen ließ.

Rands Betrug hatte ihre Seele und ihr Herz zutiefst verletzt. So sehr sie sich auch bemühte, ihn zu vergessen – es gelang ihr nicht.

Dafür hatte sie ihn zu sehr geliebt.

Nun fragte sie sich, ob er bei Hannah Reese geblieben oder ihrer mittlerweile überdrüssig war und ein neues Opfer gefunden hatte – vielleicht eine junge Frau, die seiner

Gemahlin glich, von hohen Idealen erfüllt, voller Vertrauen in die aufrechte Gesinnung des Dukes.

Als ein Schatten über den Sand fiel, blickte Caitlin auf. Ihr Vater bückte sich und kauerte neben ihr nieder. »Heute hast du schon wieder das Mittagessen versäumt. Meine Liebe, du bestehst nur noch aus Haut und Knochen, und das macht mir Angst.« Er streckte eine bläulich geäderte Hand aus, und hielt ihr ein kleines, in Leinen gewickeltes Päckchen hin. »Da, ich habe dir Brot und Käse gebracht.«

»Danke, Vater, aber ich bin wirklich nicht hungrig.«

»Bitte, Caitlin, du musst etwas essen. Sonst wirst du noch krank.«

Zerknirscht schaute sie in sein unglückliches, faltiges Gesicht, erhob sich und half ihm auf die Beine. »Ja, gewiss – du hast Recht«, seufzte sie und lächelte gezwungen. »Ich habe mich auf die Arbeit konzentriert und gar nicht gemerkt, wie schnell die Zeit vergangen ist.«

»Tu mir den Gefallen und iss das!«, flehte er und drückte ihr das Päckchen in die Hand. »Was du jetzt durchmachst, weiß ich. Dein Mann hat dir das Herz gebrochen. Dafür fühle ich mich verantwortlich. Hätte ich dich nicht zu dieser Heirat gedrängt...«

»Daran bist du nicht schuld. Ich *wollte* ihn heiraten. Auf dieser Welt gab es nichts, was ich mir sehnlicher gewünscht hätte. Leider habe ich sein wahres Wesen zu spät erkannt.«

»Auch mich hat er getäuscht. Ich sah etwas ganz Besonderes in ihm. Zumindest glaubte ich das. Und ich dachte, er würde dich wirklich lieben. Niemals hätte ich erwartet, dass er dich ins Unglück stürzen würde.«

In ihrer Kehle stieg ein Schluchzen auf, und sie konnte nur nicken. Mühsam rang sie nach Fassung. Während der Reise zur Insel hatte sie genug Tränen vergossen, jetzt wollte sie nicht mehr um Rand weinen. »Schon gut, Vater.

Ich brauche nur noch ein bisschen Zeit, um das alles zu verkraften.«

»Zweifellos hast du gemerkt, wie sehr sich Geoffrey über deine Rückkehr freut. Er will dich immer noch heiraten. Vielleicht finden wir Mittel und Wege, um deine Ehe annullieren zu lassen. Und in der Zwischenzeit könntet ihr miteinander glücklich werden, so wie es euch gefällt.« Cait schüttelte den Kopf. »Darüber möchte ich nicht reden. Es wäre zu schmerzlich… Außerdem ist es viel zu früh, um an eine neue Ehe zu denken.«

Daran würde sie auch in Zukunft keine Gedanken verschwenden. Aus inniger Liebe hatte sie Rand ihr Jawort gegeben – mit katastrophalen Folgen. Nie wieder würde sie heiraten – das wusste sie im Grunde ihres Herzens.

»Komm, setz dich für eine Weile in den Schatten«, drängte ihr Vater und tätschelte ihre Schulter. »Iss das Brot und den Käse.«

Um ihn zu beruhigen, gehorchte sie. Wenn sie besser auf sich achtete, würde er sich vielleicht nicht mehr schuldig fühlen und das beklemmende Thema einer zweiten Ehe vergessen, das nach ihrer Ansicht ohnehin erledigt war.

In ihrem Leben gab es nur noch ein einziges Ziel – jenen ersehnten Punkt zu erreichen, wo sie nichts mehr für Rand Clayton empfinden würde.

21

Nick Warring stieg die Verandastufen hinauf und klopfte an die reich geschnitzte Tür von Rands Arbeitszimmer.

Als ihn der Butler des Dukes, Frederick Peterson, durch das Guckloch sah, öffnete er hastig die Tür. »Bitte, kommen

Sie herein, Eure Lordschaft. Wir alle wissen Ihren Besuch zu schätzen. Insbesondere, weil Sie sofort Zeit gefunden haben...«

An diesem Morgen hatte Nick in seinem Stadthaus eine Nachricht von Rands Kammerdiener erhalten, mit der Bitte, der Earl of Ravenworth möge am Grosvenor Square erscheinen, sobald es ihm genehm sei. Nick hatte keine Sekunde gezögert. Ebenso wie das Personal sorgte er sich um den Duke. »Hoffentlich kann ich mich nützlich machen... Wo ist Percy?«

»Hier, Mylord.« Rands hoch gewachsener, hagerer Kammerdiener eilte ihm entgegen. Hinter ihm flatterte das schulterlange schwarze Haar, das er normalerweise zu einem Pferdeschwanz zusammengebunden hatte. »Wie Frederick schon betont hat – wir sind sehr dankbar für Ihren Besuch.«

»Rand ist mein Freund, und ich möchte mein Bestes tun, um ihm zu helfen.«

»Wenn Sie das schaffen, wär's großartig.« Die Miene des Kammerdieners zeigte deutlich die wachsende Angst um seinen Herrn, und er wirkte plötzlich viel älter als seine vierzig Jahre. »Kommen Sie«, bat er, führte den Earl in einen kleinen Salon, wo sie sich ungestört unterhalten konnten, und schloss geräuschlos die Tür.

»Wo liegt das Problem?«, fragte Nick.

»Wie soll ich's bloß ausdrücken?«, seufzte Percy. »Ich weiß, Seine Gnaden und Sie sind eng befreundet, Mylord. Deshalb habe ich Ihnen diese Nachricht geschickt. Ich hoffe, Sie sind mir nicht böse... Aber ich fürchte, der Duke ist wahnsinnig geworden.«

Hätten Percys Worte nicht so ernsthaft geklungen, wäre Nick in Gelächter ausgebrochen. »Vermutlich hängt das mit der Abreise seiner Frau zusammen.«

»In den ersten Wochen sperrte er sich in seinem Zimmer

ein und versuchte, seinen Kummer mit Alkohol zu betäuben, von wildem Selbsthass erfüllt. So verbittert habe ich ihn noch nie gesehen. Dann änderte sich die Situation. Vielleicht sah er ein, dass es so nicht weitergehen konnte. Er hörte zu trinken auf, und ich fasste neuen Mut. Unglücklicherweise bekommt er jetzt Tag für Tag einen Wutanfall.«

»Nun, er hatte schon immer ein wildes Temperament.«

»Ich fürchte, es ist viel schlimmer. Dauernd schlägt er über die Stränge. Er neigt zu unangebrachten Maßnahmen und sogar zur Gewalttätigkeit. Neulich feuerte er ein Dienstmädchen, weil das arme Ding die Kissen in seinem Bett nicht zurechtgerückt hatte. Gestern Abend beim Dinner behauptete er, die Sauce sei nicht heiß genug, und schleuderte seinen Teller quer durchs Speisezimmer. Und heute Morgen tobte er vor Zorn, weil die Zeitung an der falschen Stelle auf dem Tischchen neben seinem Sessel im Arbeitszimmer lag. Da sitzt er jetzt am Schreibtisch, und niemand wagt sich hinein.«

»Seit den Problemen mit seiner Frau habe ich ihn nicht mehr gesehen. Meine Schwester erzählte mir, was geschehen war, und ich dachte mir, es müsste ihn schmerzlich treffen. Aber von diesen Auswüchsen hatte ich keine Ahnung. Danke, dass Sie mich benachrichtigt haben, Percy.«

Der Kammerdiener nickte. Wie viel Rands Freundschaft dem treuen Mann bedeutete, wusste der Earl. Und er erkannte auch, welch großen Mut Percy aufgebracht hatte, um nach ihm zu schicken.

Als Nick durch den Flur zum Arbeitszimmer ging, hörte er Glas klirren. Lautlos öffnete er die Tür. Rand saß hinter dem Schreibtisch, von dem er sämtliche Gegenstände gefegt hatte. Am Boden lagen aufgeschlagene Bücher, Schreibfedern, ein umgekipptes Tintenfass und die Scherben eines kristallenen Aschenbechers. Der restliche Raum sah genauso chaotisch aus. Überall hatte Rands Tobsucht ihre Spuren hinterlassen.

Auf leisen Sohlen betrat Nick das Zimmer und schloss die Tür. Als es fast unhörbar klickte, hob Rand den Kopf. »Was willst du denn hier?«

Langsam ließ Nick seinen Blick über das Durcheinander wandern, dann musterte er seinen Freund und hob die dunklen Brauen. »Meinst du nicht, du hättest dich mittlerweile lange genug in deinem Selbstmitleid gewälzt?«

Rands Gesicht lief dunkelrot an. »Wovon redest du?«, fauchte er, sprang auf und ballte die Hände.

»Oh, ich wollte nur darauf hinweisen, dass du hier herumsitzt und dir selber Leid tust. Und dass du deinen Zorn an deinen Dienstboten auslässt, obwohl du deiner eigenen Wenigkeit grollst.«

Eine Zeit lang starrte Rand den ungebetenen Besucher schweigend an, bevor er wie ein Stein in seinen Sessel zurückfiel. »Und wenn schon! Was geht's dich an?«

»Wahrscheinlich nichts. Abgesehen von unserer Freundschaft und meiner Sorge um dich. Es gefällt mir einfach nicht, wenn du dich wie ein wilder Stier aufführst, statt endlich deine Frau von dieser verdammten Insel zurückzuholen.«

Nun sank Rand in sich zusammen. Alle Kräfte schienen ihn zu verlassen. Zitternd rang er nach Luft. »Glaubst du, das würde ich nicht tun, wenn es einen Sinn hätte? Seit Wochen denke ich an nichts anderes. Aber nach allem, was ich verbrochen habe, wird Caitlin mir niemals verzeihen.«

»*Niemals?*« Nick zuckte die Achseln. »Ein ziemlich dramatisches Wort… Seit so vielen Jahren kennen wir uns, Rand, und bisher hast du dich kein einziges Mal geschlagen gegeben, wenn du ein Ziel erreichen wolltest. Und du *willst* Caitlin zurückerobern, nicht wahr? Das ist doch der Grund, warum du verrückt spielst.« Viel sagend inspizierte er die Bescherung am Boden.

»Natürlich will ich sie wiederhaben«, gestand Rand tonlos. »Ich liebe sie über alles. Deshalb fingen die Schwierigkeiten an – weil ich erkannte, was ich für Cait empfinde. Davor hatte ich Angst.«

»Wenn das so ist, fahr ihr nach«, riet Nick ihm augenrollend. »Gesteh ihr, was du mir soeben erzählt hast. Gib zu, du hättest dich wie ein gottverdammter Narr benommen, und versprich ihr, es würde nie wieder passieren.«

Rand stützte die Ellbogen auf den Schreibtisch und strich mit allen Fingern durch sein ungekämmtes, leicht zottiges braunes Haar. »Leicht gesagt…«

Als Nick näher trat, musste er einem umgestürzten Beistelltisch ausweichen, dem ein Bein fehlte, und über ein aufgeplatztes Sofakissen hinwegsteigen, aus dem Federn quollen. »Sicher wird's dir schwer fallen, Caitlins Vertrauen zurückzugewinnen. Ich glaube sogar, du hast nie zuvor ein größeres Problem gelöst. Aber sie ist die Mühe wert. Und wenn es jemand schafft – dann nur du.«

Skeptisch schüttelte Rand den Kopf. »Hätte sie *mir* zugemutet, was ich ihr antat… Das könnte ich niemals entschuldigen.«

»Vielleicht doch – sobald du verstehen würdest, warum es dazu kam. Wir alle machen Fehler. Bevor Elizabeth meine Frau wurde, tat ich ihr sehr oft weh – obwohl ich's nicht wollte.«

Zum ersten Mal erkannte Nick einen Hoffnungsschimmer in Rands Augen. »Also glaubst du, es gibt eine Chance?«

»Eine Chance gibt's immer. Cait liebt dich. Darin liegt ja der Grund, warum sie so tief verletzt ist. Steh endlich auf, setz dich in Bewegung und sieh zu, dass du das nächste Schiff zur afrikanischen Küste erreichst!«

Jetzt grinste Rand sogar. Dieser ungewohnte Gesichtsausdruck schien ihn zu verblüffen, denn er erlosch nur langsam. Wann hatte er sich zum letzten Mal ein Lächeln gestattet? Das musste viele Wochen her sein. »Bei Gott, ich will's wagen.« In das Dunkel seiner Seele drang der Lichtstrahl einer belebenden neuen Hoffnung. »Wenn das nächste Schiff Kurs auf Afrika nimmt, bin ich an Bord. Und ich werde mit meiner Frau zurückkommen. Verlass dich drauf!«

Erfreut beobachtete Nick die wilde Entschlossenheit, die den bittern Zorn seines Freundes verdrängte. Er kannte das Glück der Liebe, das man genoss, wenn man die richtige Frau gefunden hatte. Und er würde es seinem Freund von Herzen gönnen. Nun hing alles von Caitlins Verhalten ab. Würde sie erkennen, was die bedingungslose Kapitulation für einen Mann wie Rand bedeutete – und dass sie ihm in Zukunft stets vertrauen könnte?

»Caitlin! Schnell, komm her!« Als sie den gellenden Ruf ihres Vaters hörte, legte sie hastig ihre Schaufel beiseite und rannte zu den Männern am anderen Ende der Ausgrabungsstätte, die aufgeregt durcheinander redeten. Offenbar war etwas Wichtiges geschehen.

»Was gibt's, Vater?«

»Schau doch – das muss Leonard Metz gehört haben, dem Schiffbrüchigen, der am längsten auf der Insel lebte. Seine Initialen sind in diesen Baum geritzt.«

Tatsächlich – fasziniert betrachtete sie die verwitterten, kaum leserlichen Initialen im Stamm der Palme. L. E. M. – Leonard Emery Metz, Erster Offizier auf der *Zilverijder*. Seit jener Zeit war der Baum gewachsen. Die Buchstaben hatten sich in die Länge gedehnt. Bisher waren sie niemandem aufgefallen.

»Wie wundervoll...« Cait berührte das intarsierte Kästchen, das ihr Vater soeben ausgegraben hatte, und zeichnete mit einer Fingerspitze das geometrische Muster der Elfenbeinornamente nach.

Sir Montys sommersprossige Hand öffnete den Deckel. »Längst nicht so wundervoll wie der Inhalt!« Sein Gesicht verzog sich zu einem triumphierenden Lächeln. Von der Sonne tief gebräunt, mit lederner Haut, glich er beinahe einem Eingeborenen. »Eine Landkarte, Caitlin!«

»Und darauf ist das Versteck der Halskette eingezeichnet«, verkündete Geoffrey genauso beglückt. Inzwischen hatte die tropische Sonne sein helles Haar platinblond gebleicht.

Atemlos starrte Cait das vergilbte Pergament an, das sorgsam gefaltet in der Kassette verstaut worden war. Dann wandte sie sich zu ihrem Vater. »Also – ist die Kette auf Santo Amaro zu finden?«

Er nickte, erschien ihr aber nicht mehr so enthusiastisch wie zuvor.

»Was für grandiose Neuigkeiten!« Nun lenkte der Baron Caitlins Aufmerksamkeit auf sich. Erstaunlicherweise sah er trotz der primitiven Lebensbedingungen auf der Insel stets sehr gepflegt aus, die braune Köperhose wirkte kaum abgenutzt, und im weißen Leinenhemd zeigte sich keine einzige Falte. »Ja, Kleopatras Halskette liegt zweifellos in unserer Reichweite. Zu unserem Bedauern wollte Mr. Metz diesen kostbaren Schatz in Sicherheit bringen, und so verscharrte er ihn auf dem Vulkan. Deshalb müssen wir uns einen Weg landeinwärts bahnen.«

Unsicher runzelte Cait die Stirn. Ein so gefährliches Unterfangen hatten sie vermeiden wollen. Doch es konnte gelingen... Schließlich ließ sie sich von der allgemeinen freudigen Erregung mitreißen. »Offenbar soll unsere Mühe belohnt werden. Wann brechen wir auf?«

»So einfach ist es leider nicht«, entgegnete Talmadge. »Wir brauchen zusätzliche Vorräte, eine geeignete Ausrüstung – natürlich auch einen Führer. Und das Geld stellt ein weiteres Problem dar.«

»Ich dachte, wir hätten genug aufgetrieben.«

Seufzend schüttelte er den Kopf. »Die Expedition ist teurer als erwartet. Trotzdem glaube ich, dass wir eine ausreichende Summe zusammenkratzen können.«

Und so trafen sie eine Entscheidung. Wenn die *Moroto* das nächste Mal Vorräte zur Insel befördern würde, sollte der Baron an Bord gehen, nach Dakar fahren und alles beschaffen, was sie benötigten.

An diesem Abend feierten sie den Erfolg, der zum Greifen nahe war – das Ende ihrer Mission. Sobald der Baron mit dem erforderlichen Rüstzeug zurückkehrte, würden sie sich in den Dschungel wagen und den ersehnten Schatz heben.

Während nächtliches Dunkel auf die Insel herabsank, überließ Phillip Rutherford seine Gefährten ihrem armseligen Festmahl – frisch gefangenen Fisch, von den Eingeborenen in Seetang gewickelt und über einem schwachen Feuer gebraten, wilde Trauben, Melonen und Kartoffeln, die sie fast täglich aßen.

In sein Zelt zurückgekehrt, entzündete Phillip die Öllampe und setzte sich an den improvisierten Schreibtisch. Bei einem flüchtigen Studium der Rechnungsbücher stellte er fest, was er ohnehin schon wusste – das Geld für die Expedition war fast aufgebraucht.

Zumindest das Geld, das er dafür vorgesehen hatte.

Fluchend stand er auf, ging in eine Ecke und nahm seine eigenen Rechnungsbücher aus einem flachen Überseekoffer. Die Beute, die er so geschickt und geduldig für sich abgezweigt hatte, wollte er keinesfalls zurückgeben. So leicht war es nicht gewesen, präzise herauszufinden, welche Ausgaben absolut nötig waren, worauf man verzichten und wo man sparen konnte. Er seufzte und dachte an die vielen Stunden, die er geopfert hatte, um das alles bis ins kleinste Detail zu planen.

Zweifellos war es am vernünftigsten, einfach zu nehmen, was er sich angeeignet hatte, dazu die versteckten Schätze, und an Bord der *Moroto* für immer zu verschwinden.

Ja, das würde ein kluger Mann tun. Aber die Versuchung, die Halskette zu finden, war zu groß. Warum sollte er sich mit einem Teil der Reichtümer begnügen, wenn er *alles* für sich gewinnen konnte?

Wie üblich wäre es ein Kinderspiel. Ursprünglich hatte er beabsichtigt, ein Boot zu mieten, das eines Nachts am Strand warten würde, mit seiner Beute heimlich an Bord zu schleichen und davonzusegeln. Auf den West Indies oder wo immer es ihm beliebte, würde er ein komfortables Leben führen. Aber bei einem solchen Unternehmen ging man stets ein Risiko ein, wenn man nicht alle Probleme löste. Sobald die Halskette gefunden war, musste er den Professor, Sir Monty und St. Anthony aus dem Weg räumen.

In unzivilisierten Gebieten passierten immer wieder solche Unfälle.

Um Caitlin brauchte er sich nicht zu sorgen. Die würde er einfach mitnehmen, was er von Anfang an geplant hatte. Sobald ihr Vater nicht mehr im Weg stand und sonst niemand da war, an den sie sich wenden konnte, würde sie Phillip bereitwillig folgen. Bei diesem Gedanken erfüllte ihn heiße Vorfreude, und ein zügelloses Verlangen stieg in ihm auf.

Ungeduldig schaute er auf seine Uhr. Bald würde Maruba in sein Zelt kommen. Die Begierde wuchs. Seit Caitlins Rückkehr hatte er die Eingeborene jede Nacht zu sich gerufen. Die Nähe der rothaarigen Frau regte seinen Appetit an.

Oder es lag nur daran, dass er sie noch nicht besessen und sich monatelang verlockende Szenen ausgemalt hatte – wie er es genießen würde, sie endlich zu erobern.

Was auch der Grund sein mochte – er begehrte sie, und in absehbarer Zeit würde sie ihm gehören.

Ein leises Geräusch vor dem Zelt erweckte seine Aufmerksamkeit, und seine Nerven spannten sich an. Das musste Maruba sein. In wenigen Minuten würde er seine Lust stillen. Er wartete, bis sich die Zeltklappe öffnen würde. Als das nicht geschah, schob er sie beiseite und spähte hinaus, sah aber nur dichtes Dunkel.

Beunruhigt schaute er sich um. Schnüffelte irgendwo ein wildes Tier herum? Vielleicht sogar ein Leopard, der aus dem Landesinneren zum Strand gelaufen war... Plötzlich bemerkte er eine Bewegung zwischen den Bäumen, etwas Weißes schimmerte, der Saum eines braunen Köperrocks glitt vorbei.

Verwundert runzelte er die Stirn. Hatte Caitlin ihm nachspioniert? Er erinnerte sich an die Rechnungsbücher. Im Lampenlicht, das sein Zelt erhellte, hatte sie ihn womöglich durch die Segeltuchplane beobachtet. Viel konnte sie nicht gesehen haben.

Trotzdem fühlte er sich unbehaglich. Seit ihrer Rückkehr schien sie ihn im Auge zu behalten. Aber vielleicht hatte er einfach nur ihr Interesse geweckt. Phillip lächelte. Jetzt war sie verheiratet – eine gereifte junge Frau mit gewissen Bedürfnissen, von ihrem Ehemann getrennt. Hatte sie endlich erkannt, welche Freuden sie teilen könnten?

Hoffentlich...

Vor allem hoffte er, sie hätte keinen Verdacht geschöpft. Es wäre zu schade, wenn auch sie einen dieser schrecklichen »Unfälle« erleiden würde.

Rand stand neben Percy Fox im Bug der *Moroto*. Während der Schoner gemächlich dahinsegelte, sah er die Insel Santo Amaro näher rücken, den vertrauten, in Wolken gehüllten Gipfel des Pico de Maligno, den dichten, dunkelgrünen Dschungel am Hang hinter dem breiten weißen Sandstrand.

Bald erblickte er auch den Kreis, den die Zelte bildeten, und seufzte erleichtert. Also hielt sich der Professor noch immer hier auf, so wie es Baptiste versichert hatte. Auch Dr. Harmons Tochter würde Rand auf der Insel antreffen. Vor etwa einem Monat hatte der Kapitän sie hierher gebracht.

Zum hundertsten Mal überlegte Rand, was er bei seiner Ankunft sagen und wie er sich verhalten würde. Sollte er sich zu Caits Füßen werfen und um Vergebung flehen? Wenn er glaubte, das würde den gewünschten Erfolg erzielen, wäre er dazu bereit.

Unglücklicherweise fürchtete er, Cait würde ihm ins Gesicht lachen und einfach davongehen. Nein, so leicht würde sie ihm nicht verzeihen. Er musste ihr seine aufrichtige Reue beweisen, das Vertrauen verdienen, das er so achtlos zerstört hatte. Auf welche Weise, wusste er noch nicht. Nur eins stand fest – letzten Endes würde er den ersehnten Sieg erringen.

Ein Fehlschlag kam nicht in Frage. Wo er sie doch so innig liebte...

»Gleich sind wir da«, bemerkte Percy. Die dünnen schwarzen Brauen zusammengezogen, studierte er die Stelle, wo sie aus dem Ruderboot steigen wollten. »Schauen Sie!« Er zeigte auf eine Gruppe von Leuten, die beisammenstanden und die Ankunft des Schiffs beobachteten. »Was geht da vor?«

Rand folgte dem Blick seines Kammerdieners. »Offenbar warten sie auf die *Moroto*. Ich nehme an, sie brauchen wieder einmal Vorräte.«

»Davon hat Baptiste nichts erwähnt. Wir mussten für die Extratour bezahlen. Erinnern Sie sich?«

»Ja, das stimmt«, bestätigte Rand, und sein Puls beschleunigte sich. »Hoffentlich ist alles in Ordnung.«

Percy lachte leise. »Um Ihnen zu entrinnen, ist Ihre Frau ein paar tausend Meilen weit gesegelt, Euer Gnaden. Wahrscheinlich wird sie Ihnen einen Dolch in die Brust stoßen, sobald sie Ihr Gesicht erkennt. Was Schlimmeres kann gar nicht passieren.«

Nun musste auch Rand lachen. »Welch ein tröstlicher Gedanke…« Trotzdem überlegte er, warum sich die Expeditionsteilnehmer am Strand versammelt hatten, statt in der Ausgrabungsstätte zu arbeiten.

Während sie sich zur Küste rudern ließen, entdeckte er die hagere, leicht gebeugte Gestalt des Professors, Geoffrey St. Anthonys hellblondes Haar, Sir Montys sommersprossige, wettergegerbte Züge und die gepflegte Erscheinung des Barons. Und sobald Cait hinter ihrem Vater hervortrat, erkannte er den schlichten braunen Rock, die weiße Bluse, den breitrandigen Strohhut, der ihr rotgoldenes Haar fast völlig bedeckte.

Mit dumpfen Schlägen hämmerte sein Herz gegen die Rippen. Sein Mund fühlte sich staubtrocken an, seine Kehle wie zugeschnürt. *So viel habe ich zu verlieren*, dachte er, *so viel steht auf dem Spiel.* Aber er war noch nie in seinem Leben feige gewesen. Auch diese heikle Situation würde er mutig meistern. »Mein lieber Percival, ich glaube, am Strand erwartet uns ein Empfangskomitee.«

»Zweifellos freuen sich alle auf das Wiedersehen«, murmelte Percy.

Feixend wandte sich Rand zu ihm. »Oder sie möchten endlich wieder Wildfleisch essen. Davon werden sie nicht viel bekommen haben, seit wir vor sechs Monaten abgereist sind.«

»Hoffen wir das Beste…«

Danach schwiegen sie und blickten der Küste entgegen, die sich rasch näherte. Rand schickte ein stummes Gebet zum Himmel und flehte den Allmächtigen an, er möge ihn vor einer tödlichen Kugel bewahren.

An der Seite ihres Vaters beobachtete Cait, wie das Ruderboot die Wellen durchkämmte und auf den Strand zufuhr. Verwirrt blinzelte sie. Was sie sah, war sicher ein Trugbild, und sie hoffte, es würde verschwinden. Und dann schlug ihr Herz wie rasend. In der Mitte des Boots saß ein großer, breitschultriger Mann, der unentwegt in ihre Richtung starrte – ein Mann, den sie überall wieder erkennen würde.

»Großer Gott!«, rief der Professor. »Das kann er unmöglich sein!«

Aber er war es – so gekleidet wie bei seiner ersten Ankunft, in Breeches aus beigem Köper, die in hohen Lederstiefeln steckten, einem schlichten weißen Leinenhemd, mit einem breitrandigen Segeltuchhut. Kraftvoll und entschlossen, attraktiver denn je.

Wie konnte er es wagen, ihr erneut zu folgen? Heißer Zorn stieg in Caitlin auf und ein anderes Gefühl, das sie nicht ergründen wollte. Plötzlich wurden ihre Knie weich, und sie klammerte sich an den Arm ihres Vaters. Das Boot blieb im Schlamm stecken, Rand sprang ins Wasser, ergriff sein Gepäck und watete an Land.

Mit wenigen Schritten erreichte er die Beobachter und ließ seine Sachen in den Sand fallen. Nach einem kurzen Blick in Caits bleiches Gesicht wandte er sich an ihren Vater. »Guten Tag, Professor.«

»Obwohl Sie so viel auf dem Kerbholz haben, kommen Sie hierher, junger Mann? Dazu gehört schon eine gehörige Portion Frechheit!«

Nun schaute Rand seine Frau durchdringend an. In seinen Augen las sie so viel Trauer und tiefe Reue, dass sie glaubte, sie müsste sich täuschen. »Auf dieser Insel gibt es etwas, das mir gehört.« Kampflustig trat Geoffrey vor. »Jetzt nicht mehr! Wäre Cait immer noch an Ihnen interessiert, hätte sie England nicht verlassen.«

Rand ignorierte ihn. »Da wir einige Probleme hatten, fuhr ich nach Santo Amaro, in der Hoffnung...«

»Hier bist du nicht willkommen«, fiel Cait ihm ins Wort. Endlich gehorchte ihr die Stimme. »Nie wieder!«

Um sie zu beschützen, legte der Professor einen Arm um ihre Schultern. »Meine Tochter will nichts mehr von Ihnen wissen, Sir. Und das genügt mir.«

Rand rührte sich nicht von der Stelle. Beinahe hatte sie vergessen, wie groß er war, wie imposant er wirkte. »Tut mir Leid, Professor, diese Insel ist nicht Ihr Eigentum. Nachdem ich die lange Reise auf mich genommen habe, gedenke ich zu bleiben. Damit sollten Sie sich abfinden.«

»Nach dem Gesetz sind wir immer noch verheiratet«, fauchte Cait. »Das weiß ich. Falls du glaubst, ich würde dich wieder in deine englische Heimat begleiten, wirst du eine Enttäuschung erleben. Dazu kannst du mich nicht zwingen.«

Aus seinem Blick sprach jene Zärtlichkeit, die eine raffinierte Lüge war. Das hatte sie inzwischen gelernt, auf schmerzliche Weise. »Ich werde dich zu gar nichts zwingen, Cait.«

»Warum bist du dann hier?«

»Weil ich mich vergewissern wollte, dass es dir gut geht. Wie du gesagt hast, du bist mit mir verheiratet – so unangenehm dir dieser Zustand auch erscheinen mag.«

Cait wich seinen dunklen, forschenden Augen aus, die sie immer noch faszinierten. Kein Wunder, dass sie seinem

Charme erlegen war... Seiner betörenden Aura – einer seltsamen Mischung aus Autorität und Sanftmut, harter Willenskraft und Verletzlichkeit – hatte sie nicht widerstehen können. Alles nur Fassade, wie sie inzwischen herausgefunden hatte... Diesmal würde sie keine Schwäche mehr zeigen.

»Bitte, Vater, schick ihn weg.«

»So einfach geht das nicht, meine Liebe. Niemand darf dem Duke den Aufenthalt auf Santo Amaro verbieten – was er vorhin zu Recht betont hat.«

»Außerdem«, ergänzte Rand gedehnt, »würde sich meine Anwesenheit für Sie alle lohnen.«

»Inwiefern?«, fragte Talmadge, der neben Sir Monty stand. »Würden Sie uns wieder eine gewisse Summe zur Verfügung stellen, wie beim ersten Mal?«

»Noch viel mehr«, erwiderte Rand, ohne Cait aus den Augen zu lassen. »Ich würde die gesamte Expedition finanzieren, bis Sie die Halskette finden – oder die Rückreise, falls Sie die Suche aufgeben.«

»Haben Sie das gehört, Professor?«, rief Talmadge. »Vielleicht ist das unser Glückstag. Mit der Ankunft des Dukes sind unsere Probleme gelöst.«

»Das ist mir egal!«, verkündete Cait wütend. »Keine Sekunde lang will ich ihn auf dieser Insel sehen! Er soll sofort abreisen!«

»Welche Probleme?«, fragte Rand leise, als hätte er ihren Protest nicht gehört.

»Erklären Sie's ihm, Professor!«, drängte der Baron. »Wir haben so hart gearbeitet – und sind soweit gekommen. Mit Beldons finanzieller Unterstützung würden wir unser Ziel erreichen.«

Donovan Harmon warf seiner Tochter einen kurzen Blick zu, der tiefes Mitleid verriet. Dann seufzte er. »Vor vier Tagen gruben wir ein kleines, mit Elfenbein intarsiertes Kästchen aus. Vermutlich gehörte sie dem Ersten Offizier von der *Zilverijder*, Leonard Metz, der auf Santo Amaro starb.«

»Sprechen Sie weiter«, bat Rand.

»Offenbar glaubte Metz, er hätte Hans Van der Hagen getötet, ein anderes Besatzungsmitglied. Dann muss er erkannt haben, dass der Mann in Wirklichkeit am Leben geblieben und von der Insel geflohen war. Er fürchtete, Van der Hagen würde zurückkehren und den Schatz stehlen. Der Landkarte zufolge, die wir in der Kassette fanden, brachte Metz den Schatz landeinwärts, auf den Pico de Maligno. Wenn Sie die Karte studieren, werden Sie sehen, dass er das Versteck der Halskette eingezeichnet hat.«

Ein paar Minuten dachte Rand über diese Information nach. »Und jetzt möchten Sie den Schatz heben, Professor.«

»Natürlich.«

»Deshalb haben wir alle auf die *Moroto* gewartet«, fügte Talmadge hinzu. »Wir nahmen an, sie würde erst in zwei Wochen hierher segeln. Wie Sie sich sicher vorstellen können, wollen wir möglichst bald mit der Suche beginnen. Dazu brauchen wir zusätzliche Vorräte, Ausrüstungsgegenstände und Gepäckträger. Beim Anblick des Schoners hofften wir, die Dinge zu beschleunigen.«

»Für diesen schwierigen Marsch durch den Dschungel benötigen wir einen erfahrenen Führer«, sagte der Professor. »In Dakar leben einige Männer, die Santo Amaro genau kennen. Wenn die *Moroto* zurücksegelt, wird Phillip an Bord gehen, um in der Stadt alle erforderlichen Arrangements zu treffen.« Mit schmalen Augen starrte der Duke den Baron an.

Offensichtlich misstraute er dem Mann immer noch, ebenso wie Cait, nach allem, was Rand ihr erzählt hatte. Seit ihrer Rückkehr beobachtete sie ihn, fest entschlossen, ihren Vater zu schützen, sollte sich Talmadge tatsächlich als

Schurke entpuppen. Hatte Rand Beweise gegen ihn gefunden? War er nicht ihretwegen auf die Insel zurückgekehrt, sondern um den Baron endlich zu entlarven?

Bei diesem Gedanken schalt sie sich eine Närrin. Spielte es denn eine Rolle, was ihn nach Santo Amaro geführt hatte? Er war hier, und das missfiel ihr. Wenn sie ihn jeden Tag sehen und sich erinnern musste, wie er sie verführt und ihr Herz gewonnen und sie dann weggeworfen hatte wie überflüssigen Ballast, um wieder in die Arme seiner Geliebten zu sinken – das würde sie einfach nicht ertragen.

»Die Vorräte, die Sie brauchen, werden viel Geld kosten«, meinte Rand. »Dafür will ich sorgen. Also würde das Unternehmen wenigstens keine finanziellen Probleme aufwerfen.«

Flehend schaute Talmadge den Professor an. Wie er bereits erklärt hatte, war das Geld fast aufgebraucht. Die spärlichen Vorräte würden für einen kurzen Ausflug ins Landesinnere reichen, und sie müssten sich mit der mittlerweile abgenutzten Ausrüstung begnügen. Einen Führer, den sie dringend benötigten, konnten sie sich nicht leisten.

Donovan Harmon wandte sich wieder zu Cait, und sie erkannte den schwachen Hoffnungsschimmer in seinem Blick. »Angesichts der Umstände muss ich die Entscheidung meiner Tochter überlassen.«

Gequält schloss sie die Augen und rang nach Fassung. Sie wollte nein sagen und Rand auffordern, nach England zurückzukehren und nie wieder hierher zu kommen. Damit würde sie jedoch einen Fehlschlag ihres Vaters heraufbeschwören.

Und wenn Rand auf der Insel blieb, würde sein Geld zum Erfolg führen. Endlich würde sich der Wunschtraum ihres Vaters erfüllen. Ein kostbareres Geschenk konnte sie ihm nicht machen.

Sie fuhr sich mit der Zunge über die Lippen und spürte, wie sie bebten. »Also gut, er darf hier bleiben – unter einer Bedingung.«

»Und die wäre?« Aufmerksam betrachtete Rand ihr Gesicht, und sie versuchte vergeblich, die Wärme in seinen Augen zu übersehen, die sie zu liebkosen schienen.

»Halte dich von mir fern. Komm mir nicht zu nahe.«

Ohne zu zögern, schüttelte er den Kopf. »Tut mir Leid, darauf gehe ich nicht ein.«

»Falls du auf deinen ehelichen Rechten beharrst...«

»Das habe ich nicht vor. Ich weiß, was du empfindest, und das verstehe ich nur zu gut.«

Verblüfft hob sie die Brauen. Seine Worte brachten sie aus dem Konzept. »So unangenehm ich deine Anwesenheit auch finde – wir sind auf dein Geld angewiesen. Bleib hier, wenn du willst. Aber du solltest mir aus dem Weg gehen – ich warne dich.«

Seine sinnlichen Lippen verzogen sich zu einem schwachen Lächeln. »Allzu leicht machst du's mir nicht, Cait.«

Was immer du auch planst, es wird dir nicht gelingen, dachte sie.

»Dann wäre alles geregelt«, triumphierte Talmadge grinsend, »und ich kann mich frohen Mutes an Bord der *Moroto* begeben.«

»Tun Sie das«, stimmte Rand zu. »Aber Mr. Fox wird Sie begleiten und auf einer Bank einen Wechsel einlösen, über die Summe, die Sie brauchen.«

Cait schwieg. Durch gesenkte Wimpern musterte sie Rand. Nun war sie sicher, dass sein Interesse dem Baron galt. Aber er erwiderte ihren Blick mit jener Zärtlichkeit, die sie erneut irritierte.

In ihrem Gehirn schrillten Alarmglocken. Lieber Gott, dachte sie, über diese Emotionen bin ich doch hinweg! Nach allem, was ich seinetwegen erleiden musste, sollte ich meine Lektion gelernt haben... Nach einem letzten Blick in diese betörenden dunklen Augen verhärtete sie ihr Herz.

Sobald die Halskette der Kleopatra gefunden ist, wird der Duke of Beldon ein für alle Mal aus meinem Leben verschwinden, redete sie sich ein.

Nichts, was er sagen oder unternehmen möchte, würde auch nur das Geringste daran ändern.

22

Etwas abseits vom Camp, inmitten einer Baumgruppe, stellte Rand die Zelte für sich selbst und seinen Kammerdiener auf, der an Bord der *Moroto* abgereist war. Aus der Ferne beobachtete er, wie sich der Professor und die anderen am Lagerfeuer versammelten.

Beim Anblick seiner Frau wuchs die Sehnsucht in seinem Herzen, die ihn während der ganzen langen Reise erfüllt und die der atemberaubende Moment des Wiedersehens am Strand geschürt hatte. Am liebsten wäre er zu ihr geeilt, um sie zu umarmen, zu küssen und zu versichern, wie sehr er sein Verhalten bedauerte.

Jetzt verstand er sich selbst nicht mehr. Warum war er so dumm gewesen? Ohne an die Konsequenzen zu denken, hatte er sich erneut mit Hannah eingelassen und seine Ehe aufs Spiel gesetzt. Aber wie Nick Warring betont hatte – alle Menschen begingen Fehler. Und wenn mein Fehler auch einer Katastrophe gleichkommt, dachte Rand, er soll Caits und mein eigenes Leben nicht zerstören.

Irgendwie würde er ihr Vertrauen zurückgewinnen – und dann nie mehr missbrauchen.

Natürlich durfte er nichts überstürzen. Stattdessen musste er langsam und geduldig vorgehen. Das würde ihm schwer fallen, da die Geduld nicht zu seinen Tugenden zählte. Trotzdem zweifelte er nicht an seinem Erfolg.

In den nächsten beiden Wochen erkannte er, wie schwierig es war, seinen Plan durchzuführen. Geflissentlich wich er seiner Frau aus und sah sie nur bei den Mahlzeiten, oder wenn sie einander zufällig begegneten.

Einmal traf er sie auf dem Weg, der vom Lager in den Dschungel führte. Sie blieb abrupt stehen und musterte ihn durch dichte rotgoldene Wimpern.

Als er ihre Gedanken erriet, unterdrückte er ein Lächeln und sprach aus, welche Vermutung sie ihm anzumerken glaubte. »Bist du mir etwa gefolgt, Cait?«

»Großer Gott, warum sollte ich?«

»Immerhin bist du meine Frau«, entgegnete er und zuckte die Achseln. »Falls du was von mir willst – auch *du* hast eheliche Rechte.«

Dunkle Röte stieg in ihre Wangen. »Wenn du dir einbildest, daran wäre ich interessiert…«

»Das würde ich mir wünschen.«

Eine Zeit lang schwieg Cait, dann erklärte sie: »Ich muss ins Lager zurück. Sei so freundlich und lass mich vorbei.«

Er rührte sich nicht. Die Arme vor der Brust verschränkt, lehnte er an einem großen Felsblock.

Seufzend strich sie eine seidige Locke aus ihrer Stirn. »Vor einigen Monaten wollte ich sehr viel von dir, Rand. Viel mehr als eine körperliche Beziehung… Nun, das gehört der Vergangenheit an.«

Sie versuchte an ihm vorbeizugehen, und er hielt ihren Arm behutsam fest. »Vielleicht beginnt es wieder von vorn. Was immer du verlangst, ich will's dir geben.«

»Wenn du von Geld redest – es bedeutet mir nichts.«

»Nein, ich meine etwas, das aus meinem Herzen kommt und mehr wert ist als alles andere auf der Welt. Leider hat's ziemlich lange gedauert, bis es mir bewusst wurde.«

Darauf gab sie keine Antwort. Aber er sah die widersprüchlichen Emotionen, die ihr Gesicht widerspiegelte. Dann riss sie sich los und ergriff die Flucht.

Einige Tage später kehrten Percy und Talmadge aus Dakar zurück, mit Vorräten, Ausrüstungsgegenständen und Trägern. Rand hatte sich gefragt, ob der Baron die Gelegenheit nutzen würde, einen Teil des Schatzes einzupacken, abzureisen und auf Nimmerwiedersehen zu verschwinden. Aus diesem Grund hatte er Percy an Bord der *Moroto* geschickt. Offenbar konnte Talmadge der Versuchung, noch größere Reichtümer zu entwenden, nicht widerstehen.

Hinter den beiden Männern ging ein großer blonder Deutscher namens Max von Schnell an Land. Zu seinem buschigen Schnurrbart, der sich an den Enden aufwärts bog, passte seine prahlerische Haltung. Rand konnte ihn von Anfang an nicht ausstehen.

»Mir gefällt er auch nicht«, erklärte Percy, als sie vor ihrem kleinen Lagerfeuer in der Nähe ihrer Zelte saßen. »Die besten Führer sind Franzosen. Unglücklicherweise stand keiner zur Verfügung, und von den anderen kennt dieser Deutsche die Insel am besten. Vor einiger Zeit hat er hier mit seiner eingeborenen Frau gelebt, bis sie starb. Er behauptet, jeder Dschungelpfad auf Santo Amaro sei ihm vertraut, jeder Fels und jeder Canyon, und er würde uns den sichersten Weg auf den Berg zeigen.«

Wie Rand zugeben musste, wirkte von Schnell kompetent und verlässlich, ein hartgesottener Experte. Aber der Duke beobachtete voller Unbehagen, wie der Mann die Frauen anstarrte. Sogar Maruba, die für einen angemessenen Preis zu gewissen Dienstleistungen bereit war, schien den blonden

Deutschen zu fürchten. Von ähnlichen Gefühlen bewegt, mied auch Caitlin seine Nähe, was ihren Ehemann erleichtert aufatmen ließ.

Drei Tage nach Percys und Talmadges Rückkehr wurden die Vorräte und die Ausrüstung eingepackt, die Träger luden alles auf ihre Schultern, und die Truppe brach auf. Während sie im Gänsemarsch den dichten tropischen Wald durchquerten, blieb Rand stets hinter Cait. Schließlich drehte sie sich um. »Was soll das? Haben wir nicht vereinbart, du würdest mich in Ruhe lassen?«

»In diesem Dschungel bin ich oft genug zur Jagd gegangen, Cait. Außerdem hast *du* mich auf die Gefahren hingewiesen, die hier überall lauern.«

»Ich kann sehr gut auf mich selbst aufpassen.«

»Das weiß ich. Aber nicht so gut wie ich – schon gar nicht hier draußen. Deshalb bleibe ich hinter dir. Daran musst du dich gewöhnen.«

»Wieso interessiert es dich, was aus mir wird? Früher war's dir egal.«

Mit sanften Fingern berührte er ihr Kinn. »Da irrst du dich, Cait. Es hat mir immer viel bedeutet. Doch das wollte ich nicht gestehen – nicht einmal mir selbst.«

Prüfend schaute sie ihn an, wie so oft in letzter Zeit. Dann wandte sie sich ab und ging weiter.

Abends schlugen sie ihr Lager am Fuß einer steilen Felswand voller Geröll auf. Ein dunkelgrauer Himmel kündigte ein tropisches Gewitter an. Aber es regnete nicht. Nachdem sie luftgetrocknetes Wildfleisch und harte Biskuits gegessen hatten, wickelten sie sich in ihre Decken und versuchten einzuschlafen.

Rand hatte einen Schlafplatz in Caits Nähe gewählt. Obwohl sie ihn erbost anstarrte, protestierte sie nicht und kehrte ihm den Rücken. Da er noch nicht müde war, saß er etwas länger am Feuer, das zu glühenden Kohlen herabgebrannt war, lauschte dem Kreischen der Fledermäuse und dem Summen der Insekten. Immer wieder schaute er zu Cait hinüber.

Voller Wehmut dachte er an gemeinsame Erlebnisse, den Tag in River Willows, die Trauer um das Baby, den Liebesakt auf der Insel, im Teich unter dem Wasserfall. Und er erinnerte sich an die heiteren Stunden an Bord des Schiffs, auf der Reise nach England, an das Gefühl, Caits Bett zu teilen, die Form ihrer Brüste. Und wie wundervoll es gewesen war, in ihr zu versinken… bei diesem Gedanken erfasste ihn ein qualvolles Verlangen.

Er begehrte sie, so wie eh und je. Aber nun wollte er viel mehr.

Plötzlich hörte er, wie sie sich bewegte. Obwohl sie sich schlafend stellte, war sie wach. Das wusste er. Und dann sah er einen dünnen, geschuppten grünen Körper von einem Ast herabgleiten, zu ihrem Gesicht. Am schaufelförmigen Kopf erkannte er die Giftschlange. Eiskalte Angst nahm ihm den Atem.

»Rühr dich nicht, Cait!«, flüsterte er. Verwirrt fuhr sie zu ihm herum. »Um Himmels willen, tu wenigstens ein einziges Mal, was ich sage!« Als sie erstarrte, spürte er, dass sie die Gefahr erkannte, vielleicht am Klang seiner Stimme. Langsam und vorsichtig zog er ein schmales Messer aus der Lederscheide an seinem Gürtel und rückte zu ihr. »Schon gut!«, versuchte er sie zu beruhigen. »Sei still – und beweg dich nicht.«

Unwillkürlich erschauerte sie, und die Schlange hob den Kopf. Aus dem Maul glitt eine gespaltene Zunge, ein grausiges Zischen ertönte. Im Schein der schwelenden Kohlen schimmerten lange Zähne. Blitzschnell stach Rand zu. Mit der anderen Hand schob er Cait aus der Gefahrenzone.

Der Schlangenkopf, vom Körper getrennt, fiel zu Boden, und Cait schlang ihre Arme um Rands Hals. »O Gott – beinahe hätte mich die Bestie gebissen!«

»Jetzt kann dir nichts mehr zustoßen, Liebes«, beteuerte er, hielt sie fest und spürte, wie heftig sie zitterte. »Die Schlange ist tot, und du hast nichts mehr zu befürchten.« Immer noch verängstigt, schmiegte sie sich an ihn, und er schloss für in paar Sekunden die Augen. O Gott, wie wunderbar sie sich anfühlte… So wollte er sie bis an sein Lebensende festhalten und beschützen. Mühsam schluckte er. Verdammt, die Schlange war ihr viel zu nahe gekommen.

Caits angstvolle Stimme hatte die anderen geweckt. Als der Professor und Geoffrey herbeirannten, dicht gefolgt von Talmadge, Sir Monty und Max von Schnell, wurde ihr bewusst, dass sie Rands Hals umschlang. Verlegen ließ sie ihn los.

»Was zum Teufel, Caitlin…« Der Professor entdeckte die Schlange. Entsetzt rang er nach Atem. »Um Himmels willen, eine grüne Makimbo!«

»So wird sie von den Eingeborenen genannt«, erklärte Sir Monty. »Ihr Gift wirkt tödlich.«

Erleichtert wandte sich Donovan Harmon zu Rand. »Gott sei Dank, dass Sie in der Nähe waren, Sir…«

Rand nickte wortlos. Inzwischen hatte er dem Allmächtigen schon mehrmals gedankt.

»Vielleicht sollte Cait neben mir schlafen«, schlug St. Anthony vor und warf ihm einen feindseligen Blick zu. »Ich kann genauso gut für sie sorgen wie Beldon.«

»Nein, sie bleibt hier«, entschied Rand.

Ausnahmsweise protestierte sie nicht, und er nahm an, dass sie immer noch unter Schock stand, nachdem sie dem Tod nur knapp entronnen war.

»Da die Gefahr gebannt ist, sollten wir alle wieder schlafen«, meinte Max von Schnell. »Sie haben scharfe Augen, Beldon. Vielleicht können Sie sich auf dieser Reise doch noch nützlich machen.«

Darauf gab Rand keine Antwort. Offensichtlich mochte der Deutsche ihn nicht, was auf Gegenseitigkeit beruhte. Dass der Duke seine Frau ständig im Auge behielt, schien den Führer enorm zu stören.

Rand wickelte sich in seine Decke. Aber er fand keinen Schlaf. Wann immer er die Augen schloss, sah er den grünen Schlangenkopf über Caitlins Gesicht hängen.

Am Ufer eines Sturzbachs, der ins Meer mündete, stiegen sie bergauf. Der Weg über die zerklüfteten Felsen wurde immer steiler. Manchmal mussten sie tiefe Schluchten durchqueren, die in dunklen Schatten lagen. Aus dem Wasser sprühte Gischt, bespritzte die Kleidung und die Felsen. Nass und glitschig boten sie den Füßen nur unsicheren Halt. Immer wieder führte der Pfad an senkrechten Klippen vorbei, an seltsam geformten Nadeln aus vulkanischem Gestein, von Wind und Wetter gemeißelt.

Bei jedem Schritt spürte Cait die Nähe ihres Mannes, der ihr beharrlich folgte. Wider Willen fühlte sie sich sicher und geborgen. Letzte Nacht hatte er ihr das Leben gerettet. Deshalb stand sie in seiner Schuld, und das missfiel ihr.

Während sie an diesem Abend ihr Lager aufschlugen, ignorierte sie ihre schmerzenden Muskeln und die bleierne Müdigkeit und schaute sich nach ihm um.

»Er ist zur Jagd gegangen«, erklärte ihr Vater, den sie nach Rand gefragt hatte. »Allzu weit hat er sich sicher nicht entfernt.« Sie ging an einem Eingeborenen vorbei, der mehrere erlegte Vögel ins Lager trug.

Wenig später fand sie Rand. Er saß auf einem Felsen und

reinigte seine Muskete. Als er ihre Schritte hörte, legte er die Waffe beiseite und stand auf. »Hast du mich gesucht?«

Sie nickte und fuhr mit der Zunge über ihre trockenen Lippen. »Gestern Nacht hast du mich vor der Schlange bewahrt. Dafür wollte ich dir danken...«

»Nicht nötig. Da ich dein Ehemann bin, ist es meine Pflicht, dich zu schützen.«

Ihr Ehemann... Früher war sie stolz darauf gewesen, ihn so zu nennen. Jetzt nicht mehr. Wann immer sie ihn sah, musste sie an den Tag denken, wo er sie verlassen hatte. Um sich in London mit seiner Geliebten zu amüsieren... »Ehemänner haben viele Pflichten, Rand. Daran warst du nicht interessiert.«

»Weil ich keine Ahnung hatte...«

»Und jetzt erkennst du alle deine Pflichten?«

»Ja«, antwortete er ohne Zögern.

Unbehaglich räusperte sie sich und wich seinem durchdringenden Blick aus. Warum brachte er sie mit einem einzigen entschiedenen Wort aus der Fassung? »Jedenfalls – ich wollte dir danken und mich revanchieren.«

»Revanchieren? Wie denn?«

»Mit Informationen.«

Erstaunt hob er die Brauen. »Was meinst du?«

»Die Beweise, die du suchst. Nach meiner Rückkehr auf die Insel machte mir dein Verdacht gegen den Baron Sorgen, und ich hatte Angst um meinen Vater. Diesem Mann habe ich nie über den Weg getraut. Aber mein Vater schätzt ihn sehr. Ich wollte herausfinden, ob Talmadge wirklich der Schurke ist, für den du ihn hältst. Deshalb habe ich ihn aufmerksam beobachtet.«

»Und?«

»Eins Abends sah ich ihn in seinem Zelt sitzen, wo er die Rechnungsbücher studierte. Das tat er sehr oft. Aber in jener Nacht fiel mir etwas auf. Im Licht der Öllampe sah ich den Schatten, den er auf die Segeltuchplane warf. Er wühlte in einem Koffer, und ich fragte mich, was er darin verwahrt. Während er mit deinem Kammerdiener nach Dakar fuhr, ging ich in sein Zelt und schaute mich um...«

»Das hättest du nicht tun dürfen!«, unterbrach er sie bestürzt. »Der Mann könnte gefährlich sein. Und ich will nicht...«

»Möchtest du nicht wissen, was ich gefunden habe?«

»Doch, natürlich.«

»Seine privaten Rechnungsbücher. Darin steht, wie viel Geld er aus dem Fonds für die Expedition abgezweigt hat. Also hattest du Recht. Falls du nach Santo Amaro gekommen bist, um ihn des Betrugs zu überführen...«

»Seinetwegen bin ich nicht hier. Meine Rache ist mir nicht mehr wichtig – wenn sie bedeuten würde, dass ich dich verliere.«

In ihren Augen spiegelte sich heißer Zorn wider, vermischt mit schmerzhaften, hässlichen Erinnerungen an seinen Treuebruch. »Schon vor Monaten hast du mich verloren, Rand. An jenem Tag, wo du in Hannah Reeses Bett zurückgekehrt bist.« Als sie sich abwenden wollte, ergriff er ihren Arm.

»Ich war ein Narr, Cait. Das wusste ich schon, bevor du mich im Chatelaine's ertappt hast. Kannst du dir vorstellen, wie bitter ich das alles bereue?« Seine Finger strichen ganz sanft über ihren Arm und bewegten den Blusenstoff auf ihrer Haut, die zu prickeln begann. Traurig schüttelte er den Kopf. »Wohl kaum. Wie solltest du wissen, wie inständig ich mir wünsche, ich könnte es ungeschehen machen.«

»Lass mich gehen, Rand.«

Widerstrebend gehorchte er und trat zurück. »Danke, dass du mir von den Gaunereien des Barons erzählt hast.«

»Wirst du meinem Vater Bescheid geben?«

»Noch nicht. Hier draußen lauern zu viele Gefahren. Deshalb dürfen wir Talmadge nicht alarmieren – das Risiko wäre zu groß. Warten wir lieber, bis wir in unser Lager am Strand zurückkehren. Dort sind wir sicher.«

»Ja, das finde ich auch.« Sie betrachtete sein Gesicht. Ein attraktives Gesicht. Einst so innig geliebt... Um davonzugehen, musste sie ihre ganze innere Kraft aufbieten.

»Gute Nacht, Cait.« Seine leise Stimme folgte ihr auf dem Weg ins Lager. Sie konnte nicht antworten, weil sie mit den Tränen kämpfte.

Der nächste Tag verlief so ähnlich wie der letzte. Aber diesmal stiegen sie unter flachen violetten Wolken bergauf, im Nieselregen. Die Gepäckträger bildeten eine weit auseinander gezogene Prozession am Ufer des Bachs, und Max von Schnell trieb sie zur Eile an.

Am späten Nachmittag kam die Sonne zwischen den Wolken hervor, die Luft wurde heiß und schwül. Der Bach stürzte in eine Schlucht hinab, und die Gischt wirbelte hoch empor. Wie der Deutsche erklärte, war es zu spät, um das Wasser noch an diesem Tag zu überqueren. Ein Eingeborener watete zur anderen Seite und kletterte an der Felswand hinauf. Sobald er einen gewissen Punkt erreicht hatte, wurde ihm ein Seil zugeworfen, mit einem Stein beschwert und an einem dickeren Tau befestigt, das sie für die Brücke benutzen würden. Dann fing er weitere Stricke auf, die er um einen Baumstamm wand. Die Männer begannen eine Hängebrücke zu bauen.

Auch Rand beteiligte sich an der Arbeit, ebenso wie die Einheimischen mit nacktem Oberkörper. Unwillkürlich bewunderte Cait seine kraftvolle Brust, die sehnigen Arme, das Spiel seiner Muskeln am breiten Rücken. Sie erinnerte sich, wie es gewesen war, ihre Lippen auf dieses glatte, warme Fleisch zu pressen, seine Hüften unter ihren Händen zu spüren, wenn er sich mit ihr vereint hatte. In ihrem Körper entstand eine verführerische Hitze. Ärgerlich verdrängte sie die unerwünschten Gefühle.

In der Abenddämmerung spannte sich eine solide Brücke aus geflochtenen Stricken über die Schlucht. Zufrieden mit dem Ergebnis ihrer Mühe, saßen die Männer am Lagerfeuer. Im Lauf des Tages hatte Percy Fox ein Wildschwein erlegt. Die Träger hatten es ins Camp geschleppt, und nun freuten sich alle auf die Mahlzeit.

Alle außer Rand, der verschwunden war. Irgendein innerer Dämon bewog Cait, nach ihm zu suchen. Im Hintergrund ihres Bewusstseins wuchs ein seltsames Unbehagen. Oder vielleicht war es einfach nur die Sorge um den Mann, den sie einmal geliebt hatte. Wie auch immer, sie wanderte in den Dschungel, und bald entdeckte sie ihn. Er lehnte an einem Baum, die Muskete neben sich.

»Bist du auf die Jagd gegangen?«, fragte sie.

Lächelnd richtete er sich auf, und seine dunklen Augen weckten alte, vertraute Gefühle. Plötzlich bereute sie, dass sie hierher gekommen war.

»Nein, ich wollte mich nur ein bisschen umsehen. Von Schnell scheint zu wissen, was er tut. Aber ich will mich selbst vergewissern, ob alles in Ordnung ist. Jedenfalls kann's nicht schaden.« Als ihr Blick die Muskete streifte, fügte er hinzu: »In diesem Wald will ich mich nicht unbewaffnet herumtreiben. Es wäre zu gefährlich.« Jetzt verdüsterte sich seine Miene. »Da fällt mir ein – was machst du hier draußen, ganz allein? Nach dem Angriff der giftigen Schlange müsstest du's eigentlich besser wissen.«

»Tut mir Leid.« Cait sah sich um und erkannte, das sie sich ziemlich weit vom Lager entfernt hatte.

»Warum bist du hierher gekommen?«

Was sollte sie antworten? Dass sie einem sechsten Sinn gefolgt war? Vor lauter Sorge um ihn? Selbst wenn es wirklich stimmte – das würde sie ihm niemals gestehen. »Keine Ahnung – wahrscheinlich wollte ich frische Luft schnappen.«

»Die hättest du auch im Lager gefunden.«

Ehe sie erwidern konnte, er dürfe ihr keine Vorschriften mehr machen, stockte ihr Atem. Entsetzt starrte sie zwischen die Äste des Baums, unter dem er stand. Sie merkte sofort, dass etwas nicht stimmte.

»Was gibt's?«, fragte er leise. Instinktiv griff er nach der Muskete, ganz langsam und vorsichtig.

»Ein Leopard«, wisperte Cait, während seine Finger den langen stählernen Lauf umschlossen. »Auf einem Ast, zu deiner Rechten. O Gott, er fletscht die Zähne...«

Abrupt schwang er die Waffe hoch und fuhr herum, im selben Augenblick, wo der Leopard herabsprang. Ein Schuss krachte. Gellend schrie Cait auf. Unter dem schweren Gewicht des gefleckten gelben Tiers, das seine langen, messerscharfen Zähne entblößte, fiel Rand zu Boden.

Von wilder Verzweiflung gehetzt, suchte Cait im Unterholz nach einer Waffe. Schließlich packte sie einen dicken, abgebrochenen Zweig und schmetterte ihn mit aller Kraft auf den Kopf des Leoparden. Das Tier rührte sich nicht. Und Rand auch nicht.

»Rand, Rand!«, rief sie und benutzte den Zweig, um das Tier von seinem Körper zu stoßen. Dann kniete sie nieder und presste ihre Wange an Rands Brust. Sie spürte, wie sein Herz pochte, wie die Atemzüge seine Rippen bewegten, und hörte ihn stöhnen. »Bist du verletzt?«

Zögernd setzte er sich auf und schob die Hinterbeine des Leoparden von seinen Schenkeln. Nach ein paar Sekunden schüttelte er den Kopf, als wollte er Nebelschwaden aus seinem Gehirn verscheuchen. »Dieses grässliche Biest hat mir alle Luft aus den Lungen gepresst. Und bei meinem Sturz prallte mein Hinterkopf gegen einen Stein. Sonst ist mir nichts passiert.« Schwach lächelnd betrachtete er ihr sorgenvolles Gesicht. »Was ich dir verdanke.«

»Mir?« Sie starrte den Zweig in ihrer Hand an. Errötend warf sie ihn beiseite. »Als ich auf den Leoparden einschlug, war er schon tot.«

Immer noch leicht benommen, stand er auf und schwankte ein wenig. »Das wusstest du nicht.«

»Nein, aber…«

»Hättest du ihn nicht entdeckt, wäre er auf mich herabgesprungen, bevor ich zur Waffe greifen konnte. Zweifellos hätte er mich getötet.«

Bei diesen Worten erschauerte sie. Erschrocken musterte sie sein zerrissenes Hemd, die tiefen, blutigen Kratzer an seinem Bizeps. Als sie erkannte, welcher Gefahr er entgangen war, wurde ihr fast schwindlig. Nur mühsam widerstand sie dem Impuls, schluchzend an seine Brust zu sinken.

Einfach lächerlich… Warum bedeutete er ihr immer noch so viel? Wo blieb ihre Selbstachtung?

Welche einigermaßen vernünftige Frau empfand so tiefe Gefühle für einen Mann, der sie mit einer anderen betrogen hatte? »Dein Arm muss behandelt werden«, erklärte sie in ruhigem Ton, den der Aufruhr in ihrem Innern Lügen strafte. »Gehen wir ins Lager.«

Wortlos nickte er. Auf dem Rückweg spürte sie seinen nachdenklichen Blick und ahnte, was er sich fragte. Warum war sie ihm gefolgt?

Hoffentlich würde er's nicht herausfinden.

23

Während sich die Teilnehmer der Expedition am Lagerfeuer versammelten und ihre Mahlzeit genossen, überdachte Rand die Ereignisse dieses Abends. War Cait ihm vorhin zufällig begegnet? Oder hatte sie nach ihm Ausschau gehalten? Wenn ja – was bezweckte sie?

Wie gern würde er glauben, sie hätte ihn gesucht… Vielleicht unbewusst. Weil sie ihn einfach nur sehen wollte. So wie er sich Tag und Nacht nach ihrem Anblick sehnte. Bei diesem Gedanken schöpfte er neue Hoffnung und Willenskraft. Irgendwie würde er ihr klarmachen, dass er sich geändert hatte.

Von wachsendem Unmut erfasst, sah er sie neben Geoffrey sitzen. Wie üblich hörte er Percys Schritte nicht. »Er bedeutet ihr nichts, Euer Gnaden«, betonte der Kammerdiener, der dem Blick seines Herrn folgte. »Inzwischen habe ich die beiden oft genug beobachtet. Die Lady akzeptiert seine Freundschaft. Mehr nicht.«

»Aber er will sie heiraten.«

»Und sie möchte mit Ihnen verheiratet bleiben. Wenn sie's auch nicht eingesteht.«

»Leider war ich als Ehemann ein erbärmlicher Versager.«

»*War* – so lautet das entscheidende Wort. Seit über zehn Jahren kenne ich Sie, mein Freund. Sobald Sie sich etwas in den Kopf gesetzt haben, werden Sie Ihr Ziel erreichen. Nichts kann Sie davon abbringen. Und nachdem Sie beschlossen haben, Ihrer Duchess ein guter, treuer Ehemann zu sein, wird's Ihnen auch gelingen.«

»Vorausgesetzt, sie gibt mir eine Chance.«

»Darauf sind wir wohl oder übel angewiesen«, erwiderte Percy und zuckte die Achseln. »Übrigens, das Dinner ist fertig. Wollen wir essen?«

Der Eber, den er geschossen hatte, war gehäutet, ausgenommen und in großen Stücken auf einen Spieß gesteckt worden, den ein Eingeborener über den Flammen drehte.

Zischend tropfte der Bratensaft auf die glühenden Kohlen, ein köstlicher Duft erfüllte die Luft, und Rands Magen begann zu knurren. Er nahm einen Blechteller vom Stapel neben dem Feuer. Dann stellte er sich hinter Percy und dem Professor an.

Alle drei Männer beluden ihre Teller mit Fleisch, Kartoffeln, wilden Zwiebeln und ungesäuertem Brot. Zu Rands Überraschung setzte sich Donovan Harmon zu ihm auf einen flachen Felsen. »Wie geht's Ihrem Arm?«, fragte er und schob einen saftigen Bissen in den Mund.

Unwillkürlich berührte Rand den Verband unter seinem Hemd. Die Kratzer, die von den Krallen des Leoparden stammten, brannten höllisch. »Zum Glück sind die Wunden nicht tief. Aber sie tun verdammt weh. Wenn sie nicht eitern, müssten sie in ein paar Tagen verheilen.«

Der Professor nippte an seinem Kaffeebecher. »Für meine Tochter ist Ihre Anwesenheit nur schwer zu ertragen, Sir. Und wie ich gestehen muss, hat mich Ihre Ankunft ebenso wenig erfreut.«

»Was ich ihr zugemutet habe, bereue ich zutiefst. Und ich will alles tun, um's wieder gutzumachen.«

»Es dauert sehr lange, bis sie jemandem Vertrauen schenkt. Nach dem Tod ihrer Mutter lernte sie ihre Emotionen zu kontrollieren, und im Lauf der Jahre schloss sie nur wenige Freundschaften. Wo immer wir lebten – sie wusste, früher oder später würden wir weiterziehen. Es wäre schmerzlich gewesen, gute Freunde zu verlieren. Deshalb wahrte sie lieber Distanz zu den Leuten in ihrer Umgebung.«

»Mit Margaret Sutton ist sie eng befreundet. Und ich glaube, auch Elizabeth Warring steht ihr nahe.«

»Ja. Vielleicht fühlte sich Caitlin zu lange einsam. Oder sie war als erwachsene Frau eher bereit, etwas zu riskieren. Dann begegnete sie Ihnen, Sir, und vergaß den letzten Rest ihrer Vorsicht. Dafür musste sie teuer bezahlen.«

Mühsam schluckte Rand das Stück Fleisch hinunter, das beinahe in seinem Hals stecken geblieben wäre. Er starrte die Bratensauce auf seinem Teller an, die zu gerinnen begann, und stellte ihn beiseite. Plötzlich war ihm der Appetit vergangen. »Gewiss, ich habe einen Fehler gemacht, einen sehr schlimmen Fehler, und genauso dafür bezahlt wie Cait. Nun möchte ich mich mit ihr aussöhnen. Sie ist meine Frau. Ohne sie werde ich die Insel nicht verlassen.«

Der Professor schaute ihn forschend an, las eiserne Entschlossenheit in den braunen Augen und – wie Rand hoffte – auch Aufrichtigkeit.

Als Donovan Harmon antworten wollte, kamen Geoffrey und Phillip Rutherford hinzu. »Gerade haben wir vom Angriff des Leoparden erfahren«, erklärte der Baron. »Einer der Träger zog ihm das Fell ab. Ein prächtiges Tier... Und Caitlin hat offenkundig eine Heldentat vollbracht.«

Rand empfand die gleiche Abneigung gegen ihn wie eh und je. »Nach meiner Ansicht ist sie ganz sicher eine Heldin.«

»Ein Wunder, dass sie dem Biest verwehrt hat, Sie zu verschlingen, Beldon!«, bemerkte Geoffrey bissig. »Obwohl sie Ihretwegen so viel durchmachen musste...«

»Falls Sie enttäuscht sind, tut's mir Leid, St. Anthony«, erwiderte Rand kühl. »Ich lebe. Und ich gedenke noch lange nicht zu sterben.«

»Sicher hat's St. Anthony nicht böse gemeint«, warf Talmadge ein, stets ein Diplomat.

Am liebsten hätte Rand den Bastard mit der Information konfrontiert, die er von Cait erhalten hatte, und ihm ins Gesicht geschleudert: *Sie haben die Expeditionsteilnehmer ebenso niederträchtig bestohlen wie meinen jungen Vetter – und weiß Gott, wie viele andere Leute...* Aber dies war der falsche Zeitpunkt. Womöglich würde er seine Frau damit in Gefahr bringen.

Nun gesellten sich Percy und Sir Monty hinzu und lenkten ihn von seinen bitteren Gedanken ab.

Grinsend schlug Sir Monty auf Rands Schulter und jagte einen stechenden Schmerz durch den verletzten Arm. »Guter Schuss, mein Junge! Soeben habe ich den Leoparden inspiziert. Was für ein riesiger Kerl! Seien Sie froh, dass er keinen größeren Schaden angerichtet hat.«

»Das wäre zweifellos geschehen, hätte Cait mich nicht gerettet.«

»Ja, ich hab's gehört. Glücklicherweise hat sie nach Ihnen gesucht. Sie fragte mich, ob ich wüsste, wo Sie wären. Da schickte ich sie in die Richtung, die Sie eingeschlagen hatten.«

Rand beobachtete St. Anthony, der wütend die Lippen zusammenpresste, und lächelte voller Genugtuung. Also hatte Cait ihn tatsächlich gesucht. Seine Zuversicht wuchs. »Natürlich bin ich ihr sehr dankbar.«

Mit schmalen Augen starrten sich die beiden Männer an, bis Sir Monty sich dramatisch räusperte und der Person entgegenblickte, die jetzt herankam. »Guten Abend, Caitlin.«

Sie blieb neben ihrem Vater stehen. »Guten Abend, Gentlemen.«

»Gerade haben wir über Ihre Heldentat gesprochen.«

»Welche Heldentat?«

»Findest du's nicht heroisch, dass du meine wertlose Haut gerettet hast?«, fragte Rand.

Sie wandte sich zu ihm, und ihre Mundwinkel zuckten. »Oh, ich habe den Leoparden nur ein paar Sekunden früher entdeckt als du.«

»Meinst du – ein paar Sekunden, bevor ich mich in Leopardenfutter verwandelt hätte?«

Alle außer Geoffrey lachten, sogar Cait.

»Verzeihen Sie die Störung, Gentlemen«, bat sie. »Eigentlich wollte ich Mr. Fox nur für das köstliche Dinner danken. So was Gutes habe ich schon lange nicht mehr gegessen.«

»War mir ein Vergnügen, Euer Gnaden«, beteuerte Percy und verbeugte sich galant.

Obwohl sie ihr Lächeln beibehielt, erblasste sie, als hätte er sie geschlagen. So wurde sie nur selten genannt. Die Erinnerung an ihren aristokratischen Status missfiel ihr. Mühsam unterdrückte Rand einen Fluch. Allein schon der Hinweis auf ihre Ehe schien an ihren Nerven zu zerren. Sie entschuldigte sich hastig und eilte davon.

Während sich die anderen trennten, um Karten zu spielen oder vor der Schlafenszeit noch ein wenig zu lesen, suchte er Cait und fand sie am Rand des Lagers. Im Licht einer Öllampe saß sie auf einem umgestürzten Baumstamm und flickte ein Hemd des Professors.

»Wie ist es deinem Vater in den letzten Monaten gegangen?«, fragte er. »Hoffentlich war er nicht mehr krank.«

Unsicher schaute sie zu ihm auf. »Bisher nicht. Zum Glück macht er einen gesunden Eindruck.«

»Das freut mich.«

Sie legte ihre Handarbeit in den Schoß. »Willst du irgendwas?«

Ob er etwas wollte? O Gott, ihr Anblick im goldenen Lampenschein genügte, um ein brennendes Verlangen zu wecken. Jede Minute in ihrer Nähe war eine Qual. Und wenn er sie *nicht* sah, fühlte er sich noch elender. »Ich möchte dir wieder einmal danken.« Immerhin ein plausibler Vorwand… »Ohne dich würde ich wahrscheinlich nicht mehr leben.«

»Daran zweifle ich. Wie gut du dich im Dschungel zurechtfindest, hast du mehrfach bewiesen. Das hätte ich gar nicht gedacht.«

»In Indien konnte ich einschlägige Erfahrungen sammeln. Außerdem habe ich in Afrika Großwild gejagt, auf einem Terrain, das Santo Amaro gleicht.«

»Du hast gelernt, auf dich selbst zu achten. Vermutlich wolltest du deinen Vater beeindrucken.«

»Ja, damals schon… In gewisser Weise bin ich ihm dankbar. Was er mir beigebracht hat, kommt mir jetzt zugute.«

»Ganz bestimmt…« Cait griff wieder nach ihrer Näharbeit und stach die Nadel etwas zu vehement in den Leinenstoff. »Sicher versuchte er dir einzubläuen, wie sich ein richtiger Mann verhalten muss. Hat er dir auch erklärt, ein britischer Aristokrat würde nicht nur eine Ehefrau, sondern auch eine Geliebte brauchen?«

Ihre grünen Augen schienen ihn zu durchbohren und schürten seine Schuld. »So ähnlich hat er's wohl formuliert. In dieser Hinsicht bin ich inzwischen anderer Meinung.«

Erstaunt hob sie die rotgoldenen Brauen. »Heißt das, du wärst mir treu, wenn wir noch einmal von vorn anfingen?«

»Falls du unsere Ehe fortsetzen willst, würde ich schwören, dich nie mehr zu betrügen.«

Sie blinzelte. Im Feuerschein sah er Tränen an ihren Wimpern glänzen. »Das – glaube ich dir nicht, Rand.«

»Was ich tat, war ein schwerer Fehler. Aber ich habe dich nie belogen, wenn es um wichtige Dinge ging.«

Statt zu antworten, schüttelte sie nur den Kopf und stand auf, als könnte sie seine Nähe nicht mehr ertragen. Das Hemd an sich gepresst, kehrte sie zum Lager zurück, in kerzengerader Haltung. Rand schaute ihr nach, und seine Seelenqualen übertrafen den Schmerz in seinem zerkratzten

Arm. Wie sollte er Cait jemals von seinen ehrlichen Absichten überzeugen?

Resignierend folgte er ihr und wickelte sich in seine Decke, nur wenige Schritte von ihr entfernt. Eine weitere lange, schlaflose Nacht lag vor ihm.

Im Morgengrauen versammelten sie sich am Ufer des reißenden Bachs, um über die Hängebrücke zu gehen. Darunter rauschte der Wasserfall in die tiefe, zerklüftete Schlucht hinab.

»Diesen Canyon nennt man Angels' Gorge«, erklärte Max von Schnell. »Die Engelsschlucht. Auf Portugiesisch Gargantua de Anjos.« Seine Lippen unterhalb des buschigen Schnurrbarts verzogen sich zu einem Grinsen. »Wenn man in den Abgrund stürzt, wird man mit den Engeln vereint.«

Rand schwieg und sah Cait erschauern.

Das bemerkte auch der Deutsche. Der abschätzende Blick seiner hellblauen Augen wanderte über ihr weiblichen Formen, verharrte eine Zeit lang auf den Brüsten und glitt dann zu den Hüften hinab. Am liebsten hätte Rand den frechen Kerl niedergeschlagen, der Caitlin so begehrlich anstarrte.

Aber der Professor brauchte den Mann, der ihn zum Gipfel des Berges führen sollte. Rand durfte nicht gefährden, wofür Donovan Harmon und seine Tochter so lange und so hart gearbeitet hatten. Also würde er den Deutschen einfach nur beobachten, so wie bisher.

Von Schnell machte sich zuerst auf den Weg. Obwohl die Hängebrücke unter seiner schweren Gestalt bedenklich schwankte, erreichte er wohlbehalten die gegenüberliegende Seite der Schlucht, und die anderen folgten ihm. Cait stand neben St. Anthony, der ihr einige Ratschläge erteilte.

»Am besten gehe ich zuerst rüber. Dann warte ich auf dich. Vergiss nicht – du darfst auf keinen Fall hinunterschauen.«

Erst jetzt sah Rand, wie blass sie war. Ihre Haut, normalerweise rosig und sonnengebräunt, wirkte aschfahl.

Sobald St. Anthony die Brücke betreten hatte, ging Rand zu seiner Frau. »Leidest du unter Höhenangst?«

Seufzend hob sie die schmalen Schultern. »Und wenn schon... Ich muss da hinüber. Und es wird mir auch gelingen.«

Er spähte in die tiefe Schlucht hinab und fluchte leise. »Wäre die Brücke der zusätzlichen Belastung gewachsen, würde ich dich tragen. Verdammt, ich wünschte, du wärst daheim – in Sicherheit. Ich halte es einfach nicht aus! Tag für Tag muss ich auf dich achten. Und du bringst dich ständig wieder in Gefahr.«

»Niemand hat dich gebeten, hierher zu kommen, Rand.«

»Das musste ich tun.«

»Warum?«

Weil ich dich liebe... Diese Worte sprach er nicht aus, denn sie würde ihm wohl kaum glauben. Jemand rief, nun sei Cait an der Reihe. Tapfer ging sie zu der schmalen Hängebrücke, die plötzlich von heftigen Windstößen bewegt wurde. Darunter in einer Tiefe von siebzig Fuß rauschte das Wasser über scharfkantige Felsen und bildete weißen Schaum.

Bevor Cait den ersten Schritt wagte, eilte Rand zu ihr. »Ausnahmsweise hat St. Anthony Recht. Schau nicht hinab. Halt dich an den Seilen fest, geh einfach weiter und richte deinen Blick auf Geoffrey, der dich drüben erwartet.«

»Ja...«, würgte sie hervor. »Wir sehen uns auf der anderen Seite.« Skeptisch erwiderte sie sein Lächeln.

In diesem Moment entstand zwischen ihnen jener süße Zauber, der sie so oft vereint hatte. Verzweifelt wünschte Rand, er könnte den Augenblick festhalten. Er neigte sich zu ihr und küsste ihren Mund. »Geh jetzt!«, befahl er heiser. »Denk an gar nichts, setz einfach nur einen Fuß vor den anderen.«

Unbewusst berührte sie ihre Lippen. Dann holte sie tief Atem, umfasst die Seile und machte den ersten zögernden Schritt. Ein neuer Windstoß erschütterte die Hängebrücke, und Rands Magen krampfte sich zusammen.

»Halt dich fest, Cait!«, flüsterte er, weil er fürchtete, ein lauter Ruf könnte sie erschrecken. Nachdem sie zwei Drittel des Weges bewältigt hatte, blieb sie stehen, und er spürte die Anspannung in ihrem Körper, als würden sich seine eigenen Muskeln verkrampfen. »Geh weiter!«, drängte er leise. »Du schaffst es.« Da gehorchte sie, diesmal mit sicheren Schritten, voller Zuversicht. Wenig später erreichte sie die andere Seite. Er dankte dem Himmel, und es störte ihn nicht einmal, dass St. Anthony sie umarmte.

Jetzt gingen die restlichen Gepäckträger hinüber, sichtlich beruhigt, nachdem sie Caitlin beobachtet hatten. Auch die beiden eingeborenen Köchinnen wagten sich auf die Brücke, gefolgt von Maruba. Wie Rand vermutete, nahm sie an der Expedition nur teil, um die Bedürfnisse des Barons zu befriedigen. Hester Wilmot, die englische Köchin, war mit Talmadges Dienstboten im Lager am Strand geblieben.

Als Letzter überquerte Rand die Schlucht. Nun frischte der Wind auf, wehte ihm Sand und Blätter in die Augen, und er konnte kaum etwas sehen. In der Mitte der Brücke schaute er ins schäumende Wasser hinab und erkannte, welche Todesängste Cait ausgestanden hatte. Ihr Mut erfüllte ihn mit Stolz.

Kurz vor dem Ende der Brücke las er unverkennbare Sorge in Caits Gesicht. Also war sie ihm nicht gleichgültig. Sie gehörte zu ihm. Und was immer es auch kosten mochte, er würde sie zurückgewinnen.

Endlich erreichte er die andere Seite der Schlucht, und Cait lächelte – genauso erleichtert, wie er sich vorhin gefühlt hatte.

»Alles in Ordnung?«, fragte Rand, während sie die steile Felswand erklommen.

»Ja. Hoffentlich gibt's einen anderen Weg nach unten.«

»Um die Wahrheit zu gestehen«, erwiderte er grinsend, »das hoffe ich auch.«

Danach sagte sie nichts mehr. Wie üblich blieb er hinter ihr und ließ sie nicht aus den Augen. Immer wieder erinnerte er sich, welche Höllenqualen er ertragen hatte, als sie über die Brücke gegangen war. Wenn sie den Gipfel erreichten, würde ihm eine bleischwere Last von der Seele fallen.

Den ganzen Tag stiegen sie bergauf. Langsam, aber stetig kamen sie voran. Am späten Vormittag gerieten sie in die dichten grauen Wolken an den oberen Hängen des Pico de Maligno, und nachmittags genossen sie den warmen Sonnenschein nahe dem Gipfel.

In zwei Tagen würden sie die Stelle erreichen, die auf der Landkarte eingezeichnet war – wo Leonard Metz die Halskette der Kleopatra versteckt hatte. Zumindest hofften sie, den Schatz dort zu finden. Am vergangenen Morgen waren sie an einer Kreuzung der Bergpfade dem Weg gefolgt, den Metz auf der Karte markiert hatte. Dieses kostbare vergilbte Pergament trug der Professor stets bei sich.

Die tagelange Bergtour hatte Caits Beine gekräftigt. Aber die Muskeln in ihren Armen und am Rücken schmerzten natürlich noch. Dankbar atmete sie auf, als Max von Schnell eine Ruhepause einlegte. Sie beobachtete, wie Rand mit dem Deutschen sprach. Die Worte verstand sie nicht. Dann ging der Führer davon, und Maruba schlenderte zu Rand.

Wie erstarrt stand Caitlin zwischen den Felsen. Maruba

war schön und anmutig und exotisch – und die Geliebte des Barons. Das hatte Cait längst herausgefunden. Zweimal hatte sie das Mädchen auch an Geoffrey St. Anthonys Seite gesehen und sich gefragt, ob auch er den Reizen der Eingeborenen erlag. Dieser Gedanke irritierte sie ein wenig, da er sie immer noch zur Heirat drängte. Warum fühlten sich die Männer in ihrem Leben pausenlos zu anderen Frauen hingezogen?

Unglücklich verfolgte sie die Ereignisse. Maruba lächelte den Duke verführerisch an und strich mit einem braunen Finger über seine nackte Brust unter dem teilweise aufgeknöpften Hemd. Dann stellte sie sich auf die Zehenspitzen und flüsterte ihm etwas ins Ohr. Caits Herz hämmerte schmerzhaft gegen die Rippen.

Mit sanfter Gewalt ergriff Rand die Hand des Mädchens, schob sie beiseite und schüttelte entschieden den Kopf. Ohne einen Blick zurückzuwerfen, entfernte er sich, und Maruba starrte ihm nach.

Während er den Bergpfad hinaufstieg, verebbte der Schmerz in Caits Brust. Kurz danach kam Maruba zu ihr, sichtlich zerknirscht, das hübsche kaffeebraune Gesicht von Schuldgefühlen verdüstert. Ein paar Schritte vor Cait blieb sie stehen und wies mit dem Kinn in Rands Richtung. »Guter Ehemann.«

Cait fand keine Worte, und Maruba schenkte ihr ein wissendes Lächeln von Frau zu Frau, bevor sie weiterging. Wusste sie, dass Caitlin jene Szene beobachtet hatte? Wahrscheinlich. Aber Rand hatte es nicht bemerkt. Seine ehelichen Schwierigkeiten waren Maruba wohl kaum verborgen geblieben. In einer Gruppe, die so eng zusammenlebte, gab es keine Geheimnisse.

Vielleicht hatte Maruba ihn einer Prüfung unterzogen. Und dass er das Angebot des schönen Mädchens abgelehnt hatte, erwärmte Caits Herz.

Lächerlich ... Das bedeutete gar nichts. Vermutlich begehrte er Maruba nicht. Viel mehr steckte sicher nicht dahinter.

Trotzdem – Cait fühlte sich erleichtert, sogar glücklich.

Abends aßen sie ungesäuertes Brot, einen wässerigen Eintopf aus Kräutern und Wildfleisch. Welches Fleisch Cait aß, wusste sie nicht so genau. Danach wollte sie vorsichtshalber nicht fragen. Später ging sie spazieren, um ihre schmerzenden Muskeln zu entspannen, wagte sich aber nicht allzu weit in den Dschungel hinein.

Sie stand im Schatten und betrachtete das Lagerfeuer, als sie Blätter rascheln und schwere Schritte hinter sich hörte. War Rand ihr gefolgt? Ihr Atem stockte.

Ehe sie sich umdrehen konnte, hielt ihr eine große, schwielige Hand den Mund zu. Sofort wurde ihre freudige Erregung von kalter Angst verdrängt. Sie packte die harten Finger und versuchte, sie wegzuschieben. Da umschlang ein starker Arm ihre Taille. Mühelos hob Max von Schnell sie hoch und trug sie in ein dichtes Gebüsch. Wachsende Furcht beschleunigte ihren Puls. Mit aller Kraft wehrte sie sich, trat mit ihren schweren Lederstiefeln nach seinen Beinen und hörte ein schmerzliches Stöhnen, was ihr nur kurzfristig Genugtuung verschaffte.

»Benehmen Sie sich!«, stieß der Deutsche hervor, stellte sie auf die Füße und drückte sie gegen einen Baumstamm. »Wenn Sie vernünftig sind ...«

»Lassen Sie mich los – wenn *Sie* vernünftig sind!«

Unter dem blonden Schnurrbart verzerrten sich die Lippen zu einem breiten Grinsen. »Ich will Ihnen nichts antun.« Langsam glitt seine Hand über ihren Hals und eine Brust und jagte einen Schauer durch ihren ganzen Körper. Seiner Kraft war sie nicht gewachsen. Vielleicht hatte Caitlin nur eine einzige Chance.

»Was wollen Sie?«

Als er seine Finger ins weiche Fleisch ihrer Brust grub, wurde ihr fast übel. »Sie sind verheiratet. Aber Sie schlafen nicht mit Ihrem Mann. Sie gefallen mir, Lady. Was er Ihnen vorenthält, würde ich Ihnen gern geben.«

»Was Sie zu geben haben, interessiert mich nicht, von Schnell. Lassen Sie mich endlich los!«

»Nur ein Kuss – mehr verlange ich nicht. Ein einziger Kuss, und ich werde Sie nicht länger bedrängen.« Begierig neigte er sich zu ihr, und sie drehte ihr Gesicht zur Seite. Verzweifelt suchte sie sich zu befreien, doch er drückte sie noch fester gegen die raue Baumrinde.

»Ich schreie!«, warnte sie ihn.

»Wohl kaum – wenn Sie den Gipfel des Berges erreichen wollen. Ihr Vater braucht mich, um ans Ziel zu gelangen. Das wissen Sie.« Seine grobe Hand umschloss ihre Brust. »Geben Sie mir, was *ich* brauche, und er soll seinen Schatz finden.«

Während er sich noch näher zu ihr beugte, leistete sie erbitterten Widerstand. Sekunden später zuckte er zurück. Sie hörte einen heiseren Schrei, das Geräusch einer Faust, die gegen Knochen prallte, und sah den Deutschen zu Boden stürzen. Die Beine gespreizt, stand Rand über ihm, die zitternden Hände immer noch geballt.

»Wenn Sie meiner Frau noch ein einziges Mal zu nahe treten, bringe ich Sie um, von Schnell! Das schwöre ich!«

»Drohen Sie mir?«

»Das ist keine Drohung, sondern ein Versprechen.«

Grunzend stand der Deutsche auf und rieb sein misshandeltes Kinn. »Versprechen Sie nichts, was Sie nicht halten können, Engländer!« Nachdem er Rand einen frostigen Blick zugeworfen hatte, klopfte er den Staub von seiner Kleidung und verschwand im Dickicht. Mit seinen schweren Schritten schlug er mehrere kleine Tiere in die Flucht.

»Habe ich dir nicht gesagt, du sollst in der Nähe des Lagers bleiben, Cait?«, stieß Rand hervor.

»Von dir nehme ich keine Befehle mehr entgegen.« Herausfordernd richtete sie sich auf. »Falls du's vergessen hast.«

»Was hast du hier draußen mit diesem Kerl getrieben?«

»Ich habe ihn nicht freiwillig begleitet.«

Seufzend strich er sein wirres Haar aus der Stirn, und seine innere Anspannung ließ nach. »Tut mir Leid, ich wollte nur…« Er ging zu ihr, um sie in die Arme zu nehmen. Aber sie wich zurück. »Als du weggegangen bist, habe ich mir Sorgen gemacht. Offenbar nicht grundlos.«

»Ich wäre auch allein mit von Schnell fertig geworden«, log sie. Bei Rands Ankunft war sie maßlos erleichtert gewesen – was sie natürlich nicht verriet. »Du hättest dich nicht einmischen müssen.«

»Ob du's akzeptierst oder nicht, du bist meine Frau, Cait. Kein anderer Mann darf dich anrühren. Niemals.«

In ihren Zorn mischte sich eine sonderbare Freude. Schließlich siegte der Zorn. »Also nur *du*, nicht wahr?« Sie wusste, dass sie ihn bis zur Weißglut reizte, dass der Angriff auf den Deutschen sein Blut immer noch erhitzte. Doch die Versuchung war zu groß.

Wütend packte er ihren Arm und zog sie an seine Brust. »Genau das meine ich.«

Ein fordernder Kuss verschloss ihr den Mund. Von seinen Armen umfangen, konnte sie sich nicht rühren – oder sie wollte es gar nicht. Zunächst stand sie einfach nur da und bekämpfte das Feuer, das durch ihre Adern strömte wie tropischer Regen, die Sehnsucht, die sie so lange bezähmt hatte.

Nun fühlten sich Rands Lippen viel weicher an. Betörend streichelten und kosteten sie ihren Mund. Dann schob er seine Zunge vor. Leidenschaftliche Zärtlichkeit vereinte sich mit wildem Verlangen, so schmerzhaft süß, dass Tränen in

Caits Augen brannten. Ihre Begierde bezwang alle Vernunft und Vorsicht. Für einen kurzen Augenblick erwiderte sie den Kuss, von inniger Liebe überwältigt.

Er war ihre Welt, ihr Leben, der einzige Mann, der ihre heißen Wünsche zu erfüllen vermochte…

Plötzlich kehrte die Vergangenheit zurück, die Erinnerung an die Nacht, wo sie ihn an der Seite seiner Geliebten gesehen hatte, das Phantasiebild von Hannah Reese, die er in den Armen hielt und so intim liebkoste wie zuvor seine Frau. Und sie dachte an die schmerzlichen Tage nach der Trennung, das unerträgliche Leid ihres Verlustes, seines Betrugs, das Tal der Tränen. Entschlossen riss sie sich los.

»Nein…«, wisperte sie. »Nicht, Rand, ich flehe dich an…«

»Warum nicht, Caitie?« Mit sanften Fingern berührte er ihre Wange. »Wir sind verheiratet. Also ist es mein gutes Recht, dich zu küssen.«

»Jetzt nicht mehr«, entgegnete sie und trat zurück.

»Sag mir, dass ich dir nichts bedeute. Sag mir, du könntest mich anschauen und küssen und nichts von den Gefühlen empfinden, die wir einmal geteilt haben. Sag es, und ich werde dich nie wieder belästigen.«

Diese Worte wollte sie aussprechen und ihm wehtun – so wie er sie verletzt hatte. Aber die Lüge kam ihr nicht über die Lippen. Stattdessen wandte sie sich ab und rannte zum Lagerfeuer, von Rands glühendem Blick verfolgt, von seiner tiefen Reue begleitet.

Ungeduldig wartete Phillip Rutherford hinter einem Felsblock am Rand der Lichtung, wo sie das Lager aufgeschlagen hatten. Es war spät geworden, und die meisten anderen schliefen bereits. Durch graue Wolken schimmerte schwaches Mondlicht und spiegelte sich im fernen Meer. »Bwana Phillip? Sind Sie da?« Erschrocken unterdrückte Maruba einen Schrei, als er ihren Arm umklammerte und sie zwischen die Büsche zerrte.

»Ich warte nicht gern, Maruba.«

Schmollend schob sie ihre Unterlippe vor und betrachtete ihn mit halb geschlossenen Augen. »Tut mir Leid. Ich wusste nicht, wie spät es ist.«

»Wirklich nicht? Weil du alle Hände voll zu tun hattest, um Seine Gnaden zu erfreuen, den verdammten Duke of Beldon? Vorhin konnte ich euch beide beobachten…« Sein Gesicht verzog sich zu einer wütenden Grimasse. »Was du ihm angeboten hast, war deutlich zu erkennen.« Brutal drehte er ihr den Arm auf den Rücken und sie stöhnte leise. »Wolltest du herausfinden, ob der Bastard so kräftig gebaut ist, wie er aussieht? Ob er dir mehr bieten würde als ich?« Er schwang sie herum, warf sie über einen flachen Felsen, so dass sie auf dem Bauch lag, und streifte ihren Sarong nach oben. »Warten wir's ab!«

Er stand hinter ihr, neigte sich hinab, schob seine eine Hand unter sie und streichelte ihre Brustwarzen, dann glitt seine Hand zwischen ihre Schenkel. Allzu lange hielt er sich nicht mit dem Vorspiel auf. Er hatte es satt, ihre Gefühle zu berücksichtigen und den Eindruck zu erwecken, sie wäre keine Hure. Unsanft presste er ihre Beine auseinander und öffnete seine Hose. Nach ein paar flüchtigen Liebkosungen spürte er, wie sich ihr Fleisch erwärmte und endlich etwas feuchter wurde. Während er kraftvoll in sie eindrang, zuckte sie gequält zusammen, was ihn kein bisschen störte.

Ächzend umfasste er Marubas Hüften, bewegte sich immer schneller, genoss das klatschende Geräusch seines nackten Fleisches, das gegen ihres prallte. Aus allen Poren brach ihm heißer Schweiß. Lange dauerte es nicht, bis er seinen Höhepunkt erreichte. Alle Muskeln angespannt, überließ er sich zufrieden dem wohligen Schauer, der seinen ganzen

Körper erschütterte. Danach verharrte er eine Weile in regloser Haltung. Die milde tropische Nachtluft kühlte seine erhitzte Haut. Sobald die lustvollen Gefühle verebbten, zog er sich zurück und erlaubte Maruba, aufzustehen und ihren Sarong zu glätten. Sie starrte den Felsen an und suchte vergeblich das Geld, das der Baron normalerweise für sie bereitlegte. Unsicher wandte sie sich zu ihm.

»Heute hast du dir nichts verdient, kleine Hure. Ich bin dir sehr böse.« Mit harten Fingern packte er ihr Kinn. »Halt dich von Beldon und St. Anthony fern! Solange ich dir keine anderen Anweisungen gebe, gehört dein Körper nur mir.«

Die schwarzen Augen voller Angst, versuchte sie seine Hand abzuschütteln.

»Hast du mich verstanden, Maruba?«

Eifrig nickte sie. »Ja, Bwana.« Da ließ er sie los. Unauffällig schlich sie ins Lager zurück, wo sie sich schutzsuchend neben die anderen Frauen legte.

Phillip wartete noch eine Weile, ehe er zu seiner Wolldecke ging und sich darauf ausstreckte. Unter seinem Rücken spürte er einen Stein, den er ärgerlich entfernte. Wenigstens gibt's hier keine Moskitos, dachte er.

Am Strand war das Leben erträglich gewesen. Aber der verdammte Dschungel, die Hitze und die feuchte Luft zerrten an seinen Nerven. Er sehnte sich nach gutem Wein, einem weichen Federbett, dem Duft frisch gewaschener Laken, und er konnte es kaum erwarten, diese elende Insel zu verlassen. In ein paar Tagen...

Lächelnd erinnerte er sich an die Pläne, die er in Dakar geschmiedet hatte. In einer versteckten Bucht nahe dem Hauptlager würde ein Boot liegen. Wenn er sich die Halskette angeeignet hatte, wollte er sofort zum Strand zurückkehren, seine restlichen Schätze holen und verschwinden.

Wegen der Eingeborenen, die sich mit den englischen

Dienstboten an der Küste aufhielten, zerbrach er sich nicht den Kopf. Nur der Professor und dessen Mitarbeiter bereiteten ihm Sorgen. Und der arrogante Duke... Von Anfang an war ihm der Mann ein Dorn im Auge gewesen. Dass sich der Narr von seiner englische Hure getrennt hatte, um seiner Frau nach Santo Amaro zu folgen, würde der folgenschwerste – und letzte Fehler seines Lebens sein.

Nächtlicher Nieselregen rann auf Phillips Gesicht. Leise fluchte er vor sich hin und wünschte, er wäre längst aus diesem unwirtlichen Tropenwald verschwunden. Wie er Beldon und die anderen beseitigen sollte, wusste er noch nicht genau. Aber Max von Schnell hatte ihm seine Hilfe zugesagt. Dafür musste der Baron ihm einen Teil der Beute überlassen.

Bald würde Phillips Leidenszeit auf dieser höllischen primitiven Insel ein angemessenes Ende finden. Er würde die Reichtümer besitzen, die er verdiente. Und noch was – etwas sehr Amüsantes. Grinsend dachte er an Caitlin, die friedlich in seiner Nähe schlief. Dass sie ihm nachspioniert hatte, irritierte ihn nicht mehr. Offenbar hatte sie nichts herausgefunden, was ihm schaden könnte. Er stellte sich ihre vollen Brüste vor, ihren schönen Körper – endlich in seiner Gewalt. Zweifellos würde sie ihm viel intensivere Freuden schenken als Maruba.

24

Voller Staub und völlig verschwitzt, beschloss Cait, im Wildbach zu baden und ihre Kleidung zu waschen, wenn sie an diesem Abend das Lager aufgeschlagen haben würden.

Max von Schnell wählte einen felsigen Platz nahe dem Ufer, vom Wind geschützt, der hoch oben am Berghang viel heftiger wehte als am Strand. Hier wucherte kein allzu dichter Dschungel, und man würde nicht so leicht in Gefahr geraten. Während das Lager errichtet wurde, schlang Cait ein Handtuch um ihre Schultern, klemmte saubere Kleider unter den Arm und stieg zum Bach hinab, zu einer abgeschiedenen Stelle, die sie sich kurz nach der Ankunft auf dem kleinen Felsplateau ausgesucht hatte.

Unglücklicherweise war ihr jemand zuvorgekommen. Caits Ärger kämpfte mit voyeuristischer Lust. Entlang des Ufers bildete der Bach eine Kette aus kleinen, wirbelnden Teichen, und im ersten tauchte Rand unter. Dann erhob er sich, den wohlgeformten nackten Körper voll glitzernder Tropfen, und Cait konnte ihren Blick ebenso wenig abwenden, wie es ihr über der Engelsschlucht gelungen wäre, Flügel auszubreiten.

Zwischen den Bäumen verborgen, erlaubte sie sich, Rand zu bewundern. Viel zu gut kannte sie die breiten Schultern, das elastische gekrauste Brusthaar. Wie schmerzlich sie die Intimität vermisste, die sie einst geteilt hatten – ihn zu berühren, berührt zu werden, ihn in sich zu spüren. Bei diesem Gedanken pochte ihr Herz schneller.

Eine Zeit lang stand er im Wasser, das ihm bis zur Taille reichte, und schüttete mit beiden Händen schimmernde Kaskaden über seinen Oberkörper. Dann strich er das nasse braune Haar aus seiner Stirn, und sie beobachtete, wie die Bewegung die Muskeln an seinem flachen Bauch anspannte. Ein wachsendes Verlangen, dem sie hilflos ausgeliefert war, stieg in ihr auf, ihre bebenden Hände sehnten sich nach dieser glatten feuchten Haut, und es drängte ihre Zunge, die kupferfarbenen Brustwarzen zu liebkosen.

Durch ihren Körper schien weiche Hitze zu fließen und ihren Bauch auszufüllen, strömte noch tiefer hinab und pulsierte im Zentrum ihrer Weiblichkeit. Jetzt tauchte Rand kopfüber in die Wellen hinab, und sie beobachtete das Muskelspiel seiner Schenkel. Unter der Baumwollbluse richteten sich die Knospen ihrer Brüste auf, zwischen ihren Beinen entstand feuchte Wärme, und sie verfluchte die Macht, die dieser Mann nach wie vor auf sie ausübte.

Aber sie konnte sich nicht abwenden. Wie gebannt sah sie ihn zum Ufer schwimmen und langsam aus dem Wasser steigen. Er schaute zu den Bäumen herüber, in deren Schatten sie sich versteckte, und sie hielt den Atem an. Hoffentlich würde er sie nicht bemerken…

Während er in ihre Richtung ging, erblickte sie seine erregte Männlichkeit, die sich vibrierend an seinen Bauch schmiegte. Nun starrte er sie direkt an. Also hatte er sie entdeckt. Lächelnd kam er auf sie zu, ohne die geringste Scham, mit großen, zielstrebigen Schritten. Trotz ihrer Angst betrachtete sie ihn ein paar Sekunden zu lang. Als sie ihm den Rücken kehrte, um zu fliehen, holte er sie mühelos ein, drehte sie herum und drückte sie an sich.

»Gefällt's dir, was du gesehen hast, kleine Voyeurin?«

»Lass mich los!«

»Die ganze Zeit wusste ich, wo du dich verborgen hast.« Er schob sie ein wenig von sich und musterte ihre Bluse, die er jetzt mit kühlem Wasser getränkt hatte. Unter dem dünnen Stoff zeichneten sich ihre dunklen Brustwarzen ab, und sein glühender Blick erhärtete die Spitzen noch sichtbarer. Er umarmte sie wieder, presste seine Erektion an ihren Bauch. Sogar durch ihre Kleidung spürte sie die drängende Glut. »Siehst du, was du mir antust, Cait? Was du von Anfang an bewirkt hast?« Er trat ein wenig zurück, hielt aber ihre Schultern fest, und sie schaute nach unten.

Ja, welche Gefühle sie weckte, war unverkennbar, und sie begehrte ihn genauso heiß.

Sie wollte antworten. Doch sie brachte keinen Laut über

die zitternden Lippen. Nur einen kleinen Schritt stand er entfernt, und sie nahm die Hitze wahr, die sein kraftvoller Körper ausstrahlte. Im Sonnenlicht, das zwischen den Zweigen herabfiel, schimmerte seine nasse Haut. Wie attraktiv er in seiner maskulinen Nacktheit war...

Abwehrend stemmte sie ihre Hände gegen seine Brust, und sie fand endlich ihre Stimme wieder. »Ich – wollte baden. Und ich habe nur gewartet, bis du gehst.«

Rand lachte leise und ungläubig. Warum sie hier geblieben war, las er in ihren verschleierten Augen. Ihre brennenden Wünsche konnte sie nicht verbergen. Behutsam umfasste er eine ihrer Brüste, und sein Daumen strich über die harte Knospe, langsam und verlockend. Cait stöhnte in süßer Qual.

»So war es immer zwischen uns, mein Schatz. Und so wird es immer sein.« Nun begann er ihre Brüste zu streicheln, die in seinen Händen anschwollen. Dabei betrachtete er ihren Mund, sah die Zungenspitze, die über ihre trockenen Lippen fuhr, und erkannte endgültig, was in ihr vorging. Aufreizend liebkoste er das weiche Fleisch und hörte sie seufzen.

Mit zarten Küssen bedeckte er ihre Wange, zog eine feuchte Spur zu ihrem Kinn und presste seine Lippen auf den heftigen Puls in ihrem Hals. Dann löste er das Band, das ihre Bluse am Ausschnitt zusammenhielt, und streifte sie über die Schultern hinab. Sein Mund umschloss eine ihrer Brustwarzen. Schwankend neigte sie sich zu ihm und ergriff seine Oberarme. Seine Zunge umkreiste die Knospe, begann sanft daran zu saugen, nach einer Weile intensiver. Schließlich nahm er fast die ganze Brust in den Mund, und Caits Knie wurden weich.

O Gott, das darf nicht geschehen, dachte sie, ich riskiere zu viel... Aber ihr Körper achtete nicht auf die Stimme der

Vernunft. Sie waren verheiratet. Und eine Frau empfand die gleichen Bedürfnisse wie ein Mann. Welche Rolle spielte es schon, wenn sie nur ein Mal – ein einziges Mal – genoss, was ihr zustand?

Um ihre Taille schlang sich ein starker Arm, und Rand sank mit ihr ins weiche, saftig grüne Gras. Er zog ihr die Bluse aus, öffnete den Verschluss ihres Rocks und schob ihn nach unten. Dann streifte er das Hemd über ihren Kopf. Heiße Küsse bedeckten ihre Brüste und ihren Bauch, seine Zunge reizte ihren Nabel und glitt tiefer hinab. Verlockend presste er seinen Mund auf die feuchte, warme, schmerzende Stelle zwischen ihren Schenkeln und jagte Flammen durch ihre Adern.

Doch das genügte ihm nicht.

»Sag mir, dass du mich begehrst«, flüsterte er an der Innenseite ihres Schenkels. Seine Zunge glitt über die seidige Haut. »Dass du mich brauchst...«

Wie eine Blume den Regen brauchte sie ihn. Doch das sprach sie nicht aus – nicht solche Worte, die sie seiner Anziehungskraft vollends ausliefern würden. Stattdessen erwiderte sie: »O ja, ich will dich in mir spüren, Rand. Jetzt gleich...«

Geschmeidig richtete er sich auf, und ihre Arme umfingen seinen Hals. Ein verzehrender Kuss nahm ihr den Atem, hungrig erforschte seine Zunge ihren Mund. Aber in die wilde Leidenschaft mischte sich eine Zärtlichkeit, die ihr Herz beglückte.

Die Augen voller Tränen, schlang sie ihre Finger in sein feuchtes braunes Haar. O ja, sie begehrte ihn so sehr. Und – der Himmel möge mir beistehen, betete sie stumm, ich liebe ihn immer noch.

»Caitie«, hauchte er, »meine süße Caitie, wie ich dich vermisst habe...«

Jetzt rannen die Tränen über ihre Wangen. Schöne, leere Worte ... Darauf kam es nicht an. Nicht in diesem Augenblick. Nur das heiße, unkontrollierbare Verlangen zählte – die inbrünstige Sehnsucht nach diesem faszinierenden Mann.

Die Knospen ihres Busens, die sie an seine Brust schmiegte, schienen zu brennen. Als würde er Caits Wünsche verstehen, kühlte er die bebenden Spitzen mit seiner Zunge. Seine Erektion drückte sich an ihren Bauch, und sie wollte ihn endlich in ihrem Schoß spüren.

»Bitte ...«, wisperte sie und bäumte sich auf. »Bitte, Rand ...«

Nur ein paar Sekunden lang zögerte er und schaute sie an, einen sonderbaren Ausdruck in den dunklen Augen, den sie nicht deuten konnte. Und dann verschmolz er mit ihr.

»O Caitie ...« Langsam drang er in sie ein, immer tiefer, zog sich zurück und füllte sie erneut aus, mit animalischer, fast primitiver Kraft. Sein Rhythmus beschleunigte sich, erschien ihr verführerischer und erotischer denn je.

Entschlossen verbannte sie den Gedanken, was er mit seinen betörenden Liebeskünsten bezweckte – sie zu besitzen, ganz und gar. Sie wollte rückhaltlos in ihrer Ekstase schwelgen, die Sinnenlust genießen, die sie so lange nicht geteilt hatten.

Fordernd grub sie die Finger in seine Schultern und hob sich ihm entgegen, weil sie noch mehr von ihm aufnehmen wollte. Immer schneller bewegte er sich. Die Beine um seine Hüften geschlungen, glaubte sie, in ein Paradies zu schweben.

Er flüsterte ihren Namen, und wenig später wurde sie von den feurigen Wellen ihrer Erfüllung durchströmt. Mit letzter Kraft unterdrückte sie einen Schrei, als ein zweiter Höhepunkt ihren ganzen Körper erschütterte. Kurz danach stillte auch Rand sein Verlangen. Stöhnend umarmten sie einander, während sie aus dem Himmel ihrer Liebesfreuden allmählich zur Erde zurückkehrten. Sein Kopf lag an Caits Schulter, und sie atmete seinen Geruch ein, den Duft seines frisch gewaschenen Haars, spürte die vibrierenden Muskeln unter seiner feuchten Haut.

Eine Zeit lang lagen sie reglos beisammen und kosteten das Glück dieser Stunde aus. Cait wünschte, sie müsste Rand nie wieder loslassen und die Welt würde einfach in diesem süßen Moment stehen bleiben.

Aber der Lauf der Welt ließ sich nicht aufhalten. Rand erhob sich, nahm Cait auf die Arme und trug sie in den Teich, wo er zuvor gebadet hatte. Von kühlem Wasser umspült, fühlte sie, wie sich ihre müden, verkrampften Muskeln lockerten.

Und die Wellen halfen ihr auch, wieder klar zu denken. Soeben hatte sie sich ihrem Ehemann hingegeben. Und sie waren beide splitternackt…

Großer Gott, was hatte sie getan?

Rand stand neben ihr, bis zur Brust im Wasser, und zog sie an sich. »Sag, dass du mir verzeihst«, bat er leise, »dass du mir nach England folgen und wieder eine richtige Ehe mit mir führen wirst.«

Mit diesen Worten sprach er Caits sehnlichsten Wunsch aus – das erkannte sie erst in dieser Minute. Doch es war sinnlos. Rand Clayton, einer der attraktivsten, charmantesten Männer von London, würde sich niemals mit einer einzigen Frau begnügen.

Mühsam unterdrückte sie das schmerzhafte Schluchzen, das in ihrer Kehle aufstieg. Es war ein Fehler gewesen, ihm alles zu schenken. Trotzdem bereute sie nichts. Sie befreite sich aus seinen Armen und fröstelte in der plötzlichen Kälte. »Tut mir Leid, Rand. Wozu ich mich soeben hinreißen ließ –

hätte nicht geschehen dürfen. Zwischen uns ist es vorbei. Seit jener Nacht im Chatelaine's.«

»Dein Körper ist offensichtlich anderer Meinung.« Vielsagend starrte er ihre nackten Brüste an, und sie hob unwillkürlich beide Hände, um sie zu bedecken. »Du hast mich begehrt. Genauso, wie ich dich begehrt habe. Oder willst du das bestreiten?«

Langsam schüttelte sie den Kopf. »Begierde – sonst nichts... Anfangs dachte ich, es würde genügen. Diesen Fehler beging ich, als wir uns kennen lernten. Ich begehrte dich so sehr, dass ich nicht an die Konsequenzen dachte. Jetzt weiß ich's besser. Ich vertraue dir nicht, Rand. Nie wieder werde ich dir trauen.«

In seinem Gesicht zeigten sich widersprüchliche Gefühle, und Cait erkannte nur ein einziges – Verzweiflung. Ihr Herz flog ihm entgegen. Aber sie verdrängte ihre Emotionen – und brachte die innere Stimme zum Schweigen, die sie anflehte, wieder an Rand zu glauben. Das durfte sie nicht – nie mehr. Dieses Risiko konnte sie sich nicht leisten. Wenn er sie noch einmal enttäuschte, würde sie die Qual nicht überleben.

Entschlossen watete sie zum Ufer, trocknete sich mit ihrem Handtuch ab und schlüpfte in die saubere Kleidung. Hinter sich spürte sie Rands Nähe, und als sie sich umdrehte, war er ebenfalls angezogen.

»Du glaubst mir nicht.« Behutsam strich er ihr das nasse Haar aus dem Gesicht. »Und du traust mir nicht. Keine gute Grundlage für eine Ehe, nicht wahr?«

Weil es nichts zu sagen gab, schwieg sie.

»Aber wenn ich vertrauenswürdig wäre – könnten wir glücklich werden und eine Familie gründen. Alles, was das Leben zu bieten hätte, würde uns gehören. Nicht wahr, Cait?«

Neuer Kummer erfüllte ihr Herz. *Alles.* Wie gern würde sie ihm vertrauen. Dann wäre er der Mann, für den sie ihn in ihrer Dummheit gehalten hatte – charakterstark und gütig. Wenn das zuträfe, würden sie eine wunderbare Ehe führen – die Ehe, von der sie geträumt hatte. Trotzdem würde sie nicht *alles* besitzen.

Nur wenn sie seine Liebe gewinnen würde.

Rand stand von seiner Decke auf, als das Lager abgebrochen wurde und aufgeregte Stimmen erklangen. An diesem Tag würden die langen Wochen der Suche, der Hoffnungen und Wünsche ein Ende finden. Wenn Kleopatras Halskette nicht an der Stelle lag, die der holländische Seemann auf seiner Landkarte markiert hatte, würde sie wahrscheinlich niemals auftauchen.

Dann wäre die monatelange Mühe und Plage umsonst gewesen.

Wie üblich nahm Rand seinen Platz hinter Cait ein, die an diesem Morgen beschwingt bergauf stieg, von neuer Kraft erfüllt. Sie trug ihren breitrandigen Strohhut, tief in die Stirn gezogen. An ihrem Rücken hing ein dicker roter Zopf herab, die Haarspitzen von der Sonne vergoldet.

Während Rand den anmutigen Schwung ihrer Hüften beobachtete, dachte er unwillkürlich an die Ereignisse am Ufer des Bachs. Mochte Cait auch glauben, ihre Ehe hätte keine Zukunft – davon war er noch lange nicht überzeugt. Die heiße Leidenschaft, die er nach wie vor in ihr weckte, bestärkte ihn in seiner Zuversicht.

Einer der Gepäckträger war mit Max von Schnell vorausgegangen, um das Terrain zu sondieren. Nun rannte er zu Donovan Harmon zurück und zeigte aufgeregt den Weg hinauf. Der Professor nickte, beschleunigte seine Schritte, und die anderen folgten seinem Beispiel. Sogar Rand spürte, wie faszinierend es wäre, einen so alten, wertvollen Schmuck zu finden.

Was immer sie auch entdecken würden – es war ein bedeutsamer Tag – ein Tag, an dem er auf der Hut sein musste. Die Habgier war eine machtvolle treibende Kraft. Falls sie die Halskette tatsächlich fanden, musste sie ins Lager am Strand befördert werden. Und da Männer wie Talmadge und Max von Schnell zur Truppe zählten, könnte der Rückweg größere Gefahren mit sich bringen, als der schwierige Aufstieg zum Gipfel.

Immer steiler führte der Weg bergan, und der Bach war nur mehr ein Rinnsal, das sanft über glatte, bemooste Felsen plätscherte. Tiefblau wölbte sich der Himmel über dem Pico de Maligno, mit ein paar weißen Schleierwölkchen geschmückt, und durch die tiefen Schluchten wehte ein erfrischender Wind. In den Wipfeln der Bäume kreischten farbenfrohe Vögel. Ein paarmal blieb Rand stehen, um sie zu beobachten.

Als sie ein gewaltiges Felsmassiv umrundeten, sahen sie den Deutschen am Rand eines Wäldchens stehen. Ungeduldig eilten der Professor und Talmadge zu ihm, dicht gefolgt von Sir Monty und Geoffrey. Cait schaute über ihre Schulter und warf Rand einen kurzen Blick zu. Dann raffte sie ihre Röcke und rannte hinterher.

Rand umklammerte seine Muskete, die er in letzter Zeit niemals aus den Augen ließ, etwas fester. Mit der anderen Hand tastete er nach dem Messer, das in einer Lederscheide an seinem Gürtel steckte. Vielleicht war seine Besorgnis übertrieben. Aber er wusste von Talmadges Gaunereien. Und die Konfrontation mit Max von Schnell hatte ihn in seinem Misstrauen gegen den Mann bestätigt.

Vorsicht ist besser als Nachsicht...

Nach wenigen Sekunden holte er Cait ein, der Kolben seiner Waffe sank ins Gras. Aber er behielt den Lauf in der Hand. »Da wären wir also.«

»Die Landkarte gibt uns verschiedene Hinweise. Auf dieser Seite des Berges, unterhalb des Gipfels, muss sich das Versteck befinden. Gestern fanden wir den ersten Anhaltspunkt, einen pilzförmigen Felsen. Und Vater bat Max von Schnell, eine Furche im Krater des Vulkans zu suchen. Auch die ist auf der Karte eingezeichnet.« Cait zeigte auf die Stelle. »Dort kannst du sie sehen.«

Eifrig studierte der Professor die verblasste Tinte auf dem Pergament und forschte nach weiteren Hinweisen. Einen nach dem anderen machte er ausfindig. Schließlich winkte er seiner Tochter fröhlich zu. »Wir sind am rechten Ort! Ganz eindeutig!

Das ist die Stelle, die Metz markiert hat. Seiner Karte zufolge muss die Halskette in der Nähe des Wegs vergraben sein, unter einem Baum, den er mit einem Kreuz gekennzeichnet hat.«

Auf der Suche nach dem Baum zerstreuten sie sich. Rand blieb in der Nähe seiner Frau, die sorgsam die Rinde aller Baumstämme inspizierte. Nach einer Stunde war das Versteck noch immer nicht gefunden, und sie drangen tiefer in den Wald vor. Im Dickicht war die Luft heißer und feuchter. Schweißperlen bildeten sich auf Rands Stirn.

Unbehaglich erinnerte er sich an die grüne Giftschlange, und als Cait zu nahe an einen Baum herantrat, ergriff er ihren Arm. »Pass auf, Cait! Wer weiß, welche Gefahren in dieser üppigen Vegetation lauern… Erinnerst du dich an die Schlange, die dich beinahe gebissen hätte? In diesem Wald könnten wir einem ähnlichen Biest begegnen.«

Unwillkürlich erschauerte sie.

»Denk dran und halt die Augen offen!«, mahnte er.

Cait nickte. Jetzt bahnte sie sich etwas vorsichtiger einen

Weg durch den Dschungel. Der Nachmittag neigte sich dem Ende zu, und der Baum mit dem Kreuz ließ sich nicht blicken.

Während die Gepäckträger ein Nachtlager aufschlugen, war die allgemeine Stimmung auf den Nullpunkt gesunken.

»Verdammt, warum taucht der Baum nicht auf?« Talmadge stapfte zu Cait und Rand, die in Dr. Harmons Nähe nach dem Versteck suchten. Ausnahmsweise wirkte der Baron – sonst immer tadellos gepflegt, etwas derangiert. Seine helle Baumwollhose war zerknittert, das aufgeknöpfte Hemd hing heraus und entblößte ergrautes Brusthaar. »Sagten Sie nicht, wir würden die Kette finden – hier an dieser Stelle?«, fauchte er Dr. Harmon an.

Irritiert über diesen rüden Ton, runzelte der alte Mann die Stirn. »Keine Bange, Phillip, wir werden den Gipfel erst verlassen, wenn wir die Kette ausgegraben haben.«

Als die Dämmerung hereinbrach, mussten sie die Suche unterbrechen. An diesem Abend wechselten sie kaum ein Wort. Nicht einmal Percys Jagdbeute – ein junges Rotwild, das am Spieß gebraten wurde und köstlich schmeckte – besserte die Laune der Expeditionsteilnehmer.

Bei der Mahlzeit saß Cait neben ihrem Vater und bemühte sich, ihn aufzumuntern. Wiederholt fing Rand ihren forschenden Blick auf, und sie schaute jedes Mal hastig weg. Dachte auch sie an die Liebesstunde am Ufer des Bachs? Hoffentlich… Wenn die Verführung der einzige Weg war, der zum Ziel führte, würde er ihm folgen. Sobald sie wohlbehalten am Fuß des Berges angelangt waren, wollte Rand den nächsten Angriff wagen.

Dieser Gedanke entlockte ihm ein Lächeln, trotz der düsteren Atmosphäre, die rings um das Lagerfeuer herrschte.

Im Morgengrauen standen sie auf und setzten die Suche im grünen Dickicht fort. Tiefer und tiefer wagten sie sich in den Dschungel hinein, und es fiel ihnen zunehmend schwerer, sich einen Weg durch die üppige Vegetation zu bahnen. Schließlich verteilte Max von Schnell die schweren Messer mit den langen Klingen, die sie mitgenommen hatten, um Ranken und Zweige zu zerhacken.

Hoch über ihren Köpfen schnatterten die Affen in den Wipfeln, und Cait beobachtete amüsiert die Possen der Tiere, die von einem Ast zum anderen hüpften. Ihre langen geschmeidigen Greifschwänze erfüllten die Funktion eines fünften Beins. Ein kleiner brauner Affe mit weißem Gesicht schwang sich auf einen Zweig, der zu dünn war, um sein Gewicht zu tragen, und knackend entzweibrach. Das Tierchen landete am Boden, direkt vor Caits Füßen. Lachend schaute sie ihm nach, als es sichtlich erbost davonstürmte.

»Süße kleine Geschöpfe, nicht wahr?« Rands tief Stimme jagte einen warmen, wohligen Schauer über ihre Haut.

»Auf den anderen Lagerplätzen haben wir nur wenige Affen gesehen. Offenbar gefällt's ihnen hier oben besser.«

»Sieht so aus. Komm mit mir«, bat er, ergriff ihre Hand und führte sie durch eine Lücke im Unterholz. »Vorhin habe ich etwas gefunden, das ich dir zeigen möchte«, verkündete er geheimnisvoll.

Cait zögerte nur kurz. Selbst der kleinste Hinweis mochte nach der langen, erfolglosen Suche nützlich sein.

Sie folgten einem Wildpfad, der auf Umwegen zum Hauptweg zurückführte. Bevor sie ihn erreichten, blieb Rand stehen. »Schau dir diese beiden Bäume an.«

Die Augen zusammengekniffen, spähte sie durch das dichte dunkle Laub. Aber sie sah nur schwaches Sonnenlicht, das zwischen den Zweigen herabdrang, roch feuchte

Erde und nasse Blätter und hörte den nahen Bach sprudeln. »Ich sehe nichts.«

»Da drüben!« Rand zeigte nach links, und Cait schaute wieder ins Unterholz. Plötzlich entdeckte sie zwei Bäume mit ineinander geschlungenen Stämmen. Weiter oben strebten sie beinahe im rechten Winkel auseinander, und so bildeten sie ein Kreuz.

»Oh, mein Gott! Glaubst du, Metz hat gar kein Kreuz in einen Stamm geritzt, sondern diese beiden Bäume gemeint?«

»Genau«, bestätigte Rand grinsend. »Gleich wirst du mir zustimmen.«

Geradezu elektrisiert ging sie mit ihm zu einer Grube, die er mit bloßen Händen ausgehoben hatte. Darin stand eine rostige kleine Metallkassette. Cait kniete nieder, hob sie heraus und öffnete den Deckel, langsam und vorsichtig. Dann hielt sie bestürzt den Atem an. Abgesehen von einem zerschlissenen Stoffbeutel war die Kassette leer.

Von bitterer Enttäuschung erfasst, dachte sie an ihren Vater und seine vergeblichen Träume – bis ihr Rand eine Kette aus kunstvoll geschmiedetem Gold um den Hals legte. Ihre Finger streiften die Schuppen einer exquisit geformten goldenen Schlange, mit perfekt geschliffenen Juwelen besetzt. Kleopatras Halskette ...

»Jetzt habt ihr den Schatz gefunden«, sagte Rand leise. »Du und dein Vater. Dieser Schmuck ist genauso schön, wie du ihn beschrieben hast.«

Mit bebenden Händen hielt sie die Kette hoch, um sie genauer zu betrachten. Sogar im Schatten des Waldes glitzerten die blutroten Rubine, die Diamanten und Smaragde, als würden sie von tausend Sonnen beleuchtet. »Einfach – phantastisch ...«

»O ja«, bestätigte er. Aber als sie den Kopf hob, schaute er in ihre Augen. »Wundervoll.«

Eine Zeit lang sah sie ihn schweigend an, die Finger um die Kette an ihrem Hals geschlungen. Schließlich erklärte sie: »Wir müssen meinen Vater holen und ihm zeigen, wo wir den Schatz gefunden haben.«

Rand nickte, ergriff wieder ihre Hand und führte sie zum Hauptweg.

»Heiliger Himmel!«, rief jemand, als er die Juwelen auf Caits Brust funkeln sah. »Wirklich und wahrhaftig, Caitlin hat die Kette gefunden!« Sie erkannte Sir Montys Stimme, aufgeregt eilte er ihr entgegen. Geoffrey, Talmadge und Max von Schnell hefteten sich an seine Fersen. Zuletzt folgte der Professor den vier Männern, das Gesicht von der anstrengenden Suche gerötet. Aber er strahlte vor Freude. So klar und hell hatten seine blauen Augen schon lange nicht mehr geglänzt.

»Mein liebes, liebes Mädchen! Du hast den Schatz gefunden!«

Lächelnd legte sie die Kette in seine Hände. Tränen strömten über seine Wangen.

»Angeblich war Kleopatras Halskette nur ein Phantasiegebilde, Caitlin, ein Mythos. Aber ich wusste immer, dass sie existiert. Und ich schwor mir, eines Tages würde ich sie finden und alle Skeptiker Lügen strafen.« Mit zitternden Fingern wischte er seine Tränen weg. »Wo war sie denn vergraben?«

»Komm mit mir, ich zeig's dir.« Cait nahm seine Hand und führte ihn zu den gekreuzten Bäumen, von den anderen begleitet. »Als Rand die Bäume sah, erriet er, dass Metz sich an diesem Merkmal orientieren wollte. Also hat er gar kein Kreuz in einen Stamm geritzt. Direkt unter den Bäumen fand Rand die Kassette.« Sie beobachtete, wie ihr Vater auf die Knie sank und das rostige Kästchen inspizierte.

Vielleicht enthielt es irgendwelche Anhaltspunkte, die Aufschluss über Leonard Metz und die Halskette geben würden. Oder der zerschlissene Beutel mochte interessante Informationen liefern. Irgendwann würden die Archäologen möglicherweise Mittel und Wege finden, um solche verborgenen Botschaften zu entschlüsseln.

Vorerst war Cait einfach nur froh, dass sie den großartigen Schatz gefunden hatten und mit der Welt teilen konnten.

Die Kette wanderte von einer Hand zur anderen und wurde ausgiebig bewundert. Auch Max von Schnell griff danach. Begeistert redeten alle durcheinander und lobten die kunstvolle Arbeit, die der Goldschmied vor so langer Zeit geleistet hatte.

Fast liebevoll strich Phillip Rutherford über jedes einzelne kostbare Juwel. »Am besten verwahre ich die Kette in meinem Ranzen, bis wir ins Hauptlager zurückkehren. Dann wird sie nicht abhanden kommen.«

Rand stand hinter Cait, und sie spürte, wie er zusammenzuckte. Vermutlich hätte er protestiert. Aber ihr Vater nahm seinem Partner die Kette aus der Hand. »Nein, ich möchte sie behalten und genauer studieren.«

Erbost presste Talmadge die Lippen zusammen, und Cait seufzte erleichtert.

»Im ersten Tageslicht treten wir den Rückweg an«, verkündete Max von Schnell. »Je eher wir von hier verschwinden, desto besser für uns alle.«

Dieser Meinung schloss sich Cait an. Sie wollte endlich in die Sicherheit des Hauptlagers zurückkehren und den Gefahren des Pico de Maligno mit seinen Leoparden und tödlichen Schlangen entrinnen. Bald würden sie nach England reisen, und ihr Vater durfte den Ruhm ernten, den er mit seiner harten Arbeit redlich verdient hatte.

Im Gänsemarsch gingen sie zum Lager, wo sie die letzte Nacht vor dem Abstieg verbringen würden. Die ganze Zeit spürte Cait die Nähe ihres Mannes, und sie dachte immer wieder an den Moment, in dem er ihr die Kette um den Hals gelegt hatte. Niemals würde sie seinen zärtlichen Blick in jenen bedeutsamen Sekunden vergessen. Er hatte ihr das kostbarste Geschenk ihres Lebens gemacht – die Erfüllung eines Traums, der für ihren geliebten Vater Wirklichkeit geworden war.

Sie erinnerte sich ebenso an all die anderen Geschenke – die prächtigen Rosen, die schöne Spieldose, die hübsche rotbraune Stute, die Rand für sie gekauft hatte. Lauter sorgsam ausgewählte Geschenke, die sie erfreuen sollten. Und wie selbstlos er am Tag des Pferderennens auf seinen Gewinn verzichtet hatte, um das verletzte Pferd seines Rivalen zu retten… Sie dachte auch an seine Scheu, wann immer das Gespräch auf seine Malkunst gekommen war, an seine Begeisterung für die Vögel.

Und dann entsann sie sich seiner eindringlichen Worte: *Ich habe dich nie belogen, Cait…*

Das konnte sie nicht leugnen. Seit einigen Tagen wurde ihr diese Tatsache immer klarer bewusst, und eine innere Stimme drängte sie, ihrem Ehemann wieder zu vertrauen.

Noch nie war sie feige gewesen. Aber wie tapfer bin ich jetzt, überlegte sie bedrückt. Wollte sie ein zweites Wagnis eingehen?

Sie hörte Rands Schritte hinter sich. Während der ganzen gefährlichen Expedition durch den Tropenwald hatte er sie beschützt. Durfte sie seinem Treueschwur glauben und ihm wieder vertrauen?

Diese Fragen würden sie auf dem ganzen Rückweg verfolgen.

25

Ohrenbetäubende Gesänge erfüllten den Dschungel, die wilden Schreie der eingeborenen Gepäckträger, die den Erfolg der Expedition feierten. An diesem Abend fand ein Festmahl statt. Eine große Seeschildkröte schmorte in ihrem Panzer, mehrere Fische, in tellergroße Blätter gewickelt, rösteten unter Steinen und glühenden Kohlen. Dazu gab es Nüsse und Früchte, im Wald gesammelt. Eine besondere Delikatesse waren die dicken, etwa sechs Zoll langen Larven der Nachtfalter. Aber wie Rand erwartet hatte, verzichteten die meisten Weißen auf diese Spezialität.

In bester Laune saßen sie beisammen und besprachen die Reise nach England. Getreu seinem Wort, wollte der Professor alle Schätze von Santo Amaro dem Britischen Museum übergeben, und alle freuten sich auf die triumphale Rückkehr.

Alle außer Cait, dachte Rand.

Nach der Mahlzeit wickelten sie sich in ihre Decken. Nur Cait wanderte ein Stück in den Wald hinein. Rand starrte noch ein paar Minuten ins Lagerfeuer, bevor er ihr folgte.

Als sie seine Schritte hörte, vom bemoosten Erdreich gedämpft, drehte sie sich seufzend um. »Warum habe ich seit dem Beginn dieser Exkursion das Gefühl, ein lebendiger Schatten würde an meinen Fersen kleben?«

»Weil ich genau das *bin*«, erwiderte er grinsend. »Und dabei bleibt's auch, bis du wohlbehalten in England gelandet bist.«

Sie blickte ins Dunkel und lauschte eine Zeit lang dem leisen Zirpen der Zikaden, bevor sie antwortete: »Ja, wohl oder übel muss ich meinen Vater nach London begleiten. Er hat Verpflichtungen, und er verdient die Ruhmeslorbeeren.

Aber wir werden uns nur kurz in England aufhalten. Sobald alles erledigt ist, kehren wir nach Amerika zurück.«

Im Mondlicht, das zwischen den Ästen herabfiel, betrachtete er voller Wehmut ihr Gesicht und versuchte, ihre Gedanken zu lesen. »Du bist meine Frau, Cait. Und eine Ehefrau gehört zu ihrem Mann.«

»Wir hätten niemals heiraten dürfen. Das taten wir ohnehin nur wegen des Kindes.«

»Bist du dir da so sicher?«

»Natürlich. Nachdem ich das Baby verloren hatte, nahmst du dein früheres Leben wieder auf, das dir besser gefiel – und in dem kein Platz für mich war.«

»Also dachtest du, ich wäre nach London zurückgekehrt, weil ich wieder so leben wollte wie vor der Heirat?«

»Etwa nicht?«

»Ich verließ Beldon Hall, weil ich Angst hatte.«

»Großer Gott«, erwiderte Cait verächtlich. »Wovor solltest du dich denn fürchten?«

Unbehaglich suchte er nach Worten und fuhr durch seine Haare, die danach etwas zerzaust aussahen. »Das ist schwer zu erklären. Bis ich's selber verstand, dauerte es mehrere Monate. Jedenfalls geschah etwas völlig Unerwartetes mit mir, als das Baby starb. Ich sah eine Seite meines Charakters, die ich nie zuvor wahrgenommen hatte – einen verwirrenden weichen Wesenszug, Cait. Damals hielt ich's für Schwäche. Gegen solche Emotionen hatte ich seit meiner Kindheit gekämpft. Später erkannte ich, dass mich meine Gefühle für dich erschreckten – und für unser Baby. Nach seinem grauenhaften Tod ertrug ich die Trauer nicht – weder meine noch deine. Ich wollte dich nicht leiden sehen. Und weil ich unfähig war, dir zu helfen, lief ich davon.«

Forschend schaute sie ihn an und schien sich zu fragen, ob sie ihm glauben sollte. In ihrer einfachen Kleidung und den derben Schuhen, die Nase sonnengebräunt, mit ihrem halb aufgelösten Zopf, würde sie in London keiner Frau begegnen, die ihr ähnlich wäre. Es drängte ihn, sie in die Arme zu nehmen, um Verzeihung zu bitten. Und er wollte sie küssen, bis sie ihn anflehen würde, sie leidenschaftlich zu lieben – so wie neulich am Ufer des Bachs.

Mühsam bezähmte er seine Begierde und verbarg seine tiefe Liebe.

Cait pflückte eine winzige rote Blüte von einem der Sträucher, die rings um das Lager in verschwenderischer Fülle wuchsen. »Wie gern würde ich glauben, dass du nicht nur nach London gefahren bist, um mit einer anderen zu schlafen…« Sie zupfte ein Blütenblatt ab und zerrieb es zwischen den Fingern. »Aber selbst wenn du die Wahrheit sagst – es spielt keine Rolle. Mit uns beiden – das würde niemals gut gehen. Wir sind einfach zu verschieden.«

»Auf welche Weise?«

Sie ließ die Blüte fallen und schaute Rand direkt an. »Zum Beispiel deine herrliche chinesische Jadesammlung. Du glaubst sie zu schützen, indem du sie in deinem Haus unter Verschluss hältst. Aber ich finde, es ist eine Sünde, dass nur du dich daran freust. Solche Schätze müsste man allen Leuten zugänglich machen.«

Erfolglos versuchte er, ein Grinsen zu unterdrücken. »Vielleicht ist das der Grund, warum ich die Sammlung zusammen mit meinen griechischen und römischen Büsten dem Britischen Museum gestiftet habe – in deinem Namen.«

»Das hast du wirklich getan?«, flüsterte sie entgeistert.

»Ich bin kein Unmensch, Caitlin, und ich kann deinen Standpunkt nachempfinden – obwohl ich stets anderer Meinung war. Jetzt ist mir alles wichtig, was *dir* etwas bedeutet.« Er ging zu ihr und legte die Hände auf ihre Schultern. »Die Vergangenheit kann ich nicht ändern, so Leid's mir auch tut.

Aber ich will das alles wieder gutmachen – wenn du mir eine Chance gibst.«

Traurig schaute sie in seine ausdrucksvollen Augen und schüttelte den Kopf. »Ich wünschte, ich hätte die Kraft dazu. Aber – jetzt fürchte *ich* mich.«

An liebsten hätte er sie so lange geschüttelt, bis sie endlich zur Vernunft kommen würde. »Du empfindest etwas für mich. Das weiß ich. Bei jedem Kuss lese ich's in deinen Augen.«

Bestürzt sah er Tränen über ihre Wangen rollen. »Früher habe ich dich geliebt, Rand. So sehr.« Einige Sekunden lang schaute sie ihn unglücklich an. Dann kehrte sie ins Lager zurück.

Obwohl er ihr folgen wollte, rührte er sich nicht. Wie gelähmt stand er da. *Früher habe ich dich geliebt, Rand. So sehr.* In seinen Augen begann es zu brennen. Vor nicht allzu langer Zeit hätte er sich seiner Tränen geschämt. Jetzt nicht mehr... Seine Frau hatte ihn geliebt. Andere Leute wussten es – Maggie, Nick, sogar Percy. Aber Cait hatte nie davon gesprochen. Und sie war so willensstark, so unabhängig. Deshalb hatte er niemals angenommen, sie würde ihn lieben.

Warum sollte er auch, wo er doch nicht einmal seine eigenen Gefühle erkannt hatte? Statt Caits Herz zu ergründen, war er geflohen, hatte sie mit Hannah betrogen – und die Liebe seiner Gemahlin zerstört.

Zum ersten Mal seit seiner Ankunft auf der Insel bezweifelte er, dass es ihm gelingen würde, Cait zurückzugewinnen. Eine solche Frau verdiente er nicht, nachdem er sie so schändlich behandelt hatte. Von jetzt an würde er sie nicht mehr bedrängen. Sobald er sie wohlbehalten nach England gebracht hatte, würde er ihr helfen, die Heimreise in die Staaten zu arrangieren. Wenn sie das wirklich wollte...

Im Morgengrauen brachen sie auf. Zu Caits Leidwesen folgten sie demselben Weg, der sie bergauf geführt hatte. Zwei Tage lang graute ihr vor der Hängebrücke. Immer wieder sagte sie sich, da sie schon einmal darüber gegangen war, würde sie's auch ein zweites Mal schaffen. Doch damit konnte sie ihre Angst nicht bezwingen. Still und in sich gekehrt, stieg sie den schmalen Pfad hinab.

Rand befand sich in einer ähnlichen trüben Stimmung. Wenn er auch in Caits Nähe blieb, sprach er kaum mit ihr. Nachts lagen sie nebeneinander, im Abstand weniger Schritte, und versuchten erfolglos einzuschlafen.

Natürlich spürte sie, wie sehr ihn das Geständnis ihrer Liebe überraschte. Hatte er ihre Gefühle wirklich nicht bemerkt? Oder wollte er die Wahrheit gar nicht wissen, und die Erkenntnis, dass sie ihn bis zu seinem Treuebruch geliebt hatte, jagte ihm neue Angst ein? Wenn das zutraf, würde er sie vielleicht in Ruhe lassen und möglichst bald nach England fahren, noch bevor sie mit ihrem Vater die Reise antrat.

Dieser Gedanke müsste sie trösten.

Stattdessen glich die Verzweiflung einer offenen Wunde in ihrer Brust. Mittlerweile war ihr klar geworden, wie gern sie ihrem Mann wieder vertrauen würde. Sie hatte sogar geglaubt, sie könnten noch einmal von vorn anfangen. Jetzt wusste sie nicht mehr, was sie denken sollte.

Sie zog den Riemen ihres kleinen Ranzens etwas höher über die Schulter hinauf. Da der Abstieg nicht so mühselig war wie der Aufstieg, kamen sie schneller voran. Am Nachmittag des zweiten Tages erreichten sie die Hängebrücke. Es nieselte, und an den Stiefelsohlen klebte Schlamm.

»Auf der nassen Brücke kann man leicht ausrutschen«, warnte Max von Schnell.

Während der Nacht hatte es weiter oben am Pico de Maligno geregnet, und der Sturzbach in der Schlucht war angeschwollen. Da er tief unten dahinrauschte, spielte es keine Rolle. Aber Cait sah die schäumende Gischt gegen die Felsen schlagen, und der Anblick erschien ihr viel unheimlicher als beim ersten Mal.

Zuerst ging der Deutsche hinüber, das Halteseil fest im Griff, mit sicheren Schritten, und erweckte den Eindruck, es gäbe keinen Grund zur Besorgnis. Talmadge folgte ihm, dann Maruba und die Frauen. Zitternd stand Cait am Rand der Schlucht. Ihr Vater und Geoffrey gingen zu ihr.

»Alles in Ordnung?«, fragte Geoffrey.

»Natürlich«, erwiderte sie und lächelte etwas zu fröhlich. »Das erste Mal habe ich's doch auch geschafft, oder?«

Der Professor drückte ihre Hand. »Tapferes Mädchen!«

»Gehen Sie jetzt hinüber, Dr. Harmon«, schlug Geoffrey vor. »Inzwischen bleibe ich bei Cait.« Ihr Vater nickte und betrat die Brücke. Nicht so sicher wie die anderen und viel langsamer wankte er hinüber, kam aber wohlbehalten auf der anderen Seite an. Nun machte sich Geoffrey auf den Weg. »Drüben warte ich auf dich, Cait. Wie zuvor.« Aufmunternd grinste er sie an und überquerte problemlos die Schlucht.

Bevor Cait an die Reihe kam, wandte sie sich zu Rand, der hinter ihr stand.

»Heute weht nur ein schwacher Wind«, erklärte er. »Also musst du dich nicht fürchten.« Beunruhigt musterte er ihr blasses Gesicht. »Verhalte dich genauso wie beim ersten Mal. Setz einfach nur einen Fuß vor den anderen und schau nicht hinunter.«

»Gehst du hinter mir hinüber?«

Besänftigend lächelte er ihr zu. »Nein, Percy wird dir folgen. Ich bleibe lieber hier, bis alle drüben gelandet sind.«

»Ja – gewiss…« Nur zu gut erinnerte sie sich an die Schwierigkeiten, die ihn beim letzten Mal behindert hatten.

Sie holte tief Luft, betrat die Brücke und hielt sich an Rands Anweisungen. Diesmal fiel es ihr viel leichter, das andere Ende zu erreichen.

Rand schickte die Gepäckträger hinüber. Schließlich standen nur mehr zwei Eingeborene und Sir Monty neben dem Duke. Der Forschungsreisende rief ihm etwas zu, das der Lärm des rauschenden Wassers teilweise verschluckte, bedeutete ihm, hinüberzugehen, und eilte mit den beiden Trägern den Weg zurück, den sie gekommen waren.

Ohne mit irgendwelchen Hindernissen zu kämpfen, gelangte Rand auf die andere Seite der Schlucht, und Cait seufzte erleichtert. »Wenn ich Walpole richtig verstanden habe, ist sein Tagebuch aus dem Ranzen gefallen«, berichtete er. »Er glaubt, das müsste passiert sein, als er über den umgestürzten Baum geklettert ist. Deshalb ist er mit zwei Trägern umgekehrt, die ihm bei der Suche helfen sollen.«

Sie beobachteten den Weg, der direkt gegenüber in den Wald führte. Wenige Minuten später tauchte Sir Monty auf. Lachend schwenkte er ein schmales, in rotes Leder gebundenes Buch durch die Luft. Dann steckte er es in seinen Ranzen und überquerte die Schlucht. Einer der beiden Träger folgte ihm, und als der zweite die Mitte der Hängebrücke erreichte, geschah das Unglück.

Entsetzt sah Cait, wie das Seil, das an diesem Ende der Brücke an einem Baum festgebunden war, plötzlich zerriss. Jemand schrie dem schmächtigen Eingeborenen zu, er solle sich festhalten. Aber es war zu spät. Unter seinen nackten Füßen gab die Brücke nach. Kopfüber stürzte er in das schäumende Wasser hinab. Sein Schreckensschrei hallte von den steilen Felswänden wider, bevor sein Körper auf das zerklüftete Gestein prallte, über dem die Wellen schäumten. Tränenüberströmt wandte sich Cait ab.

Rand nahm sie in die Arme. Das Gesicht an seine Schulter gepresst, schluchzte sie hemmungslos. In den nächsten Minuten, die sich wie Stunden dehnten, schwiegen sie alle. Nur das Rauschen des Wassers war zu hören, das Echo des Winds, der durch den Canyon fegte – und Caits Weinen, in das sich die Klagen der anderen Frauen mischte.

»Wann immer man etwas gewinnt, muss man dafür bezahlen«, sagte Rand mit sanfter Stimme und strich über Caits Haar. »Was auf dieser Welt wirklich kostbar ist, bekommt man nicht umsonst.«

Schaudernd nickte sie und kämpfte mit neuen Tränen. In diesem Moment kam der Vater zu ihr, die Augen glanzlos, das Gesicht aschfahl, scheinbar um Jahre gealtert. »So ein guter, braver Mann…« Beklommen schüttelte er den Kopf. »Welch eine Tragödie…«

Von einem grässlichen Gedanken gepeinigt, schaute Cait zu Rand auf. »Es hätte *dich* treffen können«, wisperte sie. »Weil du zuletzt über die Brücke gehen solltest. Hätte Sir Monty nicht sein Tagebuch verloren, wärst du jetzt tot.«

Während die anderen zum Aufbruch rüsteten, ging Rand zu dem Baum, an dem sie die dicken Seile der Brücke befestigt hatten, hob den abgerissenen Strick hoch und inspizierte das ausgefranste Ende. Offensichtlich war ein Teil der Fasern durchschnitten worden.

Mit einem wütenden Fluch umklammerte er das Seil. Cait folgte ihm und fragte verwirrt: »Was – was bedeutet das?«

Rand hielt das Seil hoch. Langsam drehte er es zwischen seinen Fingern hin und her. »Jemand wollte verhindern, dass wir alle die Schlucht überqueren. Siehst du?« Er zeigte ihr die glatt durchtrennten Fasern. »Den Strick hat er nur zur Hälfte zerschnitten – vielleicht, nachdem der Professor das Ende der Brücke erreicht hatte. Weil dein Vater die Halskette bei sich trägt, sollte er nicht gefährdet werden. Hast du zufällig jemanden in der Nähe dieses Baums gesehen?«

»Nein – ich habe nur auf die Leute geachtet, die über die Brücke gegangen sind.«

»Natürlich konnte sich der Täter nicht ausrechnen, wann das Seil reißen würde. Er konnte nur hoffen, der Letzte, der hinüberging, würde in die Tiefe stürzen. Also *ich*.«

»Glaubst du – es war der Baron?«, stammelte Cait.

»Vielleicht. Aber ich verdächtige auch Max von Schnell. Sogar einer der Träger könnte es gewesen sein. Jeder, der die Halskette bewundert hat. Womöglich wollte sich einer der Eingeborenen damit aus dem Staub machen.«

Ihre Augen verengten sich. »Daran zweifelst du, nicht wahr?«

»Ja.«

»Wenn du Recht hast, droht meinem Vater der Tod.«

»Ganz im Gegenteil – die Kette, die in seinem Ranzen steckt, beschützt ihn. Zumindest, bis wir im Hauptlager ankommen.«

»O Rand, das gefällt mir ganz und gar nicht…«

»Mir auch nicht. Aber bevor wir den Schuldigen entlarvt haben, können wir nichts tun.«

Sosehr ihn dieser Gedanke auch bedrückte – es ließ sich nicht leugnen, sie alle schwebten in Gefahr. Schweren Herzens fragte er sich, was Cait zustoßen könnte. Zum zweiten Mal sah er sich hilflos mit dem Leid seiner Frau konfrontiert. Nach dem Tod des Kindes hatte er sie bitter enttäuscht. Das durfte nie mehr geschehen.

Ernst und schweigsam stiegen sie weiter bergab, erschüttert über den Tod des jungen Gepäckträgers. Cait dachte unentwegt an das halb durchschnittene Seil, das Rand ihr gezeigt hatte. Vor ihrem geistigen Auge sah sie unentwegt das Bild des hilflosen Mannes, der in den Tod gestürzt war – das Opfer eines skrupellosen Mörders.

Rand informierte sonst niemanden über seinen Verdacht. Aber als sie an diesem Abend ihr Lager aufgeschlagen hatten, erinnerte er den Professor und die anderen Männer an die wertvolle Halskette und ermahnte sie zur Vorsicht.

Unglücklicherweise nutzte die Warnung nichts. Noch am selben Abend erkrankten Sir Monty und drei Träger.

Kurz nach dem Abendessen brach dem Forschungsreisenden plötzlich der Schweiß aus. Er fühlte sich schwach und schwindlig, und er zitterte am ganzen Körper. Zusammengesunken saß er auf einem umgestürzten Baumstamm und bat den Duke um einen Schluck Wasser. Die hölzerne Feldflasche an den Lippen, verlor er die Besinnung.

»Oh, mein Gott!« Cait kniete neben ihm nieder und berührte seine feuchte, heiße Stirn. Durch seine sonnengebräunte Haut schimmerte wächserne Blässe. »Er hat hohes Fieber!«

Inzwischen hatten sich auch die anderen rings um den Ohnmächtigen versammelt und musterten ihn besorgt. »Helfen Sie mir, Sir Monty auf seine Decke zu legen, Percy!«, befahl Rand seinem Kammerdiener.

Mit einer Schüssel Wasser und mehreren sauberen Leinenstreifen gerüstet, öffnete Cait die Jacke und das Hemd des Manns und begann, seinen Hals und die Schulter zu kühlen.

Der Vater saß neben ihr und zog kummervoll die Brauen zusammen. Im Lauf der letzten Monate hatte er sich mit dem Forscher angefreundet. Sir Monty kam ein paarmal für wenige Minuten zu sich, und dann versuchte Rand, mit ihm zu sprechen. Im Lauf der nächsten Stunde erkrankten drei Eingeborene.

»Was immer es ist«, meinte Cait und ersetzte den feuchten Lappen auf Sir Montys Stirn durch einen frischen, »es muss ansteckend sein.« Aus diesem Grund schickte sie ihre Gefährten weg. Aber Rand weigerte sich, sie zu verlassen.

Aufmerksam musterte er Sir Montys gerötetes Gesicht. Dann schaute er zu den drei kranken Gepäckträgern hinüber. »Da bin ich mir nicht so sicher.«

»Was meinst du?«

»Heute Nachmittag erlegte Walpole einen Hasen, den er sich mit den drei Einheimischen teilte.«

»Mit den drei Männern, die ebenfalls erkrankt sind?«

»Sieht so aus.« Er wandte sich zu Percy, der wie immer in seiner Nähe blieb. »Gehen Sie zu Maruba. Sie soll die alte Frau hierher bringen, die für die Eingeborenen sorgt.«

Wortlos nickte Percy und eilte davon. Nach wenigen Minuten kam er mit dem hübschen Mädchen und der verhutzelten alten Frau zurück, die für die einheimischen Dienstboten kochte.

»Sie wollten uns sehen, Bwana?«, fragte Maruba.

»Sag der Köchin, sie soll sich diesen Mann anschauen. Ich glaube, Sir Monty und die drei Männer da drüben haben etwas Giftiges gegessen. Vielleicht kann sie ihnen helfen.«

Zu der Greisin gewandt, übersetzte sie, was Rand gesagt hatte. Dann erklärte sie lächelnd: »Visona weiß, wie man Kranke gesund macht.«

Die alte Frau kniete neben Sir Monty nieder. Mit schmalen Augen musterte sie seine aschgraue Haut, betastete seine Stirn, dann öffnete sie seinen Mund und untersuchte die Zunge. In einer Sprache, die wie eine Mischung aus Portugiesisch, Französisch und der Mundart der Eingeborenen klang, teilte sie Maruba etwas mit, und das Mädchen nickte.

»Wahrscheinlich war's die rosa Distel, meint sie. Die benutzt man, um Feinde zu vergiften.«

Sekundenlang schaute Rand zu Talmadge hinüber, der am

Lagerfeuer stand und mit Geoffrey sprach. »Gibt es ein Gegengift?«

Die alte Frau hob eine knochige Hand und schwenkte einen kleinen Lederbeutel, grinste zahnlos und begann wieder zu schwatzen.

»Akazienblätter und zerdrückte Insekten«, verkündete Maruba. »Visona sagt, sie wird ein Getränk für den Mann brauen. Wenn er bis morgen früh nicht stirbt, wird er gesund.«

Erschrocken hielt Cait den Atem an. *O Gott, nicht Sir Monty – dieser liebe, gute Mann...*

»Sag ihr, sie soll das Getränk brauen, Maruba«, bat Rand mit grimmiger Miene. »Auch für die anderen Kranken.«

Cait strich das Haar aus Sir Montys fieberheißer Stirn. »Also hat ihn jemand vergiftet. So etwas würde Talmadge sicher nicht tun.«

»Wer weiß schon, was ein Mann tun würde, um sich einen kostbaren Schatz anzueignen? Ein Glück, dass er uns nicht alle vergiftet hat!«

Sie tauchte wieder einen Lappen ins Wasser und wusch Sir Montys schmale, mit grauem Kraushaar bedeckte Brust. »Und warum hat er's nicht getan – wer immer es sein mag?«

»Vielleicht fand er keine Gelegenheit dazu. Sir Monty erzählte mir, der Hase sei an einem Spieß über dem Feuer geröstet worden. Da konnte jeder vorbeigehen und den Braten mit Gift bestreichen.«

»Max von Schnell war mit einer Eingeborenen verheiratet. Vermutlich weiß er, wie man dieses Distelgift gewinnt.«

»Oder Talmadge hat es aus Dakar mitgebracht.«

»O Rand, ich habe solche Angst! Wer immer der Schuldige ist, muss von der Halskette besessen sein. Offenbar schreckt er vor nichts zurück. Und wir werden das Hauptlager erst in zwei Tagen erreichen.«

»Höchste Zeit, dass wir mit unseren Begleitern reden… Dann wissen sie wenigstens, in welcher Gefahr sie schweben.«

Nachdem er die Männer zu sich gerufen hatte, berichtete er von dem angeschnittenen Seil, das den Absturz der Hängebrücke bewirkt hatte, und von dem vergifteten Hasenfleisch. Wen er verdächtigte, erwähnte er nicht, weil es keine Beweise gab.

»Seien Sie vorsichtig!«, mahnte Rand. »Wenn Ihnen irgendetwas auffällt, geben Sie mir Bescheid, oder wenden Sie sich an Percy.«

»Glauben Sie, einer der Gepäckträger will uns umbringen?«, fragte Max von Schnell und spähte zum zweiten Lagerfeuer hinüber.

»Möglich wär's«, erwiderte Rand. »Aber es könnte auch einer von uns sein – was ich zutiefst bedauern würde. Wer immer es ist, er will sich die Halskette mit aller Macht aneignen.«

Die Männer schauten einander misstrauisch an, als würde sich der Schurke irgendwie verraten. Schließlich gingen sie zu ihren Wolldecken, jeder in seine Gedanken versunken.

In dieser Nacht hielten Cait, ihr Vater und Rand abwechselnd an Sir Montys Seite Wache. Immer wieder flößten sie ihm Visonas Gebräu ein. Am nächsten Morgen war das Fieber gesunken.

»Ich glaube, er hat's überstanden«, meinte Cait erleichtert.

»Offensichtlich«, stimmte Rand zu.

Während das Lager abgebrochen und das Gepäck verstaut wurde, ließen sie Sir Monty etwas länger schlafen. Schließlich weckten sie ihn, und er nahm einen großen Schluck aus Rands Feldflasche. »Wie soll ich Ihnen nur danken, alter Junge?«, seufzte er, nachdem Rand die Ereignisse der letzten Nacht geschildert hatte. »Wenn Sie die alte Frau nicht geholt hätten, wäre ich sicher gestorben.« Mit unsicheren Händen griff er nach seinem Hemd, und Rand half ihm beim Ankleiden.

In diesem Augenblick gesellte sich der Professor hinzu. »Gott sei Dank, du weilst noch unter den Lebenden!«, rief er und berührte die Schulter seines Freundes. »Die Frage ist nur – fühlst du dich gut genug, um den mühsamen Abstieg zu wagen?«

»Soll ich etwa hier oben bleiben?« Sir Monty verzog gequält das Gesicht. »Ich fühle mich elend. Aber irgendwie werde ich's schon schaffen.«

»Sehr gut! Ich wusste es ja – genau das würdest du sagen!«

Inzwischen waren die Träger zum Aufbruch bereit. Rand schlug vor, die drei vergifteten Einheimischen sollten ihr Gepäck liegen lassen, weil sie ziemlich geschwächt aussahen. Obwohl Talmadge über den Verlust der Vorräte klagte, stimmte er schließlich zu.

Nur mehr eine einzige schwierige Strecke trennte sie vom rettenden Strand – ein Steilhang, über den ein schmaler Weg führte. An einer Seite ragte die Felswand empor, an der anderen klaffte ein bedrohlicher Abgrund.

Cait starrte in die Tiefe. Dieses letzte Hindernis mussten sie noch bewältigen… Sie dachte an den toten Gepäckträger, an den Mordversuch, dem Sir Monty nur knapp entronnen war, und ein eisiger Schauer rann über ihren Rücken.

26

Ein eisgrauer Himmel lag über der Insel. Vom aufgewühlten Meer wehte ein heftiger Wind heran, pflückte welke Blumen von ihren Stängeln, wirbelte Blätter und Moos um Rands braune Stiefel. Das Wetter würde den Weg über die Traverse erschweren. Wenn ein Gewitter losbrach, waren sie noch schlimmeren Gefahren ausgesetzt.

Am Rand des Hangs versammelte sich die kleine Gruppe, um vor dem schwierigen Abstieg Atem zu schöpfen und die Ausrüstung zu überprüfen. Der Weg zog sich steil bergab, zu einer Stelle in der Mitte der Strecke, wo man senkrecht zu einem Felsvorsprung hinabklettern musste, etwa zwanzig Fuß über dem Geröll am Fuß der Klippe. Von dort führte der Pfad fast eben zum anderen Ende des Hangs und schließlich in den Dschungel.

Rand schaute in den Abgrund, auf die scharfkantigen Granitbrocken, und alle Instinkte warnten ihn. Oberhalb der bedrohlichen Felsenkante würde der Mörder den nächsten Angriff wagen.

Aber er irrte sich.

Als er sich zu Cait wandte und ihr einschärfen wollte, sie müsse auf der gefährlichen Traverse stets in seiner Nähe bleiben, erstarrte er. Sie stand nur wenige Schritte entfernt, an Phillip Rutherford gepresst, der ihren Hals im Würgegriff umschlang und eine Pistole an ihre Schläfe hielt.

Sekundenlang konnte Rand kaum atmen. Damit hatte er nicht gerechnet. Eine Attacke vor aller Augen sah dem Baron nicht ähnlich. Bei seinen früheren dunklen Machenschaften war der Schwindler und Dieb immer nur mit List und Tücke vorgegangen, nicht mit roher Gewalt. Kalte Angst um Caits Leben ließ Rand erschauern.

Offenbar war Talmadge des Wartens müde und fest entschlossen, endlich die Initiative zu ergreifen. Während Rand seine Möglichkeiten überdachte, glitt sein Blick zur Muskete, die an einem Baumstamm lehnte, etwa vier Fuß entfernt – zu weit, um ihm zu nützen.

Die Augen zusammengekniffen, beobachtete er den Baron und wünschte ihn zur Hölle. Diesen Hurensohn hätte er schon damals töten müssen, nachdem ihm klar geworden war, wer den Tod seines jungen Vetters verschuldet hatte.

»Nun, Gentlemen...« Alle Anwesenden hingen erstarrt und wie gebannt an Phillip Rutherfords Lippen. Nie zuvor hatte Rand ein so bösartiges Lächeln gesehen. »Hier werden sich unsere Wege trennen.«

Donovan Harmon blinzelte verwirrt, als würde er seinen Augen nicht trauen. »Was zum Teufel hat das zu bedeuten?«

»Das würden Sie niemals verstehen, Professor. Ich nehme mir einfach nur, was mir gehört – was ich nach all den endlosen Monaten auf dieser verdammten Insel verdient habe. Ihnen mag diese Lebensweise gefallen, mein Freund – mir nicht. Wenn Sie jetzt so freundlich wären, mir die Halskette auszuhändigen, wird niemand Schaden nehmen.«

Herausfordernd trat Sir Monty einen Schritt vor, das Gesicht hochrot – diesmal nicht vom Fieber erhitzt. »Was hätten Sie davon? Sie können die Kette stehlen. Aber es wird Ihnen nicht gelingen, die Insel mit Ihrer Beute zu verlassen.«

»Wirklich nicht?«, entgegnete Talmadge und hob spöttisch die Brauen.

»Was haben Sie mit Cait vor?«, fragte Rand mit leiser, sanfter Stimme, die umso gefährlicher klang. Verzweifelt starrte er seine Frau an und verfluchte sich selbst, weil er sie für einen kurzen Moment aus den Augen gelassen hatte. Sie war so blass, dass die Sommersprossen auf ihrer Nase deutlich zu sehen waren. Aber sie hatte die Beine leicht gespreizt. Sprungbereit, alle Muskeln angespannt, schien sie eine Chance zur Flucht abzuwarten. Besorgt betete Rand, sie möge sich zu keinem unbedachten Wagnis hinreißen lassen.

»Ach ja, Caitlin...« Der Baron lächelte selbstgefällig. Mit jeder Sekunde wuchs Rands Hass gegen ihn. »Als liebender Ehemann sorgen Sie sich natürlich um Ihre schöne Lady.

Selbstverständlich wird sie mich begleiten, Euer Gnaden…« Rand rang nach Luft, und Cait wurde noch bleicher. »Falls Ihnen Caitlins Leben lieb ist, sollten Sie den Professor auffordern, mir die Kette zu übergeben.«

Der alte Mann hatte die Segeltuchklappe seines Ranzens bereits hochgehoben. Nun nahm er hastig die Halskette heraus, die er sorgsam in ein leinenes Tuch gewickelt hatte.

»Sehr gut«, lobte Talmadge. »Kommen Sie zu mir, ganz langsam. Öffnen Sie mein Jackett und stecken Sie die Kette in die Innentasche.«

Donovan Harmon gehorchte. Vorsichtig ließ er den kostbaren Schatz in die Tasche des Barons gleiten.

»Besten Dank, Professor. Jetzt muss ich mich leider verabschieden, Gentlemen.« Grinsend nickte Talmadge den Männern zu, wich zurück und zog Cait mit sich. »Bleiben Sie stehen, bis wir uns in sicherer Entfernung befinden. Wenn einer von Ihnen auch nur einen Finger rührt, wird Caitlin sterben.«

Erbittert begann sie sich zu wehren, zerrte an dem Arm, der ihren Hals umklammerte, und versuchte, gegen Rutherfords Schienbeine zu treten. »Tu, was er sagt, Cait!«, rief Rand und hoffte, sie würde ausnahmsweise auf ihn hören. »Dann wird er dich verschonen…« Ein eisiger Blick streifte den Baron. »Nicht wahr, Talmadge?«

Jetzt mischte sich unverhohlene Lüsternheit in das höhnische Lächeln. »Gewiss. Caitlin und ich werden unsere Freundschaft sogar noch vertiefen.«

Von hilflosem Zorn erfüllt, biss Rand die Zähne zusammen. Am liebsten hätte er Talmadge mit bloßen Händen erwürgt.

Schritt für Schritt trat Talmadge mit seiner Gefangenen zurück. Der Weg über den steilen Hang war schon unter günstigen Bedingungen schwer zu bewältigen. Im Rückwärtsgang, Cait an sich gepresst, musste der Baron mit jedem Fuß mühsam Halt suchen. Immer weiter entfernte sich Cait von ihrem Mann, der sich zur Ruhe zwang. Wenn er ihr helfen wollte, durfte er nicht die Nerven verlieren. Schließlich drehte sich der Baron mit ihr um und stieg vorsichtig tiefer hinab. Obwohl Rand seinen Freund und Kammerdiener durch ein dichtes Gebüsch nicht sah, spürte er seine Nähe. Die anderen schauten schweigend zu, fasziniert und entsetzt zugleich, und beteten stumm für die junge Frau.

Nur einer fehlte – Max von Schnell. Ein seltsamer Zufall – wenn es einer war. Aber daran zweifelte Rand, und diese Erkenntnis missfiel ihm. Das hatte für sie alle nichts Gutes zu bedeuten.

Trotzdem wartete er, bis Talmadge und Cait die tiefste Stelle des Weges erreichten, nach der er einigermaßen eben dahinführte. Doch die Gefahr war noch nicht gebannt. Wenn die beiden die kurze senkrechte Klippe hinabkletterten, konnten sie zwanzig Fuß hinabfallen und sich Arme oder Beine brechen. Zu seiner Erleichterung geschah nichts dergleichen, und wenig später sah er sie im Wald verschwinden.

Sofort zerrte er die Pistole aus seinem Ranzen, ergriff die Muskete und stürmte hinterher. Ebenfalls bewaffnet, blieb Percy ihm auf den Fersen.

»Ich komme mit!«, rief der Professor und nahm die dritte Position ein, gefolgt von Sir Monty, der eine Muskete schwang. Auch Geoffrey schloss sich an.

Inzwischen hatte der Wind aufgefrischt. Graue Wolken umhüllten den Berg, ein paar Regentropfen schwebten herab. Als Rand die gefährliche Stelle in der Mitte erreichte, hatten sich auch die Träger und die eingeborenen Frauen auf den Weg gemacht.

Bedachtsam stieg er zu dem schmalen Felsvorsprung hinab und beobachtete mit einem angstvollen Gefühl die Prozession, die langsam hinter ihm herankam. Wieder einmal warnte ihn sein Instinkt, und er schaute sich nach dem Deutschen um.

Hinter einem Granitblock oberhalb der Klippenwand entdeckte er ihn – zu spät. Im nächsten Moment prasselten Steine herab, und er fluchte erbost. Die Muskete an der Schulter, feuerte er. Die Bleikugel bohrte sich in Max von Schnells Brust, der taumelnd zurücksank. Sogar aus der Ferne erkannte Rand die verblüffte Miene des tödlich getroffenen Mannes, bevor er aus seinem Blickfeld verschwand.

Aber von Schnell hatte seine Aufgabe erfüllt und eine Steinlawine losgetreten. Immer größere Felsbrocken rollten den Hang herab. Hinter sich hörte Rand das Angstgeschrei der Träger und fürchtete, einige würden das Gleichgewicht verlieren und in die Tiefe stürzen.

Jetzt gab es nur eine einzige Rettung – er musste unter den Felsvorsprung gelangen, der ihn vor dem tödlichen steinernen Regen schützen würde. Zum Glück sah er einen flachen Felsen, sprang hinab und landete auf den Fußballen, die Knie gebeugt. Sekunden später stand Percy an seiner Seite, und sie pressten sich unterhalb der Felskante an den Hang, während die donnernde Steinlawine auf dem Geröll aufschlug.

Ganz in der Nähe hörte Rand einen wilden Fluch und erkannte Geoffrey St. Anthonys Stimme. Inständig hoffte er, auch der Professor und Sir Monty wären in Sicherheit.

Als der Felsregen endlich verebbte, spähten Rand und Percy unter der Kante hervor und stellten fest, dass Geoffrey stöhnend seinen Arm umklammerte, der verletzt war. Zwei Träger waren von schweren Granitblöcken erschlagen worden, aber die Frauen hatten sich retten können. Der Professor und Sir Monty hatten bei dem kühnen Sprung nur kleine Schürfwunden erlitten.

Nun war allerdings der Weg oberhalb des Felsvorsprungs teilweise von Steinen blockiert.

»Geoffreys Arm muss behandelt werden«, erklärte Rand, zu Sir Monty gewandt. »Und einige Träger sind verwundet. Können Sie sich drum kümmern?«

»Natürlich.«

»Sie müssen nach oben klettern, über die Steine hinweg und den Weg zurückgehen. Schaffen Sie das?«

»Mit meiner Hilfe«, versprach der Professor.

»Gut. Inzwischen werde ich Cait folgen.«

Beschwörend legte der besorgte Vater eine Hand auf Rands Arm. »Seien Sie vorsichtig, mein Sohn, und bringen Sie mein Mädchen wohlbehalten zurück.«

»Darauf dürfen Sie sich verlassen«, entgegnete Rand und drückte beruhigend die Finger des alten Mannes.

»Treffen wir uns im Hauptlager«, schlug Sir Monty vor, und Rand nickte. Dann hob er die Pistole auf, die ihm beim Sprung in die Tiefe aus der Hand geglitten war, überprüfte die Ladung und steckte die Waffe in seinen Hosenbund. Aufmunternd winkte er den beiden Männern zu, bevor er mit Percy zum Weg hinaufkletterte.

Vermutlich hatte Talmadge bis in alle Einzelheiten geplant, wie er die Insel verlassen würde. Wenn ihm die Flucht gelang, würden Rand und die anderen auf Santo Amaro festsitzen, bis die *Moroto* zurückkehrte. Inzwischen würde der Baron einen viel zu großen Vorsprung gewinnen. O Gott, was würde er Cait antun, sobald er mit ihr allein war?

Entschlossen bezwang Rand seine Angst. Wenn der Bastard ihr auch nur ein einziges rotgoldenes Haar krümmte, musste er sterben.

Schmerzhaft gruben sich die Finger das Barons in Caits Arm, als er sie bergab zerrte. »Beeilen Sie sich!« Der Weg war schlammig und glitschig, der Nieselregen drohte in einen Wolkenbruch überzugehen.

»Schneller kann ich nicht gehen!«, klagte Cait. Sie bekam kaum noch Luft, hatte Seitenstechen, und alle ihre Muskeln brannten wie Feuer. Natürlich tat sie ihr Bestes, um das Tempo ihres Peinigers zu verlangsamen. Immer wieder stolperte sie über Zweige, stieg in halb verborgene Gruben und gab vor, aus dem Gleichgewicht zu geraten. »Warum – haben wir's so eilig?«, stammelte sie und rang mühsam nach Atem. »Bis zur Ankunft des Schoners müssen Sie auf der Insel bleiben – und der wird erst in einer Woche eintreffen.«

Unsanft drehte er sie zu sich herum, so heftig, dass sie erneut strauchelte. »In der Bucht südlich vom Hauptlager wartet ein Boot. Heute Abend segle ich davon.«

Ein Schauer rann über ihren Rücken. *Heute Abend?* Vor dem Einbruch der Dunkelheit würden sie den Strand nicht erreichen – oder doch? Als er sie wieder mit sich zog, wollte sie mit aller Macht verhindern, dass sie zu schnell vorankamen. »Und – die restlichen Schätze? Die wollen Sie doch nicht zurücklassen...«

Ohne seine Schritte zu verlangsamen, umklammerte er ihren Arm noch fester. »Wir nehmen alles mit. Im Lager werden wir nur ein paar alte Eingeborene antreffen, zwei Kammerdiener und einen Lakaien und diese idiotische Köchin, Hester Wilmot. Die werden uns wohl kaum aufhalten.«

Nein, sicher nicht. Diese Leute arbeiteten für Talmadge. Wahrscheinlich würden sie ihm sogar helfen.

Sie betrachtete die Pistole, die er zwischen ihre Rippen drückte. Bis jetzt hatte sie keinen Fluchtversuch gewagt. Rand hatte ihr geraten, dem Baron zu gehorchen. Mit diesen Worten hatte er ihr wahrscheinlich bedeutet, sie sollte sich gedulden, bis er ihr folgen würde. Vorerst fand sie diesen Plan vernünftig.

Sie erblickte eine Mulde, teilweise von Blättern und kleinen Zweigen verborgen, und stieg absichtlich hinein. Dadurch gewann sie erneut ein paar Sekunden Zeit und schaute sich um. Rand ließ sich noch immer nicht blicken.

»Für wie dumm halten Sie mich eigentlich?«, fauchte Talmadge, zog sie aus der Grube und schlug ihr ins Gesicht. »Wenn Sie glauben, ihr verdammter Duke würde Ihnen nachlaufen, täuschen Sie sich. Inzwischen liegt der Narr am Fuß des Steilhangs, unter ein paar hundert Felsbrocken.« Schmerzhaft verdrehte er ihr den Arm. »Er ist tot. Hören Sie? Für alle Zeiten aus Ihrem Leben verschwunden! Jetzt gehören Sie mir. Finden Sie sich damit ab!« Plötzlich grinste er. »Eines Tages werden Sie mir dafür danken.«

Von einem Tränenschleier geblendet, schüttelte sie den Kopf. Wie betäubt ließ sie sich weiterführen. Die Wange, die er so brutal geohrfeigt hatte, brannte. Aber sie spürte es nicht. Nein, Rand war nicht tot. Unmöglich. Andererseits – Talmadge musste einen Komplizen haben – jemanden, der zu einem Mord bereit wäre…

Abrupt beendete sie den Gedanken. In ihrer Kehle stieg bittere Galle hoch. Natürlich – Max von Schnell.

Großer Gott, es *war* möglich. Vielleicht hatte der Deutsche auch den Träger getötet und Sir Monty vergiftet… Die Tränen, bisher so tapfer bekämpft, strömten über ihr Gesicht, und sie unterdrückte ein Schluchzen, das Talmadge nicht hören durfte. Im nächsten Moment strauchelte sie wieder, aber sie stürzte nicht. Der Regen hatte ihre Kleidung durchnässt, der Rock klebte an ihren Beinen und erschwerte jeden Schritt. Vor ihrem geistigen Auge erschien Rands Bild – hoch gewachsen und gebieterisch, und als sie sich an seine leidenschaftlichen Küsse erinnerte, bebten ihre Lippen.

Ein paar Mal holte sie tief Atem und bezähmte ihre Verzweiflung. Vielleicht war Max von Schnells Mordversuch nicht gelungen. Das konnte nicht einmal Talmadge wissen. Von Anfang an hatte Rand den großen, stämmigen Deutschen verdächtigt. Also würde er auf der Hut sein. Von dieser Hoffnung beflügelt, ging sie weiter. Rand lebte. Daran musste sie einfach glauben.

Und sie musste sich noch eine Weile gedulden. Früher oder später würde er sie sicher einholen. Und wenn er sich auf Talmadge stürzte, würde sie die Gunst des Augenblicks nutzen und fliehen.

O ja, jetzt vertraute sie ihrem Mann wieder. In seinen Händen lag ihr Leben. Zuversichtlich wischte sie die Tränen von ihren Wangen. Rand würde sie beschützen. Und wenn er es wünschte, würde sie sogar den Mut finden, ihm ihr Herz ein zweites Mal anzuvertrauen.

Allmählich dämmerte der Abend. Die nächtlichen Geräusche des Dschungels krochen in verblassendes violettes Licht und klangen unheimlich wie nie zuvor. Auf einem Ast oberhalb des Pfads schlug eine große weiße Eule mit den Flügeln, und beinahe blieb Caits Herz stehen. Sie spürte den Blick der gelben Vogelaugen – die stumme Warnung einer Wahrsagerin? Dann kreischte ein Affe, und sie zuckte erschrocken zusammen. Eine kleine grüne Eidechse huschte über den Weg, hielt inne und zischte missbilligend, während die beiden Menschen vorbeistrebten.

Pass auf! schienen die Tiere zu mahnen. *Du bist in Gefahr!*

Daran bestand kein Zweifel. Offenbar hatte sie Talmadge unterschätzt. Nicht einmal Rand hatte das blutrünstige Monstrum erkannt, das sich hinter der aalglatten Fassade des Barons verbarg.

Rand... Ein wilder Schmerz beengte ihre Brust. Nein, er war nicht tot. Nicht Rand – so vital, von innerer Kraft erfüllt... Ohne ihn wäre sie verloren, ihr Leben beendet.

Der Gedanke bestürmte ihre Sinne mit der Gewalt eines

Donnerschlags. In dieser Sekunde erkannte sie, wie sehr sie ihn liebte, leidenschaftlich und bedingungslos. Was er ihr auch angetan hatte – sie würde ihn immer lieben.

Lieber Gott, steh ihm bei!

Sie nahm ihren ganzen Mut zusammen und konzentrierte sich wieder auf den Weg, der jetzt nicht mehr so steil bergab führte. Nun begann sich das Dickicht zu lichten, und sie erkannte vertraute Büsche und Bäume. Bald würden sie das Hauptlager erreichen. An ihren Stiefelsohlen klebte Schlamm, ihr Rock und die Bluse waren zerrissen und schmutzig. Aus ihrem Zopf hatte sich das Band gelöst, zerzaust fiel das Haar auf ihre Schultern.

Kurz nach einer Biegung, unter einer Akazie, blieb Talmadge stehen. Zunächst glaubte sie, er würde ihr eine Atempause gönnen. Und dann hörte sie Rands Stimme. Erleichtert spähte sie in die Richtung, aus der sein Ruf gedrungen war, sah die große breitschultrige Gestalt weiter vorn auf dem Pfad stehen. Von heißer Liebe überwältigt, schwankte sie, und ihr wurde fast schwindlig.

»Lassen Sie Caitlin los!«, befahl er.

Der Baron zerrte sie vor seine Brust. Wie Raubtierkrallen bohrten sich seine Finger in ihren Arm, und er presste den Lauf der Pistole zwischen ihre Rippen.

»Es ist aus, Talmadge!«, stieß Rand hervor. »Ihr mörderischer Plan ist fehlgeschlagen. Wie Sie sehen, lebe ich noch. Lassen Sie meine Frau gehen. Oder ich töte Sie.«

Bedrohlich klickte die Waffe des Barons. »Glauben Sie wirklich, Sie können mich aufhalten? Versuchen Sie's, und Caitlin stirbt!« Langsam wich er zurück, und Rand folgte ihm, geschmeidig wie der Leopard, der ihn im Tropenwald angegriffen hatte.

Cait warf einen Blick über die Schulter. Weiter oben am Weg, den sie soeben herabgestiegen waren, entdeckte sie eine dicke Wurzel. Vorhin waren sie darüber gestiegen. Das hatte Talmadge vielleicht vergessen.

Während die Chance zur Flucht immer näher rückte, spannten sich Caits Muskeln an. Hoffentlich würde sich Talmadge nicht im letzten Moment umdrehen… Stattdessen richtete er seine ungeteilte Aufmerksamkeit auf Rand. Offensichtlich wollte er den verhassten Duke umbringen. Neue Angst beschleunigte Caits Herzschläge.

In wenigen Sekunden würde Talmadge über die Wurzel stolpern. Endlich prallte sein Stiefelabsatz dagegen, wie sie es erhofft hatte, und die Pistole glitt zur Seite. Blitzschnell riss Caitlin sich los und rannte zu Rand.

»Verdammtes kleines Biest!«, brüllte Talmadge hinter ihr, und sie sah, wie Rand seine Waffe zückte. Richtete Talmadge seine Pistole auf ihren Rücken? Im nächsten Moment krachte ein Schuss, sie drehte sich um und sah Talmadge zusammenbrechen, die Brust blutrot gefärbt.

Mit beiden Armen fing Rand seine taumelnde Frau auf. Endlich fühlte sie sich wieder sicher und geborgen, in einer Welt, wo alles in bester Ordnung war.

Dann schien die Zeit in winzige Segmente zu zerfallen, die im Tempo rasender Herzschläge aufeinander prallten, und doch dauerte jeder Sekundenbruchteil eine Ewigkeit, die Cait niemals vergessen würde.

Während Rand sie fest an sich drückte, behielt er Talmadge im Auge. Anscheinend sah er eine Bewegung des Barons, denn sie hörte einen leisen Fluch. Blitzschnell schob er Cait hinter sich und stellte sich der Kugel, die für seine Frau bestimmt war. Ohrenbetäubend explodierte die Pistole des Barons.

»*Rand!*« Caits Schreckensschrei hallte in der Stille des Dschungels wider. Im selben Moment knallte ein Musketenfeuer im Dickicht und traf Talmadge mit tödlicher Präzision. Nur ein einziges Mal zuckte er, dann rührte er sich nicht mehr. Blicklos starrte er zum Himmel hinauf. Verzweifelt kroch Cait zu ihrem Mann, der reglos am Boden lag. Während sie mit bebenden Händen seinen Kopf hob und das dunkle Haar aus seiner Stirn strich, rannte Percy zu ihr. »Rand…«, wisperte sie. Heiße Tränen tropften auf sein Jackett, auf einen Blutfleck, der sich viel zu schnell ausbreitete.

Hastig kniete Percy neben ihr nieder und riss Rands Hemd auseinander. Als sie die grimmige Miene des Kammerdieners bemerkte, stockte ihr Atem, dann küsste sie Rands Schläfe. Mit einem zusammengeknüllten Taschentuch versuchte Percy die Blutung zu stoppen und untersuchte die Wunde.

»Um Himmels willen, Rand…«, flüsterte Cait und streichelte das geliebte Gesicht. »Warum hast du das getan?«

Mit bebenden Fingern berührte er ihre Wange, ein wehmütiges, schwaches Lächeln umspielte seine Lippen. »Weil ich dich liebe, Caitie. Weißt du's noch immer nicht?«

»O Gott – Rand…«

»Ich liebe dich«, wiederholte er. »Mit meinem Leben würde ich dich beschützen.«

»Rand…«

»Und ich werde dir nie mehr das Herz brechen.«

Seine Hand sank hinab. Schluchzend ergriff Cait die sonnengebräunten Finger und küsste jeden einzelnen. »O Rand, ich wollte mit dir nach England zurückkehren – und wieder deine Frau sein. Das war mein sehnlichster Wunsch…«

In seinen dunklen Augen las sie so viel Liebe, dass sie glaubte, ihr Herz müsste zerspringen.

»Ich liebe dich«, wisperte sie, und sein zufriedenes Lächeln trieb ihr neue Tränen in die Augen.

»Was auch geschieht – daran musst du immer denken…«

»Nein...« Hastig legte sie eine Fingerspitze auf seinen Mund. »Sag es nicht! Du wirst nicht sterben, das erlaube ich nicht...« Jetzt wurde der brennende Schmerz in ihrer Kehle unerträglich, und ihre Stimme brach.

»Für manches auf dieser Welt lohnt es sich zu sterben, Caitie. Und du gehörst dazu.«

Weil sie vorerst nicht sprechen konnte, schüttelte sie nur den Kopf, in Tränen aufgelöst.

»Wärst du wirklich – mit mir nach Hause gefahren?«

»Ja...«, würgte sie mühsam hervor. »O Gott, ja! Ohne dich will ich nicht leben. Nie mehr!«

»Also vertraust du mir? Glaubst du, dass ich dir nicht mehr wehtun werde?«

»Natürlich vertraue ich dir, Rand. Und ich glaube an dich. Ein so wundervoller Mann wie du ist mir nie zuvor begegnet.«

Mit schwachem Druck umschloss er ihre Hand. »Wenn du mir vertraust, ist alles andere unwichtig. Und wenn du mich liebst, gehört uns alles Glück dieser Welt – was immer auch geschehen mag. Nicht wahr, Caitie?«

O Gott, die Seelenqualen überstiegen ihre Kräfte. Während er immer noch lächelte, schlossen sich die leuchtenden, golden gefleckten braunen Augen, und seine Finger erschlafften.

»Nein...«, wisperte sie. Höllenqualen drohten ihr die Sinne zu rauben. »Bitte, Rand, du darfst nicht sterben – nicht jetzt, wenn es so viel gibt, wofür wir leben müssen.« Verzweifelt streichelte sie ihn, und in ihrer Seele wuchs eine schreckliche Gewissheit – sie würde ihn verlieren. Ihr ganzes Dasein war eine Kette schrecklicher Verluste gewesen. Ihre Mutter, die Menschen in so vielen Teilen der Welt, die sie notgedrungen verlassen hatte... Und jetzt Rand...

Ihren Mund auf seinen gepresst, spürte sie die schwindende Wärme, hauchte seinen Namen. Unter ihren Händen spürte sie, wie der Puls seines Lebens verebbte. Nur noch wenige Minuten – und er würde sie für immer und ewig verlassen.

Über ihr Wangen rollten glühend heiße Tränen, und sie dachte an alles, was die Zukunft bringen würde, wenn er am Leben bliebe. Krampfhaft umklammerte sie seine Hand. »Alles gehört uns nicht!«, erklärte sie in entschiedenem Ton. »Wir haben kein Kind! Und du brauchst einen Erben, Rand, um deine Dynastie zu erhalten. Ohne einen Sohn zu zeugen, darfst du nicht sterben!« Mit aller Kraft drückte sie seine Finger. »Alles haben wir nicht, verstehst du? Erst wenn wir einen Sohn bekommen…«

Percy umfasste ihre Schultern und versuchte, sie wegzuschieben. Aber sie wich nicht von der Stelle. Sie hielt Rands Hand fest und erklärte ihm ununterbrochen, er müsse am Leben bleiben. Für einen kurzen Moment entfernte sich Percy, und sie hörte ihn mit jemandem sprechen. Dann kniete die alte Visona neben Rand nieder, strich sein blutiges Hemd auseinander und inspizierte die Wunde.

Unter ihren Fingern spürte Cait nun wieder den Herzschlag ihres Mannes – schwach und unregelmäßig, aber wenigstens zu ertasten – und sie begann zu beten.

Während die alte Frau die Schusswunde mit einer Kräutermischung bestrich und getrocknete Blätter darauf legte, sprach Cait leise auf ihn ein. Behutsam hob sie seinen Kopf in ihren Schoß, streichelte sein Haar und versuchte, das Blut zu ignorieren, das immer noch sein Hemd tränkte, Rands Blut, das er gegeben hatte, um ihr Leben zu retten.

Weil ich dich liebe, Caitie. Weißt du's noch immer nicht? Im Grunde ihres Herzens hatte sie's schon lange gewusst. Seit der ersten Begegnung hatten so viel Dinge seine Liebe gezeigt.

Abgesehen von jenem einen grauenvollen Fehler, der ihr unverzeihlich erschienen war.

Nach seiner Rückkehr auf die Insel hatte sie tiefe Reue in seinen Augen gelesen. Immer wieder hatte er seine Liebe bewiesen und sich bemüht, ihr Vertrauen zurückzugewinnen. Und er verdiente ihre Liebe wie kein anderer.

Während sie auf dem schlammigen Boden des Dschungels saß, betete sie inbrünstig. Schließlich fand sie keine Worte mehr und wandte sich zu Percy, der Visona aufmerksam beobachtete. Sobald die alte Frau aufstand, kniete er neben Rand nieder.

»Wie – wie geht es ihm?«, stammelte Cait.

Seufzend schüttelte Percy den Kopf. »Es sieht schlimm aus – da will ich Sie nicht belügen, Mylady. Aber jetzt atmet er gleichmäßig, sein Herz schlägt etwas kräftiger. Ihr Mann ist sehr stark, Lady. Und er hat allen Grund, diese Wunde zu überleben.« Beruhigend lächelnd wandte er sich zu ihr. »Wie sehr er Sie liebt, wusste ich schon lange, bevor er's selber gemerkt hat. Und jetzt weiß er auch, wie sehr Sie *ihn* lieben.«

Bis die Bedeutung seiner Worte den Nebel ihrer Verzweiflung durchdrang, dauerte es eine Weile. »Also glauben Sie, er wird nicht sterben?«

»Vor wenigen Minuten hätte ich nein gesagt. Und nun…« Er legte einen Finger auf Rands Puls und nickte zufrieden. »Da die Bleikugel seinen Körper durchbohrt hat, mussten wir sie nicht herausholen. Natürlich hat er viel Blut verloren. Aber Visona hat dieses Problem gelöst. Aye – wenn wir ihn in den nächsten Stunden am Leben erhalten, wird er's schaffen.«

Noch wagte sie nicht zu hoffen. »Ich bleibe bei ihm.«

»Daran habe ich nie gezweifelt, Euer Gnaden«, erwiderte Percy und grinste schwach.

Sekundenlang schloss sie die Augen. Ja, sie war Ihre Gnaden, die Duchess of Beldon, Rands Gemahlin. Das würde sie nie wieder bestreiten. Mit vereinten Kräften brachten sie Rand in eine etwas bequemere Lage und bemühten sich, ihn nur ganz vorsichtig zu bewegen. Percy baute eine Markise aus Segeltuch über den Köpfen seiner Herrschaften, um sie vor dem Regen zu schützen. In den nächsten sechsunddreißig Stunden saß Cait neben ihrem Mann im Schlamm und ließ ihn nicht aus den Augen. Sechsunddreißig Stunden und zehn Minuten, nachdem Talmadge auf ihn geschossen hatte, hob Randall Elliott Clayton der siebente Duke of Beldon die Lider und sah seine schöne Frau an seiner Seite, den Kopf im Gebet gesenkt, die zierlichen Hände um seine geklammert, und da gelobte er sich, am Leben zu bleiben – um jeden Preis.

Epilog

Ephram Barclay klopfte an die geschnitzte Haustür von Beldon Hall.

An seinem dunkelgrauen Jackett hing Staub, und sein Rücken schmerzte nach der stundenlangen Fahrt. In aller Eile war er von London aufs Land gereist, um dem Duke persönlich die Nachricht zu überbringen, die er erst kürzlich erhalten hatte. Zwei Lakaien in der rotgoldenen Beldon-Livree öffneten ihm die Tür.

Höflich bat der Butler, ein hagerer grauhaariger Mann, den Anwalt herein. »Seine Gnaden haben Ihren Brief erhalten, Sir. Ich werde Sie unverzüglich anmelden.«

Ephram hatte einen Boten vorausgeschickt, um den Duke auf seine Ankunft vorzubereiten. Sicher würde sich Beldon sehr für die Neuigkeit interessieren. Eine Woche nach der Rückkehr in die englische Hauptstadt war er mit seiner Frau auf den Landsitz gezogen, wenige Tage, nachdem Professor Harmon – inzwischen Sir Donovan Harmon – im Britischen Museum die berühmte Halskette der Kleopatra präsentiert hatte.

Wie Ephram einem Zeitungsartikel entnommen hatte, war Beldon auf Santo Amaro beinahe an einer Schussverletzung gestorben. Während der Schiffsreise von Dakar nach London hatte er sich erholt. Aber bei der letzten Begegnung mit seinem Anwalt war er immer noch blass und ziemlich schwach gewesen.

Jetzt schien er sich viel besser zu fühlen. Das stellte Ephram sofort fest, als er das Arbeitszimmer betrat und den Duke vor dem Schreibtisch stehen sah, einen Arm um die Taille seiner zauberhaften Gemahlin geschlungen. Er wirkte stark und gesund wie eh und je. Und die Lady mit dem feurigen Haar und den großen smaragdgrünen Augen war eine unvergleichliche Schönheit. Mochte sie auch klein und zierlich sein – sie strahlte eine Charakterstärke aus, die einem unmöglich entgehen konnte.

Bevor die beiden dem Besucher entgegengingen, schenkte sie ihrem Mann ein zärtliches Lächeln. Da sah Ephram die Gerüchte bestätigt – der Duke und die Duchess liebten einander heiß und innig.

»Freut mich, Sie wieder zu sehen, Ephram, alter Freund!« Beldon schlug ihm so herzhaft auf die Schulter, dass die Brille verrutschte, und der Anwalt rückte sie hastig zurecht.

»Und mich freut's, Sie wohlbehalten anzutreffen, Euer Gnaden«, beteuerte er.

Rand stellte ihn seiner Frau vor, die ihn liebenswürdig begrüßte. »Endlich lernen wir uns kennen. Mein Mann spricht sehr oft von Ihnen.«

Eine Zeit lang machten sie belanglose Konversation. Aber Ephram las wachsende Ungeduld in den dunklen Augen des Dukes. Offensichtlich hatte er sich zwar in der Ehe geändert, und das war gut so. Nur die Tugend der Geduld fehlte ihm immer noch. »In Ihrem Brief haben Sie eine Information erwähnt, die meinen verstorbenen Vetter betrifft, Ephram.«

»Ja, und ich fuhr so schnell wie möglich hierher, um Ihnen Bescheid zu geben.« Sie setzten sich vor den Kamin, und Ephram öffnete seine flache Ledertasche, um die Papiere hervorzuholen, die er neulich aus Amerika erhalten hatte. »Wie Sie sich sicher entsinnen, haben wir erfahren, die *Sea Nymph* würde als Postschiff entlang der amerikanischen Küste verkehren – das Letzte, was wir von ihr hörten«, begann er und legte den Bericht in die Hände des Dukes. »Die Eigentümer, Dillon Sinclair und Richard Morris, waren verschwunden.«

»Sprechen Sie weiter«, bat Rand und blickte kurz von seiner Lektüre auf.

»Dieser Information zufolge wurden beide Männer vor etwa zwei Monaten festgenommen, bei der Dinnerparty eines prominenten Bankiers in New York, wo sie ihre fragwürdigen Investments unter die Leute gebracht hatten. Auch diesmal ging es um eine angeblich sehr profitable Koprafracht, von der *Sea Nymph* in den West Indies an Bord genommen.«

Während sich der Duke wieder über die Papiere beugte, sah Ephram die zarten Finger der Duchess in der großen Hand ihres Mannes liegen. »Wo sind die zwei Männer jetzt?«

»In einem ziemlich unkomfortablen amerikanischen Gefängnis. Dort warten sie auf ihre Gerichtsverhandlung. Dabei dürfte es nur mehr um Formalitäten gehen. Beide haben bereits ein Geständnis abgelegt und den Namen ihres Komplizen in England genannt – Phillip Rutherford, Baron Talmadge. Laut Sinclair und Morris war es Talmadge, der ihnen den groß angelegten Betrug vorschlug.«

»Also ist alles vorbei«, meinte Rand sichtlich erleichtert und zog die Hand seiner Gemahlin an die Lippen.

»Talmadge bekam genau das, was er verdient hatte«, betonte sie. »Zu schade, dass es nicht schon früher geschah…«

Statt zu antworten, nickte er nur und lächelte sie selbstvergessen an. Als ihm sein Verhalten bewusst wurde, räusperte er sich, stand auf und half seiner Frau, sich ebenfalls zu erheben. »Ich weiß Ihren Besuch zu schätzen, Ephram. Im ersten Stock ist ein Zimmer für Sie hergerichtet. Wenn Sie wollen, dinieren Sie heute Abend mit uns und reisen morgen früh ab.«

»Besten Dank, Euer Gnaden«, erwiderte der Anwalt und verneigte sich.

Die Duchess ergriff seine Hand. »Sir, es war sehr freundlich von Ihnen, uns die Neuigkeit unverzüglich mitzuteilen und uns zu beruhigen. Obwohl der Baron tot ist, musste mein Mann immer an den Schwindel denken, der seinen Vetter in den Tod getrieben hatte und den er nicht beweisen konnte. Jetzt herrscht endlich Klarheit.«

Zweifellos war ihm sein Liebesglück schon die ganze Zeit viel wichtiger als seine Rache, dachte Ephram. Kein Wunder… Nun blickte der Duke einer ungetrübten Zukunft entgegen und würde bestimmt bald eine Familie gründen.

»Euer Gnaden«, wandte sich der Anwalt an die Duchess, »ich habe Ihnen noch gar nicht zur Hochzeit gratuliert. Das möchte ich jetzt nachholen.«

»Danke, Mr. Barclay.« Strahlend lächelte sie Ephram zu und bestärkte ihn in der Überzeugung, dass der Duke in dieser kleinen Amerikanerin die richtige Frau gefunden hatte.

Genau das dachte auch der Duke, wie sein Blick nur zu deutlich verriet.

BLANVALET

ZAUBERHAFTE LEIDENSCHAFT BEI BLANVALET

Lassen Sie sich von unwiderstehlich sinnlichen Romanen betören.

A. Quick. Im Sturm erobert
35093

S. Busbee. Zauber der Leidenschaft
35119

J. Feather. Die geraubte Braut
35173

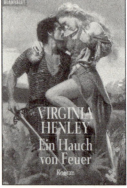

V. Henley. Ein Hauch von Feuer
35155

BLANVALET

FEUERWERK DER LEIDENSCHAFT BEI BLANVALET

Lassen Sie sich von aufregend sinnlichen Romanen betören.

K. Martin. Bei Tag und Nacht
35143

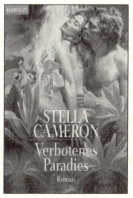

S. Cameron. Verbotenes Paradies
35086

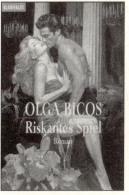

O. Bicos. Riskantes Spiel
35120

S. Forster. Gefährliche Unschuld
35057

BLANVALET

SUSAN HOWATCH

Eine großartige Familiensaga vom Beginn unseres Jahrhunderts bis in die Gegenwart.

»*Ein dicker Schmöker, und darin nicht eine einzige langweilige Seite!*«
Die Welt

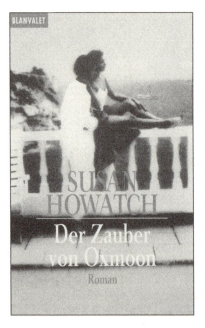

Susan Howatch. Der Zauber von Oxmoon   35114